d

›Castel del Monte, Gesamtansicht‹, Fotografie von Arthur Haseloff (1908)

Christoph Poschenrieder

Das Sandkorn

Roman

Diogenes

Meinen Eltern

And the wild regrets, and the bloody sweats,
None knew so well as I:
For he who lives more lives than one
More deaths than one must die.

Oscar Wilde,
The Ballad of Reading Gaol

Und die heiße Scham, und den kalten Schweiß,
Besser als ich kannte keiner diese beiden:
Denn jener, der mehr als nur ein Leben lebt,
Der muss auch mehr als einen Tod erleiden.

Das Lied vom Gefängnis in Reading

Inhalt

Der Duft der Kaiserinnen

Der Sandmann

Berlin, zwischen Tiergarten und Landwehrkanal,
6. Juni 1915, früher Nachmittag

Ein Mann geht durch Berlin, und bald hat er einen ganzen Schwarm von Verfolgern.

Der erste, ein Junge, beobachtet ihn schon, als er, nicht weit von der Tür, aus der er herausgekommen ist, das erste Säckchen ausleert. Aber das stört ihn nicht. Dort, wo das Trottoir aufgerissen ist, wegen irgendwelcher Arbeiten, mischt er den herausrieselnden Sand in aufgeschaufelten Berliner Sand, den grauen in den gelben, mit der Stiefelspitze, in ein paar kreisenden Bewegungen, und sagt: »Gioia del Colle.«

Der durchaus gut gekleidete Herr verstaut das leere Säckchen in seiner linken Manteltasche und holt, im Weitergehen, ein zweites aus der rechten. Der Straßenjunge pfeift einen Freund heran. Sie folgen dem Mann in einem Sicherheitsabstand von vielleicht zehn Metern. Denn das ist wohl mehr als seltsam, was hier zu sehen ist, wenn auch nicht übermäßig gefährlich, bis jetzt zumindest.

Wieder scharrt der Herr, um die dreißig wird er sein, mit der Stiefelspitze in einem staubigen Riss im Pflaster, löst die Verschnürung eines dieser Säckchen und lässt es ausrieseln. Die Jungs rücken näher.

»Lucera«, sagt er.

So geht das weiter; wo der Grund, auf dem die Stadt gebaut ist, bloßliegt, mischt der Mann in aller Ruhe seinen Sand unter.

»Troia«, »Melfi«, »Bitonto«.

Sein Weg hat Methode, zweimal ist er ohne Zögern links gegangen. Ist er ein Schlafwandler? Aber es ist heller Nachmittag. Er kennt seine Wege. Die Stellen findet er mit sicherem Auge. Einmal hebelt er mithilfe eines Stockes, den er sich höflich von einem Passanten ausborgt, sogar eine Gehwegplatte aus. Fügt sie jedoch sorgfältig wieder ein. Der Mann ist kein Vandale.

»Foggia«, »Bari«, »Montecorvino«.

Nach »Castel Fiorentino« traben schon zwei oder drei Dutzend Leute, Kinder und Erwachsene, hinter ihm, dicht dran, Angst hat niemand mehr. Das ist ein Narr, aber ein harmloser. Macht Löcher, verstreut Sand, brabbelt Zaubersprüche oder so etwas. Vielleicht wird noch ein richtiges Spektakel daraus, wenn erst einmal die Staatsmacht aufmerksam wird.

»Matera«, »Barletta«, »Trani«.

Es ist nicht immer der gleiche Sand, das kann man sehen. Mal ist er heller, mal ist er dunkler. Ein roter ist dabei. Viele gelbe. Einer glitzert. Jede Stelle, an der der Mann Sand ausgestreut hat, wird anschließend genau untersucht. Man diskutiert und mutmaßt.

Menschenmengen in ungeordneter Verfassung sind verdächtig, in diesen Zeiten mehr denn je, und deshalb tritt, als der Mann mit dem Verfolgerschwarm sich dem Haus nähert, aus dem er vor vielleicht dreißig Minuten herausgekommen ist – deshalb tritt nun also ein Schutzmann energisch ausschreitend näher, zum Zugriff bereit. Zwei der Entleerungen von Sandsäckchen hat er selbst beobachtet, über die anderen Fälle nebst genauen Ortsangaben wurde ihm bereitwilligst von den Neugierigen berichtet. Nicht, dass der Verdächtige noch flugs durch einen Hinterhof verschwindet. Denn verdächtig ist er durch das, was er tut; selbst wenn es nicht verboten sein sollte.

Da bleibt der Mann erneut stehen. Der Schwarm erstarrt. Niemand spricht mehr. Der Schutzmann stoppt seinen Anmarsch. Man wartet. Es ist ein angenehmer Kitzel, der sich in der Menge ausbreitet, denn mit unmittelbarer Gefahr rechnet nun keiner mehr; nun da die Staatsmacht in Form eines Schupos anwesend ist.

Suchend verharrt der Mann, suchend die Hand in der rechten Manteltasche. Er findet eine schiefe Litfaßsäule und am sacht aus dem Boden gehobenen Sockel eine Handbreit Sand, in die er den Inhalt eines weiteren Säckchens rührt, mit der Hand diesmal. Nur wenige, unter ihnen der Schutzmann, hören, was er sagt:

»Castel del Monte.«

Der Schutzpolizist hat rein gar nichts verstanden von all dem, aber genug gehört, denn eines zumindest scheint ihm klar geworden zu sein:

»Wie kommen Sie dazu, hier Säckchen fremdländischen, um nicht zu sagen feindlichen Inhalts auszuleeren?«

Jetzt wendet sich der Mann zum ersten Mal all seinen Verfolgern zu. Er nimmt die kleine runde Brille ab, reibt die Augen, fühlt und betrachtet ein Körnchen Sand zwischen Daumen und Zeigefinger. Dann wird ihm wohl ein wenig schwindlig, denn er gerät leicht ins Schwanken, als er sagt:

»Ja, wie komme ich dazu?«

Am Ende seiner Worte tanzt das Fragezeichen wie eine Kobra auf dem Punkt, sie züngelt drohend, steht da und wehrt all die Antworten und die Namen ab, die sich allzu leicht einstellen wollen.

C *und* y

So wie sie eben aussehen, die Verhörzimmer: Nichts, woran das Auge Abwechslung findet, abgesehen von dem Photo des Kaisers; aber der blickt so hochmütig, dass der Delinquent sich gar nicht wahrgenommen fühlt. Kein Kreuz hängt hier, es soll niemand Halt im Jenseits und Trost fürs Diesseits finden. Die Wände auf halbe Höhe grau gekachelt, das Fenster geht hinaus auf eine Brandmauer.

Der Stuhl, auf den sie ihn gesetzt haben, ist unbequem und knarzt, als wolle er seinen jederzeit zusammenbrechenden Widerstand ankündigen, zum nachahmenswerten Beispiel. Die Kanten des Tisches glänzen, speckig poliert von den Tausenden schwitzenden Händen, die nervös darübergeglitten sind.

Den Mantel hat er anbehalten dürfen, denn es ist kühl hier; die Taschen sind freilich durchsucht worden.

Der Kommissar steckt seine Taschenuhr weg und beschäftigt sich damit, die leeren Leinensäckchen aufzureihen, er weitet bei jedem den blauweißen Kordelzug und dreht das angehängte Papierfähnchen so, dass die Beschriftung lesbar ist. Nach minutenlangem Herumgeschiebe entscheidet er sich für eine alphabetische Reihung, denn irgendeine Ordnung muss sein: A wie Altamura links, V wie Venosa rechts.

Der Mann wartet. Er sieht zu, wie der andere die Säckchen aufreiht. Er weiß nicht, warum er hier ist. Er weiß es wirklich nicht. Aber hier ist so gut wie dort.

»Sind Sie noch ganz bei Verstand?«, fragt der Kommissar beiläufig. Er überblickt die Reihe der Säckchen, von links nach rechts und zurück, wie einer, der beim Tennis zuschaut. Hat er es mit einem armen Irren zu tun, dann hat das hier bald ein Ende; es wäre nicht die schlechteste Lösung des Falles. Wenn es überhaupt einer ist.

Verstand ist das richtige Stichwort, denkt der Delinquent, aber er erkennt den rhetorischen Charakter der Frage und antwortet nicht.

»Name und Vorname?«

»Jacob Tolmeyn.«

»Jakob mit k und Tolmein mit i?«

»Mit c und y.«

Das hohe, kostbare c. Wann immer er diesen Ton anschlägt, hört er seine Mutter singen: Das c habe ich deinem Vater mühsam abgerungen, wenn er schon auf diesem alttestamentarischen Namen beharren musste, der sture Teufel, dabei sind wir gar nicht von dem Stamme. Sie nannte ihn Schacób – mit weichem sch vorn und Betonung auf der zweiten Silbe. Sie hielt es für elegant, aber ihm graute davor wie vor einem nassen Kuss oder der vollbusigen Überwältigung durch die Tante Josephine. Schosephine, nach Mamá.

»Familienstand?«

»Ledig.«

»Beruf?«

»Kunsthistoriker.«

Kratzen der Feder. Stille. Bis auf leises Stuhlknarzen. Bin ich das?, denkt Tolmeyn.

»Kunsthistoriker. Was macht man so als Kunsthistoriker?«

Na was, denkt Tolmeyn, man versucht die Menschen aus dem zu verstehen, was sie an Schönem erschaffen haben, und das Schöne aus dem zu verstehen, was die Menschen gedacht, getan und geschrieben haben.

Der Kommissar, der seinen Namen nicht gesagt hat, lässt ein wenig Zeit verstreichen. Er ruft einen Boten herein und schickt ihn mit dem ausgefüllten Formular weg. Dann fragt er:

»Andria zum Beispiel. Was ist das?«

Der Kommissar schiebt das Säckchen, an dem der Zettel »Andria« hängt, mit dem Zeigefinger nach vorne, schweigend auf seiner Frage beharrend. Tolmeyn streckt die Hand aus, zieht sie wieder zurück.

Andria? Andria ist der balsamische Duft, der aus dem Grab einer Kaiserin aufsteigt. Tolmeyn denkt an den Duft Letizias, und an den Beats. Sofern man Gerüche überhaupt denkend herholen kann; denn eigentlich denken die Gerüche uns: Wenn sie wiederkehren, erzwingen sie Erinnerungen und Bilder.

Treptows Manuskript (1):
Begegnung

Aus dem Manuskript der Lebenserinnerungen eines Krimi-nalers *von Franz von Treptow, 1903 bis 1919 leitender Kom-missar im Erpresserdezernat des Polizeipräsidiums Berlin Alexanderplatz. Das Manuskript entstand etwa Mitte der 1920er Jahre. Der Verlag verzichtete jedoch aus Angst vor Verleumdungsprozessen auf die Veröffentlichung.*

Seltsame Fälle hatte ich genug in meiner fast dreißig Jahre andauernden Laufbahn. Einer davon war jener des jungen Mannes, der mir, im Frühsommer 1915, im Verhörzimmer 2/ Flügelbau A gegenübersaß. Viel schien ihm vorderhand nicht vorwerfbar: Er hatte auf den Straßen Berlins Sand ausge-streut, oder besser: auf dem Trottoir. Aus kleinen Säckchen ausgestreut und dazu irgendetwas gemurmelt. Womit er in Berlin, in anderen Zeiten, nicht weiter aufgefallen wäre. Aber auch diese, die jetzt alle die »gute alte Zeit« nennen, hatte ihre Monstrositäten, Absurditäten, Bizarrerien, Verirrun-gen und Bestialitäten. Man vergisst das nur allzu leicht.

Es war das erste Kriegsjahr noch nicht vollendet und die Öffentlichkeit sowie die Obrigkeit nervös. Immer noch glaubte man überall Spione und Saboteure zu sehen; das hatte sich seit dem Ausbruch des Krieges kaum gebessert.

»Verdächtige« fingen schnell eine Tracht Prügel oder Schlimmeres ein. Der Mob fragt nicht, er handelt. Insofern hatte der junge Mann Glück gehabt. Nebst Ruhe hieß man Wachsamkeit die erste Bürgerpflicht. Für uns als Polizei war es nicht einfach, einerseits diese Wachsamkeit zu fördern und andererseits ihre Folgen abzuarbeiten, darunter vornehmlich Wichtigtuerei und Denunziation, selten jedoch Handfestes, Verwertbares.

Jourdienst hatte ich in meiner Rangstufe eigentlich nicht zu tun, ich war nur kurzfristig für einen erkrankten Kollegen eingesprungen. Dass der Verdächtige durchaus in mein Dezernat fiel, merkte ich erst im späteren Verlauf der Vernehmung. Dieser Mann, Jacob Tolmeyn, ist der Einzige in meiner ganzen – und im gleichwohl schmerzlichen Rückblick höchst erfolgreichen – Laufbahn gewesen, den ich selbst verurteilte. Nicht als Richter, das hatte und habe ich mir nicht anzumaßen – nur mit einem Federstrich und dem Versprechen, das ich ihm gab.

Doch wenn ich länger darüber nachdenke (und dazu habe ich viel Zeit, denn ich sitze hier in einem Garten vor Berlin und habe nichts zu tun, als Rosen zu schneiden, Holz zu hacken und gelegentlich einen Kopfsalat zu ernten), ist das so wohl nicht richtig. Er wählte sein – nennen wir es ruhig Schicksal – aus freien Stücken. So frei, wie einer eben ist.

Der Auftrag

Es ist kein großartiger, doch immerhin: es ist ein Posten in Rom, der schönsten Stadt auf Erden; in der man dem Himmel am nächsten ist, was ein jeder spürt, der einmal unter der Kuppel, dieser mächtigen Saugglocke, gestanden und himmelwärts geschaut und das Gefühl gehabt hat, nach oben zu schweben: So ergeht es jedenfalls Jacob Tolmeyn jedes Mal, wenn er den Petersdom besucht.

Dass er ganz unten anfängt, als Dritter Sekretär (auf Probe) am Königlich Preußischen Historischen Institut, merkt Tolmeyn schon bei der Zuteilung seines Arbeitsraums. Dieser liegt im Souterrain günstig zum Handarchiv; weniger vornehm ausgedrückt: ein Kellerloch. Was zwar Wege erspart (ständig hat er Dokumente hin und her zu tragen), ihm aber das Gefühl der Abgeschiedenheit, sogar Gefangenschaft vermittelt; obwohl durch das hoch in der Wand eingesetzte, in einen Schacht versenkte Fenster ab und zu eine Lichtspiegelung, ein Luftstoß und ein Klang von der Straße hereinfällt; eher zufällig, wie kleine Pelztiere, die in eine Falle getappt sind und noch ein Weilchen zappeln, bis die Ruhe wieder einkehrt.

Es hätte ihn nicht gewundert, wenn seine Uhr jeden Morgen um acht Uhr stehengeblieben wäre, denn wenn er am Ende seines Arbeitstages aus dem Keller aufsteigt, zeigt sie wieder, oder immer noch, auf die acht. Tolmeyn gleicht die Zeitangabe kurz mit der Wanduhr über dem Portal des Palazzo Giustiniani ab, bevor er die von der Gegenwart bestimmte Hälfte seines Lebens in der vis-à-vis gelegenen Kneipe mit einem Aperitivo und einer Gier und Leidenschaft beginnt, für die ihn seine Jahre in Berlin gut vorbereitet haben.

Die andere Hälfte besteht aus Mittelalter, leider viel zu selten dem leuchtenden, dem bunten Mittelalter, wie man es aus farbig ausgemalten Handschriften kennt. Meistens handelt es sich um staubige Abschriften von Urkunden, die man oben, im zweiten Stockwerk, für wichtig hält.

Institutsdirektor Professor Stammschröer ist besessen von Diplomatik, der Urkundenlehre. In allen bedeutenden Archiven der italienischen Halbinsel lässt er nach »Kaiserurkunden und Reichssachen« fischen. Wobei es ihm um deutsche Kaiser und das Heilige Römische Reich Deutscher Nation geht; nichts sonst; jeglicher Beifang wird wieder in den Ozean gekippt. Es ist die Aufgabe Tolmeyns, die reichlich hereinströmenden Erkenntnisse zusammenzufassen, nach vorgegebenem Stichwortraster aufzubereiten und nach oben zu reichen. Zurück erhält er in der Regel bloß dürre Zettelchen der Belobigung, des Tadels und der weitergehenden Instruktion.

Deshalb wundert er sich, als Anfang Mai Professor Stammschröer höchstpersönlich erscheint. Umstandslos räumt dieser ein paar Dokumentenbündel von dem für Besucher vorgesehenen Stuhl. Er setzt sich aber nicht, als er die Staubwolken aufsteigen sieht, und sagt im Ton einer Feststellung:

»Tolmeyn, können Sie umgehend reisefertig sein?«

»Wohin, Herr Professor?«, fragt Tolmeyn.

Umgehende Reisefertigkeit scheint doch vom Reiseziel abzuhängen. Einen Spaziergang nach Ostia, den bewerkstelligt er natürlich aus dem Stand, mit einem Griff nach dem Hut.

Stammschröer lockert seinen Zwicker mit einem Nasenkräuseln und lässt ihn – am Faden gesichert – abstürzen. Gegenfragen hat er gar nicht gern. Wenn er seinen Dritten Sekretär auf die Suche nach Livingstone hätte schicken wollen, hätte er ihm sicher eine längere Vorwarnung gegeben.

»Gehen Sie sofort nach Hause packen, dann erreichen Sie noch den Express nach Neapel. Umsteigen in Caserta, Foggia, Barletta. Dort die Dampf-Tramway. Morgen Vormittag spätestens müssen Sie in Andria sein. Unser rasches Eingreifen ist erforderlich.« Zum letzten Satz schießt der Zeigefinger in die Höhe.

Professor Fridolin Stammschröer: ein Mann so groß wie breit wie imposant. Gegen Selbstzweifel imprägniert wie der Kleppermantel gegen Regen. Tolmeyn hat ihn nur drei- oder viermal gesehen in den sieben Wochen, die er nun in Rom arbeitet, aber schon zu Berliner Zeiten von ihm gehört. Der Mann ist eine Koryphäe. Er zählte zwar nicht zu den ersten Gelehrten, die nach der Öffnung des vatikanischen Geheimarchivs 1881 aus aller Welt herangetappt kamen wie die Bären, um endlich, endlich, ihre Pratzen bis zu den Schultern in dem so entsetzlich lange unerreichbaren Honigtopf zu versenken. Aber Stammschröer, kurz danach erstmals in Rom gewesen, hatte sich verliebt (in die Stadt ein wenig und geradezu närrisch in ihre unerschöpflichen Vorräte an Urkunden) und geschworen, wiederzukommen. Zur Ausbeutung des vatikanischen Archivs war das Institut gegründet worden. Zur Gelehrtheit kam bei Stammschröer noch ein Quantum Raffinesse: Er verhalf zunächst einem befreundeten Professor in den Sattel des Institutsdirektors, nur um diesen alsbald zu beerben. So hat es Tolmeyn jedenfalls erzählt bekommen von seinem Schweizer Kollegen, der im benachbarten Kellerkabuff schon eine Weile länger Urkunden sortiert.

Nun umzirkelt ihn der Professor, als wolle er ihn sogleich mit seiner breiten weißen Hemdbrust aus dem Raum drücken, derselben strahlenden Hemdbrust, mit der er, wie mit einem Keil, jeden Morgen die Menschenmengen in Gassen und auf Plätzen teilt, wenn er sich in kerzengerader Haltung bei akkurat gezieltem Stockeinsatz (die stählerne Spitze bohrt er gerne in Papiere, Essensreste und anderen Unrat) auf den Palazzo Giustiniani zubewegt: ein schneidiger Kürassier des Geistes, Ulan der Forschung, Dragoner der Neugier. Tolmeyns Kollege hatte ihm bald geflüstert, was die Straßenkinder dem Professor nachrufen; frech und ordinär und anspielend auf einen zweiten Stock, den man dem Professor, nun – von unten her eingeschoben hat, zwecks Erzielung dieser makellos gereckten Statur. Tolmeyn denkt gerade daran, behält aber den ernst-beflissenen Gesichtsausdruck und tritt zur Seite.

Stammschröer schiebt ein paar Urkunden auf dem Schreibtisch zusammen.

»Das hat sechshundert Jahre ungelesen herumgelegen, da kommt es auf fünf Tage auch nicht an. Nur zu, Doktor Tolmeyn, ich setze Sie auf dem Weg nach oben ins Bild.«

Das Bild gleicht einer Klage.

Ach!, die Kollegen vom sehr verehrten Kulturgüterministerium dort unten. Allzu schnell bei Spitzhacke und Schaufel, wo es der Pinzette und eines feinmaschigen Siebes bedürfe. Beste Absichten, aber es fehle ihnen an Geduld, Information und – nun ja: Anleitung.

»Aber sprechen Sie das um Gottes willen nicht aus: Wir helfen, natürlich. Und das gerne.«

Er habe, sagt Stammschröer auf der Treppe, Witterung bekommen von einer unmittelbar bevorstehenden Aktion des Bürgermeisters von Andria, Vito Sgarra, der die Krypta des Doms zu Andria ausräumen lassen wolle.

»Sie wissen doch, was man dort vermutet«, sagt Stammschröer wieder im Ton der Feststellung.

»Andria, ah ja –«, sagt Tolmeyn, nur ungefähr über diesen kunstgeschichtlich eher zweitrangigen Dom unterrichtet, aber auf das mitteilende Naturell des Professors vertrauend.

»Ganz genau, die Kaiserinnengräber. Bitte, von mir aus. Aber dann lassen sie einen Trupp Steineklopfer ran, die pulverisieren, was sogar Generationen von Grabräubern pietätvoll übersehen haben.«

Stammschröer stoppt in der Halle des Palazzo, vor dem Tor, und drückt Tolmeyn einen Umschlag in die Hand.

»Geld, Namen, Adressen sowie Don d'Ursos Aufsatz von 1842, zu Ihrer ersten Orientierung.«

Dann baut er sich vor Tolmeyn auf. Dass dieser glatt die Augen zusammenkneifen muss, so sehr gleißt die breite, weiße Hemdbrust in dem einen Strahl der Sonne, den die Toröffnung passieren lässt und in den der Professor sich platziert hat, als gebe es gar keinen anderen Ort für einen wie ihn, als beanspruche er wie der gegenwärtige Kaiser seinen Platz an der Sonne. Er tippt Tolmeyn an die Schulter:

»Es sind die Gemahlinnen von Friedrich II. Falls sie es sind«, sagt er, »Friedrich *zwo* dem *Staufer*.«

Natürlich dieser Friedrich, denkt Tolmeyn, nur der hat Spuren in Unteritalien hinterlassen, und sagt: »Sie können sich wie stets auf mich verlassen, Herr Professor.«

Stammschröer nickt würdig, will nun abdrehen und hinauf in sein Direktorium. Aber er bremst sich: »Es wartet vielleicht noch eine andere Aufgabe auf Sie, Tolmeyn. Eine richtig große Aufgabe.«

»Ja?«, sagt Tolmeyn, für den Moment durchaus bedient. Er versucht interessiert, aber nicht allzu eilfertig zu klingen. Er muss doch erst einmal Andria auf der Landkarte finden.

Stammschröer schwankt, winkt ab.

»Na. Kommen Sie erst mal erfolgreich zurück. Dann werden wir sehen. Und: Denken Sie an Deutschland – und in großen Zusammenhängen.«

In seiner Unterkunft, nur ein paar Minuten vom Institut, packt Tolmeyn Wäsche, Hemden und Hosen, einen Zeichenblock, ein paar mehr oder weniger unverzichtbare kunsthistorische Bücher (um sich noch im Zug auf den Stand der Forschung zu bringen), Schreibsachen, ein kleines Hämmerchen, Meterstab, Winkelmaß, Taschenlampe, ein Klappmesser und was sonst noch in der Wildnis nützlich sein könnte. Ist das ein Malariagebiet? Er holt den *Baedeker* für Unteritalien aus dem Regal und faltet die beigefügte Karte aus. Andria, hier: unterhalb des Stiefelsporns, am südlichen Golf von Manfredonia, ein paar Kilometer landeinwärts. Das sieht schon im bräunlich-gelben Kartenbild nach einer heißen und staubigen Gegend aus.

Dennoch: Endlich wieder hinaus. Kein Pergament mehr, kein Papier, keine Stockflecken, kein Geruch staubiger Akten. Sondern: die Hand auf den Stein legen, die verwitterten, verschliffenen, zertrümmerten Formen abtasten, vertraute Muster und Bilder aufspüren, Verstreutes zu einem Ganzen fügen und aus den Sprachen der alten Zeiten übersetzen.

Auf dem Weg zum Bahnhof kauft er ein paar Gramm Chinin gegen Malariafieber und einen breitkrempigen Hut (denn er ist blass geworden als Stammschröers urkundenfressende Kellerassel – von der römischen Frühjahrssonne hat er nicht viel gesehen).

Als der Zug anrollt, schaut Tolmeyn auf seine Uhr. Sie ist heute Morgen nicht stehengeblieben. Sie zeigt halb zwei. Er summt vergnügt, die Lokomotive macht den Takt dazu.

Fast glückliches Andria

Andria, Apulien, 8. Mai 1914
Gasthäuser: Vittoria, an der Piazza Vittorio Emanuele, Stella, nahebei, beide mit Trattoria und ganz gut. Stadt von 49967 Einwohnern. (Aus *Baedekers Unteritalien*, Leipzig 1911)

Die Dampftramvia von Barletta, ein schlotterndes Schächtelchen, liefert ihn über ansteigende Trasse und unter hektischem Hecheln am nächsten Tag kurz nach halb zwölf Uhr vormittags am Zielort Andria ab. Die entstiegenen Ortskundigen verschwinden blitzschnell vom Bahnsteig, so wie Wassertropfen von einem durchgeglühten Stein hüpfen. Zurück bleibt allein Tolmeyn, abwartend blinzelnd in der Sonne, um zu sehen, ob man ihm vielleicht ein Empfangskomitee geschickt hat. Aber nichts dergleichen.

Keine Standmusik, kein Blumenschmuck, kein Mädchen, das Gedichte aufsagt; Gott sei Dank. Aus dem Stationsgebäude tritt nach angemessener Wartezeit ein Herr von Statur und Bedeutung und verharrt im Schatten des Vordachs, bis Tolmeyn näher kommt.

»Habe ich es mit Doktor Tolmeyn zu tun, nach Andria entsandt, um die deutschen Kaiserinnen vor dem Zugriff der Italiener zu retten?«, fragt der Herr.

»Oh«, macht Tolmeyn, erstaunt über diese wenig elegant vorgetragene Ansprache: das konnte wohl heiter werden.

»Ganz genau. Obwohl – die eine stammte aus England und die andere aus Palästina.«

»Ich bin Sindaco Vito Sgarra, willkommen in Andria«, sagt der Bürgermeister, vielleicht von seiner eigenen Schroffheit erschreckt und nun erleichtert, bloß einen blassen jungen Mann im hellen Anzug vor sich zu sehen, ohne Monokel, ohne Krawatte, ohne Stock. Eine schmale Hand wird ihm entgegengestreckt; nicht die schrundige Hand eines erfahrenen Ausgräbers, eher die eines Umblätterers.

»Nach Professor Stammschröers Telegramm hatten wir …«, sagt Sgarra.

Tolmeyn denkt sich den Satz weiter: … einen kleinen Stammschröer erwartet. Und das hatte, nicht zu Unrecht, schlimmste Befürchtungen geweckt. Nicht nur bei dem Bürgermeister, der wie alle Würdenträger der Stadt allergrößte Hoffnungen in die Kaiserinnengräber setzte. Sgarra fragt: »Es ist heiß für die Jahreszeit. Sofort ins Haus Gottes oder lieber ins Haus des Bacchus?«

»Bacchus«, sagt Tolmeyn, »unbedingt!«

Etwas Restauration nach der langen Anreise wird wohl in Ordnung sein. Viermal hat er umsteigen müssen, und schon beim ersten Mal hat er sich auf die erste Klasse verbessert; das scheint im Reisebudget drin zu sein. Tolmeyn reist nun einmal nicht gerne mit Hühnern und Bauern.

Sgarra geleitet den Gast durch mittäglich leere Gassen zum Albergo Vittorio am Domplatz, das sich als seine Schlafstätte der nächsten Tage herausstellt. Im *Baedeker* liest er nach, dass dieses Etablissement in dem schwer durchschaubaren Bewertungsgefüge von *gelobt/ordentlich/dürftig/ganz gut/mäßig/einfach/neu/schlecht/neu und gut/leidlich/er-*

träglich immerhin ein *ganz gut* erhalten hat. Besser geht es nicht, in Andria; außer, man vereinbart, wie Tolmeyn es mit dem Wirt tut, allabendliche heiße Wannenbäder, um sich vom Grabungsstaub reinigen zu können, sowie tägliche Wäschewechsel. Und mietet auch noch die Zimmer links und rechts dazu, um nicht vom Schnarchen und Getrampel unmittelbarer Nachbarn gestört zu sein. Wenn er hier ganze Arbeit leisten soll, muss er gut, lang und tief schlafen können. Das wird der Professor wohl einsehen.

In der dazugehörigen Trattoria lässt Sgarra erst einmal auftischen und einschenken, und zwar reichlich. Der Gesandte Preußens soll sich rundum wohl fühlen. Vielleicht ist noch etwas zu machen. Zwei weitere Gäste stellen sich ein und machen hoffungsfrohe Gesichter.

»Alle fahren sie an Andria vorbei, so schnell wie möglich zum Castel del Monte«, klagt Raffaele Sgarra, Bruder des Bürgermeisters, ein studierter Arzt, der auch das Amt eines Provinzialrats versieht.

»Dabei ist Andria die Stadt, in der Federico seine glücklichsten Stunden zugebracht hat«, sagt der Kunstschriftsteller und Architekt Ettore Bernich, den die Sgarras, wie sie sagen, als Fachmann beigezogen haben. Tolmeyn hat noch nie von ihm gehört.

»Iolanthe von Jerusalem brachte einen Sohn Friedrichs in Andria zur Welt«, sagt Vito.

»*Andria felix*«, zitiert Tolmeyn, was er im Bahn-Coupé gelesen und memoriert hat, und schwenkt freundschaftlich seinen Becher Rotwein, »*das glückliche Andria.* Aber ob er – der Kaiser – einmal länger hier verweilt hat, das ist doch sehr umstritten –«

»Du lieber Gott, lassen Sie uns wenigstens die kaiserliche Inschrift an der Porta Sant'Andrea«, murrt Raffaele Sgarra leise, »wenn Sie uns schon die Kaiserinnen rauben wollen.«

»Ksss«, macht Vito. Es hat doch keinen Sinn, dem Preußen Vorhaltungen zu machen, eingesponnen muss er werden, mit zartem, aber unzerreißbarem Faden, bis seine Überzeugungen denen der hier anwesenden Herren entsprechen, welche wiederum nur die Haltung der Stadt und der ganzen Region vertreten.

Tolmeyn versteht ihn schon: Es ist im Interesse Italiens wie auch des Deutschen Reichs, dass aus dem Geröll der Andrieser Domkrypta zwei Kaiserinnen geborgen werden und dass sie künftig ihre ewige Ruhe in gebührender Würde genießen. Das diente nicht nur der letzthin immer wieder gespannten Atmosphäre im Dreibund – das Verteidigungsbündnis von Deutschem Reich, Italien und Österreich –, sondern auch, wer wollte es leugnen, der Andrieser Stadtschatulle. Man hat den Hohenstaufer – den Schwaben, wie sie ihn immer noch nennen, *Federico svevo* –, in bester Erinnerung hier, in Apulien. Für ein paar Jahre ist dieser Landstrich, die Capitanata und die Terra di Bari, der Machtmittelpunkt Europas gewesen, und danach ist es eigentlich immer nur bergab gegangen, bis auf den heutigen Tag. Nur der Schwabe hat seinen Glanz behalten, und noch dazubekommen.

Nun sehen die drei Herren den Gesandten Tolmeyn in einer Mischung aus hoher Erwartung und Resignation an. Hätte gerade noch gefehlt, dass sie die Hände gefaltet hätten. Ohne die Beglaubigung des Königlich Preußischen Historischen Instituts würde, was auch immer sie dort unten finden würden, stets im Dämmerlicht der Zweifelhaftigkeit stehen.

»Ich bin Kunstgeschichtler und Gelehrter«, sagt Tolmeyn, »nicht Romanschriftsteller, ich muss mich an die wahren Gegebenheiten halten. An die Fakten.«

Das Wort Fakten wirkt auf die Herren wie die Probiernadel im Soufflé. Sie fallen in sich zusammen, und ihre Gesichter werden grau.

»Aber«, sagt Vito Sgarra, »Geschichte braucht Phantasie, und ist die Phantasie nicht die mehr oder weniger gespannte, mehr oder weniger rosige Haut über einem mehr oder weniger klapprigen Faktengerippe? Ist nicht, in unserer und in Ihrer Sprache, Doktor Tolmeyn, nur ein Wort für beides? *Storia* sagen wir und Sie Geschichte.«

Tolmeyn leert den Becher und stopft noch zwei oder drei der delikaten *stuzzichini* in die Backen. Was auch immer er genau sagen will, Sgarra hat natürlich recht.

»Also gut: Gehen wir zum Dom«, sagt er.

Es sind nur wenige Schritte über den Platz. Auf den Stufen zum Hauptportal liegt eine Planke, ein Arbeiter balanciert einen Schubkarren darüber und kippt die Ladung auf einem ansehnlichen Haufen Schutt aus. Tolmeyn bleibt stehen und sieht seine Begleiter an, fast vorwurfsvoll.

»Natürlich haben wir bereits angefangen«, sagt der Provinzialrat Sgarra mit einer gewissen Angriffslust im Ton, »das ist das Geröll aus Jahrhunderten. Es ist ja auch Ihre Zeit kostbar, Herr Doktor Tolmeyn.«

Tolmeyn erwidert nichts. Er steigt vorsichtig auf den Schutthaufen, um eine Perspektive wie aus dem Sattel eines Pferdes zu bekommen. Friedrichs Pferd. Er kneift die Augen etwas zusammen, damit die vor der Domfassade hängenden Telegraphenkabel und die eine Gaslaterne aus dem Bild verschwinden:

Es ist April 1228. Iolanthe, meine zweite Frau, ist vor ein paar Tagen gestorben. Viel hat sie nicht mitgebracht in die Ehe, rein materiell gesehen. Nur etwas Mittelmeerstrand und Hinterland in der Levante. Aber den Titel, den sie als Erbin des Königreichs Jerusalem führte, diesen Titel musste ich unbedingt haben. Nicht nur um den verdammten Papst zu ärgern. Aber auch. Ein Kind habe ich geheiratet, als Kind ist Iolanthe gestorben. Hat sie mir etwas bedeutet? Nein, das war eine politische Sache. Habe ich sie besucht, als sie hier in Wehen lag, oder danach, als das Kindbett ihr Totenbett wurde? Nein, ich hatte einen Kreuzzug vorzubereiten, der verdammte Papst hörte ja gar nicht mehr auf, mich zu bedrängen. Dabei bin ich doch schon exkommuniziert. Soll ich sie wirklich hier, in Andria, begraben lassen? In dieser wahrhaft nicht prächtigen Kirche? Eine Kaiserin? Meine Kaiserin?

Tolmeyn, wieder als Tolmeyn, denkt: Richard von San Germano hat es so aufgeschrieben, und den hält man unter Historikern für eine verlässliche Quelle: Iolanthe sei *in der Gegend von Andria* gestorben. Genauer weiß es Wilhelm von Tyrus: *In der Erde Andrias hat man die Iolanthe unter höchsten Ehren begraben, in der Kirche der Stadt, eben wie es einer römischen Kaiserin und Königin von Jerusalem gebührt.* Eine würdigere Begräbnisstätte als den Dom hatte Andria nie zu bieten. Und, denkt sich Tolmeyn wieder als Friedrich, wenn die eine Gemahlin hier ruht, dann soll dies auch die nächste, die wunderschöne Isabella Plantagenêt von

England, die 1241 in Foggia gestorben ist. Angeblich, setzt Tolmeyn als Kunsthistoriker hinzu.

»Kommen Sie nun, Doktor Tolmeyn?«, ruft einer der Sgarras vom Portal her. Tolmeyn macht ein Zeichen, bittet um eine weitere Minute auf dem Schutthaufen.

Was habe ich vor mir? Nicht das, was Friedrich gesehen hätte – wenn er hier gewesen wäre. Ein romanisches Bauwerk, erbaut, vergrößert, angebaut, eingestürzt, wieder aufgebaut, umgebaut und erweitert. Der Stauferkaiser war nicht immer so modern wie jetzt, wo sich sogar einer wie Wilhelm II., ein Hohenzollern, auf ihn beruft. Irgendwann erinnerte sich einer dessen, was inzwischen Legende war: Der Andrieser Historiker Don Riccardo d'Urso nahm Mitte des 19. Jahrhunderts seinen ganzen Mut zusammen, kroch zwischen Schutt und den Gebeinen aus sechshundert Jahren herum, welche die Krypta ausfüllten – das kalte Grausen in den eigenen Knochen, im zitternden Schein der Fackel beobachtet von munteren, leeren Augenhöhlen, beargwöhnt von den Asseln, Spinnen, Ratten und all den anderen namenlosen Kindern des Staubs und des Schattens, die über die Kaiserinnen wachten. Schön, d'Urso hatte dick aufgetragen in seinem Bericht … *ich ließ mich herab in den Schlund der Gruft* … trotz allem, Skulpturreste glaubte er erkannt zu haben, und vier kleine Säulen, nur wo genau, das schrieb er nicht auf, aber er hielt diese Säulen und ein paar andere Fundstücke für die Reste der tief verschütteten Grabmäler der Kaiserinnen.

»Warum hat d'Urso eigentlich nicht selbst gegraben?«, fragt Tolmeyn im Innern der Kirche, der er nur einen oberflächlichen Rundblick widmet.

»Der war froh, als er wieder an der Sonne war«, sagt Vito

Sgarra, »er hatte gesehen, was er sehen wollte. Bitte, hier entlang, am Ende der Kapelle.«

Sechzehn Stufen – Tolmeyn zählt sie – folgt er den Sgarras und Bernich hinab in die Krypta. Eine Weile wartet er. Still ist es und warm, dumpf greifbar die staubige Luft. Rechts sieht Tolmeyn, mäßig erhellt von ein paar Glühbirnen, die alte zweischiffige Unterkirche, am Ende die halbkugelige Höhlung einer leergeräumten Apsis. Der Untergrund ist teilweise ausgeräumt, nicht überall kann man aufrecht stehen. Baumaterial? Kalkstein aus der Gegend wohl. Verstreut hier und dort: Säulenstümpfe, Kapitelle, zerbrochene Skulpturen. Und ein paar Jutesäcke, an den Mittelpfeiler gelehnt. Aus einem ragen Knochen.

»Die Gräber, Doktor Tolmeyn, haben wir so weit freigelegt, dass wir sie jederzeit öffnen können«, sagt Bernich so, als wolle er es auf der Stelle tun.

Bernich und die Sgarras gehen voran in die Vorhalle der Krypta. Tolmeyn notiert: *Rechteckiger Grundriss, das Gewölbe gestützt auf fünf Säulen, und jede sieht anders aus. Die Wände aus behauenen Steinen unregelmäßig gesetzt, in schmalen und breiten Lagen.*

Tolmeyn lässt sich von Ettore Bernich einweisen: Neben dem Treppenabgang, zwischen Säule und Eckpilaster, längs der Wand befindet sich das mit der Nummer 1 bezeichnete Grab, das Grab Nummer 2 schräg gegenüber. Beide im natürlichen, gestampften und sauber freigekehrten Erdboden, mit niedrigen gemauerten Einfassungen, beide von Steinplatten gedeckt, jene von Nummer 2 angebrochen. Jetzt sieht Tolmeyn auch die vier Arbeiter, die Holzlatten, die eisernen Hebel.

»Halt, halt«, sagt er, »nicht so schnell.«

Wenn es beliebt, fügt er an, schließlich ist er hier der Gast. Das ging doch nicht: Nach sechzehn Stunden aus dem Zug fallen, drei Becher Wein trinken und vor dem Aperitif noch schnell die Gräber von Kaiser Friedrichs Gattinnen aufhebeln. Er sieht zwar die Enttäuschung bei den Sgarras und bei Bernich, aber er argumentiert dennoch mit seiner kürzlichen Ankunft und schließt:

»Lassen Sie uns den Moment in würdiger Vorbereitung angehen, meine Herren. Geben Sie mir etwas Zeit, die Zeichen dieser Krypta zu lesen.«

»Also morgen kurz vor Mittag?«, fragt Vito Sgarra. »Nun gut, dann haben wir auch den Mann vom *Corriere delle Puglie* hier.«

Aber richtig glücklich sieht er nicht aus.

Veilchen, Rosenwasser und Harz

Andria, Domkrypta, 9. Mai 1914

Es sind Kerzen aufgestellt. Der Korrespondent vom *Corriere* kratzt artig in den Block, was Raffaele Sgarra, der Provinzialrat, ihm flüsternd eingibt. Der Dompfarrer, Stirn in Falten, denkt vielleicht an den zweifach exkommunizierten Kaiser Friedrich, und ob das kirchenrechtliche Auswirkungen auf dessen Frauen gehabt haben könnte, und ob ihm ein Wallfahrtsort mittelalterlicher Gottlosigkeit unter die Füße geschoben werden soll. Bernich behängt die Mittelsäule der Vorhalle mit allen Glühbirnen, die er hat auftreiben können. So hell sieht der Raum noch schäbiger, improvisierter aus. Vor allem aber: geheimnislos. Eine Rumpelkammer der Hoffnungen.

Tolmeyn kommt aus dem hinteren Bereich der Krypta, wo er diverse Bruchstücke von Ornamenten untersucht hat. Früh am Morgen ist er schon zurückgekehrt, nach einer kurzen Nacht, einem in redseliger Sattheit und Trunkenheit aufgegangenen Mahl in der Trattoria, dem ein langer Nachmittag des Suchens, Skizzierens und Messens in der Krypta vorausgegangen war. Da war schon noch allerlei von Interesse aufgetaucht (und vorsichtshalber hatte er sich den Schutthaufen draußen vor den Kirchenstufen auffächern lassen) – doch kaum etwas, das kaiserlichen Grabesmonumenten würdig gewesen wäre.

Die Sgarras, denen er nun dies auseinandersetzt, durchleiden jäh abwechselnde Erschütterungen der Freude und der Niedergeschlagenheit. Ein Säulenkapitell, das in die Zeit um den Tod der Iolanthe gepasst hätte (Na also!, ruft Vito), und in das schon d'Urso große Hoffnung gesetzt hatte – eben dieses Kapitell müsse er, Tolmeyn, aufgrund von Stilerwägungen ausscheiden. »Was bitte sind Stilerwägungen?«, fragt Raffaele entgeistert.

Dann: Einige in der Krypta gefundene Fragmente, die sich, wiewohl lückenhaft, zu einem Baldachin – ein auf Säulen gestütztes Dach über einem Grabmal – zusammenfügen ließen. Allein, der Baldachin, wie Tolmeyn ihn rekonstruierte, war zu klein und überdies quadratisch – nichts für ein längliches Grab. Aber, aber, wendet Vito Sgarra hier ein, die Rose auf dem Ornamentfries, wenn das nicht das englische Wappen sei! *The rose of England!* Und dann diese Rose im Kreisgeflecht des anderen Fragments, wenn das nicht gar die Rose im Liebesknoten darstelle, zum Zeichen der Trauer um die schöne Isabella Plantagenêt? Und der Adler, der den anderen Baldachinbogen schmücke? Doch nur der staufische Adler! Was sonst?

Nichts Besonderes, muss Tolmeyn sagen, weder das eine noch das andere. Siebenblättrige, fünfblättrige Rosen, Rosetten aller Art finde man allerorten, seit den Zeiten der Seitenportale des Doms zu Bari. Und der Adler, der habe auch in der kirchlichen Symbolik seinen Platz, man denke an den Adler, der für den Evangelisten Johannes stehe.

»Aber der Liebesknoten …«

Raffaele flüstert dies fast, und Tolmeyn setzt bruchlos fort: » ... zwei in einen Kreis gespannte Viereck-Rahmen gehören zu den Flechtwerk-Motiven, welche, aus dem Ornamentenschatz der byzantinisch-langobardischen Periode stammend, in die romanische Plastik Apuliens häufiger und länger übernommen worden sind als irgendwo sonst.«

Es sei nun einmal so, dass über die Jahrhunderte ausrangiertes Kirchenmobiliar von oben nach unten wandere und durcheinandergemischt werde. Natürlich sind die Sgarras enttäuscht, und Tolmeyn fühlt mit ihnen. Aber wie soll er hier helfen?

»Lassen Sie uns jetzt die Gräber öffnen«, sagt Vito Sgarra.

Die Gruppe stellt sich um das Grab mit der gebrochenen Deckplatte auf. Sgarra hält die Nase dicht über den Riss. Eine Weile hört man nichts als das Schnüffeln des Bürgermeisters von Andria.

»Hmm«, macht er und gibt den Arbeitern ein Zeichen. Niemand spricht. Die Werkzeuge werden angesetzt, man hört das Schleifen von Stein auf Stein. Ouvertüre zu Ende, denkt Tolmeyn, der Vorhang geht auf.

Da liegt ein Skelett, zumindest fällt sofort ein Schädel auf, aber zu diesem zerkrümelten Schädel hat man überschüssige Knochen aller Art und Herkunft geworfen, dazwischen Schutt eingestreut. Ein einköpfiges, aber vielleibiges Wesen muss das gewesen sein.

»*Bollito misto*«, entfährt es dem Vito Sgarra in Erinnerung an den abends zuvor genossenen Eintopf von gekochtem Fleisch und Gemüse.

Tolmeyn rückt näher. Nichts, keine Beigaben, weder Schmuck noch Reste von Kleidung. Das Ensemble macht alles in allem einen sehr unkaiserlichen Eindruck. Nicht dass er überrascht gewesen wäre. Er sieht den Bürgermeister an und hebt die Schultern.

»Na gut«, sagt Vito Sgarra eilig, »das zweite Grab sieht mir doch wesentlich erfolgversprechender aus.«

Raffaele Sgarra bekreuzigt sich und kniet neben seinem Bruder am Rand der anderen Grabeinfassung nieder. Ebenso tut es Ettore Bernich, der allerdings von oben, aus der Kirche, das Polster eines Kniebänkchens mitgebracht hat. Das kommt Tolmeyn nun doch ein wenig übertrieben vor.

»Schließen Sie die Türe zum Aufgang. Wir müssen Zugluft auf jeden Fall vermeiden«, ordnet Vito an und winkt Tolmeyn herbei: »Jetzt kommt es auf die Nase an. – Bereit, Signori?«

Kaum ist die Platte von den Arbeitern ein wenig gelüftet, beugen sich die drei wie ein einziger Torso vor, dicht an die Ritze, und saugen heftig Luft durch ihre Nasen ein. Tolmeyn folgt dem Beispiel, jedoch vorsichtiger und mit Verzögerung. Nur der Domherr schnüffelt nicht, vielleicht ist seine Nase vom Weihrauch verdorben. Die Herren richten sich auf, sehen einander an.

Endlich spricht Vito Sgarra: »Für mich roch das doch sehr aromatisch.«

Raffaele Sgarra: »Veilchen und etwas Harz, nicht?«

Und Ettore Bernich: »Meines Erachtens eine dezente Rosenwassernote.«

Wieder Vito Sgarra: »Ich fühlte mich erinnert an den Jasminstrauch unter meinem Balkon.«

Raffaele: »Unbedingt.«

41

Ettore Bernich: »Rosenwasser. Nun bin ich sicher. Rosenwasser.«

Vito: »Insgesamt – kaiserlich. Keine Frage.«

Daher weht der Wind, denkt Tolmeyn und: Wenn überhaupt etwas, dann ungewaschene Füße, Moder, Kalkstaub, Erde hunderttausendfach von Würmern verdaut. Er sagt:

»Die Legende von angenehm duftenden Aromen, welche bei Graböffnungen aufsteigen und die von der Einbalsamierung hochstehender Verstorbener herrühren, ist kaum belegt und wahrscheinlich nur dort anzutreffen, wo es sich um dicht schließende Steinsarkophage handelt, die erstmals geöffnet werden. Zudem sollten die Leichen noch gut in ihre Bandagen gewickelt sein. Dann – vielleicht.«

O je, denkt er, als er in die Gesichter sieht. Im Namen der Wissenschaft, ich, Tolmeyn, der große preußische Spielverderber, Zertrümmerer Andrieser Träume.

Die Deckplatte ist nun ganz entfernt. Auf seine Einwände sind die drei Herren gar nicht eingegangen. Kein Duft? Bitte. Dann nicht. Es gibt weitere Merkmale. Raffaele Sgarra, der lange als Arzt und Chirurg praktiziert hat, inspiziert das – überraschend, wie auch Tolmeyn feststellt – gut erhaltene Skelett, das da, schön aufgeräumt und vollständig, die Unterarme über dem Brustbein gekreuzt, vor ihnen liegt. Er springt um das Grab herum, brabbelt vor sich hin und beginnt zu schwitzen, als er den Schädel betastet wie den eines geliebten Menschen.

»Dieses hier«, erklärt Raffaele Sgarra nach einer Minute vertiefter Forschungsarbeit, und er streicht mit dem Zeigefinger über die Kurvatur des linken Beckenknochens, »dieses sind eindeutig die Gebeine einer jungen Frau. Das zu sagen erlaubt uns die zarte Ausbildung der Substanz um die Gelenke, die delikate Schmalheit dieser Rippenbögen. Und –«, Sgarra nimmt Tolmeyn fest in den Blick, denn das Folgende wird er nur einmal sagen, das gebietet der Glaube an seine eigene Autorität:

»– und, verehrter Dr. Tolmeyn, als ergebener Student der Gall'schen Schädellehre, aber auch ermächtigt durch eigene kraniometrische Forschungen, wage ich eine wohlbegründete Vermutung auszusprechen: Die Dame, welche vor uns ruht, und fast siebenhundert Jahre so geruht hat, war, der spezifischen Form des Schädels nach, eine Engländerin.«

Der Korrespondent des *Corriere delle Puglie* schreibt fieberhaft. Wenn sich hier eine Sensation anbahnt, dann will er sie wortwörtlich. Na vielleicht, denkt Tolmeyn und geht in die Hocke, zartgliedrige junge Männer habe ich allerdings auch schon gesehen, Berlin ist voll von solchen Figuren, und gehst du in einschlägige Kneipen, weißt du auch nicht gleich, wen oder was du vor dir hast, Frau, Mann, was immer. Dabei sind die dort alles andere als tot und verwest. Aber hier, hier müsste man eine Autorität auf anthropologischem Gebiet heranziehen, um Sicherheit zu erlangen. Die Wissenschaft ist schon weiter als Dr. Sgarra und seine verehrten Schädelvermesser aus dem 18. Jahrhundert, auch weiter als die sich jüngst so modern gerierenden Rassenhygieniker.

Der Korrespondent tippt mit dem Bleistiftende auf seinem Block herum, was Tolmeyn gewahr werden lässt, dass man nur noch auf ihn wartet.

»Gut, nun«, sagt er und saugt viel Luft ein, denn er hat einen langen Satz aufzustellen, »fehlende Inschriften oder monumentale Grabaufbauten sind – nun, es ist so: Der Luxus, den man von sizilianischen Grabstätten kennt, verbreitet sich im übrigen Italien erst im 13. Jahrhundert ...«

»Na also«, sagt Vito Sgarra. Unterdrückt der Sindaco da ein Lächeln des Triumphs?

»...und weil die trapezförmige Ausbildung der Gräber, fußwärts schmal, in Schulterhöhe breiter, nicht vor dem und auch nicht nach dem 12. Jahrhundert nachgewiesen ist ... –«, dieser Bernich, ballt der schon verhohlen die Faust des Siegers? »–... könnte man, auch weil es eben nur diese beiden Gräber in der Krypta gibt und die Tradition es nun einmal für gegeben nimmt, dass –«

Tolmeyn bricht ab. Was soll's. Lass ihnen die Kaiserinnen. Sie gehören zu ihrer Geschichte. Zur »Tradition«, wie man die Stille Post über die Jahrhunderte, den über die Generationen hinweggeschleppten Tratsch, auf gut Deutsch, in meinen Kreisen nennt. Die ganzen kleinlichen wissenschaftlichen Wenn und Aber lagere ich in meinen Bericht für Stammschröer ein.

»Ausschließen kann man es jedenfalls nicht«, sagt er schwach.

Traurig, aber auf diese Erkenntnis schrumpft alles zusammen. Mehr lässt ihm die unerbittliche Logik von den dürftigen Prämissen nicht übrig: Aus nichts folgt auch nichts. Vito Sgarra jedoch folgt seiner eigenen Logik, als er sich vornüberlehnt, die Arme ausstreckt und Tolmeyn an seine Brust zieht. Schweigend verharren sie ein paar bewegte (Vito) und peinliche (Tolmeyn) Sekunden, über den sterblichen Überresten der Kaisergattin Isabella Plantagenêt von England, die recht unverschämt von unten nach oben lacht, so laut, dass die Krypta widerhallt: Aber das tun sie alle, die Toten, gleich welchen Ranges: die Lebenden auslachen; sie haben es ja hinter sich.

Drei Tage noch verbrachte er in der Krypta des Andrieser Doms, in denen er den einen oder anderen bemerkenswerten Fund aus verschütteten Tiefen holte. Er maß und wog und fühlte, skizzierte und notierte. Und wenn er allein war, und das war er meistens, führte er lange Gespräche mit Iolanthe und Isabella. Er hörte einiges über die Demütigung, jahrhundertelang in einer zweitrangigen Kirche unter den Knochen gewöhnlicher Menschen liegen zu müssen, hörte ihr Lamento über den dauernd abwesenden Ehegemahl, der nach der ersten erfolgreichen Schwängerung jedes Interesse an ihnen verloren hatte. Sonst hatten sie kaum gemeinsame Themen, und was Tolmeyn aus Berlin erzählte, schien sie wenig zu interessieren und gar nicht zu schockieren: Sie hatten auch in einer rauhen Zeit gelebt, waren herumgeschoben, benutzt, allein gelassen und schließlich hier abgeladen worden. Zwischendrin schwiegen sie stundenlang, verbittert wohl, da Tolmeyn ihnen erzählte, er könne sich nach den vorliegenden Indizien nicht auf die Piazza stellen und zweifelsfrei verkünden, da unten lägen in der Tat die beiden Gemahlinnen Kaiser Friedrichs. Wie kann der Pöbel da oben das vergessen haben, zischte Isabella von England, wir waren der Mittelpunkt der Welt, sie haben im Staub gekniet und uns gehuldigt, sie haben Blumen geworfen und in dieser Kirche für unser Seelenheil gebetet. Aber Tolmeyn hob nur die Schultern: Wohl nicht genug. Treuloses Pack, der Friedrich war ein harter Mann und wohl doch noch zu weich, sagte die Iolanthe noch und dann nichts mehr.

Wenn Tolmeyn aus dem Halbdunkel auftauchte, wartete stets einer der Herren, oder alle drei, sie fütterten und tränkten ihn großzügig in der Trattoria Vittorio, ließen sämtliche Honoratioren, die Andria anzubieten hatte, an seinem Tisch vorbeipassieren, von den altehrwürdigen Edelleuten bis zum Amtstierarzt, vom Bibliothekar zum Abdecker, die allesamt immer noch mehr Dankbarkeit auf den ohnehin schon großen Haufen häuften; und Tolmeyn sparte auch nicht an Großzügigkeit, lud einen jeden ein, mit ihm zu tafeln.

Am Morgen des sechsten Tages treffen die beiden Sgarras vor dem Domportal ein, um Tolmeyn zum Bahnhof zu geleiten. Er war noch einmal kurz durch die Krypta gegangen, getrieben von der Sorge, etwas übersehen zu haben, und kommt doch beruhigt zurück ins Licht. Am Fuß des großen Schutthaufens auf dem Vorplatz greift er, einem unbefragten Impuls gehorchend, in den nach unten durchgesickerten Sand, nimmt eine Handvoll und versenkt sie in der Tasche seiner Anzugjacke, bevor er zu den Sgarras in den Zweispänner steigt.

Strategie

»Und wie hat es wirklich gerochen?«, fragt der Kommissar. Vielleicht denkt er an die Exhumierungen, denen er beigewohnt hat. Scheinen keine Kaiserinnen dabei gewesen zu sein. Dieser leicht heruntergezogene Mundwinkel ist die erste Gesichtsregung, die sich der Kommissar bisher erlaubt hat. Tolmeyn sieht es wohl, und er sieht, dass es auch dem Kommissar aufgefallen ist, der nun unvermittelt wieder alle seine Gesichtsmuskeln entspannt, auf den Ausdruck, den er vermutlich für ausdruckslos hält.

»Veilchen, Harz, Rosenwasser«, lügt Tolmeyn. Ist doch sinnlos, an diesem Punkt zur Wahrheit zurückzukehren.

Ein Schwamm ist es, der vor ihm sitzt. Alles saugt er auf, unbeweglich, geräuschlos, restlos. Bis er sich irgendwann zu einem Verhörprotokoll auswringen lässt. Er ist nicht unangenehm, er wirkt nicht unintelligent, verbirgt sich hinter Trägheit. Notizen macht er beiläufig, mit einem Bleistift, den er oft nachschärft. Selten schreibt er mehr als ein Wort. Heißt nichts anderes als: Schauen Sie, ich habe ein phänomenales Gedächtnis. Er hat Tolmeyn reden lassen und wird dabei gespürt haben, dass dieser längst nicht alles ausgesprochen hat, was ihm durch den Kopf gegangen ist. Zu lange waren die Pausen, zu viel hat der leise knarzende Stuhl verraten, auf dem der Delinquent nicht stillsitzen kann, während er mit sich selbst verhandelt.

»Warum der Sand?«, fragt der Kommissar nach langer Pause.

Tolmeyn wird nun eines unangenehm bewusst: Dem Kommissar hat er nur eine lustige kleine Schnurre erzählt; das Abenteuerlein eines preußischen Kunsthistorikers, unten, bei den skurrilen Italienern, diesen lustigen Vitos, Ettores, Raffaeles. Schon ihre Namen müssen dem Kommissar – bestimmt hat er einen dieser Nussknackernamen, heißt Horst, Ernst oder Fritz –, diese Namen müssen ihm klingen wie spielerischer Unernst – in diesen Zeiten von Krupp, Langemarck und Tannenberg. Und erst recht, seitdem die Giovannis, Luigis und Tullios nun als Soldaten die Grenzkämme und die Talsohlen Tirols bezogen haben und unsere Südflanke bedrohen.

Er versucht stillzusitzen, damit nicht der verdammte Stuhl seine eigene Geschichte erzählt. Wie er es auch dreht und wendet: Er hat keinen Plan für das hier, diese Situation, in die er hineingeraten ist durch Unbedachtheit und Verzweiflung; und wohl auch ein Quentchen Dummheit.

Er hat keine – Strategie.

Strategie. Niki redete unablässig über Strategie. Dieser windige Clausewitz im Kleinformat, so schmal und schäbig wie das abgegriffene Zigarettenetui, das er endlos auf- und zuschnappen ließ, um dabei Phrasen aufzusagen: *Immer recht stark sein* und: *Stets die Kräfte zusammenhalten.* Oder: *Was ist der Begriff der Verteidigung? Das Abwehren eines Stoßes. Was ist also ihr Merkmal? Das Abwarten dieses Stoßes.* Doch am Ende besaß auch Niki keine Strategie. Tolmeyn

zwingt sich, nicht an Niki zu denken: oder versucht es jedenfalls.

Niki, Niki, Niki, knarzt der Stuhl.

Der Kommissar wird wohl eine Strategie haben, denn er
ist kein junger Mann mehr, der auf gut Glück jagen geht.
Hunderte Vernehmungen wird er durchgeführt haben. Mit
geringstem Aufwand wird er den maximalen Ertrag einfah-
ren. Nicht auf den Tisch schlagen, nicht brüllen, nicht dro-
hen; das wäre kunst- und würdelos. Das ist einer, der wartet
lange, der schiebt die eine um die andere Kugel und sieht
endlich seinen Kunden schwanken wie einen touchierten
Kegel. Und dann gibt er dem unvermeidlichen Fall durch
leichtes Antippen eine Richtung.

Interessiert er sich überhaupt für die Geschichte vom
Sand? Diese Lappalie, diese kuriose Betätigung eines harmlosen Spinners, der über den Gräbern vermeintlicher Kaiserinnen die tausend Wohlgerüche Arabiens erschnuppert?
Ja, das könnte meine Strategie sein, denkt Tolmeyn. Ich mar-
kiere den entrückten, leicht verrückten Kunsthistoriker: nicht
von dieser Welt.

Leider ist die Welt selbst verrückt, jedenfalls verrückter
als früher, wo sich doch alle gegenseitig an die Gurgel gehen und in Massen zu ermorden versuchen. Alle Maßstäbe
sind verschoben. Und man möchte meinen, dass das Aus-
streuen von Sand in den Straßen von Berlin den Status einer
absoluten Nichtigkeit haben sollte. Berlin, das ohnehin auf
Sand steht. Aber – man wird verhaftet, denn Verrat, Angst
und Misstrauen sind überall.

Hätte ich das nicht wissen müssen? Aber ich musste
mich doch schützen. Ich folgte doch nur dem Rat der Hexe

von Barile. Also gut, denkt Tolmeyn, dann baue ich weiter auf Sand. Vom Sand will er hören, den Sand streu ich ihm – in die Augen. Besser, davon zu reden als von der anderen Sache.

»Am Anfang war es aus einer Laune heraus«, sagt er, »man will von einem Ort etwas mitbringen. Nur ein Souvenir. Nimmt wenig Raum ein und wiegt fast nichts.«

»Ihre erste Sandprobe nahmen Sie in Andria«, sagt der Kommissar sachlich. »Und dann?«

»Dann war ich wieder in Rom«, sagt Tolmeyn.

Leider, sagt er nicht, das denkt er nur.

Treptows Manuskript (2):
Man muss sie brechen

Harz, Jasmin und ich weiß nicht was für ein erhebender Duft soll aus den Gräbern der Kaiserinnen heraufgestiegen sein: Das wollte er mir in der Tat weismachen. Ich war bei einigen Exhumierungen dabei und kann sagen: bestenfalls erdig, meistens schlimmer. Ich glaubte ihm kein Wort, soweit es diesen Duft betraf jedenfalls. Aber ich ließ ihn reden.

Viele Delinquenten wissen das nicht: Sie glauben sich zu verschleiern mit möglichst viel Gerede, in Wirklichkeit aber entblättern sie sich unter dem Herbststurm der Worte wie ein Baum im November. Und es sitzt da in ein, zwei Stunden ein nackter und bloßer Mensch vor mir, und ich sehe, wie die blauen Äderchen unter der Haut das Blut umwälzen, so wie seine Gedanken sich immer um denselben Punkt drehen. Jede Kreisbewegung hat einen Mittelpunkt, und diesen habe ich zu finden.

Ja, man muss sie brechen, die Delinquenten – aber wer glaubt, hier knackende Knochen hören zu müssen, der versteht sein polizeiliches Handwerk nicht. Solche Kollegen habe ich immer verachtet. Es ist richtiger, von einem Welken zu sprechen, so wie eine Blume durch Wasserentzug ihre Spannung und Farbe verliert. Natürlich bedeutet das nicht, den Delinquenten Durst leiden zu lassen; das ist wiederum eine der Methoden der Grobiane, die Widerstreben auslösen müssen und vor Gericht oft in einer Niederlage enden.

Dieser hier war ein feiner, gebildeter junger Herr, den man bei einer Dummheit ertappt hatte. Als ich ihn zuerst sah, saß er da mit roten Wangen und dem heißem Kopf der Peinlichkeit, die ihm nach und nach bewusst zu werden schien, von der ganzen Angelegenheit noch mehr betroffen als von der Tatsache, hier wie ein gewöhnlicher Verbrecher vor einem Kommissar zu sitzen. Ich fragte ihn aber nicht nach dem Warum; das steht bei mir immer am Ende jeder Befragung. Falls es dann noch sinnvoll ist zu fragen.

Überhaupt wird der Antwort auf die Frage *Warum* zu viel Gewicht beigemessen – all die windigen Erklärungen wie »ich hatte Hunger«, »ich konnte seine Visage nicht länger ertragen«, »er ließ mir keinen Raum zum Atmen« –, solche und andere Gründe, die zu Mord, Erpressung und Diebstahl geführt hatten, hörte ich oft, und immer ließen sie mich ratlos zurück.

Aber meistens musste ich gar nicht fragen. Irgendwann wurde es mir einfach angeboten, und ich nahm es in der Haltung gnädiger Herablassung entgegen, zur Erleichterung des Delinquenten, von denen, nach überstandener Prozedur, nicht selten einer sogar das Bedürfnis hatte, mir zu danken.

Die Sandsäckchen ließ ich im chemischen Laboratorium des Polizeipräsidiums auf Reste ihres Inhaltes untersuchen und wieder in den Verhörraum bringen. Die Papierfähnchen, die daran hingen, schienen mir auf eine Reihe unteritalienischer Orte hinzudeuten, obwohl ich dem Delinquenten gegenüber völlig ahnungslos tat. Von Bari etwa und Castel del Monte hatte ich im Zusammenhang der alljährlichen Mittelmeerreisen Kaiser Wilhelms gelesen. Vor dem Kriege natürlich. Dass ich Andria zunächst falsch – nämlich auf dem i – betonte, musste Tolmeyn annehmen lassen, ich sei ein borniertes Berliner Polizist, der über Hasenheide nie hinausgekommen war. Im Gegensatz zu ihm, dem in Raum und Zeiten weitgereisten Kunsthistoriker mit einer Nase für tote, duftende Kaiserinnen. Es schadet nicht, den Delinquenten im Unklaren zu lassen über das, was man weiß, und über den, der man ist – hier muss der Ermittler seine Eitelkeit scharf unterdrücken; im Interesse der Lösung des Falles, den man vor sich hat. Andererseits ist es gut möglich, dass der Delinquent beeindruckt ist und früher seinen Widerstand aufgibt, wenn er weiß, wem er gegenübersitzt. Das muss man entscheiden.

Hiermit ist dann wohl der Ort erreicht und der Zeitpunkt gekommen, um den Leser dieser Zeilen über mich aufzuklären; das richtet sich wohl an den späteren Leser, denn jetzt, wo ich dies schreibe, ist es nicht übertrieben zu behaupten, ganz Berlin kennt mich, von der schmierigsten Kneipenexistenz bis zu dem, was man die höchsten Kreise nennt. Das ist allerdings ein Ausdruck, über den ich nur mehr bitter lache, denn indem ich die niedersten Auswüchse solcher »Kreise« erlebte, lernte ich den gewöhnlichen Gauner schätzen.

Als ich den Tolmeyn in diesem Spätfrühling vor mir hatte, war mein Ruhm schon weit verbreitet, mein Bildnis mehrmals in den Zeitungen gewesen. Spätestens mit den Eulenburg-Prozessen, deretwegen ich öfters vor Gericht erscheinen musste, durfte ich mich als Person des öffentlichen Lebens im Reich bezeichnen. Tolmeyn schien mich dennoch nicht zu erkennen, oder es war ihm gleich, wer ihn verhörte. Vorgestellt hatte ich mich natürlich nicht; siehe oben. Ob es den Gang der Dinge beeinflusst hätte? Wer weiß. – Ich beschränke mich hier auf jene Stationen, die ein Licht werfen auf die Ausbildung meines Charakters und meine, wie ich durchaus glaube, besondere Eignung für den Polizeidienst.

Ich wurde als erster Sohn des damaligen Hauptmanns Karl von Treptow am 3. Mai 1866 in Neiße geboren. Mein Vater entstammte einer alten Militärfamilie, und auch ich diente dem Staat in einem Jägerregiment, entschloss mich danach aber zum Studium der Rechte in Berlin. Außer juristischen Vorlesungen hörte ich noch Geschichte des 19. Jahrhunderts bei Professor Treitschke, der mich in meiner nationalen Einstellung sehr beeinflusste. Ich glaubte damals an eine große Zukunft für Deutschland. Leider starb mein Vater bald, und meine Mutter war mit ihrer Witwenpension auf bescheidene Verhältnisse zurückgeworfen und meiner Unterstützung bedürftig. Ich brach das Studium ab und meldete mich beim Polizeipräsidium Berlin als Anwärter für den höheren Polizei-Exekutivdienst.

Der Beruf, den ich mir erwählt hatte, war gewiss kein leichter, und er erforderte viel Fleiß, Gewissenhaftigkeit und Selbstverleugnung; auch stellte er hohe Anforderungen an Mut und Entschlossenheit. Im 31. Polizeirevier vor dem Halleschen Tor lernte ich unter Anleitung eines älteren Polizeileutnants alle polizeilichen Angelegenheiten kennen.

Aber das Tragen einer Uniform wurde mir bald lästig, der Straßen- und Revierdienst interessierte mich wenig. Ich trat daher schon nach wenigen Wochen zur Kriminalpolizei über und wurde als Kriminalkommissar definitiv angestellt, mit einem Einkommen, das ungefähr dem eines Amtsrichters entsprach. So hatte ich wenigstens in dieser Hinsicht gleichgezogen, wenn ich schon nicht die Robe hatte anziehen dürfen.

(Ich heiratete im Übrigen nie. Während meines Arbeitslebens, das keine festen Stunden kannte, vermisste ich eine solche Bindung nicht; heute, wo mir die Zeit reichlich ist, könnte und wollte ich mich nicht mehr an die stete Nähe einer Person gewöhnen.)

Einen Zuschuss zu meinem Verdienst erwarb ich mir durch das Schriftstellern, mit Skizzen aus der Verbrecherwelt und Jagdgeschichten für *Westermanns Monatshefte, Leipziger Illustrierte Zeitung* und das *Berliner Tageblatt.* Durch diese Tätigkeit wurde ich mit mehreren bedeutenden Journalisten und Schriftstellern bekannt, und ich verkehrte oft und gern in Künstlerkreisen. Ich besuchte Vortragsabende zu den Themen der Stunde, las populäre und anspruchsvollere Abhandlungen aus dem Reich der Wissenschaften. Mein Fleiß und meine Bildung machten Eindruck. So stieg ich schnell in der Amtshierarchie und genoss das Vertrauen aller Polizeipräsidenten, für die ich auch die delikateren Aufgaben übernahm und erledigte. Ich habe beispielsweise oft Papiere mit Bemerkungen des Kaisers in den Händen gehabt.

Kaiser Wilhelm II. ließ sich Zeitungen nur in Ausschnitten vorlegen. Seine nächste Umgebung, Leute von oft zweifelhafter Gesinnung, hatte natürlich das Bestreben, ihn bei guter Laune zu halten oder in irgendeiner Richtung zu beeinflussen, und suchte dementsprechend die Artikel aus und klebte sie auf große Papierbogen. Der Kaiser pflegte Bemerkungen zu machen, er unterstrich die betreffende Stelle dick und schrieb zum Beispiel: »Unmögliches Verhalten des Botschafters!« oder »Dem Minister des Innern zur Äußerung.« Wenn es sich um Dinge handelte, über welche die Polizei Auskunft geben sollte, mussten wir natürlich sofort alles andere stehen- und liegenlassen.

Daran musste ich denken, als ich Tolmeyn gegenübersaß. Dem hatte das Schicksal (meinetwegen auch der Zufall) schön mitgespielt – Folge einer Liebhaberei unseres damals noch hochherrlichen Kaisers. Jetzt hackt der Abgedankte im holländischen Exil den lieben langen Tag Holz und grämt sich vermutlich über die Zustände im Reich. Aber so, wie der Kaiser seine empörten Kritzeleien auf den Rand der weißen Bögen setzte (und meistens am nächsten Tag vergessen hatte), so hatte er wohl auch, impulsiv, wie er es immer war, in der Begeisterung eines Besuchs von Castel del Monte diese ganze staufische Angelegenheit ins Rollen gebracht – als erster Beweger, der schon längst wieder in sich ruht, wenn die entfernten Glieder des Staatsapparats noch rege zappeln, und das irgendwann aus eigener Kraft und Herrlichkeit, vielleicht auch aus eigener Erbärmlichkeit, wer weiß.

Ich verriet Tolmeyn natürlich keinen meiner Gedanken, mochten es auch mitfühlende gewesen sein. Ich ließ ihn weiter reden und beobachtete ihn genau.

Auftrag erfüllt

Rom, 13. Mai 1914

Als er die Jacke in die Wäscherei bringen will und die Taschen umstülpt, rieselt es heftig. Kurz überlegt er, den Sand in den Dielenritzen verschwinden zu lassen, dann schiebt er das Häuflein mit der Handkante auf ein Blatt Papier und faltet dies zu einem Briefchen. *Andria* schreibt er darauf und legt es in den *Baedeker,* dorthin, wo steht:

Stadt von 49 967 Einwohnern, um 1046 gegründet, einst Lieblingssitz Kaiser Friedrichs II., dessen zweite Gemahlin, Iolanthe von Jerusalem, 1228 hier starb, nachdem sie ihm einen Sohn (Konrad) geboren hatte. In der sehenswerten Kathedrale waren Iolanthe und Friedrichs dritte Gemahlin, Isabella von England, die 1241 in Foggia starb, beigesetzt.

Was zu beweisen war, denkt Tolmeyn, jedenfalls nicht zu widerlegen.

War das nicht so in der Wissenschaft: Eine Geschichte galt so lange als wahr, bis einer mit einer besseren Geschichte kam?

Den Grabungsbericht hatte er schon in der Eisenbahn zu skizzieren begonnen; weich reisend in der ersten Klasse und die besten Zigarren schmauchend, die er in Andria bekommen konnte. Zu beiden Vergünstigungen hatte er sich ob seiner erstklassigen Arbeit berechtigt gefühlt; binnen kurzem säße er sowieso wieder in Stammschröers Urkundenkeller. Grundsätzlich schien es ratsam, ein bereitgestelltes Budget stets auszureizen, denn Sparsamkeit wurde mit noch mehr Geiz von der Amtskasse belohnt – eine Lektion, die er in fünf Jahren am Kaiser-Friedrich-Museum zu Berlin gelernt hatte.

Fast genau eine Woche, nachdem man ihn ausgesandt hat, wird der Rückkehrer am Tor des Palazzo Giustiniani von Stammschröer abgefangen; eine Geste jäh unterhalb der Würde eines königlich preußischen Institutsdirektors. Tolmeyn wischt sich, just als er unter den Torbogen tritt, einen angetrockneten Kaffeefleck von der Oberlippe – der als Beweis dafür gelten könnte, dass er das Tässchen Morgenkaffee auf dem Weg ins Büro in aller Hast gekippt hat. Egal – für solche Feinheiten ist Stammschröer blind; er will die ganze Geschichte, jetzt und sofort. Er packt Tolmeyn am Oberarm, in der anderen Hand hält er ein Telegramm. Er liest laut:

»Hier Andria felix! / Triumph auf ganzer Linie / Bereiten Feierlichkeiten vor / Gratuliere zu Tolmeyn: hervorragender Mann / Tanti carissimi saluti / Avvocato Sgarra – Tolmeyn, Tolmeyn, was um Gottes willen haben Sie denen erzählt?«

Ungenau dosierte Freundlichkeit hält Stammschröer für einen Kardinalfehler im Umgang mit Menschen, besonders Untergebenen. Folglich etwa ein Drittel dessen, was einem Ersten Sekretär angemessen gewesen wäre, teilt er seinem Dritten Sekretär zu, den er am ausgestreckten Arm nach oben bugsiert und pausenlos mit Fragen traktiert. *Hervorragender* Mann – wer ist denn Sgarra, das zu behaupten?

Im Direktorium setzt Tolmeyn entlang seiner in der Eisenbahn grob aufgefädelten Stichpunkte auseinander, was geschehen ist, und der Professor scheint zunehmend umgänglicher, später geradezu enthusiasmiert, je klarer ihm wird, wie klug und diplomatisch sein Dritter Sekretär mit den Befindlichkeiten der Eingeborenen umgegangen ist; und das, ohne sein wissenschaftliches Ethos zu kompromittieren: Der Sekretär hat sich nicht nur um die preußisch-italienischen Beziehungen verdient gemacht.

»Und was meinen Sie denn nun, Tolmeyn?« Der Professor hängt über der Tischkante, presst einen Knick in die Hemdbrust.

»Im *Baedeker* steht es auch«, sagt Tolmeyn.

Stammschröer schnappt nach Luft und befestigt seinen Zwicker.

»Ich bitte doch sehr: Wer hat sich denn hier nach wem zu richten?«

Gute Frage, denkt sich Tolmeyn, alte Frage. Ohne die Legende hätten wir uns doch gar nie um die Eingeweide des Doms zu Andria gekümmert. Der Duft der Kaiserinnen ist erschnuppert aus ergrauten Geschichten und stets jungen Hoffnungen. Das mag duften wie die Veilchenseife oder das Rosenwasser von Vito Sgarras Großmutter, die ihn am Sonntag nach der Messe im Dom auf den Schoß gezogen und ihm eine Geschichte erzählt hat, die zurückreicht bis zu irgendeinem Vorfahren, für den es eben keine Geschichte war – einer, der auf dem Platz vor der Kirche stand, als sie den Leichnam der Iolanthe von Jerusalem hineintrugen. Und dreizehn Jahre später den der Isabella von England. Ich habe es doch gesehen, wird er seinem Enkel erzählt haben.

Ich habe geweint um die schöne Isabella, wird er sagen. Und der Enkel wird seinem Enkel sagen: Mein Großvater hat es selbst gesehen. Doch der eine oder andere, der die Geschichte weitergibt, versteht vielleicht nicht oder hat ein schlechtes Gedächtnis oder zu viel Phantasie, oder er stirbt, ohne einen Zuhörer gehabt zu haben. Inzwischen zerkrümeln die Pergamente, und die Steine verwittern, neue Herrscher kommen und zerstören die Denkmäler ihrer Vorgänger. Bischöfe lassen die Kirche umbauen, Räuber plündern Gräber. Sechshundert Jahre später findet man ein paar spröde Knochen, um die sich das warm durchblutete Fleisch einer lebendigen (oder besser: nicht tot zu kriegenden) Geschichte legt: Und aus der Krypta spazieren zwei Kaiserinnen.

»Wie gesagt, man müsste anthropologische Forschungen anstellen, um auch nur einen Schritt weiter –«

»Ach, gehen Sie doch mit dem Hokuspokus, das Problem lösen wir mit den Mitteln unserer Zunft«, schnauft Stammschröer. »Wissen Sie was, Tolmeyn?«

»Nein«, sagt Tolmeyn. Hellsehen hat er auch in Andria nicht gelernt, nur das Weissagen, ein wenig zumindest.

»Ihr umfassender Bericht, in welchen ich größte Erwartungen setze, wird die erste Publikation der neu zu schaffenden Reihe *Bibliothek des Königlich Preußischen Historischen Instituts in Rom* sein.«

»Ich bin mir der Ehre sehr bewusst, Herr Professor«, sagt Tolmeyn, »und mein Resümee habe ich bereits formuliert. Es lautet: ›Das Dunkel über der Grabstätte der Kaiserinnen ist einer Ungewissheit gewichen. Gräber sind gefunden, gefunden, wo die Tradition sie suchte, aber über die dort Bestatteten hat der Boden jede Auskunft verweigert.‹«

Der Professor schweigt, poliert den Zwicker mit einem Taschentuch. Tolmeyn ist unsicher, ob er Ergriffenheit bei seinem Gegenüber vermuten darf. Oder ob dieser (richtigerweise) verstanden hat: Wir sind so klug als wie zuvor. Eine besonders sensationelle Abhandlung wird das sicher nicht werden.

Der Professor erhebt sich endlich, lässt einen Abglanz seiner weißen Hemdbrust auf Tolmeyn fallen und sagt, in einer Zuteilung von Freundlichkeit, die sogar einem Ersten Sekretär geschmeichelt hätte:

»Herrlich. Tolmeyn, einfach herrlich. *Das Dunkel weicht der Ungewissheit.* Da bleibt künftigen Generationen noch einiges zu tun.«

Und indem er seinen Sekretär nun nicht hinausschiebt, sondern hinausgeleitet, fragt er:

»Haben Sie im Übrigen photographiert, dort unten?«

»Nein, Herr Professor, war das erwünscht gewesen?«

»Nicht ausdrücklich. Können Sie es denn?«

»Nur Methode Kodak: *You press the button, we do the rest,* wie es in der Reklame heißt.«

»Wie bitte?«

Aber Stammschröer winkt ab, bevor er sich hätte belehren lassen müssen. Er hat genug gehört; das Telegramm aus Andria und der mündliche Bericht runden das Bild, das er sich von diesem Tolmeyn gemacht hatte. Dafür fällt ihm etwas anderes ein, und er zieht die Tür, die er Tolmeyn im Moment aufstoßen wollte, wieder zu.

»Wenn Sie dann Assessor Wechtendonk den Rest der Reisekasse aushändigen.«

Oh. Aber Tolmeyn ist vorbereitet.

»Verzeihung, es ist nichts mehr da.«

»Ist das denn die Möglichkeit?«

Stammschröer verreißt es die Mimik; er verfehlt sogar, den abstürzenden Zwicker aufzufangen, der jetzt in heftigen Pendelausschlägen am dünnen Bändchen baumelt. Es macht keinen Eindruck, denn Tolmeyn empfindet sich als überzeugend und glaubwürdig, als er sich ruhig sagen hört:

»Ich glaubte, es ausschöpfen zu dürfen. Zur Erhaltung meiner Arbeitskraft. Auftragsgemäß dachte und handelte ich in großen Zusammenhängen, wie Sie sagten, für Deutschland.«

»Raus, Tolmeyn! Sonst vergesse ich alles, was ich bisher Lobendes über Sie gesagt habe.«

Der Schweizer

Tolmeyn verlässt das Büro mit dem sicheren Gefühl, mit Stammschröer eine Art Mentor gefunden zu haben. Das sieht auch Beat Imboden so, der Schweizer Kollege, den er im Keller antrifft; in dem muffigen und düsteren Kellerzimmer. Noch immer warten die Urkunden auf Tolmeyn. Geduld ist auch nur eine Art von Unverschämtheit, denkt er, als er die meterhohen Stapel betrachtet: Auch die eine Woche mehr hat sie nicht dazu gebracht, endlich und endgültig zu Staub zu zerfallen. Gegen die Welle von Selbstmitleid, die ihn bei diesem Anblick überkommt, ist kein Trost in Sicht, schon gar nicht von seinem Kollegen, der Tolmeyns unlustigen Schritt hört, als er wie der Insasse eines Heimes für Hochbetagte die Treppe herabsteigt.

»Bei dem Stammschröer hast du einen Stein im Brett, Jacob«, sagt er und stellt sich in die Tür.

»Ist das so?«

Beat rollt die Augen.

Tolmeyn ist sich noch immer nicht sicher, ob er den Kollegen mag; die Entscheidung darüber verschiebt er von Tag zu Tag. Vielleicht muss er gar nicht entscheiden. Halt ihn in der Schwebe, sagt er sich, Vorsicht, nach all dem, was in Berlin passiert ist. Kann man die Annäherung an einen Menschen nicht mit einer Ausgrabung wie der von Andria vergleichen: eine schrittweise Freilegung, das Abräumen vom Schutt der gesellschaftlichen Konventionen, der Phrasen, das Zusammensetzen von Bruchstücken, so lange, bis es ein Bild ergibt, das einem gefällt (und das nicht unbedingt mit dem Selbstbild dieser anderen Person zusammenstimmen muss)? So gesehen ist Tolmeyn mit Beat Imboden nicht viel weiter als mit den Kaiserinnen von Andria: Das Dunkel weicht dem Ungewissen.

Er wedelt mit dem Aktendeckel, der seine Aufzeichnungen enthält, in Richtung Beats, um ihn aus der Tür zu verscheuchen. Wenn jemand den Türrahmen blockiert, fühlt man sich in dem Kellerloch noch mehr eingesperrt als sonst.

»Lass mich in Ruhe, ich muss meinen Bericht schreiben«, sagt er.

»Immer korrekt und pflichtbewusst, Meister Jacob, nicht?«, sagt Beat und verzieht sich.

Tolmeyn seufzt. Beat gibt regelmäßig den eidgenössischen Freigeist und stichelt gegen die Deutschen, insbesondere die Preußen, von denen Tolmeyn, zweifellos selbst einer, wenn auch in der legeren Berliner Großstadtvariante, sich nun nicht völlig distanzieren will. Warum auch?

Dieser Schweizer stammt nach eigenen Angaben aus einem Kuhdorf namens Muri im Aargau, hält Zürich für eine große Stadt und ist schon zwei Jahre vor Tolmeyn in Rom gelandet – warum eigentlich? In seinen kurzen acht Wochen (davon eine auf Exkursion in Andria) am Institut hat Tolmeyn vom kursierenden Tratsch nicht viel aufgeschnappt.

Bei der Schweizergarde des Papstes sei er gewesen; dort hinausgeflogen wegen irgendeiner Verfehlung; nur welcher? In dem Detail versagt die Gerüchteküche; oder gerade nicht, denn im Aufkochen vermischter Spekulation entfaltet sie ihre lockendsten Aromen, oder?

In Kunstgeschichte ist Beat leidlich gut versiert; irgendwo zwischen seiner Ankunft in der großen Stadt Zürich und päpstlicher Garde liegt ein nicht vollendetes Studium – unmöglich, von ihm genaue Auskunft zu erhalten, unklar, warum Stammschröer ihn eingestellt hat, immerhin als »Wissenschaftliche Hilfskraft«. Als solche jedoch flink, umtriebig, mit den Instinkten eines Hütehundes, fürsorglich stets einen Sinn fürs Ganze entwickelnd, aber sicher ohne dessen Neigung zur Selbstaufopferung bei Gefahr.

Wie auch immer, alles wohlerwogen oder dem Bauch nach mag Tolmeyn ihn doch. Jedenfalls mehr als nicht. Wenn man das immer sagen könnte. Es ist immer leichter, jemanden zu verabscheuen.

Bei Dienstschluss trifft man sich meist noch einmal vor dem Tor des Palazzo, tippt kurz an den Hut, dann geht der eine rechts, der andere links. Tolmeyn hätte ihn vielleicht einmal eingeladen, auf einen Aperitivo in seiner Feierabendkneipe, das schien eine gute Idee zu sein; eine bessere bleibt es meist, den Aperitivo doch allein zu trinken und weiter ins Trastevere am rechten Tiberufer zu ziehen. Wohin es Beat zieht – keine Ahnung. Und am Morgen darauf erzählt ein jeder oberflächliche, gut dosierte, fein frisierte Geschichten, an denen das Wichtigste fehlt und das Lustigste erfunden ist. Als hätten sie Angst voreinander.

Die folgenden Wochen arbeitet Tolmeyn an seiner Abhandlung. Stammschröer hat ihn ohne weiteres von der Urkundensichtung dispensiert, bevor er selbst für einige Tage nach Bari und Umgebung gefahren ist: auf Befehl des deutschen Kaisers, wie man von oben gehört hat.

Nebenan schichtet Beat die Stapel um, schnürt Versandpakete erledigter Konvolute, entpackt die neuen. Dieses Rumoren, Beats ausdauernde Gespräche über das Haustelefon mit der Vorzimmerdame des zweiten Stockwerks, sein Pfeifen, seine Schritte auf der Treppe: Jedem, der mit Hingabe schreibt, flechten sich Klänge, Töne und Geräusche, Wetterlagen, Gerüche und Stimmungen zwischen die Zeilen ein; nur er wird sie beim Lesen wieder erspüren. Und so geht es auch Tolmeyn mit den Lebenszeichen seines Schweizer Kollegen. Da werden sie ihm auch erträglicher, diese Sätze, die er auf eindringliches Anraten des soeben zurückgekehrten Stammschröer, der offenbar irgendeinen neuen Plan verfolgt, in die Abhandlung einwebt:

Man freute sich des Besuches eines Kaisers, in dem die apulische Bevölkerung – schreiben Sie das guten Gewissens, Tolmeyn, ich war Zeuge davon – *mit südländischer Begeisterung den Nachfolger und Nachkommen des großen Staufers* – ich weiß, Majestät ist ein Hohenzollern, aber hier geht es um die Nachfolge in der Kaiserwürde – *feiern zu dürfen glaubte, eines Kaisers, der, wie man wusste, erfüllt war von dem lebhaftesten Interesse für die großen Denkmale jener Glanzzeit.*

Warum?

»Langsam hier. Warum ist es denn überhaupt zu dieser zweiten Reise gekommen?«

Warum hat Tolmeyn, das muss er sich eingestehen, Schwierigkeiten, wenn eine Frage mit dem Wort Warum eingeleitet wird? Warum fühlt er sich sofort entwaffnet, so unfähig, warum will er sich wegducken? Weil (und niemals würde er eine Antwort mit diesem spiegelverkehrten Bild des »Warum« beginnen) es ihm einfach und wahrhaftig unmöglich ist, das Vorher und das Nachher in einen anderen Zusammenhang zu bringen als den der zeitlichen Abfolge. Und wenn es ihm gelänge, er wollte es nicht. Soll Sinn darin sehen, wer will. Und immer eines nach dem anderen.

Jedes Jahr unternahm Kaiser Wilhelm Kreuzfahrten mit seiner Yacht *Hohenzollern,* in der Nordsee, aber auch ins Mittelmeer, und auch im letzten Frühling vor dem Krieg. Die Zeitungen berichteten über jede seiner Stationen: wie die Yacht in Bari unter Salutschüssen festmachte, wie der Bürgermeister zu Huldigungen aufrief, wie man durch üppige Gärten und Weinland über Corato hinauf nach dem berühmten von Kaiser Friedrich II. erbauten Jagdschloss Castel del Monte fuhr, welches die hohen Herrschaften unter Führung des

Professor Stammschröer aus Rom besichtigten, wie man dort ein zweites Frühstück unter einem Zeltdach einnahm.

»Der Professor hat es mir nie in den Einzelheiten erzählt«, sagt Tolmeyn, »ich war ja nur der Dritte Sekretär, und einer wie er hat mit dem Kaiser zu Tisch gesessen. Er wird ihm schon gehörig geschmeichelt haben, dafür ist er ja empfänglich.«

»Vorsicht«, sagt der Kommissar streng.

»Der Kaiser hatte schon vor Jahren beabsichtigt, die staufischen Monumente im Umkreis einer Tagesreise von Bari zu besichtigen, mit Professor Stammschröer als Führer. Damals wollten Majestät auch Andria besuchen. Der erwähnte Sgarra und die ganze Stadt hatten schon Girlanden und Flaggen herausgehängt, die Stadt aufgeputzt wie einen Pfingstochsen, da kamen unaufschiebbare Regierungsgeschäfte in die Quere, eine politische Krise. Oder Umtriebe italienischer Anarchisten. Oder es war etwas mit der Eulenburg-Affäre. Ich weiß es nicht mehr. Dieses Jahr – das vergangene – aber klappte es.«

Wieder notiert der Kommissar sorgfältig ein Wort.

»Jedenfalls überreichte der Professor dem Kaiser meine Abhandlung über die Kaiserinnengräber. Symbolisch, denn die war damals natürlich noch nicht fertig, bestand nur aus einem prachtvollen Einband und weißen Blättern. Mit Engelszungen will er auf Seine Hoheit eingeredet haben, behauptete er, als er eines Morgens wieder in meinem Kellerzimmer stand und die Frage stellte, die ich schon einmal von ihm gehört habe.«

»Und die wäre?«, fragt der Kommissar.

Tolmeyn horcht auf. Das klang nicht mehr so distanziert und geschäftsmäßig wie zuvor.

Treptows Manuskript (3):
Total manoli

Spätestens zu diesem Zeitpunkt begann mich dieser Mann, dieser seltsame Sandausstreuer, zu interessieren. (Meinen ursprünglichen Plan für diesen Nachmittag – ein Spaziergang durch den Grunewald und anschließend Kegeln mit pensionierten Kollegen – hatte ich ohnehin schon abgeschrieben.) Und wahrscheinlich keimte da schon mein Wunsch, ihm helfen zu können. Was mich anfangs in gewisse Verlegenheit brachte.

Zur Erklärung: Ein Interesse am Delinquenten ist normalerweise unerwünscht. Seine Person ist nur insoweit von Belang, als es der Auflösung des vorliegenden Falles dient. Was er an Gewinnendem an sich hat, an Abstoßendem – ich soll es als Ermittler nicht wahrnehmen, es geht mich nichts an. Vor Gericht mag es ihm schaden oder nützen, nicht im Verhörraum. Ich will die Wahrheit aus ihm herausbekommen, sonst nichts. Aber ich begann Tolmeyns Erzählungen trotz der offensichtlichen Verschleierungen und Verharmlosungen, die er im Sinn hatte, zu lauschen – mit, ja, Vergnügen. Eine Abwechslung von dem, was man mir üblicherweise auftischte, war es allemal.

Inzwischen hatte mir ein Polizeidiener den Bericht aus dem Laboratorium hereingebracht: Vorbehaltlich genauerer

Prüfung handele es sich um Proben gewöhnlichen Sandes, unterschieden durch Farbe, Zusammensetzung und Größe der Körner. Zur Herkunft könne man nichts sagen; augenscheinlich sei es jedoch nicht der bekanntlich gelbbraune Berliner Sand. Und sicher kein Sprengstoff und auch kein Gift. Nur Sand – der aber für den Delinquenten eine große Bedeutung haben musste, zumindest genügend, um sich auf Berlins Straßen zum Narren zu machen. Nun musste ich entscheiden:

Es ist nicht verboten, Sand auszustreuen. Eigentlich hätte ich den Tolmeyn nach Hause schicken können. Nicht dem Richter vorführen, sondern den Aktendeckel schließen, eine Zigarre anzünden, den Kopf schütteln und diese Episode zu dem Anekdotenvorrat tun, den jeder Polizist für eine gelöste, heitere Runde bereithält.

Und er sagte auch nicht: Was liegt gegen mich vor, Herr Kommissar? Nichts? Dann lassen Sie mich gehen. Er saß nur da und redete; und das offenbar ganz gerne. Wie erwähnt, er interessierte mich. Denn er schien mir einer dieser Typen zu sein, wie sie nur die Großstadt hervorbringt, eine jener Pflanzen, wie sie nur in den Sümpfen einer Großstadt gedeihen. Und jede Pflanze (seitdem ich meine Zeit vornehmlich im Schrebergarten verbringe, sehe ich vieles in botanischen Zusammenhängen) hat ihr Wurzelwerk. Dieses Unsichtbare aufzugraben gehörte genauso zu meinen Aufgaben wie die Kontrolle des Unkrauts, das durch die Ritzen des Pflasters an die Oberfläche drängt.

Vor dem Krieg führte mich mein morgendlicher Weg zur Arbeit (ich wohnte noch in Schöneberg) über die belebtesten Plätze der Stadt, den Potsdamer und den Alexanderplatz, an welchem letzteren, an einer abgehenden Straße, das Polizeipräsidium liegt, ein riesiger, manchem wohl zu Recht furchteinflößender Komplex, den man die »Rote Burg« nennt. Östlich von hier erstrecken sich Block um Block, Hinterhof um Hinterhof, graue Arbeiterviertel und die Areale der Fabriken, stetig weiterwuchernd. Menschen hausen in den Wohnblocks zu sechst in einem einzigen Zimmer, und manches Bett wird nie kalt, ist im Schichtbetrieb seiner Schlafgänger vierundzwanzig Stunden am Tag belegt, um nur einmal in der Woche, sonntags, gelüftet zu werden. Diese Quartiere entstanden nicht aus Zufall im Osten der Stadt, die Stadtväter hatten die vorherrschende Westwindlage eingerechnet, damit den feineren Vierteln die Ausdünstungen der arbeitenden Massen erspart bleiben. So stand und steht die Rote Burg auch als Bollwerk an dieser Grenze zwischen West und Ost, und Tag für Tag wird es bestürmt.

Ich erlaube mir eine kurze Darstellung der Großstadt in den letzten Friedensjahren, die ich, in ähnlicher Form, schon einmal in *Westermanns Monatsheften* unterbrachte:

Man eilt, ein jeder eilt, und wenn einer stehen bleibt, dann, um seine Taschenuhr hervorzuziehen (und manche tun das auch im Gehen). Niemand hat mehr die Zeit, nach einer Turmuhr auszuschauen oder einen Glockenschlag abzuwarten. Der Mensch der Großstadt ist durch seine Taschenuhren gekettet an die Zeit, die ihm Pünktlichkeit und Schnelligkeit diktiert, sein Hasten und sein Rasten. Im rasenden Gedränge konkurriert er um Raum und Wege. Und sind es nicht Taschenuhren, dann sind es Stechuhren und der Takt des Arbeitsbandes. Unablässig ist der Großstadtmensch schrillen Geräuschen, grellen Lichtern und herben Stößen ausgesetzt. Die Tram warnt ihn klingelnd vorm Tritt ins Gleis, die Hallelujamädchen lassen ihre Glocken scheppern, eine durchreitende Eskadron fegt ihn zur Seite, hier hupt es, jetzt knallt eine Peitsche, man ruft ihn an: Vorsicht! Heda! Kauf mich!, schreit die Reklame, in Schaufenstern verlocken Waren zum Erwerb. Extrablatt! Extrablatt!, plärren die Zeitungsjungen, Weltuntergang und Alltagskatastrophen für fünf Pfennige – oder doch ein (letztes?) belegtes Brot bei Aschinger auf die Hand um zehn Pfennige: Wähle, Mensch! Wähle schnell!

Der Großstadtmensch ist ein Unterschiedswesen, der ununterbrochene Wechsel äußerer und innerer Eindrücke zwingt ihm ein gesteigertes Nervenleben auf; er liegt im Kampf nicht mit der Natur (wie der Mensch auf dem Land), sondern mit der Gesellschaft der Großstadt, mit seinesgleichen. In der Masse muss er seine Eigenständigkeit Tag für Tag neu erringen. Man geht einander nicht gleich an die Gurgel (wiewohl das vorkommt), man verhält sich reserviert im besten Fall und in Gegnerschaft zum Nächsten im schlechten Fall. Ein Kennzeichen des Großstädters ist die Blasiertheit, welche aber keine Überlegenheit ausdrückt (wie es dem Landbewohner scheint), sondern eine Antwort auf die brutalen Nervenreize der Großstadt ist, das Ergebnis einer notwendigen Abstumpfung, wie sie ähnlich durch ein ausschweifendes Genussleben hervorgerufen werden kann. Viele werden zum Treibgut; indem sie mittreiben, spüren sie am wenigsten Widerstand. Andere, und einen solchen glaubte ich in Tolmeyn zu erkennen, gehen den umgekehrten Weg: Sie finden ihre Unverwechselbarkeit, indem sie ihr

Leben besonders ausgestalten. Das kann – in den übersteigerten Formen – zu spezifisch großstädtischen Extravaganzen des Apartseins, der Kaprize, des Pretiösentums führen. Es geht diesen Menschen nicht mehr um die Inhalte solchen Tuns, sondern rein ums Anderssein, das Sich-Herausheben.

Nun ist es leicht, mit dem Finger auf andere zu zeigen: Wir alle, die wir in der Großstadt lebten, waren *total manoli,* wie man damals zu sagen begann, verdreht, verrückt … heute ist das normal, nach dem großen Krieg, fürchte ich.

Wie auch immer: Tolmeyn jedenfalls schien gar nicht erfreut, als dieser Professor in sein Zimmer trat und ihn fragte.

Können Sie umgehend reisefertig sein?

Rom, Königlich Preußisches Historisches Institut,
13. Juni 1914

»Tolmeyn, können Sie umgehend reisefertig sein?«

Der Professor findet ihn bei der Korrektur der Druckfahnen zur Abhandlung über die Kaiserinnengräber, nur ein paar Seiten stehen noch an, dann ist das endlich vom Schreibtisch. Diesmal sagt er einfach: »Jederzeit.« Es stimmt ja auch. Zu Hause liegen die wichtigsten Dinge vorsortiert, Hemden, Bücher, gespitzte Bleistifte. Das ist alles schnell eingepackt.

Stammschröers weiße Hemdbrust spannt straff über seinem mächtigen Oberkörper, der Professor muss unbändig stolz sein. Vielleicht ist es eine Nachwirkung der kürzlichen Begegnung mit dem Kaiser. Aber doch eher ist es ein Plan, sein Plan, der sich auffaltet wie ein Spielfeld, Stammschröer setzt die Figuren und lässt die Würfel rollen, für ihn natürlich lauter Sechsen. Und die Spielregeln stammen von ihm, das weiß jeder, der mitspielt, auch Tolmeyn.

Aber nun will Stammschröer ihn noch vor der großen Reise – auf einen Kursus schicken. Einen blödsinnigen Kursus. Tolmeyn fällt fast der Bleistift aus der Hand, als er hört, wohin. In den vergangenen Wochen hatte er immer wieder kurze Notizen von Stammschröer erhalten: »Budgetverhandlungen mit dem Kulturminister laufen zufriedenstellend«, »Zweites Exemplar von Bertaux' *L'art dans l'Italie méridionale* in unserer Bibliothek – nutzen Sie es!«, »Erfreuliche Andeutungen eingetroffen. Halten Sie sich bereit!« und schließlich, tags zuvor: »Berlin sagt Ja«. Nur das Zettelchen, das den Vorschuss auf die Reisespesen ankündigte, das hatte Tolmeyn vermisst. Bei seinem Schneider steht er wegen zweier Anzüge in der Kreide. Auch bei einem Feintäschner, der ihm eine besondere Brieftasche gemacht hat: wenn vor den Bauch gehängt, lässt sich der ausgesteifte, ausgeklappte Vorderdeckel als Schreibunterlage verwenden. Das war nicht billig, weder das tiefrot gefärbte Cordovan-Leder noch das luftige Boccadiglie-Leinen der Anzüge.

»Aber wenn ich hier in Rom zu einem Photographen ginge«, protestiert Tolmeyn, »das wäre wohl genauso gut. Das Atelier Ranzi etwa, dort komme ich jeden Tag vorbei, macht einen hervorragenden Eindruck.«

»Unsinn«, sagt der Professor, »Niethe in Berlin ist der Beste für Sie, punktum.«

Aber Berlin ist nicht das Beste für mich, denkt Tolmeyn und überlegt angestrengt, wie er sich aus der Sache herauswindet.

Nicht ohne Grund verlässt einer Berlin, um in einem düsteren, muffelnden römischen Keller Staub zu fressen, oder? Für so einen Hinweis ist der Professor allerdings der falsche Adressat. Er hatte Tolmeyn im März umgehend eingestellt, als der mit Empfehlung aus dem Büro Wilhelm Bodes, des Direktors des Kaiser-Friedrich-Museums in Berlin, vor der Tür stand. Weil er ihn gebrauchen konnte, weil er vielleicht für größere Aufgaben geeignet war. Dass einer nur wenig Begeisterung für uralte Urkunden aufbrachte, konnte Stammschröer sich schwerlich vorstellen; und wer bei ihm vorwärtskommen wollte, der fing eben so an. Er merkt, dass Tolmeyn noch immer zögert.

»Also, nutzen Sie nur frisch die Gelegenheit! Ein paar Tage bei Niethe, und Sie photographieren aus dem Effeff.«

»Bitte, Herr Professor, ich kann nicht nach Berlin«, sagt Tolmeyn, »weil…«, und spricht es nicht aus: weil dort Menschen herumlaufen, denen ich nicht begegnen will… darf.

»Falls Sie auf Ihre Kaiserinnen-Abhandlung anspielen, die hat ihren wesentlichen Zweck bei Seiner Majestät bereits erfüllt, schon als bloßer Einband, sagen wir die Wahrheit, die Einzelheiten interessieren Majestät weniger. Ihre Aufgaben hier, in Rom, sind fürs Erste erledigt. Ich weiß wirklich nicht, warum Sie sich zieren, Tolmeyn.«

»Mit meiner Kodak Box könnte ich jederzeit…«, versucht er, doch Stammschröer erledigt diesen Ansatz mit einem agitierten Luftschlag der Handkante. Die elende Knipskamera kommt überhaupt nicht in Frage. Herrgott, da gibt man einem Dritten Sekretär die Möglichkeit, sich auszuzeichnen (die zweite nach Andria, notabene), und der ziert sich! Muss er dem Mann wirklich erklären, was auf dem Spiel steht? Gleich eine ganze Expedition losschicken, mit eigenem Photographen und Chemielaboranten für den feinen Herrn Kunsthistoriker – das erlaubt das Budget nicht. Bei aller Begeisterung für Friedrich ii., dem Kaiser ist sein hohenzollerisches Hemd doch allemal näher als der staufische Rock. Stammschröer beendete die Unterhaltung im Ton unbedingter Entschlossenheit.

»Es ist bereits alles arrangiert. Sie fahren morgen, und in

einer Woche sind Sie wieder hier. Sie werden sehen. Niethe ist ein ausgezeichneter Pädagoge.«

Man kann offenbar Glück haben und trotzdem eine Niete ziehen, denkt Tolmeyn und nickt ergeben.

Niethe mit th

Ich muss – und ich werde – mir nur eines auferlegen, hatte er sich gesagt, nachdem er das Pensionszimmer bezogen hatte: bestimmte Orte und bestimmte Personen zu meiden. Das müsste wohl mühelos durchzuhalten sein, solange er hier in der Gegend bliebe. Das war ja gar nicht Berlin. Sondern ein ödes Dorf.

Professor Niethe, ein Freund und Verbindungskollege Stammschröers, traktiert Tolmeyn im Nebenraum seines photographischen Ateliers, weit draußen, abseits jeder Verlockung, in der Villenkolonie Lichterfelde-West, wo kein zu nah gerückter Nachbar und kein Baum ihm das Sonnenlicht vor der verglasten Front des Studios nimmt: Die Arbeit und die Laune verdüstern ihm nur die Wolken und die Nacht; das sind Ereignisse, die Niethe gern und ausgiebig verflucht, sobald sie eintreten. Im Hauptberuf lehrt er an der Technischen Hochschule zu Berlin, zurzeit jedoch mit reduziertem Stundenpensum, da er die dritte Auflage seines *Lehrbuches der praktischen Photographie* vorbereitet. Dass er als Koryphäe seines Faches gilt, hat ihm Stammschröer ja hinreichend versichert. Vereinbart ist tägliche Unterrichtung zwischen vier und sechs Uhr nachmittags und je nach Verfügbarkeit des Professors vormittags zwischen neun und zehn Uhr dreißig.

»Können Sie sehen?«, eröffnet Niethe die Belehrung.

Was ist das denn für eine unsinnige Frage? Hatte man ihm schon Blinde zum Photographiekursus geschickt? Natürlich, Tolmeyn kann sehen: nämlich einen kleinen, alten Mann im einst weißen Labormantel, von graugelber Gesichtshaut in welligen Falten, verfärbte Fingerspitzen, die im Regenbogenspektrum glänzen, und, wie schillernde Perlmuttsplitter aufgesteckt, zerklüftete Fingernägel. Da sieht Tolmeyn vorsichtig auf seine eigenen, gepflegten Hände und nimmt sich auf der Stelle vor, sie nach Möglichkeit aus den beißenden chemischen Bädern des Photographen herauszuhalten.

Das fängt ja großartig an. Professor Niethe hatte sich mit dem zweifellos oft aufgesagten Spruch »angenehm, Niethe – aber mit t-h« vorgestellt. Vielleicht sollte ihm einmal jemand bedeuten, dass dies der sicherste Weg war, auf die andere Schreibweise aufmerksam zu machen, denkt Tolmeyn.

»Denn ich kann Ihnen nur die Technik beibringen«, sagt Niethe barsch und trotzig, wie um seine erste Frage zu vervollständigen.

»Ich gestatte mir einzubilden, sogar ein recht gutes Auge zu haben«, sagt Tolmeyn, »sozusagen von Berufs wegen. Ich bin Kunsthistoriker.«

Noch etwas Seltsames fällt ihm auf: Niethes Augen stecken starr in seinem Schädel wie die Knopfaugen eines Teddybärs. Er bewegt den ganzen Kopf auf dem Hals. So als schwenkte und neigte er eine Kamera auf dem Stativ. Eine lebendige Kamera, mit einer Stereolinse. Der Professor dreht und schwenkt und richtet seinen Blick auf Tolmeyn ein:

»Wenn Sie nur mit dem Auge photographieren, dann gelingen Ihnen bestenfalls Schnappschüsse. Merken Sie sich meinen Lehrsatz Nummer eins: Das Auge ist gierig und schnell – zu schnell! – befriedigt.«

»Jawohl«, sagt Tolmeyn. Auch das wird vorbeigehen. Er spürt ein starkes Bedürfnis, die Augen zu schließen und sich an einen anderen Ort zu träumen.

»Und sogleich Lehrsatz Nummer zwei: Was Sie sehen, sieht die Kamera noch lange nicht, und umgekehrt.«

»Natürlich«, sagt Tolmeyn. Stammschröer hat ihn ganz offensichtlich zu einem Irren in die Lehre geschickt. Jetzt auf dem Absatz kehrtmachen? Alles hinschmeißen? Verlockend. Und wieder mittelalterliche Urkunden sortieren? Das doch lieber nicht.

Weiß der Teufel, was Stammschröer bei diesem schrägen Vogel guthat. Jedenfalls schleift er Tolmeyn pflichtbewusst durch seinen kompletten Parcours, mit von Tag zu Tag wachsendem Widerwillen; etwa in dem Maß, wie Tolmeyn an geheucheltem gutem Willen zulegt.

Niethe beginnt gut gottväterlich mit der Werdung des Lichts, welches als wellenförmige Schwingung in etwas eingelegt sei, das man Äther nenne (»Denken Sie sich das meinetwegen wie einen gekrümmten Aal in Aspik, wenn Sie sich das leichter merken können«). Er schreitet fort zu den Übergangsphänomenen – das ist, wenn ein Lichtstrahl den Äther verlässt, um eine Scherbe Glas zu durchdringen –, bekannt auch als Brechung (»Denken Sie sich das meinetwegen als Knick im Aal«). Diese Erkenntnis habe zur Ausbildung etlicher Linsenformen geführt: periskop-konvex und periskop-konkav und bikonvex und bikonkav und plankonkav und plankonvex; und in Tolmeyns Vorstellung zu allen möglichen Verbiegungen des Aals. Über schwach brechendes Kronglas und stark brechendes Flintglas (»leichter oder starker Knick im Aal, sozusagen«), und wie man diese kombinieren könne, kommt Niethe zur eigentlichen photographischen Linse, dem Objektiv. Wobei aber die Komplikationen erst richtig beginnen und der begnadete Pädagoge Niethe auch mit dem Aal nicht mehr weiterkommt. Hier ist stattdessen die Rede von Brennweiten und Tiefenschärfe. Oder war es doch Schärfentiefe?

Gegen Ende des zweiten Abends wagt Tolmeyn zu fragen, wann endlich ihm ein photographischer Apparat in die Hand gegeben werde, zum Zweck der praktischen Einweisung in die Landschafts- und Architekturphotographie: denn das sei die Herausforderung, der er sich in Kürze zu stellen habe. Niethe ist da gerade dabei, unter den vorzüglichen Linsen die Weitwinkelaplanate von Steinheil zu loben, die Euryskope, die Rectinlineare, die Lynceioskope; nicht zu vergessen den Rodenstock'schen Bistigmat und Meyers Aristostigmat, besonders Steinheils Antiplanet, natürlich den Protar von Zeiss, vorzüglich den Alethar von Goerz und schließlich Reicherts Kombinar. Während dieser Aufzählungen hört Tolmeyn nicht ungern zu; wie er so auf seinem Gedankenteppich dahinfliegt, stellt er sich einäugige Riesen und grässliche, aber begabte Ungeheuer aus der griechischen Mythologie vor, im Ringen mit dem göttlichen Lichtstrahl, den sie brechen, beugen, bündeln und streuen, ganz nach Belieben ihrer halbgottähnlichen Un- oder Vollkommenheit.

Niethe jedenfalls hält kurz inne und herrscht den Schüler an, aus dessen Frage er gänzlich unangebrachte Ungeduld zu hören glaubt:

»Wenn Ihresgleichen doch endlich einsehen wollten, dass die vollendete Beherrschung des Praktischen einzig durch vollkommene Durchdringung des Theoretischen bedingt ist!«

Worauf Tolmeyn sagt: »Wenn dem so wäre, gäbe es die Kunst nicht. Dann hätte nie ein Höhlenmensch seinen Finger in den roten Schlamm zu seinen Füßen getaucht und die Wände seiner Behausung bemalt.«

Und Niethe sagt, in sachlicher Hinsicht von Tolmeyns Einwand schon leicht ausgehebelt, aber mit der formelhaften Zuversicht des mathematischen Verstandes: »Schmierfinken im Fellgewand … wenn schon … der herrlichste Fortschritt findet in diesen Zeiten ohnehin in den Naturwissenschaften und der Technik statt.«

Und sein Schüler: »*Techné* ist der griechische Ursprung für das deutsche Wort Kunst.«

Und Niethe stampft auf und rennt aus dem Zimmer, schreiend:

»Ach so? Und Klugscheißer ist das deutsche Wort für – für genau das!«

An diesem Abend nimmt er zum ersten Mal die Elektrische Richtung Stadtmitte; zu verlockend hat die Tram an ihrem Wendepunkt in Lichterfelde geklingelt: zunächst mit der Nummer IV nach Tempelhof, dort steigt er um in die 96.

Er hat nicht lang nachgedacht, will Abstand zwischen sich und Niethe bringen, der sich weniger als Koryphäe denn als Korinthenkacker entpuppt hat – und der jetzt am Stammtisch des Gasthauses sitzt, in dem Tolmeyn hätte zu Abend essen wollen.

Am Bahnhof Hallesches Tor steigt er aus. Er steht eine Weile unschlüssig am Eingang zum Belle-Alliance-Platz und sieht hinauf zu der Siegesgöttin Victoria, die da mit gespreizten Schwingen schmalfüßig auf der Spitze der Friedenssäule tänzelt. Ein paar Schritte vorwärts über den Platz, und Tolmeyn hätte die entblößte linke Brust der Victoria betrachten können, so, wie sie den Flaneuren auf der Friedrichstraße schon von weit her entgegenleuchtet. Nicht, dass ihn das beeindruckt hätte, der Eros der Eroberung als Vorgeschmack auf einen süßen Sieg… so nicht, jedenfalls.

Die zwei vergangenen Nächte in Lichterfelde sind von peinigender Stille gewesen. Das hier ist schon eher seine Art von Äther, das großstädtische Fluidum, das ihn nun reichlich umspült, in einer Mischung aus frühsommerlicher Lindenblüte und dem zundrigen Ozongeruch aus den Funkenüberschlägen der Tramoberleitung. Elegante Paare drehen im trägen Gleichschritt Runden um die Säule, einig mit dem Uhrzeiger; wer gegenläufig kreist, erhält böse Blicke. Eilig kreuzen und queren Offiziere wie silbrig aufblinkende Raubfische den Strom, unterwegs zu den Stätten des Vergnügens (Tolmeyn geht sie in Gedanken alle durch, vom Pschorrbräu Ecke Koch-/Friedrichstraße bis zur Katzenmutter am finsteren Waterloo-Ufer). Und abseits der Gaslaternen, im Schatten der Sträucher, gründelt der Bodensatz des Viertels in kleinen, sich immer neu bildenden Grüppchen, beim Murmelnschießen, bei stillen Geschäften oder im lauten Streit. Noch zwei oder drei Minuten bleibt Tolmeyn auf dem Platz, gewichtslos schwebend in der Wirbelströmung, ein Fisch, zurückversetzt in sein Element. Aber dann katapultiert er sich wieder aufs Trockene.

Nein, sagt er sich, für dieses eine Mal lass die Vernunft walten, sie soll die Entscheidung treffen, und dein Verstand wird sie umsetzen.

Er dreht sich auf dem Absatz um, springt in die 96, wechselt in Tempelhof wieder in die IV, rumpelt mit ihr hinaus ins lichtlose Lichterfelde, lässt sich von der zeternden Zimmerwirtin aufsperren und legt sich ins Bett, so stolz, wie man nur sein kann, wenn man einer Versuchung widerstanden hat.

Ein Radfahrer fliegt

Professor Niethe erscheint zur morgendlichen Belehrung erstaunlich ausgeglichen. Die neue Methode, die er sich zurechtgelegt hat, heißt Vorlesen. Vorlesen aus seinem Lehrbuch. Das ganze didaktische Konzept ist geschrumpft auf die gelegentliche Formel: Verstanden? – Gut, weiter.

So behandelt der Professor Seite um Seite Brennweiten und Belichtungen, grundlegende Photochemie und Bildgestaltung.

Reichlich überbelichtet legt Tolmeyn sich abends nieder. Die Straßenbahn hatte zwar wieder lockend und süß geklingelt, doch an diesem Abend ist er müde genug, um jeder Art von Versuchung zu widerstehen.

Tags darauf stellt Niethe einen Photoapparat auf den Tisch, den er natürlich erst aushändigen kann, nachdem er ihn in einen Wust von Erläuterungen, Hinweisen, Regeln und Vorschriften gepackt hat, die Tolmeyn alle stumm nickend quittiert. Die Dreingabe, Niethes hämisches Grinsen, macht ihm klar, dass er, der eitle Verweigerer der Theorie, nun im Praktischen ohne Zweifel versagen müsse.

Könnte passieren. Im Grunde hat er nur verstanden: Eine

Kamera ist ein lichtdichter Kasten mit einem Loch vorne und einer matten Scheibe hinten. Auf der sieht man, was vorne, durch das Objektiv, in den Kasten hineingelangt. Wenn einem gefällt, was man sieht, schiebt man eine Trockenplatte, welche die lichtempfindliche Emulsion als dünne Schicht auf einer Glasplatte enthält, an die Stelle der Mattscheibe und nimmt den Deckel vom Objektiv. Der Protar – Niethe hat ihm eine alte und zerkratzte Reisekamera mit Balgenauszug, dazu ein tonnenschweres Dreibeinstativ aus Eschenholz mitgegeben – ringt dann das eindringende Bild nieder und wirft es flach auf die Trockenplatte, wo es hoffentlich einen gehörigen Eindruck macht, bevor es endgültig und auf alle Zeit erstarrt und ergraut: Photographieren ist ein Gewaltakt, zweifellos, ein Verbrechen an der Wirklichkeit, und nicht nur, weil es ihr die Farbigkeit raubt.

Tolmeyn steht nun, den Apparat umgehängt, das Stativ unangenehm drückend auf der Schulter, vor dem Atelier, dessen Tür mit lautem Knall zugeworfen wurde. In der Hand *Scott's Tabelle der reciproken Werte der chemischen Helligkeit zu verschiedenen Tagen und Stunden des Jahres,* die ihm zu den Belichtungszeiten groben Anhaltspunkt liefern soll. Also, für wie lange er den Objektivdeckel lüpfen muss, um den Protar von der Leine zu lassen.

»Machen Sie es wie ein Maler: Warten Sie auf die richtige Stimmung, das richtige Licht«, hatte Niethe gesagt. Und nur eine einzige Trockenplatte hatte er herausgerückt. Er wolle nicht, dass Tolmeyn herumlaufe und auf Teufel komm raus Bilder produziere. Eine gute Photographie sei keine Frage statistischer Wahrscheinlichkeit, sondern das Resultat von Geduld und Entschluss.

»Und was soll ich photographieren?«, hatte Tolmeyn gefragt, worauf Niethe nur »pffff« machte und anhängte: »Baum auf Feld.«

Er zieht also los, in Richtung der Preußischen Hauptkadettenanstalt, die sich am südlichen Ende Lichterfeldes befindet. Dahinter beginnt die reine freie Landschaft – glaubt er. Es ist aber das Rieselfeld des Ortes, wenn nicht der ganzen Berliner Kanalisation. Der Rieselwärter winkt freundlich, und Tolmeyn erwägt, ob er den Mann nicht beim Öffnen der Schleusen aufnehmen soll, wie er die stinkende braune Flut über die Absetzbecken und Sickerflächen verteilt. Allein der Geruch veranlasst Tolmeyn, das Stativ wieder zu schultern und weiterzuziehen. Das Stativ wird schwerer und schwerer, und die Kamera dengelt bei jedem Schritt gegen seinen Brustkorb, der zweifellos schon zwischen gelb, grün und blau changiert. Zwischen hier und Niethes Atelier, und zwar auf dem direkten Weg, wird die Aufnahme stattfinden, sagt er sich.

Dann sieht er den fliegenden Radfahrer. Wie Pegasus steigt er auf, die Arme ausgebreitet, er trägt eine Kadettenuniform. Tolmeyn beeilt sich, näher zu kommen: nicht dass der geflügelte Drahtesel ihm noch vor der Aufnahme entfleucht. Hätte er ein modernes Fernobjektiv gehabt, er hätte jetzt nicht laufen müssen, aber die Kronjuwelen herauszurücken ist dem missgünstigen Professor natürlich nicht eingefallen.

Fünf Kadetten in weißen Hosen und dunkelblauen Jacken marschieren im Gleichschritt um den Pegasus herum, bemüht, ihn mit Singen und dummen Sprüchen aus dem Gleichgewicht zu bringen.

Tolmeyn ist nun nahe genug, um die Situation zu erfassen: zwei längsseitig zusammengeschobene rechteckige Tische, darauf zwei kleinere quadratische. Und der, auf dem das Vorderrad ruht, ist ein paar Zentimeter höher. Aus der Ferne hat er den Unterbau des (immer noch freihändig balancierenden) Radfahrers nicht erkennen können, der ganze Tischaufbau, halb im Schatten, war vor der dunkelgrauen Anstaltsfassade im Hintergrund abgesoffen. Der Kadett steht mit seinem ganzen Gewicht im Pedal, die gebogene Lenkstange hält er zwischen Knie und dem oberen Rahmenrohr eingeklemmt. Das Fahrrad zittert und schwankt ein wenig, aber das einzige, was die Balance zu stören scheint, sind gelegentliche Windstöße.

»Guten Morgen, die Herren Generäle von der Radfahrtruppe«, sagt Tolmeyn und setzt sein Gepäck ab, »Sie haben wohl nichts dagegen, wenn ich eine photographische Aufnahme des himmelsstürmenden Kadetten mache?«

Er betrachtet die Jungs mit Wohlgefallen, die in unschlüssiger Haltung, zwischen Aufsässigkeit und Gehorsam, kurz mit ihrer Parade innehalten.

»Wenn er noch so lange oben bleibt«, sagt einer.

»Halten Sie noch einen Moment durch, ich baue rasch auf«, sagt Tolmeyn.

Aber zuerst stürzt das Stativ um, weil er eines der Teleskopbeine nicht richtig fixiert. Beim Griff nach dem fallenden Gestänge zwickt er sich einen Finger ein. Das Einrichten dauert auch ein Weilchen. Da gibt es einige Schräubchen zu lösen und festzudrehen, bis er auf der Mattscheibe den gewünschten Bildeindruck komponiert hat: im weitesten Sinne nach der Himmelfahrt Marias, die Tizian für die Frari-

Kirche in Venedig malte, mit störrischen Kadetten, die sich nur widerwillig von einem dahergelaufenen Zivilisten dirigieren lassen. Und dann fällt die Trockenplatte in den Dreck, just als er sie einschieben will. Der fliegende Radfahrer hat inzwischen kirschrote Gesichtsfarbe. Schweiß tropft von Nase und Kinn, seine Knie zittern.

Tolmeyn nimmt endlich die Messingkappe von der Linse und beginnt zu zählen.

»Eins-und-die-zwei-und ...«

Während Pegasus krachend abstürzt.

Niethe schießt aus dem Dunkelraum, wedelt mit dem feuchten Abzug. Das säuerlich-scharfe Aroma all seiner chemischen Bilderbäder weht ihm voraus.

»Wirklich großartig. Gestapelte Tische vor der Kadettenanstalt. Das ist sicher mal was anderes.«

Tolmeyn stutzt. Bei aller Missgunst, die er dem Professor unterstellen darf, das geht zu weit.

»Aber sehen Sie nicht den fliegenden Radfahrer?«

Oh. Er selbst erkennt ihn auch nicht mehr. Pegasus hat sich in einen grau-schwarz-weißen, verwischten Schleier am unteren Bildrand aufgelöst. Oder eine Wolke aufgewirbelten Staubs. War Tolmeyn bei der Ermittlung der Belichtungszeit in den Spalten und Reihen der *Tabelle der reciproken Werte der chemischen Helligkeit zu verschiedenen Tagen und Stunden des Jahres* verrutscht? Musste man bei tiefblauem Himmel länger oder kürzer als bei leicht verschleiertem belichten? Herrgott, das musste ja passieren, wenn man derartig mit Wissen zugesch... zugeschüttet worden war.

»Landschaftsbild war Ihnen aufgegeben, und Sie treiben sich bei den Kadetten herum!«, schreit Niethe. »Sie sind der lausigste Schüler, den ich je hatte!«

»Wenn Sie mir nicht diese wenig empfindliche Platte gegeben hätten, wäre die Aufnahme geglückt«, sagt Tolmeyn. Je ruhiger er bliebe, desto mehr würde Niethe sich aufregen. Und am meisten wäre der Professor beglückt, wenn er jetzt hinschmisse. Also gerade nicht.

»Photographische Aufnahmen ›glücken‹ nicht, Sie Ignorant«, stöhnt der Professor, »sondern sie sind das Ergebnis von Plan, Geduld und technischem Können.«

»Weswegen ich mich auf die weitere Unterrichtung bei Ihnen sehr freue, verehrter Herr Professor«, sagt Tolmeyn, nimmt den Abzug seiner Photographie und verlässt das Atelier.

Glas klirrt; es ist wohl das Negativ, das der Professor gerade ersatzweise vernichtet.

Dieses Mal folgt er dem Klingeln der Nummer IV. Fast ein jeder, dem Tolmeyn auf dem Weg in die Stadt begegnet, scheint ihm das vorwerfen zu wollen: die Pensionswirtin, Missbilligung in Person, als sie ihm den Hausschlüssel in die Hand drückt, weil er spät zurückzukehren gedenke; der Wirt, dem missfällt, ein Abendessen zu verlieren; der misslaunige Schaffner, der auf den großen Schein all sein Kleingeld herausgeben muss; der missgünstige alte Mann, der seine Zeitung so faltet, dass Tolmeyn nicht mitlesen kann. Doch nun sitzt er bequem in der IV, und er hätte umkehren können, doch er wechselt in die 96, steigt aus am Halleschen Tor und hätte noch umkehren können, doch er quert den

Belle-Alliance-Platz – um ganz bestimt nicht mehr umzu-
kehren.

Nur den Hut zieht er etwas tiefer in die Stirn, als die
Friedrichstraße ihn aufnimmt.

Schulze geht baden

Zuerst einmal läuft er ein ganzes Stück die Friedrichstraße hinauf bis an die Jägerstraße, zur Bierhalle zum Weihenstephan. An dem bayerischen Löwen mit dem Wappenschild vorbei und unter dem fetten Knaben durch, der das Bierfass reitet, hinein in das Lokal. Hinter einer der vielen Säulen sucht er einen Platz, von dem aus er viel sehen kann, aber nicht weiter auffällt – hoffentlich. Er bestellt einen Krug dunkles Bier und einen Bierwärmer, einen vernickelten, mit heißem Wasser gefüllten Metallzylinder, den er in den Krug hängt. Das tut ihm gut, langsam kommen sie auf Temperatur, das Bier und er.

Er erkennt ein paar alte Bekannte an entfernten Tischen: die Landgräfin und die Kurfürstin produzieren sich dort im Verein mit Georgette und dem unvermeidlichen Dorchen; doch weder ist die Landgräfin gräflich noch die Kurfürstin fürstlich, die Spitznamen rühren von ihren Wohnorten her: Kurfürstenstraße, Landgrafenstraße. Am Ende der Friedrichstraße, nördlich der Spree, hatte er gewohnt, Fritzi glaubte ihn daher mancher rufen zu dürfen. Er hatte sich immer alle Spitznamen verbeten: Jacob war es, Jacob blieb es. Mit *c.* Wenn überhaupt irgendetwas in Frage kam, dann Jacopo:

wie Tintoretto, Bellini, Bassano, die großen Maler. Oder kurz: Jaco. Doch niemand nennt ihn mehr so.

Und niemand, glaubt er, würde ihn erkennen. Die Haare trägt er länger als zuvor, sie fallen schon weit über den Kragen, vom fast mittigen Scheitel in reicher, dunkler Welle seitlich hinab; und mühelos, nur durch leichte Neigung des Kopfes, hätte er den Vorhang über den Augen zufallen lassen können. Ein bisschen sieht er aus wie Oscar Wilde im selben Alter. Jedenfalls nicht nach dem kurzgeschorenen Kustos, der im Kaiser-Friedrich-Museum (wie lange her, wirklich nur vier Monate?) feingesponnene Baumwollhandschuhe überstreifte, um mittelalterliche Schnitzereien mit einem weichen Pinsel zu entstauben; und das auf die denkbar zarteste Weise – wenn das Ding aus Lindenholz (eine Madonna, ein Heiliger) Empfindung gehabt hätte, es hätte sich liebkost gefühlt. Manchmal hatte er auch die Handschuhe abgelegt. Das war regelwidrig, wie sonst aber sollte er die eigentümliche Wärme der hölzernen Figuren erspüren? Ein Baum entsteht aus dem Licht und der Wärme der Sonne. Oder die feinen und feinsten Oberflächen, die ein Meister wie Riemenschneider zu nackter Haut, zu Fell oder Schuppen gemacht hatte: An der Skulptur des heiligen Georg im Kampf mit dem Drachen hatte er mit geschlossenen Augen jeden Quadratmillimeter unter den Fingerkuppen ertastet, etwas kühler den Harnisch des Georg empfunden, etwas heißer die Nüstern des Pferdes. Das fehlte ihm. Die meisten Papiere und Pergamente, mit denen er in Rom zu tun hatte, waren nur Träger von Zeichen, selbst unbedeutend. Man könnte sie kopieren und dann vernichten – einer wie Stammschröer würde jetzt aufheulen, aber was hätte man

anderes getan, als Wein von einer in die andere Flasche um-
zugießen?

Wie dem auch sei, denkt Tolmeyn, vermassele das hier
nicht, sonst sortierst du wieder Urkunden im Keller.

Am anderen Tisch sind inzwischen noch ein paar Gestalten hinzugekommen, auch die Weintraube ist da – so genannt wegen übermäßig ausgeprägter Gefühligkeit und
wieder einmal wegen irgendetwas aufgelöst in Tränen, und
sei es nur, um diese am alles aufsaugenden Trost der mit
eingetroffenen Oberstallmeisterin und der Polenkönigin
zu trocknen. Das scheint nun auszugreifen, die Umrisse
der Gesellschaft werden undeutlich und geraten in Bewegung.

Tolmeyn verlässt das Lokal durch den Hintereingang und
entschließt sich, eine Runde zu drehen. Aber vorsichtig: Er
würde sich am Rande halten und weit vorausspähen, immer
bereit, in einen Hauseingang zu treten oder ein Schaufens-
ter zu betrachten. Und nicht gerade die Kneipen aufsuchen,
die er gerne frequentiert hatte. Eine weite Kurve zieht er,
über Spittelmarkt und Moritzplatz.

Bei Hannemann in der Simeonstraße sitzen an diesem
noch frühen Abend vor allem ältere Herren und warten auf
Gelegenheit, eine Weiße zu spendieren. Sie registrieren Tolmeyns Eintreten mit kurz aufflackerndem Interesse, wahrscheinlich hält man ihn für verirrt oder für einen Touristen.
An der Theke, mit dem Rücken zu den Gästen, trinkt er
einen Tee mit Rum. Das Vergnügen an dieser Tour will nicht
recht aufkommen. Fahr zurück, sagt etwas in ihm, aber das
wäre nicht das erste Mal gewesen, dass es der Stimme des
Tolmeyn'schen Gewissens an Überzeugungskraft gefehlt

hätte. Wozu überhaupt ein Gewissen, wenn es so schwach ist und schlecht argumentiert?

Vom Hannemann zur Schönen Müllerin in der Brandenburgstraße sind es nur wenige Schritte – aber er findet dort nur Zigarre rauchende Frauen in Männerkleidung – wie schnell das ging und ein Lokal sein Publikum wechselte. Tolmeyn kehrt schon um, da berlinert ihn die Müllerin, die hier den Laden schmeißt, frontal an:

»Na, Madamken, wat soll's denn sein? Wie immer?«

Au verdammt, ich bin erkannt, denkt Tolmeyn. So etwas wie »Warte doch, ich geb einen aus« hört er noch, aber darauf hat er nun überhaupt keine Lust mehr.

Eines noch, nur eines. Anschließend – *abschließend* – direkt nach Lichterfelde. Aber er nimmt den Weg übers Waterloo-Ufer, streicht um die Katzenmutter herum, so nah, dass er die warmen Mauern spürt, und begnügt sich letztlich mit einem Blick durchs Fenster, der nichts erbringt, denn die Katzenmutter ist eine dunkle Spelunke, und blinde Augen sind ihre Fenster.

Mit dieser letzten Schleife ist er fast wieder am Ausgangspunkt der Erkundung angekommen; entlang der Hochtrasse rumpeln die Ringbahnen im verlässlichen Takt und endlosen Kreisen.

Nimmste diese nich, nimmste 'ne andre, denkt Tolmeyn, hält Abstand zur 96er, die ihn hätte hinausbefördern sollen, überquert erneut den Landwehrkanal, biegt ab in die Königgrätzer Straße. Nur noch das Mikado und dann. Sehen, was dort läuft. Und dann brav zurück zu Meister Lampe von Lichterfelde, gute Nacht sagen und die Kerze ausblasen.

Die Königgrätzer – mehr ein Konzertsaal als eine Straße, mit Bühne, Parkett, Rang und Balkon –, bereits hochgestimmt, empfängt ihn gerne als weiteren Mann im Orchester. Im Pendeln von einer Straßenseite zur anderen springt er über die Notenlinien der Tramschienen wie ein immer wieder angeschlagenes Achtel. Er ist beileibe nicht der einzige, der zu dieser Musik beiträgt: Jeder, der hier spaziert, lässt sich anziehen – von geschmückten Schaufenstern (Geigenklänge, süßlich), Lichtreklamen (in Tolmeyns Ohren: Klarinetten und Harfen), von einem Ausrufer (Tenor), von Düften (Flöten aller Art), ein jeder, jede, jedes läuft kreuz und quer, gescheucht von der Tramklingel (Glockenspiel), erschreckt von einem heraneilenden Automobil (Trompete). Fast hätte er angefangen zu dirigieren – ein bisschen fuchtelt er wohl schon mit den Händen. Man müsste sich auf einen der Balkone hoch oben stellen und die Länge der Straße mit den Menschennoten auf den Notenlinien der Tramschienen photographieren. Dann hätte man einen Teil der Partitur, nach der Berlin jeden Tag und jede Nacht tanzt. Ein verrückt gewordenes elektrisches Klavier, das sich die Notenrolle, nach der es spielt, selber endlos locht.

Auf halber Höhe zum Anhalter Bahnhof nimmt er eine stille Seitenstraße: was heißt schon still. Das Schnauben eines für die Nacht abgehalfterten Karrengauls, Stimmen und Geschrei in allen Tonlagen, von *piano* bis *fortissimo,* ein mit Andacht bewegter Teppichklopfer, der Schürhaken in einem gusseisernen Ofen, eine quietschende Schwengelpumpe, die einen Blecheimer füllt, das *fffft-fffft* eines Reisigbesens auf Pflaster, *tsssss-chhh* eines Zündholzes, das jemand dicht hinter ihm anreißt.

Dann steht er an einer Ecke; das Mikado schräg vor ihm. Der Mikado, sagen manche. So oder so, ein dämlicher Name, denn dort verliert, wer sich nicht bewegt. Von außen sieht das Mikado immer so aus, als müsse es jeden Moment platzen, von Druck, Hitze, Lärm. Die Musik – er lauscht auf den Klavieranschlag – macht heute Sadler-Grün, der Baron, oder die Baronin, je nachdem, was für Kleidung er trägt. Oder sie; das kümmert niemanden. Solange er gut spielt. Oder sie.

So: zwei Möglichkeiten, Tolmeyn, trägt er sich vor. Entweder du pfeifst auf alle Folgen, gehst da rein, hast eine gute Zeit, erträgst den ollen Niethe fürs Finale der photographischen Belehrungen und fährst anschließend zurück nach Rom – mit einer schönen Erinnerung an Berlin. Oder genau das gleiche Programm, abzüglich einer guten Zeit im Mikado mit alten Freunden, und abzüglich wenigstens *einer* schönen Erinnerung an diesen Ausflug nach Berlin.

Wieder reißt jemand dicht hinter ihm ein Streichholz an. Als er sich umblickt, dauert es einen Moment, bis er das Gesicht hinter der ausgehenden Flamme erkennt.

Niki zieht zweimal an der Zigarette und sagt:

»Jetzt sitze in der Bredulje, was? Die Müllerin hat mich auf die richtige Spur gesetzt.«

Tolmeyn erstarrt für zwei oder drei Sekunden. Er schiebt den Mann dann aber ein paar Schritte weiter in eine Toreinfahrt. Nur nicht gesehen werden, mit – dem.

»Hast dich verdrückt gehabt die letzte Zeit«, sagt Niki, »wohin?«

»Das werde ich ausgerechnet dir sagen«, sagt Tolmeyn, vielleicht ein wenig zu aggressiv.

»Ah. Neue Frisur, très chic«, sagt Niki und versucht, Tolmeyn in die Haare zu greifen. Der schlägt nach der ausgestreckten Hand, trifft aber nicht.

Niki holt ein Zigarettenetui aus der Jacke. Er lässt es auf- und zuschnappen, in geübter Manier.

Tolmeyn sieht zu und wartet. Der will etwas von ihm; soll er nur heraus damit. Eine halbe Minute vergeht.

Mit Niki ist es wie mit seinem Etui. Das sieht von außen ganz hübsch aus, poliert, ziseliert, sogar graviert: N. S. Der adrette Niki Schulze. Besitzt den Mindestsatz an Manieren, ein bisschen darüber hinaus sogar. Kann mit Essbesteck umgehen, kennt den Unterschied zwischen Weißwein-, Rotwein- und Portweinglas. Wer hat ihm das beigebracht? Tolmeyn natürlich. Trinkt das auch alles. Liest nicht nur die Illustrierten, hat eine gewisse Bildung, aber noch viel mehr Geschick darin, seine Bildungslücken zu kaschieren. War, vor allem als er noch die Uniform der Garde-Grenadiere trug, sehr gefällig anzusehen. Wie sein Etui. Drinnen aber Selbstgedrehte: Und die ähneln frisch ausgegrabenen Wurzeln, krumm und uneben, braungelb. Echte kann er sich nicht leisten. Die Manoli *Monte Bello* oder eine Garbáty – natürlich *Königin von Saba!*, die teuersten – hatte er sich gerne von Tolmeyn schenken lassen. An Feiertagen gönnt er sich auf eigene Kosten eine Okassa *Zarotto,* ein Soldatenkraut. Sonst die Selbstgedrehten. Merkt er das nicht? Er steckt sich diese abscheulichen Dinger ins durchaus nicht hässliche Gesicht. Wieso ist das Tolmeyn nie aufgefallen? Unangenehm aufgefallen? Wie das Zuklappen dieses Etuis: klar und scharf und blechern. Eben nicht silbern.

»Komm, wir gehen ins Mikado, Champagner trinken«, sagt Niki, »ich lade selbstverständlich ein.«

Dabei macht er eine große Geste: als zöge er eine fette Geldbörse aus der Tasche. Tolmeyn muss fast lachen. Das wäre das erste Mal gewesen. Na, vielleicht reicht es für das erste Glas.

»Mit dir gehe ich nirgendwohin, Niki, lass mich in Ruhe.«

Das Mikado spuckt einen schnell zerfallenden Haufen Menschen aus. Als die letzten um die Ecke sind, verlässt er die Einfahrt und geht Richtung Wilhelmstraße. So schnell, dass es entschlossen wirken muss, aber nicht so schnell, dass es wie Flucht aussieht. Er geht einfach davon, der freie Mann, der er ist.

Niki folgt.

»Du schuldest mir noch etwas.«

»Nichts schulde ich dir, gar nichts.«

»Wir hatten eine Vereinbarung.«

»Das nennst du eine Vereinbarung? Lächerlich.«

»Dann warst du weg, Knall auf Fall.«

»Ich bin dir keine Rechenschaft schuldig.«

»Und ich sitze hier ohne. Ohne alles. Ich hatte die Mittel schon eingeplant, weißte. Freunde tun so was nicht.«

Tolmeyn geht die Wilhelmstraße hinauf, dann links in Richtung Askanischer Platz. Sein Plan, der beim Gehen hätte reifen sollen, besteht immer noch aus nur zwei Wörtern: *Niki loswerden.* Aber wie? Eine Droschke rufen und dann im wilden Galopp davon? Wenn man eine braucht, kommt keine. Dann kreuzen doch zwei Kraftdroschken. Tolmeyn hätte die eine herangewinkt, dann aber wäre Niki wohl in die zweite gesprungen, und Tolmeyn hätte seinen Verfolger bis nach Lichterfelde gelotst. Zu spät fällt ihm ein, dass der andere, notorisch abgebrannt, eine geringere Reichweite gehabt hätte. Aber wer weiß das schon sicher.

Drüben im Anhalter Bahnhof abtauchen? Jetzt – gegen elf Uhr abends – schon deutlich zu wenig Gewimmel auf den Bahnsteigen. Straßenbahn? Die, die Tolmeyn erwischt, erwischt auch Niki. Weglaufen? Niki ist schneller. Der trieb Sport in der Kaserne, ist Mitglied beim Schwimm-Club Neptun Berlin, brüstet sich einer riesengroßen Lungenkapazität und kann wer weiß nicht wie lange unter Wasser bleiben. Was die Möglichkeit, die Sache im Kampf auszutragen, von vornherein ausschließt. Vielleicht ist es besser, ihm in einer Kneipe Champagner oder Wein und Bier in Mengen zu verabreichen. Nur wird Niki sich in dieser Situation nicht betrunken machen lassen; so viel Berechnung ist ihm allemal zuzutrauen.

Entlang der Nordflanke des Bahnhofs und weiter in Richtung Landwehrkanal folgt Niki in gleichbleibendem Abstand. Einmal hält er und zündet eine Zigarette an. Doch nach ein paar schnellen Schritten ist er wieder heran. Er behält auch vor der Philharmonie die Übersicht, als Tolmeyn in der abflutenden Menge nach Konzertende auf- und verlorenzugehen versucht – der eine, reine Narr im sommerlich hellen Leinenanzug samt Strohhut mit hellblauem Band unter lauter schwarzen Fräcken. Tolmeyn hört Niki lachen.

Am alten Hafenbassin, einer Ausbuchtung des Landwehrkanals, bleibt er stehen, weniger aus Erschöpfung als aus Überdruss an dieser Angelegenheit, die so viel Anlass zur Selbstbeschimpfung bietet. Alles eine Folge falscher Entscheidungen: die Wohnung am Ende der Friedrichstraße (die ihm auch das alberne »Fritzi« eingebracht hatte); die Arbeit auf der Museumsinsel (ein Angebot eines Charlottenburger Privatsammlers hatte er ausgeschlagen); die Kaserne dazwischen. Zweimal am Tag musste er dort vorbeigehen (nein, er musste nicht, es gab andere Wege. Aber auch andere Kasernen. An allen Ecken und Enden dieser uniformverseuchten Stadt). So oder so, die Kaiser-Alexander-Garde-Grenadiere trugen lange weiße Hosen und einen tiefblauen Uniformrock mit goldglänzenden Knöpfen. In ihrer schlichten Eleganz hatte sie Niki gut gestanden, diese Uniform (ach was: sie stand allen gut, das ist er Sinn der Uniform). Nein, ihm besonders.

Derselbe Niki, jetzt im leicht verbeulten Straßenanzug, lässig in der Rocktasche nach dem Zigarettenetui kramend und milde siegessicher auf Tolmeyn herabblickend, das ist jetzt die böse Pointe von allem.

In dem Hafenbecken liegen ein paar Dutzend ausgemusterte Frachtkähne, mit knarzenden Tauen dicht gepackt in trüber Brühe; manche fast abgesoffen. Tolmeyn schaut auf diese Zwangsgemeinschaft und dann auf seinen Verfolger, der schon wieder eine seiner verkrüppelten Zigaretten zwischen die Lippen steckt.

»Das, was du willst, habe ich sowieso nicht bei mir. Was soll das also?«

Niki hatte nichts gesagt, aber Geld wollte er immer, warum sollte das jetzt anders sein? Damals, vor vier Monaten, hatte er jedenfalls Geld gewollt, viel Geld, oder… und Tolmeyn hatte Berlin Knall auf Fall verlassen.

»Du hast mich einmal in eine unangenehme Lage gebracht«, sagt Niki, »noch mal machst du das nicht. Wirst verstehen, dass ich diesmal 'nen Zuschlag berechne, aber einen saftigen.«

»An deiner Lage bist nur du schuld. Außerdem bin ich nicht mehr in Berlin.«

»Ach nee. Und das hier ist die Themse?«

»Nur zu Besuch. Morgen fahre ich zurück.«

Stimmt nicht. Übermorgen. Ist das gut, den anderen unter Druck setzen? Je weniger Zeit der zu haben glaubt, desto mehr muss er sich doch zum Handeln angetrieben fühlen.

»Pass mal auf, Fritzi«, sagt Niki, »ist ganz schnurz, wo du bist, ich brauch doch nur ein Brieflein ans Museum schreiben. Weißte, so ein Ruf eilt nicht nur voraus, der schleicht dir auch hinterher. Trap, trap, trap, schon ist er da und schmeichelt sich allen an. Klebt wie Pech.«

»Du bist ein elender kleiner Rupfer.«

»Na, aber klar doch«, sagt Niki, »und du ein riesengroßer Idiot, weil du es nicht früher gemerkt hast.«

Niki tut, als hätte er Stift und Papier zur Hand, und kritzelt in die Luft, was er irgendwo gelesen haben muss, denn so drückt sich ein Niki Schulze normalerweise nicht aus:

»Sehr geehrter Herr! Wie ich durch Zufall, doch mit größter Zuverlässigkeit, erfahren habe, gehört auch Ihr geschätzter Mitarbeiter Kustos Jacob Tolmeyn zu jenen Unglücklichen, deren Neigungen unser barbarisches Zeitalter mit Strafe bedroht. Wenn Sie dann noch bedenken mögen, mit welch kostbarer Materie Ihr Mann alle Tage hantiert… und so weiter und so fort.«

Er faltet den imaginären Brief zusammen und steckt ihn

in einen unsichtbaren Umschlag, leckt die Gummierung der Lasche mit einer widerwärtigen Grimasse ab und schickt den Brief wie einen Papierflieger auf die Reise. Tolmeyn hätte speien mögen.

Es hatte auch einmal einen anderen Niki gegeben; einen mit großen Plänen für die Zeit nach dem Militär: Einen »Athleten-Club« wollte er aufziehen. Turnen, Ringen, Eisenstemmen, einen Boxring dazu. Dafür gab es Bedarf bei jungen Männern, die trotz harter Arbeitstage ihre Körper in Kampf und Spiel erproben wollten. Und bei vielen, die nur zum Zusehen kamen und schon dafür reichlich in die Clubkasse warfen. Den Ort, die hinteren Räume einer Gaststätte, hatte Niki schon lange ausgeguckt. Was ihm fehlte, war das Kapital zum Kauf der Einrichtung, der Gewichte, der Ringermatratzen, zum Bau des Boxrings. Es ist eine Investition, hatte er immer gesagt, wenn er von Tolmeyn Geld erhielt, die Eisenfresser und das Geld werden für uns arbeiten. Und die alten Goldesel, die bloß glotzen wollen, wenn wir sie kräftig genug kitzeln.

Nur investierte er nicht. Er kaufte keine Gewichte und keine Matratzen, er bezahlte Spielschulden, um neue machen zu können. Ließ Paradeuniformen schneidern und hielt seine Soldatenfreunde frei.

»Wir könnten schon längst wieder die besten Freunde sein, auch auf Abstand«, sagt Niki und macht einen Schritt auf Tolmeyn zu, der, zwei Fußbreit an der Kante zum Hafenbecken, nicht zurückweichen kann. Vielleicht hat Niki aus seiner Garde-Grenadier-Perspektive (seins war immerhin das Regiment der berühmten »Langen Kerls« gewesen) und mit unverstelltem Blick auf Tolmeyns brandneuen Strohhut eine Idee bekommen: Jedenfalls fährt die Hand nach dem Hut aus; die gierigen Finger lang gemacht. Und Tolmeyn, als er den Kopf zurücknimmt, um dem raschen Zugriff zu entgehen, denkt: Ja, natürlich, innen ist ein Etikett angebracht: *Mario Modica, Cappellaio, Roma.*

Links behindert ein Poller Tolmeyns freie Bewegung, rechts ein aufgerolltes Tau von der armdicken Sorte, dessen loses übers Pflaster liegende Ende Niki im Voranstürmen nicht bemerkt.

»Will doch mal sehen, woher –«, sagt Niki noch, dann braucht er plötzlich beide Arme für ein fruchtloses Kreiseln und Flattern, das ihn weder stabilisiert, noch ihm aus der gefährlichen Vorlage hilft. Er versucht, seine gespreizten Hände auf Tolmeyns Schultern zu landen oder wenigstens dessen Jackenaufschläge zu packen oder, falls dies nicht gelänge, allerletzten Halt am gürtelverstärkten Hosenbund zu finden. Nichts von alldem: Tolmeyn wirft sich seitwärts. Sowie das rechte Bein einknickt, schlägt er mit der Hüfte auf der Taurolle auf, der Ellbogen fängt ihn ab. Wenn es weh tut, spürt er es nicht. Eine leichte Berührung noch, und Niki, in der kaum zu tadelnden Haltung eines Wasserspringers, fliegt über die Kante.

Er schlägt mit dem Oberkörper hart und krachend auf das Heck eines Kahns, rutscht zurück, hält ein, zwei Sekunden noch an der zertrümmerten Reling fest, stöhnt und fällt ins Wasser. Kurz taucht er unter. Zwei Sekunden später sieht Tolmeyn sein weißes Gesicht mit geschlossenen Augen im Licht einer entfernten Gaslaterne. Eine leichte Strömung zieht Niki zwischen dem Heck und dem Bug des daneben vertäuten Bootes durch. Er rührt sich nicht. Tolmeyn verliert ihn aus den Augen. Er befreit sich aus der Umschlingung der Taurolle und läuft ein paar Schritte, dorthin, wo das Hafenbecken zum Landwehrkanal offen ist. An dieser Ecke nimmt die Kanalströmung Wasser aus dem Becken mit und erzeugt den Sog, gegen den die vertäuten Kähne leise ächzend arbeiten, dem aber der reglose Körper völlig hingegeben ist. Tolmeyn schaut sich um: kein Rettungsring, keine Stange. Niki treibt, jetzt mit dem Gesicht nach unten, hinaus und davon. Es dauert nur ein paar Sekunden, dann ist von Niki Schulze nichts mehr zu sehen.

Tolmeyn sitzt auf einem Poller. Er hat schon immer sitzend besser nachdenken können: Sitzend, ein bisschen in sich sinkend, in der leichten Krümmung des Rumpfes, spürt man sicher ruhend den Bauch in der Mitte, und der Kopf in seiner anmaßenden Vernunft und Klarheit wird ein wenig bescheidener, wenn man ihm zeigt, wer ihn (wie alle anderen Teile des Körpers) ernährt. Das Ausweichen ist bestimmt in Ordnung gewesen; durch den Zusammenprall hätte Tolmeyn selbst im Becken landen können. Den anrennenden Niki auffangen zu wollen war in Anbetracht der Gewichtsunterschiede und des Schwungs nicht ratsam gewesen. Sich auf die Taurolle zu werfen – hier schwingen Bauch und Kopf in Übereinstimmung –, diente also dem Selbsterhalt: nicht zu beanstanden, selbst bei kleinlichster Auslegung.

Aber das linke Bein stehen zu lassen?

Ja, da hatte Niki in seiner Gier und Hast einen Fehler gemacht, einen grundlegenden, aber vielleicht noch keinen endgültigen; vielleicht hätte er sich noch gefangen. Falls er auch noch über Tolmeyns gestrecktes Bein gestolpert sein sollte – was sagst du, Bauch? Und du, Kopf? – Es ging zu schnell. – Ja, du hättest, du hättest auf jeden Fall gesollt. – Wenn ich gekonnt hätte. – Du kannst tun, was du willst – aber nicht wollen, was du willst.

Und, habe ich das gewollt?, fragt Tolmeyn. Kopf und Bauch enthalten sich für den Moment. Aber er sitzt hier und spürt sein Atmen unter dem Zwerchfell, das Heben und Senken der Bauchdecke. Eine Weile spielt er noch das Atemspiel: Atme ein, als ob es das letzte Mal in deinem Leben wäre.

Und ein allerletzter Atemzug. Und ein allerallerletzter. Jeder neue Atemzug schenkt dir eine halbe Minute und mit dieser halben Minute die Chance auf ein ganzes Leben. Mit ein bisschen Luftanhalten sogar etwas mehr. Warum eigentlich feiern wir das Atmen nicht? So viele Anlässe, so wenig Freude.

Nach einiger Zeit verlässt Tolmeyn seinen Platz. Niemand, außer ihnen beiden, hatte sich am Hafen aufgehalten. Niemand war vorbeigekommen, kein Polizist hatte sich aus dem Schatten gelöst.

Er geht den Landwehrkanal hinauf, das Hallesche Ufer entlang, bis er am Blücherplatz eine späte 96er erwischt. Weit nach Mitternacht steigt er in Lichterfelde aus. Friedliche, ungestörte Passage vorausgesetzt, dürfte Niki schon in der Spree treiben. Vielleicht macht er gerade die Schleife um Schloss Charlottenburg.

Am folgenden Vormittag erklärt Tolmeyn dem Professor, er müsse dringend abreisen. Die ausgewählten photographischen Apparate, die Stative, Trockenplatten, die chemi-

schen Bäder und alles andere solle Niethe, wie mit Stammschröer vereinbart, an das Institut in Rom schicken.

Niethe hält ihn nicht, obwohl es noch so viel zu lernen
gibt.

Flucht aus Berlin

Gegen Mittag sitzt er im Zug Richtung Süden.

Er betrachtet sein Photo. Wie hatte Niethe ihn vor ein paar Tagen begrüßt: Können Sie sehen?

O ja: Er hat Pegasus gesehen, auf der Mattscheibe, und noch, als er den Deckel von der Linse pflückte. Wenn Pegasus nun in einer Schleierwolke aufgelöst ist, dann ist das ein Problem der Belichtungstabellen, von Bromammonium, Silbernitrat und Eisenoxalat, von verspreizten Dreibeinen, verklemmenden Trockenplatten und allzu kurzsichtigen Protaren und wie sie sonst so hießen. Aber sicher nicht seines Auges.

»Der Lichtbildkünstler!«, ruft Stammschröer, der ihn einen Tag später am Ende der Plattform in Roma Termini geradezu überfällt, so plötzlich wie er neben einer Säule erscheint. Welch zweifelhafte Ehre, denkt Tolmeyn erschrocken, ich wollte lieber still in meinem Keller verschwinden.

Stammschröer fächelt sich Luft zu, mit einem blassrosa-farbenen Kärtchen der italienischen Poste e Telegrafi. Langsam beginnt Tolmeyn sie zu verabscheuen, diese sogenannten Errungenschaften der Technik, diese körperlos reisenden, nein, rasenden Nachrichten. *Ich bin schon da,* sagte der Igel zum Hasen, ich hab dich spätestens am Brenner überholt. Wann immer er zu seiner Erzählung ansetzt, hat schon jemand das Vorwort verfasst und sät beim unbefangenen Leser Erwartungen.

Das aus dem Telegramm herauslesbare Lob münzt Stammschröer sofort in Forderungen um, spricht von »Photographien wie gemeißelt« und »das ach so Flüchtige verewigt«. Niethe, glücklich, seinen Schüler los zu sein, hat offenbar nicht an Telegrammworten gegeizt, nicht an Zahl noch an Wucht. Mieser Heuchler: Je kräftiger er Tolmeyn rühmt, wird er gedacht haben, desto geringer die Gefahr einer Nachschulung. Insgeheim bewundert Tolmeyn solch kühle Berechnung. Hätte er das gekonnt?

Stammschröer schiebt ihn jetzt vor sich her, lenkt ihn mit beiden Händen auf den Schultern durch das Gewühl der Reisenden, sprengt Grüppchen, rempelt fliegende Händler, ohne dass Tolmeyn sich aus diesem Griff befreien kann oder will. Es tut sogar gut: Er, Jacob Tolmeyn, das auf die Erde zurückgekehrte Auge Kaiser Friedrichs des Zweiten, mehr als willens und bereit, nach fast siebenhundert Jahren die dringend nötige Bestandsaufnahme anzugehen. Und, aus eher aktuellerem Anlass, um den Abstand zu Berlin auf das höchstmögliche Maß zu vergrößern.

»Geht es nun bald los, Herr Professor?«, fragt er und denkt: Wollen doch mal wieder nach dem Rechten sehen, denn der Zahn der Zeit ist ein Reißzahn.

»Bald, bald!«, jubelt Stammschröer. »Sobald die Apparate hier sind und der Imboden aus der Schweiz zurück ist.«

Tolmeyn dreht den Hals zurück, dass es fast weh tut.

»Mit Verlaub, was hat der Imboden mit meiner Reise zu tun?«

»Sie werden Hilfe wohl gebrauchen können. Und wenn es nur zum Tragen ist.«

O nein, denkt Tolmeyn, nicht der. Wieso der? »Dafür hatte ich Maultiere eingeplant«, sagt er. Er klingt störrisch. Er will jetzt störrisch sein und windet sich aus Stammschröers Griff. Die Massen schieben und drücken von allen Seiten, er steht, widersteht.

Auch Stammschröer bewegt sich nicht. Da er weiß, dass man eine Strafpredigt am besten von oben serviert, macht er sich ganz gerade und groß:

»Mein Gott, Tolmeyn, ich erwarte ja nicht einmal Dankbarkeit von Ihnen. Ich ermögliche Ihnen die Reise Ihres Lebens, ich lasse Sie bei einem Meister der Photographie lernen – das ist, als hätte ich Sie als Bildhauerlehrling zu Michelangelo geschickt oder als Farbenmischer zu Tintoretto –, da werden Sie doch wohl verstehen, wenn ich alles tue, damit dieses Unternehmen ein Erfolg wird. Wir können uns ein Scheitern nicht leisten. Wir müssen Ergebnisse vorweisen, und das schon bald. Die komplette Inventarisierung der staufischen Baudenkmäler ist noch lange nicht in trockenen Tüchern. Ich weiß, der Imboden ist kein vollendeter Kunsthistoriker, aber er hat Kenntnisse der Zeit, und er ist, wenn ich das so sagen darf, ein patenter Kerl. Er kann zeichnen. Er kann protokollieren. Wer soll das andere Ende des Maßbands anlegen? Wer hält die Leiter, wenn Sie ein Detail hoch oben an der Kirchenwand studieren? Er kann als ehemaliger Schweizergardist sogar mit einer Hellebarde umgehen – also, was wollen Sie, Tolmeyn? Nichts? Gut. Dann ist das also abgemacht.«

Jetzt widersteht Tolmeyn nicht mehr, nicht Stammschröer, nicht der Menge, er macht einen Schritt zurück und lässt sich von dem Menschenstrom erfassen, der breit auf die Portale der Bahnhofshalle zufließt, sich auf dem Weg dorthin um einen Kiosk teilt und wieder vereinigt und an den Billettschleusen gesiebt wird. Tolmeyn gibt sein Billett ab und wird hinausgeschwemmt. Das kurz aufblitzende Bild des im Wasser treibenden Niki verblasst augenblicklich, etwa so schnell, wie sich eine von Niethes empfindlicheren Trockenplatten im Sonnenlicht schwärzt. Und damit es nicht wiederkommt, denkt er an *Scott's Tabelle der reciproken Werte der chemischen Helligkeit zu verschiedenen Tagen und Stunden des Jahres,* die er während der Bahnfahrt stundenlang memoriert hat, auf und ab, vorwärts und rückwärts: schier unglaublich, wie breit sich so ein gutmütiges Zahlenmonstrum im Kopf machen kann, so dass nichts anderes mehr darin Platz hat.

Gesichter des Sandes

Verdacht

»Wann waren Sie das letzte Mal in Berlin?«

Tolmeyn hat die Frage kaum gehört. Es dauert ein bisschen, bis sie den nachhallenden römischen Lärm durchdringt.

»Juni vierzehn«, sagt er, »aber was heißt: *in Berlin*. Ich reiste nach Lichterfelde. In Berlin proper war ich gerade zweimal, und das kurz: bei der Ankunft im Anhalter Bahnhof und bei der Abfahrt vom Anhalter Bahnhof.«

Der Kommissar streicht über seine Wange. Man hört ein leises Kratzen. Es ist inzwischen ziemlich schummrig in dem Verhörzimmer. Eine Amsel macht Stimmübungen, setzt an, setzt aus.

»Nicht doch gelegentlich, zur Zerstreuung, in die Stadt gefahren?«, fragt der Kommissar. »Freunde treffen, einkaufen, ein Bier beim Pschorrbräu trinken, im Tiergarten spazieren, Oper, Theater, Philharmonie?«

»Nein, Herr Kommissar«, sagt Tolmeyn.

Zum ersten Mal in diesem Verhör sieht er dem Mann gegenüber direkt ins Gesicht, und er merkt, dass das ein Fehler ist; merkt es daran, wie die Muskeln spannen, sein so verbindlich vertrauenheischendes, lächelndes Gesicht sitzt unangenehm wie eine schief übergezogene Maske. Genauso gut könnte er sich jetzt ein Schild umhängen: *Ich lüge.* Der Kommissar befühlt den Bartwuchs auf der anderen Wange und sieht ihn schräg von der Seite an. Aus seiner Miene ist, wie immer, nichts zu lesen. Tolmeyn schiebt nach:

»Acht Stunden photographische Belehrung von Professor Niethe, und auf dem Weg ins Bett machen Sie allenfalls Station im Lichterfelder Dorfkrug, um sich zwecks Erzielung traumlosen Schlafes gehörig zu betäuben.«

»So.«

»Ja«, sagt Tolmeyn trotzig. Die zur lockeren Faust geballte Hand steigt und fällt um ein paar Millimeter, weich und geräuschlos trifft sie auf die Tischplatte, aber die Schwingung wandert durch das Holz hinüber zu dem Kommissar. Der Bleistift kommt ins Rollen, wird aufgefangen und zur Verfertigung einer Notiz verwendet.

»Ich habe mich nur gewundert«, sagt der Kommissar beim Schreiben. Kaum ist er damit fertig, wird die Tür zum Verhörzimmer geöffnet, ein Beamter tritt ein.

»Bitte sehr, Herr Kriminalkommissar?«

Mit dem Zettel in der Hand verlässt der Beamte den Raum.

»Wo waren wir?«, fragt der Kommissar.

Treptows Manuskript (4):
Standardprozeduren

Natürlich ließ ich Akten kommen. Das ist Standardprozedur.

Doch weder in den Akten noch in der Liste, die ich etwas später konsultierte, fand ich Tolmeyns Namen. Das bedeutete weder das eine noch das andere. In meiner Einschätzung Tolmeyns war ich mir sicher, dazu brauchte ich auch nicht das Kartenregister, das Kriminalinspektor von Meerscheidt-Hüllessem, der Begründer des Verbrecheralbums und des Erkennungsdienstes in unserer Stadt, angelegt hatte. Wie gesagt: Standardprozedur.

Dieser Meerscheidt-Hüllessem war ein tüchtiger Polizist, aber andauernd in private Schwierigkeiten verwickelt gewesen, vor allem finanzieller Art. Noch vor dem Ende des Disziplinarverfahrens, welches ihn – bedauerlich, aber unvermeidlich – irgendwann ereilen musste, nahm er sich das Leben. Zuvor hatte er verfügt, dass das Kartenregister, welches ein paar hundert Namen (auch viele aus allerersten Gesellschaftskreisen) enthielt, dem Kaiser übersandt werden sollte. Aber der Kaiser ließ das Paket ungeöffnet an den Polizeipräsidenten zurückgehen, weil er es für eine »Polizeisache« hielt. Was für ein Fehler! (Ich habe an früherer Stelle darauf hingewiesen, dass unser Kaiser sich ungern mit Details aufhielt.) Denn hätte er es damals geöffnet, so wäre er über seine verderbliche Umgebung, die die Presse nicht unzutreffend »Hofkamarilla« nannte, aufgeklärt worden. Auch die späteren Sensationsprozesse, die dem Ansehen der Krone (und uns, als Nation, im Ausland) so geschadet haben, wären vermieden worden. Ich empfand die Peinlichkeit dieser Angelegenheiten fast so, als wären sie mir selbst zugestoßen, zumal ich das Gefühl haben musste (aus Kenntnis dieser Kartei), sie seien vermeidbar gewesen. Ich nahm Einfluss auf meinen Präsidenten, so gut ich konnte. In seiner herausgehobenen Position hätte er jederzeit um eine Audienz nachsuchen und mit der Kartei beim Kaiser vorstellig werden können.

Stattdessen reichte er das Kartenregister an mich weiter und schärfte mir ein, es von keinem Unberufenen einsehen zu lassen. Ich ergänzte es während meiner aktiven Zeit gewissenhaft. Noch heute ist es in meinem Besitz; es wurde niemals Teil der offiziellen Akten, sondern lag immer in meinem persönlichen Panzerschrank.

Meerscheidt-Hüllessem hatte die Karten alle selbst angelegt: *Name, Vorname, Stand, geboren am und zu, Wohnort, Straße, Nummer* und *kurze Mitteilung*. Bei seinem Tod umfasste das Register einige hundert Karten und eine alphabetisch geordnete Liste aller Namen, die ich noch um die Namen ergänzte, welche Meerscheidt-Hüllessem in der Rubrik *kurze Mitteilung* notierte. Diese war die eigentlich interessante Rubrik, denn sie enthielt das gesamte Was, Wie, Wo, Wann und Wer, das zu einer Person gehörte. Also, wer mit wem verkehrte, in welchen bevorzugten Schanklokalen, Bade- oder Bedürfnisanstalten (diese achteckigen Gusseisenkonstruktionen, die man scherzhaft Café Achteck nannte), von wem einer erpresst wurde und solche Dinge.

Diese Liste hätte vielleicht geholfen, um im vorliegenden Fall die eine oder andere Querverbindung ziehen zu können. Ich nahm mir vor, sie bei nächster Gelegenheit zu prüfen.

Bis zu diesem Punkt etwa (er hatte mir an die zwei Stunden erzählt) war ich unsicher gewesen, ob da nicht noch eine andere Geschichte mitlief. Er hatte mir in großem Detail (allein die klingenden Namen von Objektiven erinnerten mich an *Schwabs Sagen des klassischen Altertums* – eines hieß »Protar«, wenn ich mich recht erinnere) von seiner photographischen Ausbildung bei Professor Niethe berichtet. Welchen ich übrigens kannte, nicht nur durch sein berühmtes Lehrbuch: Er hielt auch populäre Vorträge, und zu Anfang meiner kriminalpolizeilichen Karriere fand ich photographische Kenntnisse nützlich – nicht zuletzt wegen der Verbrecheralben, die Meerscheidt-Hüllessem mit Hingabe pflegte.

Er war lange ein Anhänger des Bertillon-Systems gewesen, welches ebenfalls auf Photographie beruhte. Der Verdächtige wurde zunächst auf einen drehbaren Stuhl gesetzt und mit einer fest installierten Kamera nach exakten Regeln aufgenommen; frontal, Links-/Rechtsprofil. Daran anschließend folgte bei der Bertillonage, wie man das Verfahren nach seinem Erfinder nannte, die genaue Erfassung von elf Körpermaßen, beispielsweise der Länge des linken kleinen Fingers und der Kopfbreite. Auch das rechte Ohr wurde in vierzehn einzelnen Merkmalen erfasst und beschrieben. Weswegen man unseren Kriminalinspektoren einbleute, Verdächtige möglichst von rechts in Augenschein zu nehmen. Das System hatte seine Schwächen; zum Beispiel geschah die Vermessung nie genau genug, oder die jungen Delinquenten wuchsen weiter (ganz alte schrumpften sogar). Und die Ganoven lachten, weil sich die Zivilpolizisten an der Biertheke immer rechts von ihnen niederließen und sich dann wie frisch Verliebte in die Kurven und Bögen des Nachbarohres vertieften.

Ich hatte an altertümliche Körper- und Schädelvermesser schon denken müssen, als Tolmeyn von dem Ausgräber in Andria erzählt hatte, der die englische Königin anhand der Kopfform identifiziert haben wollte: sicher durch eine hohe, edle Stirn, auf der er noch die Eindrücke von kostbaren Diademen gesehen hatte, wer weiß? Dieser Ausgräber eiferte wohl seinem Landsmann Cesare Lombroso nach, der einmal in Berlin bei einem kriminologischen Kongress sprach. Vor den leitenden Beamten beschrieb Lombroso einen Typus, dem er tausendfach in Gefängnissen und Irrenanstalten begegnet sei, den er »geborenen Verbrecher« nannte, *delinquente nato,* und dessen Kainsmale ein abgeplatteter Hinterkopf, fliehende Stirn und Augenbrauenwülste seien. Genau so eine Gestalt saß neben ihm: der Polizeipräsident selbst. Dass dieser sich nicht dazu überzeugen ließ, Lombrosos Tätertypenlehre in den Methodenschatz der Berliner Kriminalpolizei einzugliedern, hat niemanden gewundert. Über das, was angeboren ist oder sein soll, ließe sich trefflich spekulieren; ich habe nie daran geglaubt: Es wäre mir zu oft wie eine faule Entschuldigung vorgekommen.

Mit Aufkommen der Daktyloskopie gerieten die Bertillonage und die Tätertypenlehre rasch ins Hintertreffen. Es lassen doch zu wenige Verbrecher eine Spur ihres Ohres am Tatort zurück, aber viele ihre Fingerabdrücke. Was als »wissenschaftliche Methode« in der Polizeiarbeit gilt, wechselt mit den Jahren, neuen Erkenntnissen und den Moden. Ich war immer der Ansicht, dass der polizeiliche Instinkt und eine im täglichen Umgang mit Verbrechern erworbene Menschenkenntnis die Grundlage jeder erfolgreichen Ermittlung bildet. Der Rest findet sich.

Als ich nun diesen eleganten, zarten, flamboyanten jungen Mann vor mir hatte, der mir erzählen wollte, er habe während seines Aufenthaltes bei Niethe niemals einen Ausflug in die Amüsierviertel der Friedrichstadt und der Luisenstadt gemacht und sei nur im drögen Lichterfelde geblieben – nun, da erwachte der Jagdhund in mir. Wollen wir doch mal sehen, dachte ich mir. Wenn ich das nächste Mal austreten müsste, würde ich mir aus meinem Büro die Liste holen. Vorerst aber notierte ich auf einen Zettel

Registratur: Fälle, unerledigt (1. Halbjahr 14)

und klingelte durch unauffälligen Druck auf den unter der Tischplatte verborgenen Knopf nach dem Diensthabenden.

Es erstaunt die meisten Delinquenten ungemein, wenn die Tür aufgeht und der Beamte hereintritt, um die soeben vollendete Notiz entgegenzunehmen; sie schauen dann meist verstohlen herum, versuchen das unsichtbare Auge zu finden, das von irgendwo in das Verhörzimmer blickt. Zu meiner stillen Freude tat das auch Tolmeyn. So abgeklärt, wie er tat, war er wohl nicht.

Aber durch meine beiläufige Frage *Wo waren wir?* erhielt ich seine Aufmerksamkeit zurück. Ich konnte direkt sehen, wie es in seinem Gedächtnis wirbelte.

Der Mann war nirgendwo. Aus Apulien abgereist, aber in Berlin nicht angekommen.

Varianten

Tolmeyn braucht ein paar Tage, um sich wieder in Rom zurechtzufinden, obwohl sich nichts verändert hat, weder auf den Straßen noch in seiner kleinen Wohnung, noch im Keller des Instituts – vielleicht deswegen.

Natürlich ist auch Rom eine Großstadt, mit all ihren Unübersehbarkeiten und Zumutungen, dem konstanten Summen, dem Gequirl an tierischen und menschlichen Leibern. Natürlich fahren auch hier die Elektrische und die Automobile, man lebt schnell, laut und schrill, manche in Schmutz und Elend, manche in Glanz und Überfluss. Aber es fehlt dieser Stadt der Wille zur täglichen Neuerfindung. Einer, der gerade aus dem Fluidum Berlins zurückgekehrt ist, muss das bemerken und sich gebremst fühlen. Berlin ist Wandel durch und durch, Rom Beharrung. Da mag die Moderne wohl anrennen, erobern kann sie die Stadt nicht.

Stammschröer hatte ihn vom Bahnhof direkt ins Institut gebracht; schweigend hatten sie nebeneinander in der Droschke gesessen, der Professor wohl beleidigt, dass Tolmeyn trotz aller ihm erwiesenen Vergünstigungen – denn was anderes als Vergünstigungen waren es, die ihm zuteilwurden? – den Widerborst herauskehrte.

Auch wenn er das Gegenteil behauptete: Natürlich erwartete Stammschröer Dankbarkeit. Auch wenn die Untergebenen nicht genau wissen konnten, wie mühsam und nervenraubend der Verkehr mit der preußischen Kulturbürokratie war, so mussten sie sich doch vorstellen können, dass dies kein Zuckerschlecken war, sondern Kampf. Und weil auch Disziplin dazugehört, schickte er den Tolmeyn, sowie die Droschke vor dem Palazzo Giustiniani hielt, per Fingerzeig sofort in den Keller: Urkunden sichten.

Dort sitzt der Dritte Sekretär wieder vor bösartig wartenden Stapeln, weg und verblasen ist die Euphorie, die ihn am Bahnhof kurz ergriffen hatte; von wegen Kaiser Friedrich zurückgekehrt, auf Inspektion seiner irdischen Besitzungen. Eher, als hätte man ihn in eine Kiste voller Holzwolle gesteckt. Und die Kiste zugenagelt.

Draußen, dumpf als Ahnung: die Welt, in den Formen und Farben von Rom, der ewig-unbeweglichen Stadt.

Drinnen, als sein jämmerliches Selbst: Jacob Tolmeyn, Kunsthistoriker und Mörder. Jacob Tolmeyns Saldo, denkt er, *per ultimo* Juni 1914: Auf Erdentagen keine Spur hinterlassen, die zu verfolgen sich lohnte. Außer einer furchtbaren Tat. Ein Gutes hat die Versenkung in dieses Kellerloch: Er fühlt sich hier sicher und geborgen, beschützt von einer Armee gepanzerter Kellerasseln. Im Zug noch hatte er jeden Moment damit gerechnet, von einem auffällig-unauffälligen Herrn angesprochen zu werden, der seine Jacke beiseiteschiebt und die Sicht auf ein paar Handschellen am Gürtel freigibt:

Machen Sie kein Aufsehen, Doktor Tolmeyn, kommen Sie mit, oder wir müssen Gewalt anwenden.

Aber nichts dergleichen ist geschehen. Nicht beim Grenzübertritt in Kufstein, nicht in Ala, als er italienisches Staatsgebiet erreichte, und bei keinem der Halte zwischendurch. Was könnte jetzt noch passieren? Dutzende Male geht er die Möglichkeiten durch, bis sich vier Varianten als wahrscheinlich ergeben.

a) Niki war nicht gefunden worden, und man würde ihn niemals finden. Irgendwo abgesackt, hängengeblieben. Von Schlingpflanzen fest umarmt. Oder von einer Spreenixe. Eine Zeitlang vermisst, dann achselzuckend abgeschrieben: wieder ein Opfer der Großstadt.

Alles in allem: die beste Lösung.

b) Niki war gefunden worden. Von dem Sturz auf den Kahn dürften blaue Flecken und Schürfungen geblieben sein. Man schloss auf ein Unglück. Hatte er nicht ein wenig nach Alkohol gerochen? Na also: Besoffen herumspaziert, über die Kante gegangen. Nicht unwahrscheinlich bei Niki.

Die zweitbeste Lösung. Aber kann einer, der stunden- oder tagelang im Wasser gelegen hatte, nach Alkohol riechen? Sogar der Duft von Kaiserinnen verfliegt… irgendwann. Was noch?

c) Niki war gefunden worden, und man vermutete ein Verbrechen. Aber dort am Hafenbecken war niemand gewesen. Wenig Licht, verdeckte Lage. Hatte der Mond geschienen? Er weiß es nicht mehr. Wahrscheinlich ist der Vorfall unbeobachtet geblieben. Keine Zeugen, keine Beweise. Wen verdächtigen? Man würde den Fall ungelöst zu den Akten legen.

Tolerabel, trotz der Restzweifel.

Variante zu c): Zwischen ihm und Niki stellt die Polizei eine Verbindung her: ganz schlecht.

Aber welche Verbindung? Zunächst einmal hätte man den Toten als Niki Schulze identifizieren müssen. In Zivil konnte man ihn nicht seinem Regiment zuordnen. Papiere pflegte er nicht bei sich zu tragen. Keine Ahnung, ob sein Photo im Berliner Verbrecheralbum klebte. Eher nicht, aber wer weiß. Und wenn: Blieb die Frage, ob das, was man aus dem Wasser gezogen hatte (oder irgendwann aus dem Wasser holen würde), noch den Vergleich mit einem Photo lohnte.

Bei diesem Gedanken schaudert es Tolmeyn; eine solche Abgebrühtheit gehört nicht zu seinem Wesen. Also nahe heran an die Fakten: Sie sind nie zusammen in eine Razzia geraten. Tolmeyn auch nicht alleine. Falls er polizeibekannt sein sollte, ist es ihm nicht bewusst. Natürlich hat er von dieser Liste gehört, aber er glaubt nicht, dass irgendwelche Geheimnisse darauf stehen.

Den Verleumderbrief an die Museumsdirektion hatte Niki noch nicht abgeschickt. Oder er hatte vorgesorgt, den Brief jemandem anvertraut mit dem Auftrag, ihn aufzugeben, falls – nein, das wäre um ein, zwei Ecken zu viel gedacht für einen wie Niki – diesen Dummkopf, denkt er, jaja: Aber *de mortuis nil nisi bene* soll für andere gelten.

So macht er es andauernd dieser Tage: Wann immer ein Schuldgefühl angekrochen kommt, jagt er es davon wie den Hofhund, der sich im Hühnerstall vergessen hat. Dass er sozusagen die Tür zum Stall offen gelassen hat: das ist eine andere Sache.

Stammschröer lässt sich in den Tagen nach Tolmeyns An-kunft nicht blicken, sendet auch keine Zettelchen mit Anweisungen herunter. Anfangs unbeeindruckt von dieser Nichtbeachtung, schafft Tolmeyn sämtliche Urkunden in Beats Zimmer, seinen eigenen Tisch macht er frei, um die Landkarten ausbreiten zu können. Er beginnt Reiserouten auszuarbeiten, Tagesetappen auszurechnen. Welche Stadt wird die erste Etappe der Forschungsreise sein? Und wie lange wird die Expedition dauern? Der Professor lässt ihn schmoren. Zweimal ersucht er um einen Termin oben, aber Stammschröer lässt ihn abweisen.

Als Beat ein paar Tage später zurückkehrt, sagt er nur flüchtig hallo. Er liest einen Zettel, den er auf seinem Tisch gefunden hat, und eilt wortlos die Treppe nach oben. Zweifellos hat man ihn ins Direktorium gerufen. Zurück bleibt Tolmeyn; er sitzt dampfend vor Eifersucht über den Karten und Bertaux' *L'art dans l'Italie méridionale*, dem Buch, das er in der jüngsten Zeit so überaus fleißig studiert hat, Tolmeyn, der von einem Hinterbänkler ausmanövrierte Streber um die Gunst des Professors. Ihm wird elend, denn nun scheint ihm klar: Stammschröer wird dem Schweizer die Leitung der Forschungsreise übertragen und ihm, Tolmeyn, auch noch Beats Urkunden aufhalsen. Ersticken wird er unter Urkunden, in diesem verdammten Keller, Staub fressen und grau werden.

Dann kommt mich lieber holen, den Schulze habe ich auf dem Gewissen, sofern man da von einem Gewissen sprechen kann und sofern dieses überhaupt mit einer Schuld im vorliegenden Fall belastet werden kann, aber bitte, hier – und damit streckt er seine Hände vor, als erwartete er gleich das kühle Eisen um die Handgelenke –

»Wie«, sagt Beat, gerade von oben zurückgekehrt, »wer ist denn Schulze?«

»Niemand, niemand.«

O mein Gott, denkt Tolmeyn, immobilisiert in Peinlichkeit. »Eine alte akademische Geschichte. Diesem … Schulze hatte ich im Rennen um eine Anstellung, sozusagen, ein Bein gestellt – besser: ihn ausgestochen. Formal nicht zu beanstanden, doch nahm er mir dies übel –«

Beat wischt das mit einer Handbewegung fort und sagt: »Es geht los, nach Apulien.«

Hurra, hätte Tolmeyn nun ausrufen wollen, aber das Zuckerperlchen, das ihm der Schweizer gerade verabreicht, umhüllt einen bitteren Kern. Beat setzt sich und sieht leiderfüllt an die Decke, nach oben, wo ihm der Professor soeben seine Rolle erklärt hat.

»Du wirst der Anführer sein, ich der Maultiertreiber, ersatzweise selbst Packesel. Ich halte nachts am Lagerfeuer Wache und schieße auf die Wölfe. Ich grabe verschüttete Fundamente aus und stelle Leitern. Hole Wasser, hacke das Holz, gehe voraus, Quartier machen. Beschatte dich mit dem Sonnenschirm, spitze deine Bleistifte, schleppe den Wein, den du trinkst –«

»Es reicht, Beat«, sagt Tolmeyn. »Ich habe dich nicht für diesen Posten vorgeschlagen. Du kannst jederzeit bei Stammschröer, uhm, demissionieren, falls du –«

Er betrachtet Beat, der da mit gespreizten Armen im Türrahmen hängt, um irgendeinen plausiblen Grund zu finden, warum dieser kräftige (welch ein Oberkörper!), zupackende (solch sehnige Unterarme), ganz sicher geländegängige (Schweizer Bauernbub!), gesunde (sieh die roten Wangen!)

und blühende junge Mann nicht für eine solche Expedition geeignet sein sollte …

Ganz im Gegenteil … der Mann ist ideal.

Perfekt sogar. Breite Schultern wären noch zu vermerken. Nur ein Manko: wissenschaftlich nicht ganz auf der Höhe. Aber auch darin ein Vorteil: Kein elendes Fachgeplänkel, keine Sticheleien à la *Nun, das dünkt mich doch vielmehr drittes Drittel dreizehntes denn viertes Viertel vierzehntes Säkulum, mein lieber hochverehrter Herr Kollege.*

»– falls du das wirklich wollen solltest.«

Um ein Haar hätte er hinzugefügt: Was ich sehr bedauern würde.

»Warum sollte ich? Wir werden uns gut verstehen. Ich bin ein anspruchsloses Maultier.«

Für Kaiser und Vaterland

Rom, Ende Juni / Anfang Juli 1914

Niethes Kiste trifft ein. Es sind alte Bekannte, die Tolmeyn aus dem flüsternden Seidenpapier wickelt: das zerkratzte Kameragehäuse für das Format 13 mal 18 Zentimeter, das Protar-Objektiv, das sperrige Dreibein, drei Filmpackkassetten. Aber auch eine Fernlinse namens Telepeconar, ein zweites, etwas kleineres Gehäuse (9 mal 12) und allerhand Zubehör. Sowie freundlicherweise Niethes *Lehrbuch der praktischen Photographie*, neueste Auflage. Tolmeyn blättert und findet tatsächlich eine oxalsaure, eisenvitriolische Widmung des Photographenmeisters:

Für lichte Momente richtiger Belichtung! Sie haben es weiß Gott nötig. Niethe.

Oh, wie hatte Stammschröer bei seiner Verabschiedungsrede getönt; Tolmeyn dröhnen noch die Ohren, als er mit Beat zum Bahnhof fährt. Die photographische Ausrüstung ist umgepackt in einige Ledertaschen und -koffer, um etliche Einzelteile erleichtert, auf das Nötigste reduziert. Dafür hat er für sich selbst großzügig eingepackt: neben einer reichlich bemessenen Zahl an Garnituren Leibwäsche, Hemden, Tüchern et cetera. natürlich die beiden Anzüge, die er hat anfertigen lassen. Und er trägt den Strohhut mit dem hellblauen Band, den Niki im mutmaßlich letzten bewussten Entschluss seines Lebens hatte ergreifen wollen; trägt ihn nach einigem Nachdenken, aber nun erst recht und schief und keck, als sei er auf einem Ausflug in den Grunewald und nicht unterwegs ins staubige Apulien. Quer über den Bauch die wunderbare Tasche, nach der er immer wieder mal vergewissernd tastet: um das weiche, geschmeidige Leder zu streicheln und um sie überhaupt zu fühlen, denn – *ritsch!* – wie schnell hätte irgendein römischer Lump den Riemen gekappt und das Stück weggeschnappt.

Nein, sie fahren nicht zum Bahnhof, ihr Gepäck fährt auf einem Karren, Tolmeyn und Beat laufen nebenher, hinterdrein. Ja, Stammschröer hat sich nach Überreichung der durchaus enttäuschend ausgestatteten Reisekasse nochmals als beschämend kleinlich erwiesen, und das nach all den großen Worten. Solcherlei Gerede hätte er ihm gar nicht zugetraut, hatte gedacht, es gehe dem Professor um die Kunst. Hinter dem Schreibtisch war Stammschröer gestanden, natürlich wieder mit weißer und tadellos gestärkter Hemdbrust, er sah größer aus als sonst, und Tolmeyn mutmaßte, er könne vielleicht auf einer Apfelsinenkiste gestanden haben oder ein, zwei Büchern, während er sprach. Das Monokel hielt er am seidenen Band und ließ es fliegen und kreiseln; wann immer es einen Lichtstrahl fing und reflektierte, machte es aus dem Professor einen Blitzeschleuderer, Zeus der Diplomatik. In dieser Zeit, in der es gelte, nun auch das kunsthistorische Zepter an sich zu reißen, sende er (eigentlich aber Kaiser Wilhelm) zwei Männer aus nach Apulien und in die Basilikata, das Erbe des großen Kaisers Friedrich II. für alle Zeiten zu dokumentieren. Jeder Stein sei umzudrehen, die Krusten der Jahrhunderte abzuschlagen, auf dass das reine, klare Antlitz der friderizianischen Epoche wieder sichtbar werde. Vor allem aber müsse die Erforschung dieser urdeutschen Angelegenheit wieder fest in deutscher Hand sein; dem in jüngster Zeit durch Unteritalien irrlichternden und fleißig publizierenden, aber nachlässig messenden und leichtsinnig interpretierenden Franzosen Bertaux müsse man endlich die Deutungshoheit entreißen, die er leider Gottes in manchen kunsthistorischen Kreisen genieße. Bis dahin hatte Stammschröer noch sie beide angesprochen, aber für das Folgende fasste er seinen Dritten Sekretär fest ins Auge:

»Tolmeyn – Sie machen sich das vielleicht nicht genügend klar: Es ist für uns Nachgeborene nicht egal, wer wann wo welche Burg gebaut hat. Warum? Sie sind der Ausdruck einer Tugend und eines Willens, den man deutsch nennen darf, nennen muss. Sie werden sehen, mit welcher Hochachtung man noch heute von Friedrich II. in Unteritalien und auf Sizilien spricht. Noch immer staunen sie, so wie die ganze Welt damals über den Kaiser staunte, indem man ihn *stupor mundi,* das Staunen der Welt, nannte. Versuchen Sie, anders zu empfinden, wenn Sie sprachlos vor der strengen Schönheit und symmetrischen Reinheit von Castel del Monte stehen, vor der steinernen Wucht der Burg Lagopesole! Unmöglich!

Denken Sie an den Dichter und den Freund der Künste. Und wenn Sie einen Falken über dem Feld herabstoßen sehen – es könnte der späte Nachkomme eines Vogels sein, den einst Friedrich von seinem Handschuh aufsteigen ließ. – Na schön, ich lasse mich hinreißen.

Und dennoch: Das Europa unserer Tage gleicht dem Stofffetzen, an dem die Hunde zerren, im leichtsinnigen Spiel oder im Ernst, wer weiß? Es wird zerrissen werden, wenn nicht bald die einende Gestalt erscheint und den Kontinent vor seinem unzweifelhaft traurigen Schicksal bewahrt – nun grinsen Sie doch nicht, Imboden. Die zerfallenden Ruinen, die stummen Steine sind das eine, der Geist, der sie fügen ließ, das andere … Europa braucht den einenden Geist, davon bin ich überzeugt.

Es brodelt allüberall. Vom Attentat auf den österreichischen Thronfolger werden Sie auch in Ihrem Keller gehört haben. Wenn keiner der lebenden Herrscher die Stellung ausfüllt, dann müssen wir eben einen aus dem Grab holen, und wenn er sechshundertfünfzig Jahre geruht hat, und ihn an die Seite unseres allergnädigsten Herrschers Wilhelm II. von Hohenzollern stellen. –

Von Ihnen, Tolmeyn, erwarte ich die genaueste Aufnahme aller Gegebenheiten. Es wird die Basis sein. Für alles, was folgen wird. Das wird einiges sein, wenn wir es richtig anstellen. Sie berichten mir regelmäßig. Auch über die Ausgaben, die Sie tätigen.«

Solch ein Echo also hallt in Tolmeyns Ohren, als er dem Karren Richtung Roma Termini folgt.

»Was geht mich das an, euer französisch-preußischer Kunsthistorikerstreit, das ist doch eine Petitesse«, sagt Beat, »und das Gerede über Europa, findest du das nicht völlig übertrieben?«

»Hast du nie daran gedacht, dass es Krieg geben könnte?«,

fragt Tolmeyn. »Wenn es heißt: Hunde, die bellen, beißen nicht, gilt dann auch: Generäle, die mit Säbeln rasseln, führen keinen Krieg?«

»Wegen Friedrich II.?«

Tolmeyn seufzt. Nein, nicht wegen des alten Staufers. Eher wegen des Hohenzollern in Berlin. Der hat so eine Neigung, sich Feinde zu machen; im Ausland und im Inland. Von Gottes Gnaden Kaiser der Deutschen, aber Gott hat in die Gnade wohl nicht die Fähigkeit eingeschlossen, im richtigen Moment das richtige Wort zu erwischen.

Politik, garstige Sache. Tolmeyn hat sich immer herausgehalten. Nur einmal hatte er den starken Drang verspürt, sich einzumischen – während dieser empörenden Eulenburg-Prozesse: ein Fürst und enger Freund des Kaisers, ein General, ein Journalist, zwei Fischer vom Starnberger See und allerhand Unerhörtes und Unaussprechliches, monatelang öffentlich verhandelt vor dem Gericht in Moabit. Sogar Niki hatte die *B.Z.* am Mittag eifrig konsumiert, obwohl er doch sonst keinen Groschen für ein Extrablatt herausrückte. So also sehen die Freunde des Kaisers aus, hatte er sich ereifert, da muss einem ja angst und bange werden, um unsre janze schöne Nation, wa? *Solche* Einflüsterer bearbeiten am Reichskanzler vorbei direkt das Ohr des verführbaren Mannes, diese elenden Franzosenfreunde und Russenliebchen. *Pfui Teufel!*

Dass Nikis Verrat sich damals schon ankündigte, dass er begonnen haben musste, gewisse Ideen (»Strategien«, hätte er wohl gesagt) umzuwälzen – das weiß Tolmeyn jetzt auch: Ein Blender und ein (zeitweise) Blinder zusammen ergeben ein Schlamassel. Nicht noch einmal so etwas. Augen auf, Tolmeyn, schau genau.

Er pfeift dem Imboden, der wieder einmal weit voraus-läuft, in fahrlässiger Unkenntnis des Weges vermutlich; so muss man einander doch aus den Augen verlieren, welch eine Unvernunft. Der Zug wird nicht warten. Natürlich geht ein späterer. Aber so funktioniert Jacob Tolmeyn nicht: Es ist *dieser* Zug. Souverän handelt, wer einem Plan folgt.

Tolmeyn schmeckt Missmut im Mundwinkel. Solange Beat bei ihm bleibt, zieht er ihn wie eine hölzerne Schnatterente hinter sich her. Das ist auch nicht erfreulich, denn auch Beat hat sich vorbereitet und will es nun zeigen; indem er referiert, was er weiß: Baudaten, Baumaße, künstlerische Ausstattung von diesem oder jenem Objekt (aus dem Bertaux-Buch me-moriert), all die Fragen, die er sich stelle und vor Ort unter-suchen wollte. Bis Tolmeyn ihn auf den Katalog hinweist, den Stammschröer ihm mitgegeben hat und andeutet, dass im Übrigen er, Tolmeyn, ansagen werde, wo es entlanggehe.

»Jawoll«, sagt Imboden, und Tolmeyn sagt: »Jawoll, das hier ist eine preußische Unternehmung, und sie wird wie eine preußische Unternehmung durchgezogen, nach Vor-schrift, mit tadellosem Anstand, korrekt und geradeaus.«

Der Schlüssel von Apulien

Lucera, 9. Juli 1914

Lucera, das alte Luceria, der Schlüssel von Apulien, ist jetzt eine Stadt von 16962 Einwohnern. Der sehr lohnende Besuch erfordert 2–3 Stunden.

Das Kastell von Lucera: ein riesiger Pferch – kurz hinter dem Tor müssen sie eine Herde Schafe teilen, um in die Mitte des von Mauern umgrenzten Plateaus westlich der Stadt zu gelangen. Es scheint wie ausgeweidet: Eigentlich stehen nur noch die Mauern und nichts von dem, was sie einst schützten. In der Nordostecke ist eine leichte Erhebung zu erkennen; das, denkt Tolmeyn, dürften die Reste des staufischen Kastells sein. Die Backsteinmauern um den Pferch herum stammen aus späterer Zeit – uninteressant.

»Kann jemand diese Viecher hier herausschaffen?«

Falls sie hier graben wollen oder müssen, dann müssen sie zuerst einmal eine Schicht Schafscheiße durchstoßen. Tolmeyn fühlt sich grundsätzlich unwohl in der Nähe von Tieren. Er ist ein Stadtkind. Hunde, Hausmeister, Polizisten sind alle vom selben Gemüt, unansprechbar, und kommunizieren im bellenden Befehlston. Pferde sind harmlos, doch meistens sitzen unangenehme Gestalten auf ihnen. Tauben, Ratten, Ungeziefer: Wer braucht Tiere in der Stadt? *Homo homini lupus*, der Mensch ist dem Menschen ein Wolf, das muss doch reichen an Tierhaftigkeit in einer europäischen Metropole. Das und der Tiergarten, wo uns die Gitter voneinander trennen.

Tolmeyn hält Ausschau nach dem Hirten, um ihm ein paar Lire in die Hand zu drücken. Soll er sich für ein paar Tage eine andere Weide suchen. Der Hirt sitzt am Fuß der Mauer im Schatten und weigert sich erstaunlicherweise, das Geld anzunehmen: Er könne nicht, sosehr er wolle, leider, und das Bedauern ist ihm anzusehen. Um von hier auf die nächste gemeinfreie Weide zu gelangen, müsse er die Ländereien einiger Großbauern durchqueren, die ihn gewiss freudig mit der Schrotflinte empfingen. Er solle, sagt Tolmeyn, seine Herde als die Herde des Kaisers Federico annoncieren, aber der müde Scherz kommt bei dem Hirten nicht an.

Tolmeyn versucht, sich an den Gedanken gemeinsamer Forschungsarbeit mit etwa hundertfünfzig Schafen zu gewöhnen, da tritt ein Herr heran, der sich als Onorevole Zaccagnino vorstellt. Ihm gehört der elegante Zweispänner, den man unter dem Torbogen erkennt, und ihm gehört, das wird schon in den ersten Sätzen klar, einiges von dem Land ringsum – Land, das er mit größtem Vergnügen der Schafherde hier zur Beweidung überlassen wolle. Er spricht den Hirten mit ein paar Worten im Dialekt an, die dieser sofort in ein paar Pfiffe und Handzeichen für seine Hunde umsetzt, welche sich beeilen, den Leithammel zu finden und in die Hinterbeine zu kneifen.

»Vielen Dank«, sagt Tolmeyn, während sich die Herde um sie herum in Bewegung setzt und er noch über die wundersame Übertragung eines menschlichen Willens auf einhundertfünfzig Schafe sinniert. Er streckt die Hand aus.

»Doktor Tolmeyn, Istituto Storico Prussiano di Roma.«

»Mein Lieber, das weiß ich doch«, sagt der Onorevole und streift den rechten Handschuh ab, eine so feine und geschmeidige Hülle, dass Tolmeyn meint, darunter die Adern pulsieren zu sehen. Solche Handschuhe will er auch haben; sobald die Bekanntschaft mit dem Herrn weit genug gediehen ist, wird er nach der Bezugsquelle fragen. Die müssen wie eine zweite Haut sitzen, ganz kühl und trocken war der Händedruck gewesen.

»Es spricht ein jeder hier in der Gegend von dem hohen Besuch aus Rom«, sagt Zaccagnino, der, so wie er da vor ihnen steht, mit seinem braunen Anzug und den knöchelhohen Stiefeln eine formidable Figur macht. Noch mehr Eindruck macht aber das Gesicht des Mannes, das Tolmeyn wie ein Blatt aus einem Skizzenblock erscheint; eine Studie, die noch in Arbeit ist, bei der der Künstler noch nicht entschieden hat, welche Eigenschaft er herausarbeiten möchte; das Schelmische, oder das Ernst-Würdevolle: In rasender Geschwindigkeit wird da gestrichelt, verwischt und wieder ausradiert.

»Oh, das ist sehr schmeichelhaft«, sagt Tolmeyn, »wir beide – und darf ich vorstellen: wissenschaftliche Hilfskraft und, sozusagen, scherzhaft, Mädchen für alles, Beat Imboden – sind bloß zwei Forscher auf den Spuren von Federico secondo.«

Der bemühte Ausdruck der Bescheidenheit steht im blanken Gegensatz zu dem wohligen Gefühl, das ihm vom Bauch aufsteigt. Man wird, so wie die Dinge zu liegen scheinen, doch nicht dauernd Staub fressen müssen. Nur nichts vermasseln.

»Ich würde mich freuen, Sie heute Abend auf meinem Gut bei Tertiveri bewirten zu dürfen, meine Herren«, sagt Zaccagnino, »und dann erzählen Sie mir bitte alles über Ihre aufregenden Arbeiten.«

Großartig, denkt Tolmeyn, das läuft ja wie am Schnürchen. Er macht einen Diener; Beat faltet seinen Rumpf erst auf einen Seitenblick Tolmeyns, und lange nicht so tief wie dieser.

Es ist also abgemacht; der Onorevole wird ihnen den Wagen schicken. Bevor er den Ort verlässt, sagt er noch:

»Wenn Sie etwas benötigen – Leute, Material, gleich was, sprechen Sie es nur aus.«

Tolmeyn lässt den Blick kreisen. Großzügige Angebote muss man, wie Schmalzgebackenes, sofort und frisch genießen. Die Mauern, die Fläche, der flache Stumpf, und dort die Torre della Regina, er zeigt schon mal darauf, solange er nach der richtigen Frage sucht.

»Eine Leiter. Eine – lange Leiter.«

Wenn der Onorevole Zaccagnino lächelt, dann kehrt sich der feingewölbte Strich des rasierten Oberlippenbartes um.

»Da wüsste ich etwas. Vielleicht kann ich Ihnen heute Abend bereits eine gute Nachricht überbringen.«

Inmitten der hinausflutenden Schafherde verlässt er das Plateau. Von weitem sieht es aus, als ob da ein Mann über kleine weiße Wölkchen ginge.

»Was für eine Erscheinung. Und jetzt?«, fragt Beat.

»Mittagsruhe, bis die größte Hitze vorüber ist.«

»O fein«, sagt Beat, legt die Jacke ab und macht Anstalten, sich auf dem Laubbett, das der Schafhirte hinterlassen hat, auszustrecken.

»Nicht du«, sagt Tolmeyn und wirft sich schnell ins Laub. »Du fängst schon einmal mit dem Aufmaß der Außenmauern an. Natürlich darfst du auf der Schattenseite beginnen.«

Er weiß nicht, was es ist, das ihn so etwas sagen lässt: Bedacht ist es nicht, es kommt aus dem Bauch. Lässt ihn die Begegnung mit dem Onorevole, dessen selbstsicherer Auftritt, die pure Selbstverständlichkeit, mit der so einer auftaucht, spricht und verschwindet, kleiner werden? Eine Schrumpfung, die er umgehend weitergeben muss? Oder will er nur die Loyalität des Jüngeren erproben?

»Mädchen für alles, ja?«, sagt Beat und zieht mit dem Maßband, einem kurzen Holzpflock und einem Hammer los. Tolmeyn sieht ihm nach, wie er da über das Geröll und zwischen dem Gestrüpp davonstiefelt, sicheren Schritts dem Schafmist ausweichend. Über dem weißen Hemd betont das Y der Hosenträger die breiten Schultern.

Eigentlich haben sie sich schon auf den sechzehn Stunden Bahnfahrt von Rom nach Foggia aneinander gewöhnt. Stammschröer hatte Beat die Reisekasse anvertraut: Aber der gab sie bald an Tolmeyn weiter. Von da sind sie in der ersten Klasse gereist: Der entbehrungsreiche Teil der Expedition stand noch bevor. In Foggia, vor dem Portal des alten Kaiserpalastes, hat Beat zum ersten Mal gesehen, wie Tolmeyn eine Handvoll Sand und Staub zusammenschob und sorgfältig in ein Taschentuch faltete. Nur so eine Angewohnheit, hat er gesagt, und selbst nicht recht gewusst, warum er das tat.

Stammschröer lässt ihnen große Freiheiten. Er hat ihnen eine Liste von über neunzig Objekten – Burgen, Kirchen, Klöster, Ruinen – mitgegeben, und es ist an Tolmeyn zu entscheiden, wie diese abgearbeitet werden würde. »Das dauert noch Jahre«, hat Beat gesagt; und Tolmeyn: »Umso besser.« In Foggia ist er mit einem offiziösen Schreiben des Professors zum Bürgermeister, zum Stadtkommandanten, zum Bischof gegangen – aber zwei Worte genügten, um alle Türen zu öffnen: Federico secondo, Friedrich der Zweite. Da ahnte er bereits, dass dies das Schlüsselwort für die nächsten Monate – Jahre – werden würde. Ein anderes hatte er in seiner Reiselektüre, Gregorovius' *Wanderjahre in Italien,* gefunden: Man müsse nur den »Zauberstab der Phantasie« an die alten Mauern halten, um sie wieder mit Leben zu erfüllen.

Er kneift die Augen zusammen, sieht die Ruinen, sieht Beat davonstapfen und Schafe scheuchen, aber noch keineswegs ein belebtes Kastell und seine früheren Bewohner. Abrakadabra, denkt er, dauert wohl noch. Dann lässt er den Kopf ins knisternde Laub fallen. *Autsch.* Auf einen darunter verborgenen Stein. »Das ist die Strafe«, murmelt er.

Lucera, Albergo Sirena, am Abend

Falls Tolmeyn vorgehabt haben sollte, zuvorkommender mit seiner wissenschaftlichen Hilfskraft umzugehen, dann ist der Vorsatz jedenfalls verflogen, sobald er Beats angesichtig wird. Tolmeyn schaukelt auf einem Stühlchen gleich neben dem Eingang zum Albergo und lässt sich den Rücken von der strahlenden Hausmauer wärmen, während er auf die Kutsche des Onorevole wartet.

»Ist das dein Ernst? Das kannst du doch nicht anziehen. Die ausgebeulten Stiefel, und da unten am Hosenbein ist ein Triangel ausgerissen. Man sieht bis auf die Haut durch.«

Man sähe – wenn da nicht so viele Haare wüchsen.

»Von Abendgarderobe war nie die Rede.«

Beat schaut an sich hinab und findet sich eigentlich nicht unpassend gekleidet. Man ist schließlich auf dem Land hier: Wer sollte das besser wissen als einer, der vom Land stammt. Eine kleine Stadt ist dieses Lucera, aber bewohnt von zahllosen Bauern; nein, nicht Bauern: Landarbeitern. Vor Sonnenuntergang sind sie heimgekehrt, zu Fuß die meisten; ihre Sensen, Rechen, Hacken, Schaufeln geschultert. Nach einem heißen Tag auf den Feldern heim in ihre durchglühten Häuser. Draußen auf den Gütern öffnen die Herrschaften jetzt die Fenster und Türen, um die kühle Luft hereinzulassen, und blicken mit Stolz und Zufriedenheit über das, was ihnen rechtmäßig gehört. Und im Morgengrauen werden sie wieder die Schritte und die gedämpften Stimmen ihrer Arbeiter hören, wie sie die Pferde anschirren, wie der Eimer in den Brunnen fällt, das Quietschen des Windrads in der aufkommenden Brise –

»Komm mit«, sagt Tolmeyn unnötigerweise, denn er bugsiert den anderen einfach vor sich her, nach oben, wo sein Zimmer ist. Für das Albergo Sirena (welche Sirene mag das sein, die hier die Gäste anlockt?) hat der *Baedeker* ein »gut« vermerkt, und das stimmt, soweit es Reinlichkeit und die Abwesenheit von sechs- und mehrbeinigem Getier betrifft. Solange Beat im anderen Raum die Hose wechselt, durchwühlt er seine eigenen Koffer nach einem passenden, schmückenden Hemd und einer Jacke für seinen Reisebegleiter;

was angesichts der Unterschiede in Statur und Größe nicht einfach ist.

»Und gib deinen Stiefeln wenigstens eine Politur!«, ruft er hinüber. Tolmeyn summt, obwohl er sich nun ärgert, den Abendanzug nicht eingepackt zu haben. Nun wird es der Stresemann tun müssen; eigentlich ein Tagesanzug, gedacht für Aufwartungen bei Würdenträgern und Schlüsselbewahrern. Ein wenig altmodisch ist er freilich; dafür strahlt er Gediegenheit aus. Die einzige Aufwertung, die möglich scheint, ist ein etwas festlicherer Schlips. Er wählt einen dunkelroten, seidenen.

Jemanden anziehen, das ist, wie für jemanden zu kochen. Nein, besser. Ihm kommt der *Prometheus* in den Sinn: *Hier sitz' ich, forme Menschen nach meinem Bilde.*

Im ganzen Raum hat er die Kleider ausgebreitet. Hilft nichts: Das Jackett des blauen Dreiteilers ist das einzige, das in Frage kommt. Den hat er sich etwas komfortabler schneidern lassen. Was nicht heißt, dass Beat die anderen Jacken nicht anprobieren sollte; es wird ihm Spaß machen zuzusehen, wie der andere sich hinein- und hinauswindet.

Die Hose, in der Beat sich präsentiert, ist in Ordnung, wenn auch keineswegs elegant; eine noch ungetragene, schwarze Moleskinhose, noch nicht von dem speckigen Glanz überzogen, den dieser Stoff unweigerlich erhält, mit einer noch leidlich scharfen Bügelfalte. Zu lang sind die Beinröhren; aber gut, denn so verdecken sie den größten Teil der Schuhe, welche schlicht indiskutabel sind.

»Sonst habe ich noch ein Paar karierte Kniehosen«, sagt Beat.

»Um Gottes willen, deine schwellenden Waden wollen wir nun nicht auch noch vorführen. Probier das Hemd.«

Beat macht das alles, ohne die Miene zu verziehen, mit, dreht sich ausgiebig vor dem kleinen Spiegel, der an der Innenseite der Schranktür angebracht ist. Das dritte Hemd passt, aber nur, weil er die Rückenfalte aufgetrennt hat. Beat murrt leise wegen des steifen Kragens, der ihn würgt. Zum Ausgleich bindet Tolmeyn ihm den Schlips, so locker es eben geht, und sichert den Knoten mit der rubinbesetzten Krawattennadel: Alles, was den Blick des Betrachters vom Hinabgleiten abhält, ist erlaubt. Natürlich, das Jackett ist zu eng, und die Ärmel sind zu lang: flach atmend, die Hände auf dem Rücken verschränkt, das wird Beats Haltung sein müssen an diesem Abend. Tolmeyn betrachtet sein Werk und findet es bunt, aber gelungen. Der brillantumkränzte Rubin glüht unter dem Kinn Beats, der steife Kragen verschlankt seinen Hals nicht unwesentlich, das schmal geschnittene Jackett aus weicher Wolle über dem straffen, faltenlos aufliegenden Hemd, das wippende Einstecktuch: *très berlinois.*

»Wie sehe ich aus?«, will Beat wissen und setzt ein seltsames Lächeln auf.

Nein, denkt Tolmeyn, nicht wie jemand, den ich kenne. Eher wie jemand, den ich kennenlernen möchte.

Unter Freunden

Fünfzehn Meilen südlich von Lucera, Masseria Impiccia des Onorevole Zaccagnino

Der Onorevole tut ihnen allen den Gefallen, den Aufzug der wissenschaftlichen Hilfskraft Imboden überhaupt nicht wahrzunehmen. Tolmeyn glaubt, ein paar Striche zu viel im Bereich der linken Augenbraue zu sehen, doch wer immer dieses Gesicht skizziert, übt sich am Ausdruck »Freundliches Willkommen«.

Und das ziemlich erfolgreich, denn Tolmeyn fühlt sich sogleich eingelullt, spätestens aber, als Zaccagnino ihm die Hand zwischen den Schulterblättern auflegt und ihn plaudernd Richtung Terrasse dirigiert, wo man auf einem gedeckten Tisch zwei vielflammige Leuchter stehen sieht. Wie ein Regimentsinspizient stakst der Schweizer hinter ihnen, korrekt die Hände auf dem Rücken, neigt sich mangels persönlicher Ansprache links und rechts den gemalten Ahnen Zaccagninos zu, wahlweise auch Skulpturen oder Bodenvasen. Was soll er auch sonst: Oberhalb der Hüfte ist er praktisch unbeweglich. Kurz bevor sie das Ziel erreichen, ertönt ein heller, metallischer Klang; Tolmeyn dreht sich um nach dem Glöckchen, das wohl läutet –

»Ich sagte doch: flach atmen«, flüstert er, »und untersteh

dich, nach dem Knopf zu suchen.« Das fehlte noch: Sein Mitarbeiter auf allen vieren unter dem Tisch und dann womöglich das Geräusch gesprengter Nähte. *Rrrrrrrrratsch.*

Bedienstete ziehen die Stühle vom Tisch zurück und warten, die weiß behandschuhten Hände auf den Lehnen. Der Onorevole tupft die Stirn mit einem Taschentuch und sagt:

»Es ist heiß. Ich denke, es ist angebracht, die Jacken abzulegen.«

Bald sitzen sie alle mit hochgekrempelten Ärmeln auf den einfachen Stühlen, das knarzende Bastgeflecht als flüsternder Kommentar zur Unterhaltung. Das ist ein Traum, denkt Tolmeyn; noch kein Glas Wein hat er intus und ist doch schon besoffen; ist es schon gewesen auf der Fahrt zum Anwesen Zaccagninos.

Dann wird es Tolmeyn schlagartig klar. Es ist die Luft, die warme, duftende Luft. Man müsste diese Luft zu einem Garn spinnen und das Luftgarn in einen Hauch von Stoff verweben können und daraus Hemden und Hosen schneidern. Kaschmir wär das reinste Sandpapier dagegen. Man trüge – nichts und wäre zudem wohlparfümiert. *Tolmeyns tolle Wolle.* Gäbe es das, nicht halb so viele Nordeuropäer würden nach Italien fahren.

»Meine Frau bittet Sie, sie zu entschuldigen. Sie ist bereits nach unserem Haus in den Daunischen Bergen abgereist«, sagt der Onorevole, »dort ist es kühler.«

Tolmeyn und Beat machen verständnisvolle Geräusche. Nicht, dass sie die Anwesenheit einer Frau am Tisch vermisst hätten. Sonst hingen sie nicht hemdsärmelig über den Schüsseln und nagten mit gebleckten Zähnen an den Knochen des gebratenen Zickleins. Zaccagnino hat damit angefangen; wer wäre danach so borniert, noch mit Messer und Gabel herumzustochern? »Unter Römern verhalte dich wie ein Römer«, murmelt er zu Beat hinüber. »Huh«, sagt Beat, »das versteht sich von selbst«, und in Zaccagninos Gesicht zeichnet sich ein Lachen ab.

»Darf ich Ihnen etwas sagen?«, sagt der Onorevole, als die Reste des *cannolo sfatto alle mandorle e zabaione* abgetragen sind.

Bis hierher hat man kleine Unterhaltung gemacht: Wetter, Anreise, erste Eindrücke von Foggia und Lucera, die beklagenswerte Rückständigkeit der Region, dass es in Foggia nur ein einziges Automobil gebe, in Lucera gar keines, ob Tolmeyn ein Lenkerpatent halte, wie es mit den Automobilen in Berlin aussehe, wie es überhaupt mit Berlin aussehe; und Zaccagnino spielt beglückt mit dem Ausdruck »total manoli«, den er, kaum glaublich, als Werbespruch einer Zigarettenmarke vorgestellt bekommt und der so italienisch klingt (es aber nicht ist) und in den er alle Verrücktheit legt, die er sich vorstellen kann; sowie einen guten Teil dessen, was er sich nicht vorstellen kann.

»Einen wie Federico secondo könnten wir hier wieder gebrauchen.«

Tolmeyn zögert. »Mit Verlaub, Onorevole, ich bin nicht sicher, ob er so gut in diese Zeit passt.«

Zaccagnino lässt das nicht gelten. »Er passt sehr wohl in diese Gegend. Die Zeit ist immer noch dieselbe. Oder haben Sie irgendwo Fortschritt gesehen?«

Der Onorevole scheint sehr unter dem Fehlen von elektrischer Straßenbeleuchtung und rasendem Automobilverkehr zu leiden. Die Lichtreklame à la total manoli und das irre Geklingel der Elektrischen, denkt Tolmeyn, das tausche ich sofort gegen Zikaden und diesen Himmel mit seiner darüber ausgeschütteten glitzernden Milchstraße. Jedenfalls solange mich nicht der Landkoller überkommt.

In Lucera, das weiß der Onorevole natürlich genau, hat Friedrich II. die Sarazenen angesiedelt. Angesiedelt: Er hat sie aus den Bergen um Palermo holen lassen, mit Gewalt, weil sie dort Unruhe stifteten, raubten und mordeten. Das waren, damals wie heute, gefragte Qualitäten, denen man nur die richtige Richtung geben musste, wird sich der Kaiser gedacht haben, denkt jedenfalls Tolmeyn. Und Friedrich gewährte ihnen Religionsfreiheit. Wie großzügig!, jubeln die Chronisten. Aber Tolmeyn fragt sich: Wem nützt es? Denn wer kein Christ ist, bei dem wirkt die schärfste Waffe des Papstes nicht, die Exkommunikation. Die, auch nur angedroht, hat Friedrich schon manchen Ritter gekostet und manchen Verrat inspiriert. So werden die Sarazenen des Kaisers beste Truppe. Gefürchtete Bogenschützen, leichte Kavallerie, tödlich mit dem Speer. Geschickte Handwerker und Künstler. *Luceria Saracenorum* blühte immerhin für achtzig Jahre, Friedrich ist längst tot, da schlägt der Papst auf den Tisch: Weg mit den Heiden in meinem Vorgarten. Die Sarazenenstädte und Burgen werden zerstört, die Menschen getötet oder als Sklaven verkauft. Werden, Leiden, Freude, Sterben von drei Generationen von Menschen, vom Tisch gewischt wie die Krümel nach genossenem Mahl: Manchmal ist Tolmeyn froh, kein Pergamenthistoriker zu sein. So ganz nackt, ohne das schmückende (wenn auch oft ziemlich zerrissene) Kleid der Kunst ist Geschichte doch meistens hässlich und trostlos.

Der Onorevole hat in der Zwischenzeit ein weitschweifiges Lamento dargebracht. Es ist um die allzeit undankbaren, immer öfter aufsässigen Landarbeiter gegangen, die nachlässigen Olivenpflücker, die Briganten, deretwegen der Bischof von Foggia nur noch mit einer Eskorte von hundertfünfzig Soldaten über Land gehen kann, den schleppenden Ausbau der Straßen und der Eisenbahn, dass die Häfen nicht tief genug ausgebaggert seien für die großen Getreideschiffe.

»Zu Federicos Zeiten hat uns Rom wenigstens noch beachtet«, sagt der Onorevole. »Gehasst, aber beachtet. Jetzt hat uns Rom vergessen. Sogar euer Kaiser Wilhelm hat die Gegend öfter besucht als unser Vittorio Emmanuele.« Dann macht er eine längere Pause. »Mir hat Rom sogar den Sohn genommen.«

»Oh«, sagt Tolmeyn, »das tut mir leid. War es … ein Unfall?«

»Ach, nein, er ist –«, und man sieht es dem Onorevole an: Die Worte, die in seinem Mund herumrollen, kann er genauso gut schlucken oder ausspucken. Tolmeyn wartet.

»Er ist … wie soll ich sagen … total manoli. In gewissen Kreisen unterwegs«, sagt der Onorevole, »ich meine, nur unter Männern.«

»Beim Militär? Im Vatikan?«, schlägt Beat vor.

Er will nur helfen: Tolmeyn stellt es mit gewisser Rührung fest. Die einen sind richtige Männer, Pulverdampf und Säbelschmiss, die anderen sind — gar keine Männer. Männer Gottes. Nichts unter der Soutane.

»Nein!«, heult der Onorevole auf. »Weder in Uniform noch in Schwarz. Das wäre ja wunderbar.«

Tolmeyn und Beat heben gleichzeitig die Schultern.

»Wer soll das alles hier übernehmen? Signora Zaccagnino wünscht sich so sehr einen Enkel«, sagt der Gutsherr, »und ich auch, denn *er*« – wie abschätzig das klingt — »ist ja nicht zu gebrauchen. Nicht mal *dazu*.«

»Sie meinen…«, sagt Tolmeyn.

Gequälte Antwort: »Ja.«

Kleine Pause. Beat spricht zuerst.

»Das ist ja furchtbar, Signor Zaccagnino.« Tolmeyn studiert das Gesicht des anderen genau. Ist das Mitgefühl, echt oder geheuchelt? Wenn es echt ist, bezieht es sich auf Zaccagninos offensichtliche Verzweiflung? Oder auf die Tatsache, dass… der Sohn des Onorevole Zaccagnino zu den *Freunden* gehört. Wie man in Berlin sagen würde.

»Ja, furchtbar, in der Tat.« Belassen wir es einmal dabei.

Es wird kühler auf der Terrasse. Der Gastgeber schenkt Süßwein auf: Malvasia di Trani.

»Umso glücklicher bin ich, hier nun zwei aufrechte Deutsche, Preußen noch dazu, an meinem Tisch zu haben –«

»Ich bin Schweizer«, sagt Beat schnell.

»Er ist Schweizer«, echot Tolmeyn. Zaccagnino nimmt die milde Zurechtweisung geschmeidig.

»Schweizer sind Preußen mit Bergen.«

Als sei dies eine anerkannte Tatsache: Na, von hier aus gesehen vielleicht, denkt Tolmeyn. Beat verzieht das Gesicht; in seiner Gegend gibt es höchstens Hügel.

»Bei Ihnen in Berlin wird doch«, sagt der Onorevole, »wie heißt es: mit eiserner Kralle –«

»Eiserner Besen.«

Eisernes Kreuz, Eiserner Kanzler, eiserne Entschlossenheit, alles und überall eisern, eisern, eisern. Aber weißt du, was das Schöne an Eisen ist?, denkt Tolmeyn. Es rostet.

»Richtig, richtig: Sauberkeit, *pulizia*. Das macht ihr großartig. Also, was ich annehme ist doch, dass … es … das …«

»Ah – das Furchtbare?«

Zaccagnino bringt das Wort nicht heraus. Wahrscheinlich kennt er es nicht einmal. Oder er kennt es, aber hat Angst, sich beim Aussprechen zu beschmutzen.

»Jedenfalls ist es in Deutschland verboten? Das hörte ich.«

Verboten, verboten. Auch Äpfel klauen ist verboten. War das nicht sogar das allererste Verbot? Aber nicht überall ist die Überwachung so gut wie im Garten Eden; also hast du gute Chancen, mit der geklauten Frucht davonzukommen. Außerdem wird es ja nicht bei helllichtem Tage auf Bauer Plaschkes Streuobstwiese getan. Obwohl: Die Kurfürstin wäre selbst für so etwas zu haben gewesen. Die Erinnerung an einen, der ihn »Fritzi« nannte, schießt für Bruchteile einer Sekunde durch seinen Kopf.

»Ja, es ist verboten, per Gesetz und Paragraphen, und die Polizei bemüht sich nach Kräften, das Laster auszurotten«, sagt Tolmeyn und beeilt sich anzuhängen: »Gott sei Dank.«

Nun blickt Beat ihn aufmerksam an und fragt: »Was denn nun eigentlich?«

Kann der Bursche so durchtrieben oder so ahnungslos sein? Der Onorevole und Tolmeyn schweigen, bis die Flasche Süßwein geleert ist.

»Übrigens«, sagt Zaccagnino beim Abschied, »morgen früh haben Sie die gewünschte Leiter.«

Es ist die Feuerwehrleiter der Stadt Foggia, ein gewieftes Stück moderner Ingenieurskunst: eine Bajonettleiter, die sich aus einzelnen Segmenten turmhoch zusammenstecken lässt. Vier Mann der freiwilligen Feuerwehr, in ihren besten Uniformen, haben es herangerollt und präsentieren es stolz.

»Und wenn es jetzt brennt, in Foggia?«, fragt Beat. »Bis die wieder in der Stadt sind, vergeht eine Stunde. Mindestens.«

»Wir müssen alle Opfer bringen«, sagt Tolmeyn, »für die Kunst.«

»Pfui, das ist zynisch«, sagt Beat.

Wer wollte ihm da widersprechen; Tolmeyn jedenfalls nicht. Stattdessen lässt er die Mannschaft die Leiter an einem der fünfeckigen, an der südöstlichen Mauer vorspringenden Türme anlegen. Nicht, dass ihn dieser besonders interessierte, aber er spürt, dass die Männer das Ding aufrichten wollen. Die Mannschaft ist dennoch ein wenig enttäuscht, denn an dieser Stelle können sie die Leiter nicht zur ganzen Länge zusammensetzen. Es klackt vertrauenswürdig, wenn die Segmente in den Messingfassungen einrasten. Als sie fertig sind, erscheint der Kommandant vor Tolmeyn und weist ihm den Platz am Fuß der Leiter. Links und rechts stehen zwei, wie Portallöwen, halten grimmig blickend die Holme mit beiden Händen fest, etwas weiter seitlich und näher zur Mauer hin noch zwei, sie spannen Seile, die das obere Ende der Leiter fixieren.

»Das ist doch nicht nötig, ich komme da schon hinauf«, sagt Tolmeyn zum Kommandanten. Die wissenschaftliche Hilfskraft ist plötzlich verschwunden, also muss der Leiter der Expedition die Leiter hinauf. Der Kommandant nickt verbindlich, bleibt hart in der Sache: »Vorschriften. Bedaure«.

Tolmeyn schnappt sich die kleinere der beiden Kameras vom Karren. Die Leiter wippt. Darf sie das? Auf halber Strecke biegt sie sich durch. Er hält an. Muss herumgucken und durchatmen. Das ist eine Frage des Vertrauens, nicht Angst vor der Höhe. Die Bajonettkupplungen sehen massiv aus. Das Holz ist dunkel und feinmaserig und greift sich kühl wie Eisen. Wie kann man vierunddreißig Jahre alt werden und noch nie auf einer Leiter gestanden haben? Ist es peinlich zu fragen, wie man eine Leiter hinabsteigt? Als er oben anlangt, fingert er nach der Kamera, stellt die Blende ein und schätzt die Belichtungszeit.

Elegant wäre nun, wenn er sich ganz herumwendete und, Schuhspitzen keck nach vorn gerichtet, mit dem Rücken zu den Sprossen, sein Photo von dem ausgehöhlten, flachen, vierseitigen Pyramidenstumpf machte, den manche für den Rest von Friedrichs Palast halten. Aber das getraut er sich nicht, er dreht nur den Oberkörper, soweit es schmerzlos geht. Beim Ausrichten der Kamera muss er nach oben hin Raum lassen, für den quadratischen Turm, dessen Grundmauern dort unten zu ahnen sind, der zu einem Achteck wird, oberhalb der zweiten Etage. Schon wieder ein Achteck.

Auf dem Sessel des Teufels

17. Juli 1914, Turm von Montecorvino, von den Leuten der Gegend auch Sessel des Teufels genannt, zehn Kilometer westlich von Lucera.

Einige Tage später steht Tolmeyn wieder auf der Leiter; sie lehnt an der Turmruine Montecorvino. Die ganze Zeit über hat es nicht gebrannt in Foggia, und auch Beat, den er nun öfter photographieren lässt, benutzt die Bajonettleiter häufig und ruhigen Gewissens. Das Kastell von Lucera ist so weit vermessen und photographiert, die Datierung des großen Mauerrings gesichert. Dank Zaccaginos Hilfe, der Arbeiter geschickt hat, sind erfolgreich Grabungen durchgeführt worden. Tolmeyn hat zwar nichts Sarazenisches entdecken können, nicht einen Knopf oder Säbelgriff, keinen Bauschmuck, der irgendetwas Orientalisches an sich gehabt hätte. Aber immerhin hat er ein ausgedehntes System von Zisternen, Brunnen und Wasserleitungen ans Licht geholt. Wichtiger noch, der Pyramidenstumpf ist wohl wirklich das Palatium Friedrichs gewesen; dies hoffe er beweisen zu können, hatte er an Stammschröer berichtet:

Falls sich das so halten lässt, wäre für Lucera viel gewonnen. Natürlich müssten Bertaux' Ansichten auch noch auf Grundlage der Urkunden widerlegt werden.

Im Staatsarchiv von Neapel hat der Professor nämlich einen Mann stationiert, einen Urkunden-Spezialisten, der Tolmeyns Forschung im Gelände mit Erkenntnissen aus Tausenden von Dokumenten der friderizianischen Epoche unterstützt — ein neuartiger Ansatz. Zur steinernen Spur wird sich doch, glaubt Stammschröer, auch eine papierne oder pergamentene finden lassen: Aufträge, Rechnungen, Berichte, Erlasse. In der Tat: Der Mann in Neapel hat schon manch wertvollen Hinweis nach Lucera gesendet.

Vier Tage war Beat allein unterwegs gewesen, um Objekte in der Gegend auszukundschaften, ob sie eine eingehende Untersuchung wert seien. Nicht *allein*, aber eben ohne Tolmeyn. Zaccagnino hat darauf bestanden, ihm Geleitschutz in Gestalt von fünf jungen Männern mit Gewehren mitzugeben. In Deliceto fand Beat einen staufischen Turm vor, in Bovino eine Kirche voller mittelalterlicher Skulpturen (beides der Forschung noch gänzlich unbekannt) und in Castel Fiorentino, wo Friedrich angeblich gestorben ist, am 13. Dezember 1250, leider nur eine schweigende Ruine. Trotzdem: ein Erfolg. So werden sie wohl öfter verfahren müssen, denn die Zeit ist kurz, auch wenn es ihm missfällt, die Anwesenheit seiner Hilfskraft zu entbehren. Noch dazu, wenn diese mit fünf jungen braungebrannten Kerlen durch die Lande zieht.

Nun ist er wieder da, Beat; er streift irgendwo dort unten herum und wendet Steine, behandelt das Gestrüpp mit einem Hackmesser, wie es die Bauern der Gegend verwenden, bis nach oben hört Tolmeyn das entschiedene *tschak-tschak-tschak*, wenn Beat freilegt, was sein Interesse weckt.

Seit Tagen bläst von Süden der Scirocco; die weite Ebene,

der Tavoliere delle Puglie, ist seine Dörrpfanne. Im heißen Hauch schrumpeln Mensch, Tier und Pflanze ein wie Sultaninen. Hier oben, am Ende der komplett gesteckten Leiter, ist es gerade noch erträglich; deshalb ist er hinaufgestiegen. Die Bedienungsmannschaft hat er über Mittag beurlaubt, vier Mann hoch sind sie nach Motta Montecorvino gegangen, und vor dem späten Nachmittag werden sie nicht zurück sein, und so lange sollte er nicht die Leiter hinaufsteigen, schon gar nicht allein. Aber er muss weg von dem glühenden Erdboden, er will die freie Sicht, will *Horizont saufen* (auf diesen Ausdruck ist Beat gekommen).

Die Turmruine von Montecorvino gleicht einem Sessel mit hoher Lehne und einem Sitz, aus dem Rest eines Gewölbes gebildet. Mag sein (wie die Einheimischen behaupten), dass der Leibhaftige in gewittrigen Nächten gelegentlich hier herumlümmelt und ausspannt vom Bösesein; geborstene Felsbrocken zeugen vom wütenden Aufstampfen seines Pferdehufs, Schwefelduft hängt noch in den Mauerritzen. Was ärgert ihn?, denkt Tolmeyn, auf der Leitersprosse balancierend. Dass kein Mensch den Teufel noch braucht?

Der Wind fährt mit Wucht in den Umhang Tolmeyns. Wer das von ferne sieht, wird denken, jemand hätte am *Sessel des Teufels* eine schwarze Fahne aufgezogen, und vorsorglich ein paar Kreuze schlagen für die eigene und all die anderen armen Seelen. Für Tolmeyn wäre es eigentlich nur lästig, dieses Knattern und Flattern, wenn nicht der Saum des Umhangs in dem Haken hängengeblieben wäre, den die Feuerwehr aus irgendeinem Grund dort, zwischen fünfter und sechster Sprosse von oben, für wichtig hält, denn er ist genauso sorgfältig poliert wie die anderen Metallteile. So ist es vorbei mit dem Flattern, plötzlich füllt der Wind den Stoff prall und rund.

Tolmeyn wundert sich, warum die Mauerkrone vor ihm zurückweicht. Braucht ein paar Sekunden, um zu merken, dass die Windböen ihn von der Fassade wegschubsen. Er klammert sich an die Leiter, weil sie das einzige Ding ist, an das er sich jetzt klammern kann, und wird ganz starr. Denkt zuerst gar nicht daran, sein Gewicht zu verlagern oder eine Hand nach der Mauer auszustrecken, den Thymianbusch zu packen, an dem er zuvor erfreut geschnuppert hat. Oder den Umhang unter dem Kinn aufzuschnüren. Und als er es versucht, findet er die Enden der Kordel nicht, die ihn würgt, auch mit der Kordel spielt der Wind. Die Leiter steht viel zu steil, die Männer haben sie nur rasch zusammengesteckt und angelehnt, bevor sie gegangen sind. Zwei-, dreimal schwankt die Leiter weg und schlägt wieder an die Mauer. Seine Finger, um die Leiterholme gekrallt, werden blutig. Aber er hält fest. Eine Bö rauscht heran, malt einen dunklen Streifen ins Gras; weit, weit unten duckt sich das Strauchwerk weg. Dann setzt die Bö das Segel in Tolmeyns Rücken zur großen Fahrt. Die Leiter richtet sich zitternd und schwankend auf, nähert sich Grad um Grad der Lotrechten. Sie bleibt so eine Weile, in delikater Balance, gelehnt auf ein luftiges, federndes Kissen. Bitte, bitte, flüstert Tolmeyn in den Wind, du himmlisches Kind, lass nach, lass nach, säuseln sollst du, nur leise säuseln, still, still, still. Doch jenseits des Turms, unten in der Ebene, presst schon die nächste Bö die Vegetation nieder.

An diesem Punkt entschließt sich Jacob Tolmeyn abzuschließen, mit allem.

Er nimmt noch einmal einen großen Schluck Horizont, fasst den weiten Blick über die Ebene, über Lucera und Foggia bis zum Golf von Manfredonia, zum glänzenden Band der Adria unter einem grauen Wolkenhut. Eine Sekunde denkt er, die Wellen, die am Adriastrand auslaufen, setzen sich fort in den Wellen, mit denen der Wind das Gras und die Weizenfelder streichelt.

Der letzte Anblick, den man im Leben hat, soll ein schöner sein, damit man etwas Schönes zum Hinübernehmen hat. Dann macht er die Augen zu. Was passiert, passiert. Die Leiter zittert, und er auf der Leiter.

Dass Beat das kleine, schwarze Segel an der Spitze der Leiter sieht, ist reiner Zufall. Später behauptet Beat, er, Tolmeyn, habe da oben aufgeheult wie ein Hund, im letzten Moment, als die Leiter rückwärts zu kippen begann, so langsam, dass man es kaum sehen konnte. Woran Tolmeyn sich aber nicht erinnern kann oder will.

»Es hat mich fast zerrissen«, sagt Beat. Er massiert seine Waden, die hart sind wie Marmor. Den Stiefel unter einem Felsen eingehakt und beide Hände um die Leitersprosse, hatte er jeden Muskel seines Körpers angespannt, um das obere Ende der Leiter wieder an den Turm zu bekommen und dort zu halten.

»Aber der Hebel war natürlich gewaltig«, sagt er, »und du hast gar nicht mitgeholfen. Hast du mich nicht gehört? Komm runter, habe ich geschrien.«

»Ich war schon drüben, ich flog über Lucera, wie ein Falke Friedrichs«, sagt Tolmeyn und zupft weiter mit der Pinzette Holzsplitter. Die Handfläche glüht wie die Sohle eines Bügeleisens. Am Ende waren seine Füße einfach weggeklappt, und er war die Leiter kaum gebremst heruntergerattert.

»Und soll ich dir was sagen? Ich sah das Kastell in seinem ganzen Prunk. Fahnen über den Zinnen. Auf dem Appellplatz übten die Sarazenen mit ihren Bögen, und aus dem Tor galoppierte eine kaiserliche Entourage.« Er macht eine Pause, sein Arm schießt vor wie in einer Abwehrbewegung. »Ich meine sogar, einer schoss einen Pfeil nach mir.«

»Zauberstab der Phantasie, wie? – Lass mich das machen, du zitterst ja noch«, bietet Beat an und deutet auf die Pinzette.

»Lebensretter *und* Krankenschwester ist eine Aufgabe zu viel«, sagt Tolmeyn und zielt ziemlich erfolglos nach einem Splitter.

»Das Rote Kreuz: Wer hat's erfunden?«

»Die Schweizer«, sagt Tolmeyn, und als er lacht, kehrt der Schmerz in den Brustkorb zurück, der gerade über ein paar zig Leitersprossen abwärts geschrubbt ist. »Ich sollte eine Zeichnung davon machen, bevor das Bild verblasst.«

»Das wird den Stammschröer freuen: *Das Kastell von Lucera im alten Zustand,* Quelle: Dritter Sekretär Tolmeyn als Falke. *Friedrichs* Falke.«

Jetzt hält Tolmeyn ihm doch die Pinzette hin. »Die kleinen erwische ich einfach nicht.«

Beat nimmt Tolmeyns Hand in den Schoß und beginnt die restlichen Splitter herauszuziehen. Später, als die Kaffeekanne ruckt und gluckst über den Flammen und er sich einigermaßen gefangen hat, sagt Tolmeyn:

»Danke.«

Er steht auf, zieht seine wissenschaftliche Hilfskraft aus der Hocke und umarmt ihn – kürzer als geplant, denn Beat schiebt ihn weg. Dann stehen sie verlegen herum. Tolmeyn stochert mit einem Stock im Feuer, stößt dabei die Kaffeekanne um und flucht.

»Keine hohen Leitern mehr, keine Kletterpartien über Ruinen ohne Sicherung«, sagt Beat, »einverstanden?«

Sicherung klingt gut. Und der Schmerz klingt ab. Außerdem hat ihn sein Falkenflug auf eine Idee gebracht, die er unverzüglich dem Professor unterbreiten muss.

17. Juli 1914, abends, Lucera, Albergo Sirena

Hilft nichts, hilft alles nichts. Das Wort muss raus, früh und klar. Drei Stunden hat er gerungen, hat das Pferd von hinten aufgezäumt, wortreich begründet, um mit seiner Pointe zu enden. Aber das funktioniert so nicht; die Pointe muss nach vorne.

Hochgeehrter Herr Geheimrat,
ich brauche einen Zeppelin.

So beginnt ein Brief, den Stammschröer sicher bis zum Ende liest, selbst wenn er nur herausfinden will, ob sein Mitarbeiter, der Dritte Sekretär Jacob Tolmeyn, dort unten in Apulien einen Sonnenstich erlitten hat. Nun gut, eins drauf:

Ich will hier ein Luftschiff einsetzen. Bearbeiten Sie den Kaiser persönlich, wenn es denn sein muss.

Das ist schon an der Grenze zur Impertinenz. Stammschröer wird sich den Schweiß von der Stirn wischen und fahrig nach dem Monokel fischen, das ihm vom Auge gesprungen ist wie ein Korken aus der Champagnerflasche.

»Was? Bist du verrückt?«, hatte Beat gesagt, als Tolmeyn ihm den Plan beim Essen enthüllte. »Es ist mir gar nicht aufgefallen, dass du mit dem Kopf aufgekommen bist, heute Mittag.«

Von wegen: Verrückt ist es, auf Leitern zu steigen.

»Ich meine das im Ernst, aus der Perspektive des Vogels haben wir es mit vielen Dingen leichter.«

»Entschuldige, aber segelst du wieder als Falke durch die Lüfte?«

Tolmeyn verflucht sich, dass er nicht früher auf die Idee gekommen ist: und zwar schon vor Wochen, in Niethes Atelier in Lichterfelde. Da hingen eine Menge Photographien an der Wand – farbige noch dazu –, rote Holzhäuser auf den Lofoten, Treibeis an der Westküste Spitzbergens, Walkadaver vor Gletscherzunge. Ein anderes Photo zeigte Niethe mit dem Grafen Zeppelin und Heinrich Prinz von Preußen, dem jüngeren Bruder von Kaiser Wilhelm, vor einer Transiederei irgendwo am Rande der Arktis. Man hatte diese Expedition im Sommer 1910 unternommen, um herauszufinden, ob ein Luftschiff zur wissenschaftlichen Erforschung dieser abgelegenen und klimatisch schwierigen Gegend geeignet sei – hatte Niethe in einer guten Minute erzählt. Vielleicht mehr, aber Tolmeyn hatte nicht richtig zugehört. Doch die Polarreise eines Zeppelin-Luftschiffs sei nicht nur zum Bedauern Niethes unterblieben; eine solche Expedition hätte die ganze Nation närrisch gemacht.

An der Wissenschaftlichkeit des Unternehmens wird wohl niemand zweifeln, wenn das Königlich Preußische Historische Institut zu Rom involviert ist. Niethe pflegt sicher noch Kontakte zu Graf Zeppelin und zu Prinz Heinrich. Sie selbst, werter Herr Geheimrat, rühmen sich zu Recht Ihres Zugangs zu S. M. dem Kaiser — welch bessere Grundlagen hat je ein wissenschaftliches Vorhaben im Deutschen Reich gehabt?

Das Vermessen der Ruinen könnte man anhand von Luftaufnahmen erledigen und diese photogrammetrisch auswerten. Man müsste sich nicht mehr überall durch die alles verdeckende Macchia kämpfen und Maßbänder ziehen. Beat war nicht so leicht zu überzeugen gewesen.

»Stell dir vor, Lucera im flachen Licht des Morgens oder des Abends. Wir schweben darüber, denn anders als ein Aeroplan vermag das Luftschiff an einer Stelle zu verweilen, mit der Nase im Wind.«

Ganze Landstriche ließen sich in kürzester Zeit überfliegen. Unschätzbar in Unteritalien, wo Straßen nach Regen oft wochenlang unpassierbar sind. Wo es oft nicht einmal Straßen gibt.

Verehrter Herr Geheimrat, bedenken Sie doch bitte auch die Strahlkraft, welche ein solches Unternehmen ausüben würde. Ein Symbol deutscher technischer Überlegenheit im Dienste ernsthaftester Forschung, zugleich durch und durch friedlicher Natur – und das in diesen nervösen Zeiten! Ein freundliches Signal an alle europäischen Nationen.

Natürlich gibt es auch Dinge, die Tolmeyn in dem Brief nicht erwähnt, aber gerne Beat erzählt. Seine Vorstellung von einer komfortablen Anreise. Stets gekühlte Getränke greifbar, eine Limonade, wenn man eine will.

»Wir kommen angeschwebt, inspizieren die Örtlichkeit aus der Luft. Wenn es den Aufwand wert erscheint, geht der Luftschiffer nieder und lässt uns – wir tragen schmucke Luftschiffkunsthistorikeruniformen – aussteigen. Inzwischen pflocken die Luftmatrosen den Zeppelin an und beginnen mit dem Aufbau der Untersuchungs- und Verpflegungszelte. Smutje, der Mann in der Luftschiffkombüse, bereitet unser Mahl zu, das wir an einem schattigen und luftigen Platz einnehmen. Auf dem Rückweg zur Basis, schon wieder im bequemen Abendanzug, lassen wir vom Laborassistenten die photographischen Platten entwickeln, damit wir sie noch gegen die untergehende Sonne zur Inspektion halten können. Nur schade, dass man im Zeppelin keine Zigarren rauchen darf.«

»Warum?«, fragt Beat.

»Wasserstoff in den Auftriebszellen. Bumm.«

»Ich fliege da nicht mit.«

Der andere sieht ihn tadelnd an.

»Mit*fahren,* nicht fliegen.«

»Warum? Hat er Räder, dein Zeppelin?«

»Ein Schiff fährt ja auch.«

»Schwimmt, sage ich.«

»Eine Ente schwimmt.«

»Und fliegt.«

»Als Kind hatte ich eine, die fuhr.«

»Aber nicht flog, weil sie aus Holz war.«

»Also, wo stehen wir jetzt? Fliegen oder fahren? Du machst mich wahnsinnig.«

Tolmeyn hat den Brief an Stammschröer ins Kuvert gesteckt. Der Concierge vom Albergo soll ihn gleich zur Poststelle am Bahnhof tragen. Er sagt:

»Wenn man eine gute Idee hat, muss man sie ins Ziel bringen, wie man einen Pfeil vom Bogen abschießt, und nicht als Papierfliegerchen starten. Was habe ich denn zu verlieren?«

»Verstand? Wenigstens wird Stammschröer das denken.«

»Der soll denken, was er will, aber er wird sich der guten Idee nicht verschließen«, sagt Tolmeyn. »Jedenfalls fände ich es großartig, wenn du gemeinsam mit mir in diesem Luftschiff unterwegs wärest. Fahrend, fliegend, schwimmend, egal wie.«

»Gewöhn dich erst mal an den Maulesel.«

Manfredonia ist eine traurige Stadt

Manfredonia, 19. Juli 1914

Von Foggia nach Manfredonia, 36 km, Eisenbahn 3-mal tägl. in 1 1/4 St. für 1 fr. 50/80 c. Manfredonia (Gasth.: Concordia, nur Zimmer), stilles Städtchen von 9746 Einw., Sitz eines Erzbischofs, mit mittelalterlichen Befestigungen, von König Manfred um 1263 gegründet.

Postwendend kommt die Antwort von Stammschröer ins Albergo Concordia, das Tolmeyn als nächste Adresse angegeben hat. Vermutlich hat der Professor den Briefträger gezwungen zu warten, um ihm die Replik gleich mitgeben zu können. Er öffnet den Umschlag mit zitternden Fingern, vorsichtig, als könne lautes Gebrüll daraus entweichen. Der Professor ist – begeistert, obwohl er Tolmeyn nach den ersten reichlich frechen Zeilen für wahnsinnig gehalten und verärgert erwogen habe, ihn aus Apulien abzuziehen. Dann aber, nach etwas Überlegung, habe er beschlossen, sich in Berlin über einen alten Verbindungskameraden beim Kriegsministerium für die Sache mit dem Luftschiff einzusetzen, obwohl er glaube, dass sie wenig Aussichten auf Verwirklichung habe. Nicht weil sie per se unsinnig sei, nein, das mit der Auskundschaftung und Vermessung von oben leuchte ihm durchaus ein, sondern weil in der gegenwärtigen Lage das Militär seine Finger nach allem fliegenden Gerät ausstrecke, das es noch nicht besitze. Sei jedenfalls zu hören gewesen aus Berlin. Auch komplette Brieftaubenschläge seien requiriert worden: aber bitte, dies ebenfalls Hörensagen. Und eine landesweite Erhebung einsatzfähiger Pferde sei im Gange. Und überall in den Hauptstädten des Kontinents sehe man jetzt die Herren Generäle und die Ordonnanzwagen eiligst herumsausen zwischen Staatskanzleien und Kasernen. Das könne er sagen, weil er in Rom Umgang mit Forschern aus allen europäischen Ländern habe. Weiter schreibt er:

Die Schüsse von Sarajevo sind noch nicht verhallt, mein lieber Tolmeyn, und ich glaube auch nicht, dass Österreich die Serben ohne Unterwerfungsgeste davonkommen lässt. Das mussen aber die Russen zulassen, und die werden sehen wollen, was ihre Bundesgenossen in Paris und London tun. Sehen Sie: Seit Kaiser Friedrich hat sich wenig geändert: Der musste sich auch ständig fragen, wer ist mit mir, wer ist gegen mich? Nun, wenn ich Ihnen einen Rat geben darf, mein lieber, wenn auch etwas seltsamer Tolmeyn, dann genießen Sie jeden einzelnen Tag dort unten. Das heißt natürlich nicht, dass Sie Ihre Pflichten vernachlässigen dürfen. Ich erwarte wie stets Ihre ausführlichen Berichte.

»Das klingt wie ›Genießen Sie Ihre Pflichten‹«, sagt Beat, »das scheint mir doch sehr preußisch. Was seid ihr für ein seltsames Volk.«

So seltsam wie alle anderen, denkt Tolmeyn. Am Ende ist doch jeder einzelne Mensch sein eigenes Volk, mit all seinen widersprechenden Ideen und Gedanken, sein eigener Beherrscher und Beherrschter. Er sagt: »Das ist eben die Kunst der preußischen Lebensführung.«

Lucera haben sie am Vortag verlassen. Zaccagnino ist zur Verabschiedung am Bahnhof gewesen, und natürlich hat er ihm von der Zeppelingeschichte erzählen müssen. Der Onorevole ist sofort dabei, will sein Gut als den zentralen Ankerplatz des Luftschiffs zur Verfügung stellen, verspricht seine besten Leute als Bodentruppe; will sogar seinen Koch abordnen, worauf Tolmeyn ihn augenblicklich festgelegt hat. Noch zwei Abende nach dem ersten hatten sie bei Zaccagnino verbracht, und mehr als einmal ist ein Mann des Onorevole mit Verpflegungskörben am Ort der Feldforschung erschienen. Jedes Mal hat Tolmeyn das Maßband fallen gelassen oder in Kauf genommen, eine Trockenplatte über- oder unterzubelichten, um nur sofort den Inhalt dieser Körbe zu erforschen. An seinem Gaumen scheint sich seit seiner Ankunft in Apulien eine Art Landkarte herauszubilden, eine Karte von Düften, Genüssen und Aromen, die er bis dahin nicht gekannt hat, eine wahrhafte Terra incognita, deren weiße Flecken er unbarmherzig auszumerzen gedenkt, im ausdauernden Selbstversuch.

Manfredonia ist eine traurige Stadt. Ein undurchdringlicher Wald von Kakteen schützt sie auf der Landseite. Am Abend, nachdem er den Brief von Stammschröer geöffnet hat, schaut Tolmeyn von einer vorgeschobenen Bastion des Kastells auf den Hafen und die Stadt. Der Strand ist flach und schmutzig. Die Wellen sind müde und sterben mit einem leisen Seufzer. Ein paar aufgetakelte Boote liegen auf Sand, im flachen Wasser, mit flappenden Segeln. Manfredonia steht da wie ein Mensch, der nach endlosen Jahren der Trübsal ins Wasser gehen will und sich doch nicht traut. Dabei leben sie hier alle aus dem Wasser.

Auf dem Weg an diesen Ort ist er durch die Straße der Fischhändler gegangen. Überall dort glitzert das Perlmutt abgeschabter Schuppen, auf dem Pflaster, den schiefen Tischen, von denen Schleim und wässriges Blut tropft. Hier und da versucht sich ein Oktopus davonzustehlen, streckt einen tastenden Arm aus. Die Fischaugen machen Tolmeyn nichts aus, aber von den Tintenfischen fühlt er sich beobachtet; die schauen wie Hunde. In der Stadt ist nichts Staufisches von Bedeutung. Sie brauchen hier nur zwei Betten und eine anständige Trattoria. Es wird viel Fisch geben.

Tolmeyn selbst ist auch traurig. Es wird nichts werden mit dem Zeppelin. Das ist das eine. Das andere ist Beat. Wird er je aus dem Mann schlau werden?

21. Juli, Manfredonia

Um vier Uhr früh verlassen sie das Albergo und gehen zum Hafen. Tolmeyn trägt die Kamera, Beat das Stativ und jeder eine Tasche Proviant, Wasser und Wein. Ein Fischerboot setzt sie nach einer Stunde Küstenfahrt nordöstlich, kurz hinter Porto di Mattinata, ab. Am Strand wartet ein Treiber mit zwei Tragtieren. Vier Mann, Karabiner über den Schultern, erwarten sie ebenfalls: Der Arm des Onorevole reicht weit, und nur deshalb traut Tolmeyn diesen Männern – unter ungewisseren Umständen ginge er ihnen aus dem Weg.

»Ist das ein Maultier oder ein Maulesel?«, fragt Tolmeyn den Treiber kurz nach Abmarsch. Noch geht Tolmeyn neben dem Tier einher, noch ist es kühl; der Wind kommt kräftig vom Meer, schiebt im Rücken. Zwei Mann der Eskorte gehen voran, zwei hintennach. Die rechte Seite des Tals liegt im Schatten, links leuchtet vertrocknetes Gras an den Hängen strohgelb im Licht der Morgensonne. Geradeaus vor ihnen liegt das Ziel, der Monte Sacro, fünf Kilometer im Krähenflug, achthundert Meter über dem Meeresspiegel. Das wird ein harter Aufstieg werden. Oben soll es ausgedehnte Klosterruinen geben, die niemand mehr kennt, hier auf dem Gargano – aber Bertaux soll da gewesen sein, und das genügt, damit Stammschröer den Ort auf seiner Liste dreimal mit Rotstift unterstreicht.

Ist wahrscheinlich ohnehin dasselbe, denkt er, nur zwei verschiedene Worte, Maultier und Maulesel. Die – was auch immer – tragen geflochtene Sättel, die nicht sehr bequem aussehen. Vielleicht wäre es besser gewesen, ein Kissen aus dem Albergo mitzunehmen?

Auf Tolmeyns Frage hin ist der Treiber in Agitation geraten, schon lange redet er auf ihn ein, nur leider im allerschwärzesten Dialekt, so dass sich zwei Mann der Eskorte entschließen, dem Deutschen ein obszönes Schauspiel aufzuführen, denn das wenigstens wird er verstehen, und dabei abwechselnd *bardotto* und *mulo* zu schreien, brünftig zu wiehern und Eselsrufe auszustoßen. So wie sie aufeinander herumhüpfen, einander umklammern und mit den Hüften stoßen, wird es Tolmeyn langsam klar, dass der *mulo* – das Maultier – das Produkt eines Pferdehengstes und einer Eselstute ist, der *bardotto* – Maulesel – aus der umgekehrten Vereinigung, Eselhengst und Pferdestute, hervorgeht.

Na also, brüllen die Männer, nicken manisch und lachen grob, hast du's nun endlich kapiert? Schön: Aber habe ich das so genau… genau dargestellt wissen wollen?, fragt er sich.

Noch dazu von ein paar vierschrötigen Kerlen, die so offensichtlich unbefangen tun, was sie niemals, niemals täten, und sich nach erfolgter Belehrung des unwissenden Gelehrten den Schweiß aus dem grinsenden Gesicht wischen.

»Ich muss sagen, das verstehe ich nicht«, sagt Beat zu Tolmeyn. »Wenn bei uns daheim der rote Kater mit der schwarzen Katze oder die gescheckte Katze mit dem getigerten Kater…« Weiter kommt er nicht. Der Vergleich hinkt, aber auf welchem Bein?

»Ob ich den Waldmeistersirup zur Berliner Weißen schütte oder die Weiße auf den Sirup«, sagt Tolmeyn, »das macht allerdings einen großen Unterschied: Im zweiten Falle schäumt es ganz gewaltig.« Und das bedeutet? Was soll's: Er versteht es auch nicht. »Schmecken tut es aber gleich.«

Die Eskorte eskortiert nun wieder, zwei voraus, zwei hintendrein. Über den flachen Talboden geht es weiter, einen schmalen Pfad entlang, zwischen verstreuten Olivenbäumen. Der Treiber klopft noch ein paarmal auf den Hals der Tiere: *mulo, mulo.* So ist nun wenigstens dieses geklärt.

Tolmeyn versucht einen neuen Anlauf.

»Esel und Pferd sind verschiedene Tierarten. Deshalb – «

»Dann sollten sie doch überhaupt nicht miteinander«, sagt Beat.

Würden sie das denn tun, von Natur aus?, denkt Tolmeyn: Der Mensch pfuscht hier herum. Er will die Geschwindigkeit des Pferds und die Zähigkeit des Esels. Er will die Kraft eines Elefanten, aber die Eleganz einer Gazelle.

Beat fragt: »Was *soll* denn miteinander? Gleiches oder Verschiedenes?«

»Es kommt wohl darauf an, was herauskommen soll«, sagt

Tolmeyn. Lieber würde er fragen: Was bedeutet: *von Natur aus?*

»Iiiii–ahhhh«, macht Beat und lacht. Die Eskortenmänner schauen. Gibt es jetzt eine Aufführung für sie?

»Ach, du bist ein Esel«, sagt Tolmeyn.

»Und du?«

Söldner, immer schon

Tolmeyn an Stammschröer:

Vor ein paar Tagen ritten Imboden und ich auf den Monte Sacro: es war die furchterregendste Reitpartie, die ich je gemacht habe, steile Wände und Felsabhänge hinauf. Als das zu gefährlich wurde, mussten wir klettern. Auf dem Gipfel fanden wir eine der größten Klosterruinen, die ich je sah, 11. bis 12. Jahrhundert. Mehrere Kirchen, großartige Klostergebäude, weite Umfassungsmauern; alles nur noch Ruinen, aber die ursprüngliche Anlage war gut zu erkennen. Wir haben 18 Photos gemacht, ich einige Skizzen. Wir hatten wenig Zeit, da wir den gefährlichen Abstieg noch bei Tageslicht hinter uns bringen wollten.

Wie über einen Kraterrand waren sie gekrochen gekommen; die Mulis hatten sie etwa hundert Meter unterhalb zurückgelassen, mitsamt Treiber und Eskorte, und in der Tat, da lag, in einer dicht überwachsenen Schüssel, eine ausgedehnte Ruinenstadt. Es war still gewesen um die Mittagszeit, und als sie von dem Kraterrand, an dem immerhin noch eine Brise wehte, in die Schüssel eintauchten, stand darin die Luft, heiß und dick mit Düften von Rinden, Blüten und Gräsern. Schon die Tage zuvor hatte Tolmeyn begonnen, Beat als Photographen anzulernen, so dass ihm mehr Zeit blieb, zwischen den Ruinen zu spazieren, seine kleinen Skizzen von Kapitellen, Ornamenten, Reliefs, Skulpturen anzufertigen. Im Schatten einer Kapelle fand er ein paar kaum verrostete Sardinendosen und Fetzen einer französischen Zeitung ohne erkennbares Datum. Ein Gruß von Bertaux?, hatte er gedacht. Gelegentlich war er Beat über den Weg gelaufen, der gerade das Stativ aufstellte oder zusammenklappte oder sein Bild auf der Mattscheibe komponierte – dann hatte er sich zu ihm gesellt, vielleicht zu einer anderen Perspektive geraten, nach verdecktem Blick auf *Scott's Tabelle der reciproken Werte der chemischen Helligkeit zu verschiedenen Tagen und Stunden des Jahres* eine Einschätzung zur Belichtungszeit abgegeben.

Dieser Ort schien ihm Verlassenheit in reinster Form zu sein, zeitlich (seit Jahrhunderten lebten hier keine Menschen), geographisch sowieso, da empfand er es als nett, jemandem zu begegnen; nicht, dass es einer der Kerle aus der Eskorte hätte sein müssen. Er hatte eine Notiz geschrieben, auf dem ausgeklappten Deckel der Umhängetasche, welche sich in diesen Tagen sehr bewährt: *Den Imboden angelegentlich des nächsten Berichts an Stammschröer zu loben;* verdient hätte er es, und es würde ihm nützen für die Zeit nach der Reise. Obwohl es ihn leise würgte, wenn er an *die Zeit nach der Reise* dachte.

Allein umherzustreifen hatte auch den Vorteil, unbeobachtet zu sein. Ungern hätte er sich bei seinen Wunderlichkeiten ertappen lassen, beim Betasten aller Mauern, das fortgesetzte Gemurmel hören lassen, das Rollenspiel, wenn er als Abt oder Knecht zwischen den Ruinen herumging, aber das war ja noch vertretbar. Gregorovius' *Zauberstab der Phantasie:* Inzwischen funktionierte er recht gut, jedenfalls für Tolmeyn. Man sollte den Umgang damit an den Universitäten lehren; eine gewisse Wunderlichkeit steht dem Forscher gut an.

Neuerdings hatte er begonnen, das Ohr an Ritzen im Mauerwerk zu legen, nachdem ihm bewusst geworden war, welch eine stumme, tonlose Wissenschaft die Kunstgeschichte doch war: Alles Auge, null Ohr. Doch all diese Gesänge, Choräle, Gebete, das Beichtgeflüster und die Predigten, die in dieser Kirche zu hören gewesen waren: Wer sagte denn, dass davon nichts geblieben war? Warm war er jedenfalls, der erste Stein, an den er sein Ohr presste; gesprächig weniger, wie die meisten anderen. Was er hörte, laut und klar, war Beats Gelächter, der etwas entfernt hinter der Kamera stand und den Dritten Sekretär des Königlich Preußischen Institutes in Rom beim Horchen in alte Mauern photographierte. Wie viele Bilder hast du?, hatte er gefragt. Neunzehn, mit diesem, hatte Beat gesagt. Alles drauf?, hatte er gefragt. Das Wichtige, hatte Beat gesagt.

»Machen wir Pause«, sagt Tolmeyn, als sie sich wieder einmal über den Weg laufen, »und dann ist bald Zeit, hinabzusteigen.«

Schattige Plätze gibt es jetzt zwischen den Ruinen genügend, kühle: keine. Sie lassen sich auf dem Rand der Mulde nieder, wo die Luft in Bewegung ist. Der Blick ist prächtig; vor ihnen die Adria (nah: die Tremitischen Inseln, fern: die griechische Küste), direkt im Rücken der Monte Gargano (fern: die Abruzzen), rechts der Golf von Manfredonia. Also

Horizont saufen, nebst warmem Wasser, der Wein ist kaum trinkbar, brennt im Rachen wie Likör, weil überhitzt.

Auch von meinem Besuch wird man Sardinendosen finden, denkt er, als er das Blech aufschlitzt. Und die späteren Kunsthistoriker werden sie staunend betrachten: Was mag wohl Feines drin gewesen sein in diesem Behältnis, so zierlich und doch so imperial bedruckt: ein aufsteigender Seeadler mit großen, scharfen Klauen. Der fischt doch keine Sardinchen, die an einer weißgedeckten Tafel tranig und muffig schmecken würden, hier jedoch sind sie … unvergleichlich.

»Du bist kein Esel«, sagt Tolmeyn unvermittelt. Ihm ist nach Wiedergutmachung, nach Zuwendung. Manchmal hat er diesen Drang zum Gemütvollen.

Es ist fast schmerzhaft, den Blick auf einen Menschen zu verengen, der in Griffweite neben einem sitzt, wenn man zuvor nur Horizont geschaut hat, Augenachsen parallel, den Blick auf keinen bestimmten Punkt gerichtet. Das sind die Momente, denkt er, in denen alles, alles, alles größer ist als du selbst, und dennoch fühlst du dich nicht klein, sondern größer als je zuvor.

»Mir bekannt«, sagt Beat, »kein Esel und kein Rindvieh, selbst wenn ich aus einem kleinen katholischen Kuhdorf stamme.«

»Weiter«, sagt Tolmeyn.

Jetzt muss die Geschichte kommen, die Linie zwischen Muri und Rom. Hier und da muss er drängeln und leiten, damit Beat auf den Punkt kommt und andere überspringt, das eine oder andere gilt es nachzufragen: Familie aus March im Kanton Schwyz, übersiedelt in den Aargau, schwindender Reichtum der angedeutete Grund, ererbter Gutshof; der jüngste von vier Brüdern und einer Schwester; der Vater ist ein hoher Militär, zu Haus führt er ein Regiment, wie er es in der Kaserne pflegt, er nennt es »preußisch«, hart und streng; die Mutter schafft ihrem Jüngsten Nischen: Klavier, Zeichnen, Bücher und solche Nutzlosigkeiten; die drei anderen hat sie schon an die Uniform verloren. Nicht den auch noch! Hilft nichts. In der Militärakademie in Zürich stellt er sich erst dumm, als das nicht reicht, noch dümmer; mit größter Nachsicht kann man ihn nicht halten; die Blamage droht den Vater zu beschädigen; zwei Semester Abkühlzeit im Kunstgeschichtlichen Institut der Universität Zürich werden stillschweigend toleriert, und Beat beginnt auf eine andauernde Verschonung zu hoffen, dann drängt der Vater wieder; es droht der Entzug der Mittel, die Rückkehr aufs Gut in Muri oder ein zweiter Versuch an der Militärakademie.

»Uniform und Kunstgeschichte, habe ich mir gedacht. Da gibt es nur einen Ort auf der Welt«, sagt Beat.

»Nicht dein Ernst«, sagt Tolmeyn, langsam begreifend, »ist ja verrückt.«

»Die Schweizergarde im Vatikan. Wir sind Museumswächter mit Hellebarde, hat mein Hauptmann gesagt, wenn er nicht mehr nüchtern war. So kam ich nach Rom. Das Zähneknirschen des Vaters hörte ich noch bis hinter den Gotthard. Aber er konnte nicht viel einwenden.«

Für Beats Familie ist es offenbar das gerade noch tolerierbare Mindestmaß an militärischer Tätigkeit. Ehrenvoll ist es wohl. Beat tunkt das Sardinenöl mit einem Brot aus, und Tolmeyn dreht eine der leeren Dosen in der Hand. Natürlich, sind auch bloß Söldner, allerdings nur im Vatikan, die ziehen nicht marodierend durch die Lande. Die schärfsten Hunde des Papstes sind, schon seit längerem, die Jesuiten. Die erledigen mauschelnd, was ganze Söldnerhaufen meuchelnd nicht schaffen. Die Landsknechtsuniformen der Schweizergarde – längsgestreifte Strumpfhosen, Wams, Puffärmel – hatte er wenig ansprechend gefunden. Da hatte Niki in seiner Gardeuniform –

»Operettensoldaten sind das«, ätzt Tolmeyn völlig unüberlegt, aber es muss jetzt schnell gehen, »sind die Hellebarden wenigstens geschärft?«

»Wie Rasiermesser«, sagt Beat. »In meiner Familie sind die männlichen Nachkommen immer Söldner gewesen. Der Erste, von dem wir wissen, fiel bei der Belagerung von Novara.«

»Worum ging es da?«

Beat hebt die Schultern. »Wir wissen nicht einmal, auf welcher Seite er kämpfte. Es ist ja auch egal.«

»Egal?«, fragt Tolmeyn. Dienst du dem Vaterland oder der Münze? Dabei sind das die Seiten derselben Medaille: Auf der einen prangt das Herrscherbildnis oder das Staatssymbol, auf der anderen die Zahl.

Er sieht sich nach dem Stand der Sonne um: sehr tief. Wenn er sich jetzt hinstellen würde, dann würde sein Schatten vom Monte Sacro bis hinunter an den Strand von Porto di Mattinata reichen, theoretisch, und wenn er die Hand ausstreckte, bis nach Korfu. Sie werden bald aufbrechen müssen. Wie zur Erinnerung knallen jetzt ein paar Gewehrschüsse; einstweilen beschäftigen sich die Männer der Eskorte wohl noch damit, Kaninchen zu schießen, die jetzt aus ihren Löchern kommen.

»Natürlich ist es egal. Als Söldner erwirbst du einen Freund und einen Feind, je nachdem, woher der Franken rollt. Die Imbodens waren in spanischen, deutschen, neapolitanischen, französischen, sardischen, holländischen, venezianischen, polnischen, englischen, in eidgenössischen Diensten und, ja, auch päpstlichen – du siehst, ich knüpfte nur an alte Familientradition an. Das ging ein paar Jahrhunderte so. Bestimmt haben sie auch Landsleute getötet, und sicher reuelos, denn auch sie hätten von Schweizern getötet werden können. Nichts Persönliches, nichts Nationales, nur ein Geschäft. Ist das nicht die sauberste Lösung?«

Tolmeyn schwankt. *Süß und ehrenvoll ist es, fürs Vaterland zu sterben.* Gab es einen einzigen Gymnasialprofessor, der diesen Spruch nicht rauf und runter vorgebetet hätte? Für die große Idee, das Gute, die Freiheit, die Sache, was immer sie sei, zu sterben, ein Bein, ein Auge abzugeben – das ist, egal ob eingebildet oder echt, von Wert und Dauer. Das muss doch besser sein, als das Gleiche für schnödes Geld zu erleiden, dessen notwendigerweise endlicher Trost schon durch Inflation schwindet, von Verschwendung und Prasserei nicht zu reden. Ist aber der falsche Gedanke, wie Beat ihn lehrt.

»Jacob, es sterben immer die anderen. Die anderen verlieren ihre Glieder. Die einfachen Soldaten, nicht ihre Offiziere. Die Kriegskunst, recht verstanden, lehrt dich zu überleben, so haben es die Imbodens gemacht, so sind sie reich geworden. Wir waren gefürchtet, wir waren teuer und natürlich immer die Anführer und die Hauptleute.«

Tolmeyn beginnt die Sachen zu packen, zurrt die Riemen um das Stativ und schließt das lederne Futteral der Kamera. Auch Beat steht auf, tut etwas unschlüssig, prüft dann die

178

gläsernen Photoplatten, die weichgepolstert in einer Kassette liegen.

»Und«, fragt Tolmeyn über die Schulter, »ist das jetzt vorbei mit der Söldnerei?«

»Seit 1848 ist es Eidgenossen verboten, Söldner für fremde Mächte zu stellen«, sagt Beat in Abrundung seiner Geschichte, »ausgenommen die Schweizergarde, die nur als Wachdienst zählt. Danach ist es ja auch abwärtsgegangen mit dem Reichtum der Familie Imboden.«

Nach einer Pause fügt er an: »Mein armer Vater. Militäroffizier in der friedliebenden Schweiz zu sein muss, gerade in diesen Zeiten, der traurigste Beruf sein.«

Tolmeyn, ungeduldig: »Ich meine: für dich vorbei?«

»Zur päpstlichen Garde will ich nicht zurück«, sagt Beat, »und Friedrichs Sarazenen sind nicht mehr.« Er dreht sich zu Tolmeyn. »Mir bleibt nur noch die Fremdenlegion.«

Das Letztere ist ja wohl zu dumm, um wahr zu sein, deshalb glaubt er es als Scherz übergehen zu können und sagt: »Und darf ich fragen, warum du die Garde verlassen hast?«

Im Moment wünscht er sich, er hätte damals, im Institut, die Ohren doch ein wenig besser gespitzt, wenn wieder ein Gerücht dahergeweht kam. Beats Gardistenzeit: damals skurril, ihm höchstens egal. Das war jetzt anders. Aber, mein Gott, wie lange kann einer denn Photoplatten prüfen und immer wieder hin und her sortieren? Derweil geht die Sonne unter, das Meer liegt schwarz wie ausgegossene Tinte. Sie müssen endlich los, wenn sie nicht im Finstern die Hänge hinabwollen. Aber eines hat er noch zu tun, außer auf Beats Antwort zu warten. Er greift nach einer der Sardinenbüchsen.

»Aus keinem besonderen Grund«, sagt Beat schließlich, was nur bedeuten kann, dass er aus einem unbesonderen Grund ausgeschieden ist. Die sind die interessanten. Tolmeyn überlegt, nachzubohren, da kommt ihm eine Frage Beats dazwischen.

»Was willst du denn nur immer mit dem Sand?«

Der Sand hier ist fein und grau mit schwarzen Körnchen; warm füllt er die Sardinenbüchse aus. Tolmeyn sieht sich nach einem Deckel um, und weil er keinen findet, nimmt er das Säckchen, in dem sich der Objektivpinsel befindet.

»Aus keinem besonderen Grund«, sagt er. Bei manchen Dingen gibt es eben einen Grund davor, bei anderen einen Grund danach. Aber immer gibt es einen.

Dann stolpern sie beide im Finstern den Monte Sacro hinab. Wenn der eine ins Rutschen kommt, fängt ihn der andere auf. Die Männer der Eskorte, die sie empfangen, haben blutige Karnickelbälge in ihre Taschen gestopft, sie treten das Feuer aus, über dem sie die geschossenen Karnickel gebraten haben, sie dienen dem Onorevole Zaccagnino treu bis in den Tod, zumindest, bis die paar Soldi aufgebraucht sind, die sie für den Schutz zweier Verrückter bekommen, die in der Hitze des apulischen Juli zwischen Ruinen herumkriechen und nachts halsbrecherische Abstiege wagen, nur damit sie noch im Schein des bald untergehenden Mondes über den Golf von Manfredonia segeln können.

Treptows Manuskript (5):
Eulenburg

Ich muss zugeben, die kunsthistorischen Beschreibungen, in denen Tolmeyn sich detailverliebt erging, hatten mich irgendwann am Nachmittag so weit ermüdet, dass ich den Abbruch des Verhörs erwog. Er sparte nicht an Fachausdrücken und nannte Namen, die ich nicht kannte, von Orten und von Persönlichkeiten. Ich gebe aber auch zu, dass mich die Art und Weise, wie er diese Dinge beschrieb, auf eine gewisse Art und Weise faszinierte. Wieso auch nicht? Er ließ seine Hände durch die Luft fahren, als führte er einen Stift oder einen Pinsel. Schöne, schmale, ja frauliche Hände: natürlich, Tolmeyn war ja kein Schlosser. Er strichelte, linierte, tupfte, malte und radierte ein Bild durch einen Wischer der flachen Hand wieder aus, um ein neues zu beginnen. Noch heute, wenn ich an einem gotischen Bauwerk vorbeigehe und eines dieser schmalen, durch eine Säule zweigeteilten Fenster unter einem spitzen Bogen sehe, höre ich Tolmeyn sprechen und sehe ihn gestikulieren: *Biforium.* Das werde ich nie vergessen.

Er war in der Beschreibung der Expedition bis an eine überwucherte Ruinenstadt auf einem Berggipfel gelangt, da fiel zum ersten Mal der Name seiner Begleitperson. Ich hatte ja angenommen, er reise nicht alleine; irgendeine Hilfskraft musste er ja wohl gehabt haben. Ich hatte diese bislang für eine völlig untergeordnete Figur gehalten, einen austauschbaren Assistenten. Nicht so. Den Vornamen lernte ich zuerst kennen: Beat.

Jeder Kriminalbeamter merkt auf, wenn neue Namen ins Spiel kommen. Da gilt es auszuloten, wer diese Person ist, in welcher Beziehung sie zu dem Delinquenten steht und zu der zur Last gelegten Tat. Unsere braven Ganoven lassen hier gerne die Spitznamen fallen: der Schlächterhermann, der Messerfritz, die kennen wir natürlich und wissen diese einzuordnen.

Ich blickte dem Tolmeyn scharf in die Augen, als er diesen Beat erwähnte, das erste und das zweite Mal. Man mag das glauben oder nicht: Ein Name, der für einen Menschen eine gewisse Bedeutung hat, ändert etwas im Gesichtsausdruck. Das ist schwer an körperlichen Einzelheiten zu beschreiben, aber ich sage es einmal so: Wenn ein Zündhölzchen über die geeignete Reibfläche gezogen wird, dann entspringt eben ein Flämmchen. Und dieses Flämmchen ging an, als Tolmeyn »Beat« sagte. Etwas später folgte eine formelle Vorstellung: Beat Imboden, aus der Schweiz, meine wissenschaftliche Hilfskraft, und seitdem verließ ihn dieses Augenglimmen nicht mehr, wenn er diesen Mann erwähnte. Man verzeihe mir hier die arg poetische Ausdrucksweise; nur leider kommt man mit dem Amtsdeutsch ab einem bestimmten Punkt gar nicht mehr weiter. Ich wünschte, mehr meiner Kollegen hätten, wie ich, die Befähigung, Neigung und Gelegenheit zu einer schriftstellerischen oder journalistischen Tätigkeit gehabt. Dann wäre es nicht so eine Qual gewesen, ihre Berichte zu lesen, und sie hätten mehr Einsicht gewonnen in das, was man »menschliche Tiefen« nennt.

Nun gut: Dieser Beat war dem Tolmeyn zu dem Zeitpunkt offensichtlich schon ans Herz gewachsen. Ich hatte behutsam nachgefragt, ganz allgemeine Dinge, um nur ja nicht den offensichtlich vorhandenen Schutzreflex Tolmeyns für diese Person zu erwecken. Er erzählte, wie sie im Abstieg von diesem Berg in einem Geröllfeld ins Rutschen gerieten und es ihm gelungen war, den anderen vor dem sicheren Abgleiten in eine Schlucht oder einen Abgrund zu bewahren. Womit sie quitt gewesen seien; offenbar hatte Beat Tolmeyn zuvor einmal aus einer ähnlich aussichtslosen Lage errettet.

Ein, sagen wir: normaler Mann hätte mir dies in Tönen der Heldenerzählung geschildert. Zupacken, Tatkraft, Entschlossenheit, alles ohne nachzudenken natürlich: Mannespflicht. Wie er sich wo und wie und unter Aufbietung welcher übermenschlicher Kräfte hatte festklammern müssen etc. etc. Ich will so etwas nicht kleinreden, halte solche Tugenden in hohen Ehren (damals, zu Beginn des Krieges, erst recht), aber bei Tolmeyn lief das alles hinaus auf die kaum verhohlene Freude, sich diesen Menschen erhalten zu haben, mit oder ohne abgerissene Fingernägel und zerschundene Glieder. Es wird seinen zarten Händen ohnehin nicht gutgetan haben.

Er bat dann um etwas zu trinken, und ich klingelte den Diensthabenden herbei. Dieser brachte einen Krug Wasser, zwei Gläser und die Liste der unerledigten oder sonst noch nicht endgültig abgelegten Fälle, die ich zuvor bestellt hatte. Ich nahm mir vor, diese nach und nach beiläufig durchzublättern, während er weitererzählte, und zog ein vorläufiges Fazit.

Alles war so, wie ich es geahnt hatte. Ich beglückwünschte mich für meine Intuition. Tolmeyn hatte einen Freund gefunden. Über Beats Disposition wusste ich zwar gar nichts; aber das würde ich im Verlauf des Verhörs noch herausbekommen, dachte ich damals. Wie auch immer: Dort unten, in diesen apulischen Einöden, hätten sie von Gesetzes wegen nichts zu befürchten gehabt, genauso wenig wie ein Friedrich Alfred Krupp, der seinem Vergnügen meist auf Capri nachging.

Hier, in Berlin, im Deutschen Reich, allerdings schon. Wegen Paragraph 175 Reichsstrafgesetzbuch.

Den kannte in den letzten Jahren vor dem Krieg auch nicht jeder; zumindest bis zu den Eulenburg Prozessen nicht. Der Name Eulenburg wird den meisten noch etwas sagen; aber da ich jetzt nicht wissen kann, wann diese Erinnerungen gelesen werden, sind ein paar Worte der Erklärung wohl angebracht.

Ich sollte wohl auch kurz das besondere Problem erklären, in das dieser Paragraph uns als Polizei stürzte, und nicht nur, wenn die sogenannten Stützen der Gesellschaft unter Verdacht gerieten: Das Gesetzbuch kann alles Mögliche verbieten. Aber bestraft werden nur erwiesene unrechtliche Handlungen einer rechtsfähigen Person. Das Deutsche Reich kann seinen Bürgern verbieten, zum Mond zu fliegen, aber bestrafen kann es nur einen, der dorthin geflogen ist (und so dumm war, zurückzukehren, denn auf dem Mond hat das Deutsche Reich keine Gerichtsbarkeit, es sei denn, es hätte den Erdtrabanten im völkerrechtlich gültigen Sinne erobert – aber so weit gingen die Kolonialbestrebungen unserer Nation nicht einmal zu den besten Zeiten des Alldeutschen Bundes).

Ich wende dieses Beispiel nun auf die Situation unserer – nun endlich heraus damit – Homosexuellen an. Das ist der anerkannte Ausdruck nun, da ich diese Zeilen verfasse; früher sagte man noch: *Urninge, Freundlinge, Päderasten* (für die Schlimmsten unter ihnen), *das Dritte Geschlecht* (dies Letztere die bevorzugte Formulierung von Professor Magnus Hirschfeld, den ich als Gutachter in einem dieser Prozesse antraf).

Jene Handlungen, die der Paragraph 175 verbietet (ich erspare mir eine genauere Aufzählung und Beschreibung), finden sozusagen auf dem Mond statt. Jedenfalls nicht dort, wo wir als Polizei Einblick hätten. Es wird so wenig darüber gesprochen, als wenn es, auf naturgemäße Weise, zwischen Mann und Frau veranstaltet wird. Nach der Tat fehlt niemandem etwas, und niemand wird anschließend im Besitz einer unrechtmäßig erworbenen Sache ertappt. Wie soll man da die Handschellen anlegen? Wem? Die Handlung schweißt die beiden Handelnden in einer Schweigegemeinschaft zusammen, und Dritte, welche uns den Zeugen machen könnten, fehlen in der Regel. Was aus rein polizeilicher Sicht vielleicht zu bedauern ist, aus allgemein menschlicher jedoch nicht.

Wer daraus zu schließen geneigt ist, ein solcher erwiesenermaßen unwirksamer, weil nicht durchsetzbarer Paragraph entfalte keine Wirkung, irrt. Oh, der irrt gewaltig. Denn wo das Gesetzbuch lichte Vernunft walten lässt, indem es nur Handlungen unter Strafe stellt und nicht ein So-oder-so-Sein oder eine politische Denkungsart oder Mordgedanken (die wohl jeder von uns schon einmal gefühlt hat) – da tobt sich im blanken Gegensatz die Furie der veröffentlichten

Meinung aus, wütet das dumpfe Ressentiment am Stammtisch oder von der Kanzel herab. Öffentliche Verbannung, kirchliche Verdammung lauten dann die Strafen. –

Nun aber zu Eulenburg. Jener Philipp Fürst zu Eulenburg-Hertefeld war der Kopf einer Clique in der allernächsten Umgebung Kaiser Wilhelms, die man auch die »Liebenberger Tafelrunde« (nach dem Stammschloss Eulenburgs) oder, wie eine Zeitung, »perverse Kamarilla« genannt hat. Diese Männer bildeten geradezu eine Mauer um den Kaiser, versuchten alles fernzuhalten, was ihm die Laune verderben konnte; vor allem aber, damit sie ihm ungehindert einflüstern konnten. Der Kaiser, weltfremd, wie er war, merkte davon anscheinend nichts; andererseits hat daran auch die große Verstellungskunst der Homosexuellen ihren Anteil. Leute, die sich ihr ganzes Leben verstellen müssen, um nicht der Verachtung anheimzufallen, erreichen naturgemäß ein großes Maß an Geschicklichkeit im Heucheln. Man kann sie deshalb aufrichtig bedauern, denn sie tun es nicht zu ihrem Vergnügen, sondern aus Not. Ich habe oft mit anständigen Homosexuellen – es gibt solche natürlich auch – hierüber gesprochen, und sie haben mir ihr Leid geklagt, wie sie sich im Familienkreis und im Verkehr mit Freunden und Kollegen zusammennehmen müssten, um nicht aus der Rolle zu fallen. Von daher also der Zusammenhalt dieser Leute, denen naturgemäß daran gelegen ist, einander zu schützen.

Neben vielen anderen besorgten Menschen im Lande (zu denen auch ich mich zählte) nahm der Journalist Maximilian Harden, der eine Zeitschrift namens *Zukunft* herausgab, an diesem Treiben Anstoß. Wobei Harden weniger die sexuelle Orientierung der Angehörigen der Tafelrunde missfiel als deren politische Einstellung: zu wenig national, zu wenig imperial, zu wenig kriegerisch, kein Sinn für die kaiserliche Flotte und die Kolonien und, am schlimmsten, franzosenfreundlich. Zum engeren Umgang Eulenburgs zählte beispielsweise der französische Botschaftsrat Lecomte, den der Führer meiner Päderastenpatrouille regelmäßig in einschlägigen Berliner Kneipen feststellte. Daraus mag man seine Schlüsse ziehen. In der Tat habe ich während der letzten Kriegsjahre, als offenbar wurde, wie entsetzlich schief das alles lief, wie lächerlich falsch die Ideen von der großen Läuterung auf dem Schlachtfeld, des raschen Feldzuges und Sieges gewesen waren, oft daran gedacht, was passiert wäre, wenn man die »Tafelrunde« nicht ausgehoben hätte. Hätten uns die Liebenberger Friedensfreunde, ihre Internationale der Freundlinge, den Krieg erspart? Auch heute noch denke ich das manchmal; so wie ich jetzt vieles anders sehe als früher. Allerdings: Als ich in Berlin mein Amt antrat, hatte ich keine Ahnung, dass es Menschen gibt, deren Geschlechtstrieb sich nicht auf das andere, sondern auf das eigene Geschlecht richtet.

Harden aber benutzte Eulenburgs vermutete Homosexualität (bis heute gibt es keinen Beweis dafür) und veranlasste den Fürsten durch geschickt gestreute Gerüchte und andeutungsvolle Artikel in der *Zukunft* über ihn und seinen Freund Kuno Graf Moltke, sich vorerst aus der Nähe des Kaisers zurückzuziehen.

Dieser Harden war ein besessener Mensch, ein Wassertrinker. Wenn er glaubte, einen waidgerechten Blattschuss gesetzt zu haben, dann wollte er das erlegte Wild nicht wieder auf die Lichtung wanken sehen. Eulenburg kehrte jedoch alsbald aus dem Exil zurück, und Harden entbrannte in Wut. Kuno von Moltke, der wegen der Artikel seinen Posten als Stadtkommandant von Berlin hatte aufgeben müssen, forderte Harden zum Duell; stattdessen kam es zum Zivilprozess in Moabit. Moltke, aus alter Militärfamilie, glaubte seine Ehre wiederherstellen zu können, wenn gerichtlich bestätigt würde, dass er kein Homosexueller sei. Gigantischer Irrtum. Den Vorsitz führte ein junger Amtsrichter, die Schöffen waren ein Milchhändler und ein Fleischermeister. In der Verhandlung sprach man über Dinge, von denen sie wahrscheinlich in ihrem ganzen Leben noch nichts gehört hatten. Kuno von Moltke, eigentlich der Kläger, von seinen Freunden »Tütü« genannt, wurde schnell zum Gehetzten. Harden tönte zur Eröffnung, er werde ihm seine »sexuelle Abnormität« nachweisen.

Mich hatte man als Beobachter entsandt. Ich muss sagen: Widerwärtiger ging es nicht. Die geifernde Presse explodierte in Sonderausgaben und schämte sich nicht, das Hässlichste und Gemeinste getreulich Wort für Wort zu verbreiten. Und die bunten Blätter überboten einander in derbster Manier mit unzweideutigen Karikaturen, die man durchaus pornographisch nennen durfte.

Im Sommer des Moltke-Harden-Prozesses hatte sich die Stimmung gegen die Homosexuellen nämlich bedeutend verschlechtert. Auf Geheiß von oben ließ ich die Kontrollmaßnahmen in den einschlägigen Vierteln verschärfen. Nur ein Beispiel: Ich ordnete eine Razzia in der Wohnung des Masseurs Podeyen in der Sophienstraße an. Die Örtlichkeit war hinreichend bekannt für Feste oder Orgien, die Homosexuelle – unter ihnen illustre Personen, Prinzen, Grafen,

Herren aus der Hofgesellschaft – mit Soldaten feierten. Zu einem polizeilichen Einschreiten hatten die Verdachtsmomente bisher nie ausgereicht, doch Zurückhaltung zählte nun nicht mehr. Podeyen behauptete, die Soldaten zu Masseuren auszubilden, den Vorwurf der Kuppelei leugnete er. Mit den paar gefundenen Aktphotographien männlicher Personen konnte die Staatsanwaltschaft natürlich nichts anfangen. So ging das meistens aus, es kam niemals zu Verfahren.

Es war die geschiedene Ehefrau Moltkes, die ihm den ersten Schlag versetzte. Als Lily von Elbe, mit vierzig Jahren noch immer von sehr gewinnendem Aussehen, nach Moltkes Einstellung zum Vollzug ehelicher Pflichten gefragt wurde, antwortete sie: Im selben Bett habe man ohnehin nur ein paar Nächte nach der Hochzeit verbracht; er sei dann meist angezogen stocksteif dagelegen, zwischen sich und ihr öfter einmal eine Schüssel kalten Wassers. Sie sei nunmehr der festen Auffassung, dass Graf Moltke dem weiblichen Geschlecht sehr abgeneigt sei. Und einmal habe er ein Taschentuch, das Eulenburg bei einem Besuch vergessen hatte, an die Lippen geführt und »Phili, mein Phili« gesagt, ach was: gestöhnt. Als weiterer Zeuge Hardens trat ein Gardekürassier mit Namen Bollhardt auf, der Augenzeuge von Orgien in der (uns durchaus bekannten) Villa Adler am Potsdamer Heiligen See gewesen sein und dort einmal den Grafen Moltke gesehen haben wollte; den Fürsten Eulenburg ebenfalls. Von ihm erfuhr die geifernde und staunende Öffentlichkeit den wahren Grund eines kurz zuvor erlassenen Verbotes. Es war nämlich den Gardekürassieren untersagt worden, sich nach Dämmerung sehen zu lassen. Offenbar war das der einzige Weg, die massenhaften Anträge und Anzüglichkeiten von Seiten der Homosexuellen zu unterbinden, die – allem Anschein nach – der Faszination dieser Uniform mit den weißen Hosen und den hohen, spiegelblankgewichsten Stiefeln erlagen.

Dazu muss ich anmerken: Damals kamen fast täglich die Kommandeure der Berliner und Potsdamer Garderegimenter zu mir und baten um Rat, wie sie die in ihren Regimentern eingerissene Unsittlichkeit ihrer Soldaten bekämpfen könnten. Am Tiergarten, berichteten meine Patrouillen, war das Treiben geradezu ärgerniserregend.

Harden wurde schließlich von dem Vorwurf der Verleumdung freigesprochen. Der Richter verkündete, die Homosexualität Moltkes sei erwiesen. Dazu hat leider auch der an sich von mir sehr geschätzte Professor Magnus Hirschfeld beigetragen. Dieser hatte sich in seinem »Wissenschaftlich-humanitären Komitee« seit langem für die ersatzlose Streichung des Paragraphen 175 eingesetzt. Natürlich wusste er wenigstens so gut wie wir darüber Bescheid, wer in Berlin zum Kreis jenes »Dritten Geschlechtes« gehörte. Aber er hatte sich stets geweigert, Namen zu nennen oder gezielte Indiskretionen zu begehen, nur um der Allgemeinheit die Augen über die weitverbreitete Natur der Freundesliebe zu öffnen. Im Prozess aber sagte er, nach seiner *wissenschaftlich gewonnenen Auffassung* liege bei Moltke eine zweifellos *unverschuldete, angeborene und ihm selbst nicht bewusste Anlage vor, die man homosexuell* nennen könne. Das sei (und Hirschfeld sagte es in der gutgemeinten Absicht, die Zuhörer zu erziehen), wenn jemand sich zu Angehörigen des gleichen Geschlechts hingezogen fühle. Homosexuelle

Betätigung sei vom naturwissenschaftlichen Standpunkt aus eine untergeordnete Frage.

Kaum nötig zu erwähnen, dass genau diese Frage – für die durchgedrehte Phantasie der Massen – die allerwichtigste war. Hirschfelds abgewogene Worte *unverschuldet* und *angeboren*, was immer man auch davon halten mag, gingen unter. Ich bin, wie anlässlich meiner Ausführungen zum »geborenen Verbrecher« weiter oben gesagt, skeptisch, aber stets für eine ruhige Erwägung aller auf dem Tisch liegenden Fakten. Keine Chance dafür damals. Ich brauchte zwei grobschlächtige Beamte, um das Gerichtsgebäude zu betreten und verlassen, so sehr war es belagert von Neugierigen. In der Stadt brüllten sich Verkäufer der Extraausgaben heiser und gegenseitig nieder. Moltke war der Lächerlichkeit preisgegeben, des Amtes enthoben, beim Kaiser in Ungnade gefallen – kurz: so weit vernichtet, wie man vernichtet sein kann, ohne dass einem auch nur ein Haar gekrümmt wird. In vielen ähnlichen Fällen, auch unter hohen Militärs, ist es sogar zu Selbstmorden gekommen.

Damit war die Sache aber nicht beendet. In einem der Folgeprozesse sagte Fürst Eulenburg aus, und zwar unter Eid: Nein, niemals sei es zwischen ihm und einem anderen Mann zu »irgendwelchen Schmutzereien« gekommen. Der Fürst, mit neuem Kampfesmut, verklagte nun seinerseits Harden wegen Verleumdung und Beleidigung. Aber der ermittelnde Staatsanwalt war vorsichtig geworden. Er entsandte mich nach Schloss Liebenberg, um Eulenburg abzuklopfen.

Ich meldete mich zuvor schriftlich beim Fürsten an, erhielt freundliche Antwort mitsamt der Aufforderung, doch meine Büchse mitzubringen, vielleicht gehe es sich aus, ein Schwein zu schießen (was ich aber ließ). Eulenburg empfing mich auf dem Diwan, er war zunächst nervös und gesprächig, nur nicht zur Sache. Ich konfrontierte ihn dann mit einer Angelegenheit, die ich aus Wien erfahren hatte. Dort soll er, während er als deutscher Botschafter amtierte, in einem Badehaus bei einer unsittlichen Handlung angetroffen worden sein. Dies, erklärte er mir, sei auf eine Verwechslung mit seinem Bruder zurückzuführen. Der Bruder, Fritz Eulenburg, war in der Tat ein bekannter Homosexueller, der aber nicht in Berlin, sondern weitab vom Schuss lebte. Ich nahm das unkommentiert zur Kenntnis und brachte ein weiteres Gerücht aufs Tapet. Demnach habe der Fürst einmal mit Haushofmeister Göritz im selben Zimmer des Berliner Zentralhotels gewohnt. Das stritt er nicht ab, sagte jedoch, er habe Göritz in Vertretung seines erkrankten Kammerdieners auf die Reise mitgenommen. Er habe, selbst an Herzaffektionen leidend, das gewünschte Zimmer mit Durchgangstür nicht bekommen, stattdessen mit einem Zweibettzimmer vorliebnehmen müssen. Er sei bei diesen plötzlich auftretenden Herzangelegenheiten auf schnelle Intervention angewiesen. Auch dies klang plausibel. Dennoch fuhr ich gegen Mittag mit einem gewissen Misstrauen nach Berlin zurück.

Die unter Eid geäußerten Worte – »irgendwelche Schmutzereien« – hatte natürlich auch Harden vernommen, und diese Worte wollte er in den Mund zurückstopfen, der sie verhängnisvollerweise ausgestoßen hatte. Der Journalist hatte sich völlig in die Sache verbissen. Er fühlte sich umringt von Freundlingen, sah sie überall sitzen, Ränke schmieden und auf die »Normalen« wie ihn und mich herabblicken. Eulenburg wurde für ihn zur Symbolfigur für alles, was schlecht in und an Preußen und im ganzen Reich war.

Einer seiner Detektive machte zwei Fischer vom Starnberger See ausfindig, die sich als Hardens bester Fang entpuppen sollten. Der See befindet sich südlich von München, wo Eulenburg zeitweise als preußischer Legationsrat gewirkt hatte. Mit den beiden Fischern hatte Eulenburg nach Hardens Erkenntnissen einige Kahnpartien gemacht, bei denen – nun, die Hände aller Beteiligten wohl nicht immer nur an den Ruderschäften verblieben waren. Das lag gute fünfundzwanzig Jahre zurück, aber Harden war es irgendwie gelungen, die Erinnerung der beiden Zeugen gerichtstauglich aufzufrischen. Mit diesen und 58 weiteren Zeugen erhob der Staatsanwalt Anklage gegen den Fürsten wegen Meineides.

Hardens Anwalt, ein derber Bayer, ließ die Fischer, ebenfalls derbe Bayern, und noch einen Haufen anderer größtenteils wiederum derber Zeugen zum Prozess nach Berlin laden, wo man für manche einen Dolmetscher benötigte; wegen des gebirglerischen Dialekts wohlgemerkt. Was die Derbheit betrifft, kann der Berliner an sich mühelos mithalten.

Eulenburg, entweder schwer erkrankt oder erfolgreich simulierend, wurde jeden Tag von seiner bewachten Suite im Charité-Krankenhaus in den Gerichtssaal getragen. Er nahm liegend und leidend teil am Geschehen. Der Fürst verneinte anfangs noch einmal die Frage des Vorsitzenden nach »Schmutzereien«, gab sich fürstlich, charmant und bescheiden: Er sei das Opfer einer bayerisch-katholischen Intrige.

Dann aber begann das Defilee der Zeugen, in Person, per Brief oder auch nur Hörensagen, und damit die endgültige Demontage des Fürsten Eulenburg. Ich erspare mir hier einige Einzelheiten. So viel noch: Der Fischer, als Hauptbelastungszeuge, schilderte dem Gericht die Vorgänge im Ruderboot. Dann drehte er sich nach dem Fürsten um und rief aus: »Bei Gott dem Allmächtigen, Durchlaucht, dös können S' net leugnen, das wir zwoa dös gemacht haben! Wir zwoa san verloren auf der Welt.«

Verloren oder nicht, Eulenburg wurde dennoch nicht wegen Meineids verurteilt. Je mehr Zeugen auftraten, desto matter lag er in den Kissen. Gerichtsärzte erklärten ihn schließlich für verhandlungsuntauglich, der Prozess wurde auf unbestimmt vertagt. Manch einer war froh um den Ausgang, es gab Befürchtungen, es würde früher oder später doch ein Schriftstück von oder an S. M. Kaiser Wilhelm auftauchen.

Eulenburg verließ sein Schloss kaum noch. Vorbei die Liebenberger Tafelrunden. Er hat seine Memoiren geschrieben. Inzwischen ist er tot.

Harden tobte noch eine Weile wegen des Ausgangs; er hatte ein Urteil gewollt. Angeblich aber hat er mit seinem Blatt *Zukunft* in dem Prozessjahr ein paar hunderttausend Mark Reingewinn gemacht.

Verloren hat unsere Nation. Wir waren das Gespött von Europa, weil bei uns in aller Öffentlichkeit verhandelt wurde, was woanders unter den Teppich gekehrt wird. In Frankreich redete man von *le vice allemand:* als hätten nicht sie den Botschaftsrat Lecomte nach Berlin entsandt, den man in den einschlägigen Hofkreisen den »König der Päderasten«

nannte. Unsere Armee: lächerlich gemacht und durch den Schmutz gezogen durch ungezügeltes und ehrloses Treiben, von den niedersten zu den obersten Chargen. Dieser verweichlichte, verweiblichte Haufen, rieb man sich im Ausland die Hände, werde im Fall des Falles bequem vom Schlachtfeld zu fegen sein.

Auch der Sache der Homosexuellen haben diese Prozesse mehr geschadet als genützt, denn die öffentliche Meinung war und blieb schockiert über das teils aufdringliche Gebaren dieser Leute, ihre Ausreden und bei einigen auch ihr offenes Bekenntnis des Andersseins.

Es ist der, davon bin ich heute ganz und gar überzeugt, vermaledeite Paragraph 175, der all dies heraufbeschwor. Den Kreuzzug Hardens, aber auch die kleinen und gemeinen Erpressungen von Homosexuellen durch ihre gewesenen Liebhaber. Was ja vor und nach den Prozessen die Hauptlast meiner polizeilichen Arbeit im Erpresserdezernat ausmachte. Nach den bisherigen Darlegungen wird ein jeder leicht einsehen, dass allein die Drohung, tatsächliche oder angebliche homosexuelle Handlungen publik zu machen oder bei der Polizei anzuzeigen, bei dem Betreffenden Furcht und Panik auslösen muss. Der gesellschaftliche Tod ist gewiss, der Verlust der Ehre, der Stellung. Die meisten zahlen, still und verbittert, ein paar bringen sich um, ein paar fliehen ins liberalere Ausland (so wie es den erwähnten Industriellen Krupp nach Capri zog), und es hat einige wenige gegeben, die irgendwann ihren Peiniger umbrachten.

Das waren also meine Gedanken, während Tolmeyn seinen kunsthistorischen Vortrag hielt. Dieser Tolmeyn hatte, ausweislich der Meldezettel, die vor mir auf dem Tisch lagen, Berlin recht plötzlich verlassen. Hatte eine gutdotierte Stellung in einem der Königlichen Museen aufgegeben und dafür einen untergeordneten Posten in Rom angenommen. Das warf natürlich Fragen auf, die ich – zur gegebenen Zeit, nach wenigstens oberflächlicher Durchsicht der Fallliste – stellen würde.

Akten

Tolmeyn nimmt die Hände herunter, als zum wiederholten Male (zum wievielten Mal eigentlich?) ein Uniformierter in den Raum kommt und Aktendeckel in verschiedenen blassen Behördenfarben vor dem Kommissar ablegt. Er kann nicht erkennen, was auf diesen Aktendeckeln steht, der Kommissar beeilt sich stets, alle Beschriftung mit einem Blatt Papier abzudecken. Er hat jetzt die zuvor sorgsam aufgereihten Sandsäckchen auf die Seite geschoben, um Raum zu schaffen für die Akten.

Seitdem er das erste Mal (wie lange ist das eigentlich her? Tolmeyn trägt keine Uhr) auf dasjenige von Andria getippt hat, hat ihn offenbar das Interesse an den Säckchen verlassen. In der letzten Viertelstunde hat er sich ohnehin mit irgendetwas anderem beschäftigt. Wenn Tolmeyn zwischen seinen in der Luft herumschwirrenden Händen hin und wieder einen Blick in das Gesicht des Kommissars geworfen hat, glaubte er, ein Nachlassen der Konzentration auf ihn, Tolmeyn, zu erkennen. Jetzt ist das nicht mehr so.

»Was hat es denn wirklich mit dem Sand auf sich?«, fragt der Kommissar. »Nur als Erinnerung? Das glaube ich Ihnen nicht. Dazu hatten Sie etwas viel Besseres: die Photographien.«

Hat Tolmeyn das auch erzählt? Vielleicht redet er zu viel; sicher tut er das. Ja, sie photographierten nicht nur die alten Gemäuer Friedrichs, sondern auch das andere. Eine Hafenszene, einen Fischer beim Netzeflicken. Ihre tapferen Feuerwehrmänner an der Leiter. Markt hier, Markt dort. Apulische Landschaft, vom Turm von Montecorvino gesehen. Getreideauktion in Foggia. Eselskarren auf Landstraße. Onorevole Zaccagnino mit Stallbursch und Araber. Alte Frauen beim Klöppeln. Auswanderer vor ihrem bereits vernagelten Haus. Maler beim Kalken einer Mauer. Beat und er hatten stillschweigend beschlossen, immer wieder mal eine der Trockenplatten für ein solches Motiv zu opfern. In hundert Jahren würde man dankbar dafür sein. Und er war es den Leuten schuldig: Verdienten sie nicht auch Beachtung? Abgesehen davon war eine menschliche Gestalt immer gut für den Größeneindruck, der gerade bei Ruinenbildern schwerfiel.

»Die Photographien sind für alle«, sagt Tolmeyn, »der Sand ist für mich.«

Beim Umfüllen des Sands vom Monte Sacro hatte Tolmeyn ein kurzes, leicht gebogenes Haar gefunden. Ihm gefiel der Gedanke, etwas von ihm könne in jeder dieser Proben stecken. Eine Wimper, Hautschuppen, Asche von einer Zigarre oder Zigarette, Krusten, die er sich aus dem verschlafenen Auge rieb, Brotkrumen, ein Stück Faden von der Jacke. Die Handvoll Sand: Das war er an einem bestimmten Ort. Er hatte Beat nicht angelogen: Am Monte Sacro gab es wirklich keinen besonderen Grund. Nur ein bisschen kindische Selbstbezauberung; wer wollte das schon ausposaunen? Eine Sache, die, wenn schon einmal angefangen, weitergemacht wird. Sammeltrieb, Drang nach Vollständigkeit.

Was weiß ich. Abgesehen davon war ihm Sand nichts Besonderes. Bis er eben genauer hinsah.

»Wissen Sie«, sagt er, »dass jedes Sandkorn ein Gesicht hat?«

Der Kommissar kann nicht anders, als eine Augenbraue hochzuziehen.

»Dass kein Sandkorn dem anderen gleicht?«

Heute wünscht Tolmeyn, es wäre nicht so.

Gesichter des Sandes

Cerignola / Canosa di Puglia, 23./24. Juli 1914

(Albergo Genghi, schlecht; Filippo Curzi, an der Piazza, leidlich), mit 24230 Einwohnern, am Saume eines Hügels gelegen. In der Umgebung große Olivenpflanzungen und wie in ganz Apulien trefflicher Wein.

Gerade sind sie zuerst an den stinkenden Sümpfen südlich von Manfredonia vorbeigezogen und an den im Sonnenlicht gleißenden Salinen. Das Gepäck liegt auf einem Muli- oder Maultier- oder Eselskarren, Tolmeyn ist inzwischen egal, welches Vieh den Karren zieht, Hauptsache, er muss nicht schleppen.

»Hätte ich eine Familie und dächte ich dynastisch«, sagt Beat, »dann wollte ich der Besitzer einer Saline sein.«

»Wieso Saline?«, hatte Tolmeyn gefragt, aber *Wieso Familie?* hatte ihm auf der Zunge gelegen.

»Noch in zehn Generationen«, sagt Beat, »vielleicht sogar zwanzig, hätten Kind und Kindeskinder etwas davon. Die Sonne scheint jeden Tag, die Salzvorräte des Meeres sind unerschöpflich. Sie müssten nur zusehen, wie das Meerwasser verdunstet, das kristallierte Salz zusammenkratzen und verkaufen. Sie gingen stets ehrfurchtsvoll an meinem Bildnis vorbei und lobten die Weisheit ihres Stammvaters.«

Sie waren nebeneinanderher gegangen, und ab und zu hatten sie einander an den Schultern gestreift. Nach Beats Familien- und Salinentraum hält Tolmeyn sich zum Straßenrand hin und schweigt missvergnügt. Nur eine Gedankenspielerei, wer weiß. Nie weiß man genau, nie ist man sicher.

»Was schnaubst du«, fragt Beat, »ist das nicht eine gute Idee? Du hast ja gehört, was von der Söldnerei in meiner Familie geblieben ist. Ein paar schartige Schwerter, verbeulte Helme und eine ungesunde Sehnsucht nach altem Ruhm und Reichtum.«

Tolmeyn denkt in ungeordneter Folge: Wenn einer heute ein Patent auf die Familie beim Reichspatentamt anmelden wollte, man müsste es ihm verweigern: Tut uns leid, aber Ihr Entwurf hat nicht die notwendige Schaffenshöhe. Zwei einander fremde Menschen überwinden die Fremdheit, nur um sie im Laufe der gemeinsamen Jahrzehnte in mühsamen Kämpfen wiederzugewinnen.

Beweis? Meine eigene Familie. Sie werfen ohne Rücksicht weitere fremde Menschen hinein ins Schlamassel, ihre Kinder, eines nach dem anderen. Beweis? Hier: Meine leiblichen Brüder sind mir so fremd gewesen wie die wilden Gestalten der Völkerschauen, durch die mich mein Vater immer geschleift hat, um mir die Überlegenheit der weißen Rasse (ohne Juden, Katholiken, Ost- und Südeuropäer) vorzuführen. Als ich vor ein paar Jahren noch einmal in eine dieser Schauen ging, sah ich nur meine dunklen Brüder und Schwestern: so verändert sich der Blick. – Aber, bitte doch sehr, wird der Patentanmelder sagen, abgesehen von dem sittlichen Rahmen, den sie der Fortpflanzung eines Volkes bietet, ist meine Erfindung »Familie«, werter Herr Patentprüfer, das perfekte Gefäß gegenseitiger Zuneigung und vorurteilsloser Annahme und somit ein Mechanismus, der im Kleinen umsetzt, was der große Staat und die Kirche vorgeben: Werte, Traditionen, Regeln, solche Dinge.

Beweise? Liegen keine vor. Das Letzte, was meine Mutter für mich getan hat, war, das c in meinem Vornamen zu verankern und mich ansonsten so oft als möglich der Obhut von Tante Josephine zu überlassen. Mein Vater, sobald er gespürt hatte, was mit mir los war, warf mich kurzerhand aus der Wohnung; da ging es seinem leiblichen Sohn nicht anders als der Serie anschwellender Dienstmädchen. Meine Schwester – eine kreischende Furie, als sie mich einmal – aber doch nur einmal! – in einem ihrer Kleider erwischte. Als hätte die Hölle sich aufgetan. Familie? Werter Herr Patentanmelder, sprechen Sie wieder vor, sobald Sie etwas Besseres erfunden haben.

Beat wird wohl immer noch auf seine, Tolmeyns, Antwort warten. Er wünschte, er könnte ihm erzählen, was er gerade gedacht hat. Immerhin können sie schweigend einhergehen, ohne das Gefühl zu haben, etwas sagen zu müssen. Zumindest ist das so bei Tolmeyn, der den Weggefährten aus dem Augenwinkel beobachtet. Beat wirbelt mehr Staub auf. Das liegt an seiner Art zu gehen, wie er die Füße schleifend aufsetzt und die Hacken eingräbt. So nähern sie sich Cerignola, eine größere und eine kleinere Staubfahne hinter sich herziehend.

Die schlanken Blätter der Olivenbäume zittern in einem heißen Wind. Oben sind sie graugrün, und wenn sie ihre matt aluminiumglänzende Unterseite nach oben drehen, sieht Tolmeyn Millionen von silbernen Fischchen über das Feld von Cannae flitzen. Landschaft, in der ich mich wälzen möchte wie in einem Federbett, denkt er.

Hier hat Hannibal den Römern die größte Niederlage bereitet; 70 000 tote Legionäre. Ihrem Anführer, dem Konsul Varro, wurde dennoch ein Triumphbogen errichtet. Am frühen Nachmittag haben sie ihn photographiert, den Bogen, an der Straße nach Canosa, das im Hintergrund mit der Kastellruine auf dem Hügel zu sehen war.

Schöne Komposition, Beat, hatte er gesagt und dem anderen auf die Schulter geklopft und, wie schon bei anderen solchen Gelegenheiten zuvor, nicht recht gewusst, wie fest diese Berührung ausfallen durfte. Ein echtes, männliches Schulterklopfen hat immer etwas von Schläge austeilen. *Bloß nicht zu sanft.*

Tolmeyn klettert von dem Eckturm des Kastells, der ihm als Aussichtspunkt gedient hat, herunter, um Beat zu suchen, der irgendwo mit der Kamera hantiert. Inzwischen photographiert der schon die Mehrzahl der Motive, damit er, Tolmeyn, sich auf die Wissenschaft konzentrieren kann. Was er auf der Mattscheibe sieht, macht einen guten Eindruck. An einer der nächsten Stationen ihrer Reise wird er sich die nötigen Chemikalien bei einem Apotheker besorgen und einige der Platten entwickeln; wenn die Chemie nicht zu bekommen ist, wird er die Platten einem Photographen zur Entwicklung übergeben. Es ist schon ironisch: Er hat nach Berlin reisen müssen, zu Professor Niethe. Und jetzt photographiert sein Assistent.

Im Albergo Genghi findet er einen Brief von Stammschröer.

Das mit dem Zeppelin, fürchte ich, müssen Sie sich fürs Erste aus dem Kopf schlagen. Mein Bekannter im Kriegs-

ministerium hat mich ausgelacht, als er von meinem – Ihrem! – Ansinnen hörte. Die Geheimhaltung erfordert größte Verschwiegenheit, aber so viel konnte er mir schon andeuten: die Rüstung läuft auf höchsten Touren. Sogar das M-Wort (Mobilisierung) kursiert bereits. Es ist schrecklich. Sind Sie, lieber Tolmeyn, eigentlich gedient? Wenn uns das Kriegsministerium schon kein Zeppelinluftschiff geben will, dann soll es uns auch nicht einen ausgezeichneten Stauferforscher nehmen. Vergessen Sie nicht, Sie sind im Auftrag des Kaisers unterwegs. Lassen Sie sich das aber nicht zu Kopfe steigen! Und bedenken Sie, dass Ihre Reisekasse nicht zu kaiserlicher Hofhaltung geeignet ist. – Ich greife ohnehin voraus. Die Vernunft wird siegen –

Vernunft siegt? Seit wann? Tolmeyn kann nicht recht daran glauben, fünfzehn Kilometer von Cannae entfernt.

– allenfalls wird es auf dem Balkan ein paar blutige Köpfe geben. Doch wenn, wie ich hoffe, die Serben sich dem Ultimatum Österreichs bis zum 23. Juli (obschon es hart und demütigend ist) beugen, könnte es mit einem blauen Auge ausgehen. Wollen wir es hoffen.

Unser Mann in Neapel schickt Ihnen einen Stapel Urkundenabschriften nach Trani, wo Sie ja in den nächsten Tagen eintreffen werden.

St.

Und Tolmeyn schreibt:

Wir sind nun wieder in der Provinz Bari und haben dort den Onorevole Zaccagnino getroffen, der in Cerignola ein

Haus besitzt. Eigentlich wollte er mit uns Ausflüge un-
ternehmen, er war aber durch die Landarbeiterunruhen
gehindert. Sein Haus ist mit eisernen Türen und Schieß-
scharten versehen, überall sind geladene Gewehre. Das
ist eine drastische Illustration der anarchischen Zustände
in Apulien. Froh bin ich, heute Morgen ohne die Schwa-
dron Kavallerie aufbrechen zu können, die uns Zaccagnino
den Abend zuvor angekündigt hatte.

Das große Weltgeschehen findet wohl wegen der lo-
kalen Schwierigkeiten wenig Widerhall in den Zeitungen,
die ich zu sehen bekomme. Zaccagnino sprach gestern in
besorgtem Ton über den Dreibund und äußerte Zweifel,
ob Italien im Fall des Falles dem Deutschen Reich und
Österreich beistehen werde, da der Bund ja doch ein rei-
nes Defensivbündnis sei.

Wir haben gegen Mittag eine alte Römerbrücke pho-
tographiert und am Nachmittag das Kastell in Canosa.
Dort fanden wir Ruinen eines großartigen, zyklopischen
Baus, der alles überragt.

Apropos zyklopisch bzw. dem Gegenteil davon: Ich bat
Zaccagnino um ein kleines Mikroskop, das er mir gerne
überließ, und widme mich nun auch der Untersuchung
des Kleinen und Unscheinbaren – Sandkörnern. Ich glaube
dafür gute Gründe zu haben, bitte einstweilen jedoch um
etwas Geduld, bis ich mehr sagen kann.

Die Zeppelinsache ist bedauerlich. Meinen Sie, dass eine
direkte Intervention bei S. M. erfolgreich sein könnte? Es
müsste ja auch nur ein kleines Luftschiff sein.

Ihr sehr ergebener Tolmeyn

PS: Ich bin doch recht froh, Imboden bei mir zu haben. Meine anfängliche Skepsis ist ganz und gar verflogen. Sie hatten recht, Herr Professor, und ich kann mich gar nicht genug bedanken für Ihr Insistieren.

Sie haben angrenzende Zimmer mit Durchgangstür; diese ist jedoch nur ein windiges Blättchen Holz. Tolmeyn kann alle Geräusche von der anderen Seite hören. Das Klicken der Kofferschlösser, ein abgestreifter Schuh fällt auf die Dielen, dann der andere. Das Rascheln von Stoff, ein Sssssst – wird wohl der Gürtel sein, der aus den Schlaufen gezogen wird. Knarzen eines Bettgestells. Umblättern, in immer größeren Abständen. Das Buch schlägt irgendwann auf. Pause.

Beat sagt: »Gute Nacht, Jacob.«

Tolmeyn hat im ganzen Haus Petroleumleuchten zusammengesucht und um das Mikroskop Zaccaginos aufgestellt. Mit Mühe reicht es für den Rasierspiegel, der das Licht auf die Untersuchungsobjekte lenkt. Auf einem Stuhl hat er die Proben in teelöffelgroßen Häufchen vorbereitet. Der Sand vom Fuß des Kastells in Manfredonia ist gelb, gemischt mit winzigen weißen Splittern, der vom Monte Sacro graubraun, der aus Foggia rötlich und fein wie Staub, der aus Montecorvino dunkelgrau und grob. Ein paar der Häufchen ähneln einander stärker, aber zwei, die wirklich gleich wären, gibt es nicht.

»Schlaf gut, Beat«, sagt Tolmeyn.

Bald hört er von drüben Atemzüge und ab und zu ein leises Schnarchen. Das stört mich nicht, sagt er leise, stört mich überhaupt nicht.

Eine Messerspitze genügt. Eine Stecknadel, um die Körner

auf dem gläsernen Trägerplättchen zu verteilen. Er beugt sich über das Okular des Mikroskops und atmet aus. Die Körner fliegen davon. »Verdammt«, ruft er. Drüben wälzt sich Beat. Er bindet ein Taschentuch vor Mund und Nase und bereitet eine neue Probe des Sands von Manfredonia vor und blickt in das Okular. Er sieht – nichts; muss langwierig den Spiegel justieren und dann die verschwommenen Flecken scharfstellen.

»Oh«, sagt er.

Eine Zauberwelt tut sich auf. Bunter als gedacht. Die Körnchen schimmern zart in Regenbogenfarben, als hätten sie sich luftige Elfenmäntel übergezogen. Sie springen hin und her, aber dieser Effekt wird von den flackernden Petroleumflammen herstammen. Er stochert vorsichtig mit der Nadelspitze herum und verschiebt den Objektträger. Die eher gelben Körnchen gleichen Kartoffeln aus der Mark Brandenburg, in ihrer ovalen Gestalt, den kraterartigen Kuhlen und den dunkelgelben Augen, die über die Oberfläche verteilt sind. Da ist sie wieder, die Familie, murmelt er, alle verschieden, aber doch irgendwie gleich.

Zwischen der Masse eingestreut: Badeschwämmchen, gipsweiß und voller Poren, und Elefantenstoßzähne *en miniature*. Ein winziger Stern – acht Strahlen – geht auf und verschwindet in dem Aufruhr, den die Nadelspitze anrichtet. Und hier die Außenseiter, die Bizarren und die Skurrilen, sagt er leise, aber wir werden euch schon noch aussieben, macht euch da mal keine falschen Hoffnungen.

Im Sand vom Monte Sacro findet er einen abgerissenen Ameisenkopf. Die Beißer umklammern etwas, das wie ein Brotkrümel aussieht.

»Erwischt«, sagt er.

Glänzende Plättchen, ähnlich Fischschuppen, leuchten im dunklen und schroffen Sandgemenge von Montecorvino, jedes Korn hier gleicht einem schrundigen, zerkratzten Felsbrocken. Keine Ahnung, woraus sie bestehen. In Geologie und Mineralogie ist er völlig unbeschlagen. Einzelne Sandkörner skizziert er. Die Liste der Merkmale wird länger und verwirrender. Wie viele Wörter gibt es, um Variationen von »rund« festzuhalten? Nicht genügend. Manche haben überhaupt keine beschreibbare Form, aber gegen »formlos« sträubt er sich, denn das trifft es ja auch nicht. Manche wirken wie poliert, mache scheinen gerade aus einer Massenschlägerei gekommen. Größenmessungen scheitern am unzulänglichen Gerät; mit den Zentimetern und Millimetern des Lineals kommt er hier nicht recht weiter. Als er den Staub von Foggia unter das Mikroskop legt, ist selbst das stärkste Objektiv überfordert, mehr als eine breiige Masse ist nicht auszumachen.

Vielleicht genügt auch das Licht nicht mehr, denn zwei der vier Lampen haben ihren Brennvorrat schon erschöpft. Bis auf diese letzte Probe hat er sie alle mehr oder weniger akribisch untersucht. Das Trägerplättchen, anfangs noch in Wasser gespült und mit seinen feinsten Batisttaschentüchern getrocknet, pustet er zuletzt nur sauber. Die paar fremden Sandkörnchen stechen hervor wie die Ente im Pfauengehege.

Zwischendrin legt er einmal das Ohr an die Zwischentür, weil es ganz still geworden ist. Er öffnet sie einen Spalt. Da liegt Beat unter offenem Fenster in der Zugluft einer kühlen Nacht, halb abgedeckt. Er muss sich sehr zusammenreißen, um nicht hinzugehen und die Decke zu richten. Dann sitzt er wieder über dem Mikroskop und fragt sich: Warum nicht? Warum nicht?

Das Öl der letzten Laterne geht zu Ende. Im blauen Licht der Morgendämmerung füllt er die Sandproben um in die Säckchen, die er in großer Zahl in einem Spielzeugladen gekauft hat. Deren ursprüngliche Füllung, lauter bunte Glasmurmeln, hat er an die Kinder von Canosa verschenkt. Den ganzen Abend über klickerte und klackerte es in den Straßen der Stadt. Bevor er zu Bett geht, bindet er noch die beschrifteten Zettel an die Säckchen. So bekommt das Hand und Fuß, so wird aus Sammelsurium ein wissenschaftliches Spezimen. Wenn er jetzt noch wüsste, was er mit seinen bescheidenen Erkenntnissen über Sand anfangen soll: Ein paar Antworten könnte er jetzt schon geben. Aber auf welche Frage?

Barletta, 25. Juli 1914

Unterkünfte: Fanfulla, Via Garibaldi, mit besuchter Trattoria, gut; Centrale, Risorgimento (mit Trattoria), beide gegenüber Albergo Fanfulla, leidlich. Hafenstadt mit 41969 Einwohnern und bedeutendem Weinhandel; das alte Barduli.

»Sieh mal«, sagt Beat und zeigt auf den Eintrag zu Barletta im *Baedeker,* »nicht ein Wort vom staufischen Kern des Kastells.«

»Deswegen sind wir ja da.«

Tolmeyn ist in eine Diskussion mit dem Maurer verwickelt, den ihm das Rathaus, wieder einmal auf eine Intervention Zaccagninos hin, gestellt hat. Ihm verdankt er es auch, dass der Festungskommandant, der sich die Anlage mit einem Küfer teilt, die Tore so bereitwillig geöffnet hat. Der Maurer hat mit einem Vorschlaghammer, der fast so hoch wie der Mann selbst ist, schon drei Tuffsteinmauern demoliert und will jetzt, am späten Nachmittag, in den Feierabend, Federico secondo hin oder her. Im Hof des Kastells lässt die Hitze die Fässer knistern, und von dem Kessel, in dem der Fassmacher das Pech zum Abdichten kocht, ziehen beißende Schwaden herüber. Er hat durch die bereits geschlagenen Breschen gespäht, und im Halbdunkel hat er geglaubt, interessante Dinge zu sehen. Deswegen kann der Maurer nicht schon jetzt abziehen, deswegen wird er jetzt wohl oder übel wieder den Hammer schwingen müssen und auch die restlichen Mauern niederreißen, die zwischen Tolmeyn und einem vergessenen Stück staufischer Geschichte stehen.

»Hol ihm und uns irgendwo zwei Krüge Limonade«, sagt er zu Beat, »bitte.«

Dem Maurer drückt er einen kleinen Geldschein in die Hand, was augenblicklich zur Straffung all seiner Muskeln führt. Noch bevor Beat mit der Limonade zurück ist, hat er eine weitere Mauer eingerissen und behämmert die nächste. Tolmeyn sitzt wie weiland Diogenes in der schattigen Öffnung eines Fasses und fragt sich, warum man ihm ausgerechnet einen Maurer zum Abriss von Mauern geschickt hat.

Das ursprüngliche Kastell von Friedrich II., wie Tolmeyn es nun erahnen kann, ist eine Winzigkeit; spätere Bauherren haben es erstickt in meterdicken Mauern, die den neuartigen Kanonenkugeln zu widerstehen vermochten, es in einer quadratischen Festung untergehen lassen; mit vier vorgereckten Eckbastionen in Form von Lanzenspitzen. In einem geschützten Winkel unterhalb einer dieser Bastionen steht er mit Beat.

Die vom *Baedeker* hervorgehobene Trattoria hat sich als gut erwiesen, und wo es gut ist, isst man viel und auf Vorrat; das ist eine Lehre, die sie beide aus dem bisherigen Reiseverlauf gezogen haben. Dem vorgeschlagenen Spaziergang hat Beat zumindest nicht widersprochen. Jemand hat hier, am Fuß der Mauern, einen Gemüse- und Kräutergarten angelegt. Der ausgetretene Pfad zu einem niederen Fluchttürchen am Fuß der Festungsmauer zeigt, wer ihn pflegt. Mit Liebe pflegt: Rankende Pflanzen sind mit farbigen Bändern und sorgsamen Schleifen aufgebunden, jedes Beet hat eine Umfassung aus bunten Steinen, Muschelschalen oder Bruchstücken von Kacheln. Die Hand einer Frau, denkt er, vermutlich des Festungskommandanten, wem sonst wäre es erlaubt, hier Kürbisse und das andere Grünzeug zu ziehen. Beat lehnt mit geschlossenen Augen an der Mauer und raucht eine Zigarette. Er tut das selten. Nur in ruhigen, satten, leeren Momenten. Keine Selbstgedrehte, aber auch keine Manoli. Die Trägheit ist ausgeprägt, aber er fragt trotzdem. Was endlich herausmuss. Leider hat der scherzhafte Ton, in dem es kommt, einen schrägen Unterton.

»So ein nettes Gärtlein gehörte wohl auch zu deinem Familienidyll.«

Beat verzieht das Gesicht. Betrachtet das Gemüse, als sähe er zum ersten Mal in seinem Leben eine Gurke. Er hat keine Lust, darüber zu reden. Keine Lust, überhaupt zu reden. Er lehnt sich wieder an die Mauer und zieht an der Zigarette.

Tolmeyn macht lustig weiter, was soll er sonst, vielleicht ist noch etwas zu retten.

»Und Mama Imboden stellt einen Gemüseeintopf aus eigener Produktion auf den Tisch«, plaudert er, und mit hoher, verstellter Stimme: »Denk dran, ich brauche eine Schubkarre Pferdemist, zum Düngen.«

»Tolmeyn. Was redest du?«

Beat lässt die Zigarette aus dem Mundwinkel fallen, tritt auf den Stummel, mit etwas mehr Energie als nötig, um ein bisschen Glut zu ersticken, wendet sich zum Gehen. Nach zwei Schritten hält er; Tolmeyn läuft fast auf.

»Wie ist es eigentlich bei dir?«

»Was?«

»Frau, Familie, Gemüsegarten.« Beat spricht, und das laut. »Weil ich von dir in der Hinsicht nichts höre. Darf ich mich nach dem Befinden der Frau Gemahlin erkundigen? Wie gedeihen die Kinder? Willst du deinem Kaiser keine Soldaten schenken?«

»Meinem Kaiser …«, beginnt Tolmeyn und besinnt sich, »man muss … man sucht ja, und das Richtige ist schwer …«

»Das?«

»*Die* natürlich, was denkst du denn.«

Tolmeyn jedenfalls weiß genau, was er selber denkt, und er hat Angst zu zerspringen.

»So einiges«, sagt Beat, jetzt so sanft, wie er zuvor brüsk geklungen hat. »Es sind wohl einfach die falschen Zeiten, diese Zeiten.«

»Entschuldige. Ich wollte nur anknüpfen, wo wir auf der Landstraße nach der Saline aufgehört haben.«

Beat lacht sich halb tot.

Albergo d'Italia, Piazza S. Francesco 6, gelobt; Milano, delle Puglie, Risorgimento. Das alte Turenum, wohlgebaute Hafenstadt von 32 059 Einwohnern. Vortrefflicher Wein (Moscato di Trani, Malvasia).

An einem verregneten Vormittag hat er die ersten Platten entwickeln und einige Abzüge machen lassen.

»Schau, Montecorvino. Weißt du noch?«, sagt Beat.

»Etwas überbelichtet, hast du nicht auf die Tabelle gesehen?«, sagt Tolmeyn. »Und natürlich: danke, danke, danke. Danke bis an mein Lebensende.«

»Das wollte ich hören.«

Beat knufft ihn in die Seite. Seit dem verunglückten Gespräch unter den Kastellmauern von Barletta ist er es, der die Scherze macht, und Tolmeyn, der jedes Wort zweimal herumdreht, bevor er es ausspricht.

In diesen Tagen arbeiten sie bis zum Umfallen. Beim ersten Licht sind sie draußen, und mit der letzten langen Belichtung geht die Sonne unter. Im Kastell von Trani beginnt Tolmeyn mit Grabungen. Zwei Tage lang soll Beat alleine mit der kleinen Kamera die benachbarten Städte an der Küste abklappern: Bisceglie, Molfetta, Bitonto, Bitetto. Ohne die Küsteneisenbahn und die Dampftramvia könnte er das Pensum nicht schaffen. Tolmeyn will es nicht wahrhaben, aber sie arbeiten gegen die Uhr. Beat hält sich mit politischen Äußerungen und Mutmaßungen zur Lage zurück. »Da zeigt sich der Söldner in dir«, sagt Tolmeyn und beißt sich sogleich auf die Zunge, denn er weiß, dass es wohl eher das Gefühl der Neutralität ist.

Trani wird, muss Tolmeyn die liebste Stadt am Meer werden. Wer je den Dom von Trani zwischen Blau und Blau gesehen, wird nicht anders fühlen können. Dieser Dom liegt so nah am und über dem Adriablau, dass er vor dem Himmel schwebt. Wer durch das Portal in das lichte Schiff eintritt und hinter den Fenstern noch Himmelsblau ahnt, wird sich in der Vorhalle des Himmels wähnen.

Vor dem Altar liegt ein großer schwarzer Hund. Der ist tot, denkt Tolmeyn und geht langsam näher. Der Hund hat ein räudiges, filziges Fell. Viele kahle Stellen über vielen Narben. Er stinkt, der alte Kämpfer. Vielleicht hat er sich zum Sterben hineingeschleppt? Mit der Fußspitze tippt er das Tier an der Schweifspitze an. Rührt sich nicht. Aber er sieht, dass es atmet. Noch mal tippt er – da springt der Hund auf, knurrt ihn an und fletscht die Zähne.

»Ksch«, macht ein Messdiener, der vorbeigeht, »der ist harmlos.«

Dom und Kastell von Trani liegen vielleicht drei Steinwürfe weit voneinander entfernt, auf derselben staubigen Landzunge, die vom Kern der Stadt ans Wasser reicht. Das Stauferkastell ist jetzt ein Gefängnis, doch der Direktor ist ein liebenswürdiger Mann, der etwas für Federico secondo übrighat. Mit alten Grundrissen (die der Direktor bereitwilligst herausgegeben hat) in der Hand erkundet er die Anlage. Ein Wärter mit klingendem Schlüsselbund bleibt immer drei Schritte hinter ihm. Nachdem die Grabungen im Zwinghof des Kastells begonnen haben, machen sich die Gefangenen eine Zeitlang den Spaß zu rufen: »Gib uns eine Schaufel, dann können wir uns einen Tunnel graben.« In der Wachstube, wo er sich einschreiben muss, wenn er das Kastell betritt oder verlässt, hängt eine Sanduhr an der Wand. Wenn sie umgedreht wird, geht einer der Wärter auf die Runde.

Stammschröer an Tolmeyn, 27. Juli 1914

Ihre Verrücktheiten nehmen kein Ende. Nun also Sandkörner!

Ich bekam eine Depesche aus Berlin. Man ist unsicher, wie die Italiener sich verhalten werden, jetzt wo Österreich Serbien den Krieg erklärt hat. Bleiben Sie in den kommenden Tagen auf jeden Fall fern von militärischen Einrichtungen. Verschieben Sie für diesmal Bari; das Kastell dort beherbergt meines Wissens eine Telegraphenstation der italienischen Marine. Verwicklungen können wir nicht gebrauchen. Wenden Sie sich stattdessen Richtung Castel del Monte, nehmen Sie Quartier in Andria. Unsere Freunde, die Sgarras, werden Sie sicher willkommen heißen. Beginnen Sie sodann sofort mit den Untersuchungen und dem Photographieren. Ich muss Sie kaum daran erinnern: Das sind die Ergebnisse, mit denen wir in Berlin renommieren können, Ergebnisse, die über die Fortsetzung der Reisen mit entscheiden.

Der Form halber teile ich Ihnen noch mit: Das Luftschiff werden Sie nicht bekommen.

St.

Tolmeyn an Stammschröer, 29. Juli, abends:

Sie sollten mich, verehrter Herr Professor, nicht tadeln für meine Neugier. Denn eine erste Anwendung hat sich bereits ergeben. Zwischen Canosa und Barletta passierten wir drei Steinbrüche, zwei davon schon lange aufgelassen und verfallen, was man an der fortgeschrittenen Verwitterung der Bruchflanken erkennen konnte. Ich nahm bei allen dreien Sandproben, die ich teils durch Abschaben des anstehenden Steins gewann. Steinbrüche, vor allem jene, die die dekorativen und die königlichen Sorten liefern, haben ihren Besitzern immer schöne Gewinne beschert, und über ihren Betrieb gibt es Dokumente, die uns bei der Datierung helfen können; etwa wenn ein Lager erschöpft war. Die Verwendung desselben Steins mag uns etwas über die Vorlieben der Baumeister und ihrer Auftraggeber erzählen. So weit also meine Hypothese, die freilich weiterer Ausarbeitung bedarf. In dem ältesten Teil des Kastells von Trani entnommener Sand und Schutt zeigt große Ähnlichkeit mit Proben aus dem einen aufgelassenen Bruch (bei Poggiofranco).

Es fällt mir schwer, Ihren Pessimismus hinsichtlich der Lage zu teilen. Die Stimmung hier in Trani ist keineswegs kriegerisch. Und wenn man, wie Imboden und ich, alle Tage mit den Zeugnissen untergangener und geschrumpfter Reiche und Dynastien zu tun hat – jenen der Normannen, der Hohenstaufer, der Anjou, Aragonier, Habsburger und Bourbonen –, dann ist man fast geneigt, dies wie den Untergang der Sonne hinzunehmen, weil man ja weiß, dass sie von neuem scheinen wird. So wechseln auch die Reiche; nur leider ist ihr Untergang oft blutrot und nicht glutrot wie jener Sonnenuntergang, den ich vor wenigen Minuten von der Hafenmole aus betrachten durfte.

Am späten Abend des 29. Juli klopft Beat, geradewegs vom Bahnhof kommend, an Tolmeyns Zimmertür.

»Ich habe dir etwas mitgebracht«, sagt er, »aus den Städten, die ich besucht habe.«

Drei Papiertütchen.

»Sand aus Bisceglie, Bitonto, Bitetto. In Molfetta habe ich es vergessen.«

Tolmeyn ist gerührt. Er betastet die knisternden Tütchen und sagt:

»Weißt du was? Morgen nehmen wir frei. Ein Tag am Strand. Schwimmen im Meer. Stammschröer hat uns nicht sieben Tage die Woche gebucht.«

»Ich habe kein Badetrikot.«

»Wir müssen ja nicht dort baden, wo alle anderen baden.«

Treibsand

Beat steht herum, wendet sich zum Wasser, zu den Dünen, macht ein Was-soll-ich-hier-Gesicht.

»Wie gesagt, ich habe kein Badetrikot.«

Tolmeyn hatte die Karte genau studiert. Südlich von Trani gab es zwar einige Seebäder, aber er fürchtete den Trubel. *Trubel:* Eine einzige Person wäre schon zu viel gewesen. Einige Kilometer nördlich mündet der Ofanto ins Meer, fern von jeder Siedlung. Dort will er hin; es hätte auch den Vorteil, dass man nur in eine Richtung wachsam sein müsste; von der Flussmündung her war keine Störung zu befürchten. Sollte sich jemand vom Wasser her nähern: sie wären schnell im Gestrüpp am Fuß der kleinen Düne.

Stativ und Kameratasche haben sie dabei, niemand, hat Tolmeyn gedacht, soll irgendetwas anderes annehmen, als dass der Preuße und sein Gehilfe wieder auf Ruinenschau gehen, für dieses Mal eben außerhalb der Stadt. Trümmer gibt es hier überall. Der Kutscher hat ihnen gerade noch eine ganze Liste von Stätten aufgezählt, die sie unbedingt besuchen müssten.

»Wer braucht das schon, wir sind doch unter Männern«, sagt er und schnürt die Schuhe auf.

Er streift alles ab, was er anhat. Eilig, obwohl zur Eile kein Grund besteht. Die Sonne wird in zehn Stunden erst untergehen. Nichts zu photographieren, nichts zu vermessen. Genug Proviant dabei, und ein Buch, für den Fall. Der helle Sommeranzug, den er in Rom hat machen lassen, fliegt in den Sand. Rock, Weste, Hose. Es schmerzt ihn, die guten Sachen so zerknüllt zu sehen, aber er wird jetzt doch nicht anfangen, alles schön zusammenzulegen. Hier ist kein Dritter Sekretär des Königlich Preußischen Historischen Instituts von Rom, sondern ein Mensch, der dem urmenschlichen Drang zum Wasser gehorcht, und zwar so, wie er gemacht wurde. Oh, die Uhr, aus der Westentasche gerutscht – sie wird es schon aushalten. Und Hemd und Trikot und Socken und Sockenhalter. Rücken zu Rücken werfen sie die Kleider ab. Beat hat verzögert begonnen, zupft noch an den Hemdknöpfen. Tolmeyn rennt los und bleibt erst stehen, als das Wasser bis zum Bauchnabel reicht. Dann dreht er sich um. Fast erwartet er, irgendeinen Ostseestrand zu sehen, mit den Badehäuschen links und rechts und den Umkleidekabinen, ein Café im Hintergrund, einen schlechtgelaunten, schnauzbärtigen Bademeister und Gestalten in weißblau und weißrot gestreiften Badekleidern, kleine Jungs in Matrosenanzügen, fliegende Händler, Matjesbrötchen, Strohhüte, Strandkörbe, die Musikpavillons, alles, was zu den Sommerurlauben in Norderney oder an der Ostsee gehört hat.

Aber da steht nur eine einsame, nackte männliche Figur im Sand, die sich nicht traut.

»Komm rein!«, brüllt er, denn er ist weit drin, so flach ist der Strand und so unerhört laut der Wellenschlag dieser winzigen und zarten Wellen. Tolmeyn will jetzt brüllen. Mit den Kleidern hat er auch ein paar Jahre abgeworfen.

»Ich war noch nie im Meer.«

Damit hat er nicht gerechnet. Schwimmen wird er wohl können, der junge Mann? Vielleicht nicht.

»Es ist nicht tief.«

Als ob man das nicht sähe.

»Kühl.«

Was nicht stimmt. Brühwarm. Und trüb; liegt wohl an der nahen Flussmündung. Der Wellengang lupft ihn von den Füßen. Er lässt sich hintenüber fallen, treibt leise schaukelnd davon. Jetzt läuft auch Beat los; er sieht es aus dem Augenwinkel. Nackte Männer sollten eigentlich nicht laufen, denkt er. Beat kommt nahe und beginnt wie blödsinnig auf das Wasser zu schlagen. Dann spritzen sie beide herum.

»Von wegen ›unter Männern‹«, sagt Beat. »Du bist ja völlig kindisch!«

»Ich? Ich doch nicht.«

Jedenfalls ist keiner von ihnen beiden so ganz er selbst.

»Wenn jemand kommt?«

»Dann laufen wir davon.«

Wieder am Strand: Als hätten sie schwarze Handschuhe an und einen dunklen Strumpf über den Kopf gezogen. Hände und Gesichter sind in den letzten Wochen braun gebrannt, der Rest so blass wie die Pergamente, die sie in Stammschröers Keller sortiert haben, nur blank und ohne Tätowierungen. Wann hat mein Körper je die Sonne gesehen, denkt Tolmeyn, oder die Sonne meinen Körper, eines dieser nutzlosen Geheimnisse, die ein jeder mit sich herumträgt.

Sie schmieren sich mit Olivenöl ein. Nach vertrauenswürdiger Angabe der Einheimischen schützt es vor Sonne und lindert danach, falls es doch nicht geschützt hat. Vielleicht haben die sich auch nur einen Witz erlaubt, mit den beiden bleichen Nordeuropäern. Wird man sehen. Und spüren.

Beat wirft sich in Posen, so wie man das als Betrachter altgriechischer Keramik studiert hat, und Tolmeyn tut es ihm gleich. Sie ringen, aber auf eineinhalb Meter Abstand, ohne sich zu berühren. Sich zu sehen scheint schon fast ein wenig zu viel zu sein, jeder guckt am andern immer ein bisschen vorbei. Anfangs glänzen sie wie Speckschwarten, bald, nach einigen Stürzen in den Sand, nach Herumtollerei und -rollerei im warmen Sand, ist der Glanz perdu. Tolmeyn paradiert als das lebende Wiener Schnitzel und schreit nach einer Pfanne mit siedendem Öl, Beat bietet sich als das wandelnde Sandpapier an, Schleifarbeiten aller Art.

Und wieder ins Wasser, die schmirgelnde ölige Sandschicht abwaschen.

Die Sonne schleicht über den Himmel, noch werden die Schatten kürzer. Sie steigen stumm in ihre Hosen und streifen die Hemden über, ohne sie zuzuknöpfen. Eine halbe Stunde vergeht, ohne dass einer etwas sagt.

»Los, wir bauen eine Sandburg«, ruft Tolmeyn. Beat zieht die Brauen zusammen. Jetzt muss doch mal genug sein, was soll denn noch mehr Kinderkram?

»Ich will dir ein Mysterium des deutschen Nationalcharakters erhellen«, sagt Tolmeyn.

Beat lacht. »Nur eins? Dann los.«

Tolmeyn streift kreuz und quer über den Strand und prüft

hier und da den Sand auf Feuchtigkeit und Körnigkeit. Fuchtelnd und rufend hält er seinen Vortrag:

»Wo der deutsche Mann auf feuchten Sand trifft, entsteht in ihm das unbezwingbare Bedürfnis, eine Burg zu bauen. Kein Krankenhaus, keine Schrebergartenhütte, kein Bahnhof, nein, eine Burg. Ich führe dies auf den größten aller deutschen Kaiser zurück, natürlich den hier – zumindest zeitweise – ansässig gewesenen Friedrich II., den man *das kint von püelle,* den Knaben von Apulien, nannte. Ein manischer Burgenbauer. Der Kaiser muss morgens aufgewacht sein und gesagt haben: Ich muss eine neue Burg bauen. Kein Geld? Erhöh die Steuern! Press die Bauern aus! Was, schon ausgepresst wie meine geliebten sizilianischen Zitronen? Dann verschiebe ich eben den Kreuzzug!«

Jetzt hat er seinen Bauplatz gefunden. Er fällt auf die Knie.

»Diese Burgen Friedrichs sind trutzig, stur, klammern sich an Boden und Fels. Doch eine, eine einzige unter all diesen Burgen, ist wie die Gabel ohne Zinken, das Messer ohne Schneide, der Mann ohne Mumm, und die will ich nun hier errichten: die Krone Apuliens, die sündhaft symmetrische Schönheit.«

»Wir beginnen mit einem quadratischen Grundriss«, sagt er und zieht Linien mit dem Finger, »darüber zeichne ich ein zweites gleich großes Quadrat – aber um fünfundvierzig Grad gedreht: bitte sehr, die rotierenden Quadrate.«

Beat rollt sich im Sand vor Lachen. Ist dieser Sand vergiftet, raubt er den Verstand, dringt er ins Räderwerk ein und bringt das ewig drohend tickende Uhrwerk der Vernunft zum Stillstand? Zwischen den Zähnen knirscht es jedenfalls bedenklich.

Nach ein paar Ansätzen sieht das schon recht ordentlich aus. »Mit Maßband ginge es natürlich viel genauer.«

»Nie zufrieden, wie?«, sagt Beat.

»Nie«, sagt er, »ich verbinde jetzt die spitzen Ecken mit umlaufenden geraden Linien. Und, was haben wir?«

»Ein mehr oder weniger gleichmäßiges Achteck.«

Er ist jetzt Friedrichs Baumeister. Niemand kennt seinen Namen. Vielleicht stammt er aus dem Orient; dort hat das achteckige Ornament Tradition und seine eigene Mystik.

»Genau. Somit habe ich den Aufriss der Außenmauern gezeichnet.«

Beat bringt ihm ein paar Schilfhalme. Damit kann er die Innenmauern auslegen, die den ebenfalls achtseitigen Innenhof begrenzen. Er zieht die Schnürsenkel aus seinen Schuhen, um einen Zirkel zu improvisieren. Passt: Der aus dem Mittelpunkt ausgehende Kreis umschreibt die acht Ecken. Mehr oder weniger. Er schaufelt und schiebt, schmiert und schönt, als wäre dieses Bauwerk das letzte, bevor die Welt in Stücke fliegt. Mit den krummen Handflächen, diesen groben Löffeln, lassen sich kaum die ebenen Flanken und die geraden Kanten herstellen, die nötig sind, damit dieses Castel del Monte seinem Vorbild auch nur ein wenig ähnelt. Eine kurze Holzplanke, die herumliegt, hilft.

»Es ist eigentlich keine Burg. Zur Verteidigung völlig nutzlos. Kein Vorwerk, kein Graben, keine Zugbrücke, keine Wehrgänge. Keine Vorratslager, Ställe, Mannschaftslager.«

Er schmeichelt und glättet die Fassaden und freut sich über die sonnengebleichten, kalkigen Sepiaschulpe, die Beat gesammelt hat: paarweise in die Mauern eingesetzt, machen sie hervorragende Biforien.

Bei dem Portal beginnt er so langsam die Geduld zu verlieren. Beim Durchbruch der Öffnung droht die gesamte Flanke einzustürzen; und geeignetes Stützmaterial ist nicht zur Hand.

»Sehr schön geworden. Muss sagen, ich beginne den deutschen Nationalcharakter zu mögen. Aber gehören da nicht an jede Ecke kleine achteckige Türmchen?«, fragt Beat.

Tolmeyn wirft eine Handvoll Sand nach dem Schweizer und gibt auf, obwohl es nicht im Nationalcharakter liegt.

Etwas später: Sonne und Wind haben begonnen, sein Castel del Monte zu schleifen. Er liegt im Schatten einer Pinie und döst und sieht ab und zu nach, wie die Konturen der Sandburg weicher werden. –

»Adieu Café Achteck«, murmelt Tolmeyn, und Beat, etwa eine Armlänge entfernt im selben Schatten, fragt schläfrig: »Was?«

Weißt du, Beat, das war ein Ort in Berlin, den ich früher einmal besucht habe, ein Ort, an dem man… Freunde traf. Ein Ort, von dem… Bekannte sich wegstahlen, wenn Bekannte sich näherten. Dafür kamen andere herangeschlichen. Nicht gerade das bestbeleumundete Café der Stadt, das sicher nicht. Und immer ein wenig zugig. Im Sommer kaum auszuhalten, im Winter kalt, aber wenigstens waren dann die typischen Café-Aromen erträglich. Dunkelgrün lackierter Eisenguss, acht Ecken und acht Seiten, Eingang und sieben einzelne Plätze unter einem Dach. Eigentlich zu hübsch für das, was dort vorgeht. Eine Bedürfnisanstalt für verschiedene Arten von Bedürfnissen. Armselig eigentlich. Aber das ist alles lange her. Ich hatte mir schon vor vielen Jahren geschworen, nie wieder ein Café Achteck zu betreten, außer zu dem unschuldigsten aller Zwecke. Ist das nicht überaus lustig, mein lieber Freund Beat? Der Kunsthistoriker hockt im Sand, und unter seinen kundigen Händen entsteht – jaja, mehr oder weniger – Castel del Monte. »Krone Apuliens« und so weiter. Und der Kunsthistoriker hält einen kundigen Vortrag und denkt die ganze Zeit an achteckige Bedürfnisanstalten in Berlin. Jene am Belle-Alliance-Platz, jene am Askanischen Platz, die am Waterloo-Ufer, bei der Heilig-Kreuz-Kirche, an viele andere und ihre Trabanten, die träge um diese Örtlichkeiten kreisen und jedes Mal in äußere Umlaufbahnen gehen, wenn sich ein Uniformierter zeigt. Aber spätestens mit Niki ist das alles vorbei gewesen. Es könnte alles so einfach sein, Beat: Jeder Mensch sucht sich den Menschen aus, mit dem er leben möchte. Und alle anderen geben entweder ihren Segen dazu – oder sie halten das Maul. Denn, alles in allem: Wer trägt das Risiko – ich oder die?

Beat schnarcht jetzt leise. Tolmeyn beendet seinen stummen Monolog und stemmt sich auf. Missmutig geht er los. Niki ist der Letzte, an den er heute denken möchte. Wenn er gestern nicht an ihn gedacht hat und morgen nicht an ihn denken wird, wieso heute? Jeder Schritt entfernt ihn von Berlin, und die Sonne erinnert ihn daran, wo er ist. Unter seinen nackten Füßen spürt er erst die Hitze, die ihn auf den Fußkanten laufen lässt, dann auf einmal Feuchtigkeit, aber er ist weit vom Meer. Er steigt auf die Düne. Im Hinterland glitzert der Ofanto im Gegenlicht. Einer seiner Nebenarme speist Tümpel und Sümpfe. Am Fuß der Düne findet er durchsickerndes Wasser, in blubbernden Mulden quillt es auf und formt kleine Flüsse, ein ganzes Flusssystem, ein schlängelndes Adernetz im Sand. Er legt sich auf den Bauch, Kinn in die warme Brühe: Sandkörnchen in heller Aufregung. Keines kann sich halten, ein jedes wird fortgerissen, hüpfend und purzelnd geht es dahin.

Er sieht sich um: Ein paar Schritte weiter liegt Wasser wie Spiegelglas über dunklerem Sand, ein fast kreisrunder Spiegel, dessen Durchmesser ein quer darüberliegender, umgestürzter Baum bildet.

Er stützt sich auf dem Stamm ab und versenkt einen Fuß in der glänzenden Fläche. Der Spiegel schluckt den Fuß bis unters Knie, so mir nichts, dir nichts: Das könnte auch tiefer hinabgehen.

»Treibsand«, sagt er. »Treibsand, das ist ja unglaublich.«

Dieser querliegende Stamm macht einen ganz zuverlässigen Eindruck; der wird nicht brechen. Er legt Hose und Hemd ab, rollt die Stücke in Knäuel und schleudert diese auf einen trockenen Flecken oberhalb. Von der Seite, die Arme wie ein Reckturner auf den Baum gestemmt, arbeitet er sich bis zur Mitte des Stamms, die Knie so weit angezogen wie möglich. Langsam lässt er die Füße eintauchen, dann die Unterschenkel und die Oberschenkel. Schließlich liegt er mit der Hüfte auf dem Stamm. *Erleben Sie den Mann ohne Unterleib!*, denkt er, *kommen Sie, staunen Sie! – Pah,* sagt der Berliner in ihm, *mehr hamse nich zu bieten?* Doch: *Tolmeyn, der tollkühne Mann im Treibsand.* Oder Trottel?

Auch unten in der Tiefe der Grube ist es kaum kälter. Es muss das warme Wasser von den Sumpftümpeln dort oben sein, die das Loch speisen, in dem er steckt. Dieser Sand ist zähflüssig, aber in gewisser Weise auch fest. Wenn er den Fuß oder das Bein ruckartig bewegt oder anzieht, spürt er die Gegenkraft; dann packt ihn der Sand fest um die Waden. Aber je sanfter seine Bewegungen, desto flüssiger wird die Masse. Der Treibsand ist offenbar nicht darauf aus, ihn mit Stumpf und Stiel zu verschlingen.

»Was soll's«, sagt er, versichert sich des festen Halts am Baumstamm und gleitet langsam tiefer hinein. Da ist kein Boden, kein Fels am Grund, nur dieses Gefühl von Fest und Flüssig, das sich nicht entscheiden mag. Bis zur Brust ist er drin. Er atmet ein: Leicht drückt es ihn nach oben. Er atmet aus und sinkt tiefer. Aber er wird nicht untergehen, wenn er nur auf den Sand hört. Der Sand mag es nicht, wenn er zappelt und strampelt, dann erstarrt der Sand binnen einer Sekunde, wird hart wie Beton, und er kann sich nicht mehr rühren. Niemand könnte ihn dann herausziehen, eher würde sein Arm abreißen (oder an was auch immer da gezerrt werden würde). Aber nur ruhig: Ein ganz leichtes Anspannen der Muskeln, Zittern der Finger und Zehen genügt, um den Beton wieder zu verflüssigen. Warum das so ist, das versteht er nicht, Sand ist ein rätselhafter Stoff, im Gemisch mit Wasser noch viel mehr. Der Sand will gestreichelt werden. Kommt man ihm grob, reagiert er wie wir alle.

Lange experimentiert er, es ist ja warm. Dennoch ist es gut, dass er den Stamm hat. Wenn er sich traute loszulassen, könnte er vielleicht schwimmen, bei ganz behutsamen Bewegungen. Gut vorstellbar, dass ein Mensch in Angst und Panik sich aus so einem Loch nicht mehr herauswindet, wenn er ringsum nur in losen Sand greift, bis die Rillen auf seinen Fingerspitzen abgeschliffen sind und die apulische Sonne sein Gehirn im Schädel gekocht hat ... aber er weiß, wie es geht. Nach einer Minute legt er den Kopf in den Nacken, auf die Oberfläche des Spiegels. Dann nimmt er die Hände vom Stamm, breitet die Arme aus. Langsam, ganz behutsam, und der Sand trägt ihn, hüllt ihn ein. Ich bin ein Teil der Erde, denkt er.

»Jacob!«

Der Schrei tut ja in den Ohren weh, will er sich beschweren. Er dreht den Hals, sieht über die Schulter zurück, in Beats Gesicht, das sich irgendwie verflüssigt hat; jedenfalls fehlt ihm ganz und gar die kühle, feste Komposition, die es sonst hat, abgesehen von der immer beweglichen rechten Augenbraue. Der Schweizer steht da, mit Tolmeyns Kleidern in der Hand und zittert am ganzen Körper; es schüttelt ihn, und Tolmeyn ist nicht sicher, ob vor Sorge oder Wut oder Erregung oder Kälte – ja doch, das Letztere kann eintreten, wenn man einen Sonnenstich erlitten hat, eine Art Schüttelfrost –, aber dieses Letztere wird es wohl nicht sein. Ganz im Gegensatz zu Beats liquiden Gesichtszügen steckt er jetzt fest wie einzementiert, der Schrei hat ihn erschreckt und zusammenzucken lassen.

»Was machst du hier? Du warst weg, als ich aufgewacht bin, ich habe den ganzen Strand abgesucht, und dann habe ich dort oben deine Kleider liegen sehen, aber keine Spur von dir, und jetzt liegst du hier in einem Tümpel wie tot. Was ist das überhaupt für ein – ist das *Treibsand*? Das ist doch Treibsand? Bis du denn wahnsinnig?«

Jetzt scheint ihm der Gedanke zu kommen, dass Tolmeyn dort einfach hineingestolpert sein könnte, weil er mit seiner Tirade pausiert – dann hält er die Kleidung hoch, anklagend, wie ein Beweisstück.

»Du bist *doch* selbst hinein!«

»Ja«, sagt Tolmeyn, »und du musst mich diesmal überhaupt nicht retten. Kannst du bitte auf diese Seite kommen? Aber vorsichtig auftreten, der Sand ist empfindlich.« Allmählich tut ihm das Genick weh, weil er es ständig überdreht, um Beat im Blick zu behalten.

Es ist dann doch mühsamer als gedacht. Es dauert fast zehn Minuten, bis er sich nach und nach herausgezogen hat. Im Wechsel zwischen fest und fließend baut er eine Treppe aus dem Treibsandloch. Flüsternd – weil er Angst hat, der Sand könne bei einem lauten Ton wieder erstarren – teilt er Beat seine dürftigen, dafür umso erstaunlicheren Erkenntnisse mit. Der hört sich alles an und schüttelt nur den Kopf. Ihm ist gar nicht nach Flüstern.

»Wer weiß, wozu man es gebrauchen kann«, sagt Tolmeyn, als er wieder auf festem Boden steht. Und betont fröhlich: »Kommst du noch einmal mit ins Wasser? Ich habe Sand in allen Löchern und Poren.«

Aber Beat hat keine Lust mehr auf Baden.

Trani, Albergo d'Italia, 30. Juli 1914

Zum zweiten Mal steht er in dieser Nacht auf und zieht das Leintuch ab, um es draußen vor dem Fenster auszuschütteln. »Du Prinz auf dem Sandkorn«, sagt er.

Es war eine etwas schweigsame Rückkehr vom Strand nach Trani. Castel del Monte war schon ein formloser Haufen gewesen, als sie ihre Sachen zusammenpackten. Er hatte versucht, ein möglichst harmloses Gespräch anzuknüpfen, wie schön der Tag doch gewesen sei, wie verdient die Erholung nach all der Arbeit, aber Beat benutzte jeden noch so unschuldigen Ansatz, um ihm sein heimliches Verschwinden vorzuhalten und den Schrecken, den er ihm eingejagt hatte. Das sei alles gar nicht gefährlich gewesen, hatte er gesagt, zu keinem Zeitpunkt, er habe Beat eben nicht aufwecken wollen und er sei ja auch nicht weit entfernt gewesen, und, ja, es tue ihm auch leid, falls er Beat Angst eingeflößt und Sorgen bereitet habe. Werde nicht wieder vorkommen. Dabei hatte er gedacht: Nein, das stimmt nur zur Hälfte. Ich wollte die Angst in seinen Augen sehen, Sorge um mich, nicht bloße Irritation und Verärgerung, weil ein im Treibsand abhandengekommener Expeditionsleiter Verdruss und Unannehmlichkeiten bereitet, mal abgesehen vom sicheren Ende der Reise. Nein: Ich bedeute ihm etwas. Würde er sich sonst so erregt haben? Niemals. Und deswegen höre ich mir auch gerne seine Beschwerden an.

»So ist das eben«, sagt er, als er das Leintuch glattstreift und immer noch Sandkörner unter der Hand spürt, Gleichgültigkeit ist umsonst zu haben, alles andere kostet. Er denkt: Was habe ich Niki nicht alles vorgehalten? Dass er seine furchtbaren Selbstgedrehten lassen soll. Dass er sich – wenn in Zivil – anständig anziehen soll … – Dass er pünktlicher sein muss. Dass ich es nicht gutheiße, wenn er dieses oder jenes Lokal aufsucht. Dass ich es nicht wünsche –

Er lauscht. Aber von drüben bleibt es ruhig.

Unter einer dünnen Decke windet sich Tolmeyn noch die ganze Nacht auf der Suche nach anderen Gedanken; solchen, die nicht in Berlin spielen. Sand rieselt und rieselt aus ihm heraus, er weiß gar nicht, woher das alles kommen kann. Der Sand peinigt ihn, juckt, kitzelt, kratzt. Aber gut, so bleibt er wach. In der Abendausgabe hat die *Gazzetta del Mezzogiorno* aus Bari von der Generalmobilmachung der russischen Armee berichtet: Der Zar will seinen slawischen Brüdern ernsthaft beistehen. Oder doch nur Österreich-Ungarn Angst einjagen? Es wird viele Tage dauern, bis die Armee des riesigen Landes einsatzfähig ist, denkt Tolmeyn, bis dahin werden sie sich doch in Gottes Namen geeinigt haben. Bitte: wegen eines ermordeten Thronfolgers und eines unbedeutenden Kleinstaates auf dem Balkan. Die Habsburger werden in ihrer verzweigten Familie einen brauchbaren Thronersatz auftreiben, und die serbische Regierung, der bislang keine Mittäterschaft am Attentat nachgewiesen werden konnte – davon war in den italienischen Blättern jedenfalls nichts zu lesen –, wird die Attentäter vor Gericht stellen und verurteilen. Die Reservisten gehen wieder nach Hause, die Generalstäbler falten die Karten zusammen. Und ich kann hier in Ruhe weiterforschen, an Friedrichs steinernen Hinterlassenschaften, an meinem Reisegefährten. Und an dem verdammten Sand.

So nahe dran

Er sieht das Schild sofort, als sie gegen zehn Uhr morgens per Dampftramvia ankommen: »Besucht die Kaiserinnengräber von Andria!«, in großen Buchstaben auf Deutsch und Italienisch, etwas kleiner in Englisch und Französisch. Ist nicht zu übersehen, denn es prangt über dem Bahnhofsvordach und zeigt zwei Damen in knallbunten, irgendwie mittelalterlichen Roben und, etwas in den Hintergrund gerückt, ein gekröntes Haupt: Das dürfte Kaiser Friedrich sein, der wohlgefällig und, wie es Tolmeyn scheint, erleichtert auf seine beiden Ex-Gattinnen blickt.

Unter dem Schild hat sich der Bürgermeister mit einer kleinen Abordnung aufgebaut. Tolmeyn ist nicht offiziell angekündigt in der Stadt, vermutlich hat der Wirt des Albergo Vito Sgarra informiert. Herzliche Begrüßung und Umarmungen, aber einen kleinen Tadel kann er dem Bürgermeister nicht ersparen.

»›Zertifiziert durch das Königlich Preußische Historische Institut zu Rom‹ trifft den Sachverhalt wohl nicht ganz, oder?«, sagt er. Sgarra sieht auf die Notiz rechts unten in der Ecke des Plakats und wird keineswegs rot.

»Na ja… aber es wirkt.«

Der Tag vergeht mit Vorbereitungen zur Untersuchung von Castel del Monte. Die Burg liegt gute zwanzig Kilometer südlich vor der Stadt: mitten im Nirgendwo von Feldern und Olivenhainen, auf einem flachen, runden Hügel (nicht auf einem Felszacken wie die idealtypische deutsche Ritterburg).

Mit dem Wagen sind es gute eineinhalb Stunden einfach; das bedeutet jeden Tag drei Stunden auf der Straße; denn ein Albergo gibt es nicht. Ein Kustode soll in einer kleinen Bretterhütte vor dem Schloss hausen, als Repräsentant des italienischen Staates, dem das verlassene Bauwerk seit 1876 gehört. Nach wie vor ist es warm, und die Wetterlage scheint stabil. Tolmeyn lässt Beat in der Stadt nach Feldbetten Ausschau halten; das könnte ihnen die eine oder andere späte Heimfahrt nach Andria ersparen. Wer sieht im Forscherdrang schon auf die Uhr? Außerdem: Wie romantisch das sein könnte, ein Lagerfeuer, ein oder zwei Flaschen Rotwein, Castel del Monte im Rücken, die Sonne hinter den Bergen untergehen sehen, in Kaiser Friedrichs Schlafgemach übernachten und die Sonne über der Adria aufgehen sehen?

Tolmeyn versucht den Ehrgeiz der Sgarras anzustacheln. Die Küche hier sei berühmt, wenn nicht gar berühmter als alle anderen: was er durch seinen ersten Aufenthalt in Andria bezeugen könne. Ein reitender Essensbote zweimal täglich – das müsse wohl zu machen sein? Die Sgarras sind jedoch ein wenig reserviert; dass hier schon wieder an der Verherrlichung der direkten Konkurrenz zu Andrias Kaiserinnengräbern, dem Castel del Monte, gearbeitet werden soll, kann ihnen nicht recht gefallen.

»Lieber Sgarra, Sie müssen das natürlich im Zusammen-

; sehen«, wirbt er. »Erst die Kaiserinnengräber, dann Kaiserinnengemächer. Sie sollten das im Paket anbieten.«

vito Sgarra ist sichtlich konsterniert. »Wie Sie sehr wohl wissen, haben die Gemahlinnen des Kaisers nie in Castel del Monte genächtigt. Sie waren tot, bevor noch mit dem Bau des Schlosses begonnen wurde.«

»Isabella von England hätte zumindest der Grundstein-legung beiwohnen können, sie starb erst 1241«, sagt Tolmeyn. »Lieber Sgarra, solange Sie nicht behaupten, das Preußische Historische Institut habe es bestätigt – veranstalten Sie doch Ausflüge von Andria nach Castel del Monte, zu den kaiser-lichen Schlafgemächern.«

»Man wird die Leute dort auch versorgen müssen«, sagt Sgarra nachdenklich, »zumindest Getränke und kleine Spei-sen und einen schattigen Platz mit Sitzgelegenheit.«

»Machen Sie den Probelauf mit uns. Dann sieht man ja, ob die *involtini di animelle,* die *lampascioni in pastella* und die *cuzztidd* den Transport gut überstehen.«

»Ach ja«, seufzt Sgarra, »die haben Sie sich gemerkt? Nun, die sind ja auch herrlich.«

31. Juli, früher Abend

Am Nachmittag ist in Berlin ein Offizier des Kaiser-Alex-ander-Grenadier-Regiments vor das Kasernentor in der Prinz-Friedrich-Karl-Straße getreten und hat eine Verord-nung der Regierung verlesen. Die Nachricht verbreitet sich so schnell über die Kabel, dass sogar die Abendausgabe der *Gazetta del Mezzogiorno* sie gerade noch in einem Einspalter auf der Titelseite unterbringen kann. Derart modern sind die Zeiten, denkt Tolmeyn, 1300 Kilometer wie ein Vogel fliegt liegen zwischen Andria und Berlin, und dennoch schlägt die Nachricht ein wie Blitz und Donner zugleich, ein Gewitter, das sich direkt über meinem Kopf entlädt. Wie wird das weitergehen, wenn zwischen den Nachrichten und dem Nachdenken überhaupt keine Zeit mehr bleibt? Ein Leutnant der Alexander-Grenadiere – ausgerechnet Nikis Regiment! – las die Verordnung. Es war sicher ein maschinengeschriebenes Stück: Hebel vor – *klick* – Blatt einlegen – Hebel zurück – *klack* – Walze drehen – *sritsritsrit* – Absatz – *srit-surr-klonk* – *tak-tak-tak-tak-tak* – *kling* – neue Zeile. Irgendwie stellt er es sich vor wie perforiert: ein jeder Punkt am Satzende ein kleines Loch im Blatt, weil der Sekretär, der diese zentnerschweren Worte tippte, sehr aufgeregt gewesen sein muss. ... *tritt – am Tage – ihrer – Verkündung – in Kraft. Punkt.*

Er wirft die Zeitung heftig zur Seite. Warum muss sie ihn auch an diesen Burschen erinnern? Der Wirt kommt vorbei und klaubt die Blätter auf, streicht sie glatt, mit vorwurfsvollem Blick – verschwendet; so etwas nimmt Tolmeyn jetzt nicht wahr.

31. Juli, auf dem Turm des Domes, Sonnenuntergang

Vorher hat er Beat die Kaiserinnengräber in der Krypta gezeigt; jetzt stehen sie unter und neben den Glocken im Turm des Doms. Schwarze Pfeile zischen um sie herum, Schwalben, die zu ihren Nestern wollen und sich von den beiden

Besuchern gestört fühlen. Von unten wallt die heiße, staubige Luft der Stadt in erstickenden Schüben herauf. An den Schläfen und auf der Stirn fühlt er das sandige Kratzen der Salzkristalle, als er mit dem Taschentuch das heiße Gesicht abwischt. Er möchte etwas sagen (auch deswegen hat er den Turmaufstieg vorgeschlagen: dort oben wird einem wohl nichts dazwischenkommen können), ist aber erst einmal dankbar für die Minute, die es braucht, damit sein Atmen sich normalisiert. Beat inspiziert die Glockenseile, zieht das Gesicht schief, hinkt herum und simuliert einen Buckel. Ihm hat der Aufstieg gar nichts gemacht. Dieser Gebirgler, denkt Tolmeyn und grinst mechanisch zu Beats Glöckner-Einlage. Noch zwei Minuten bitte. Und dann nochmals zwei. Lieber Herrgott, denkt er, wenn ich dir nun schon einmal etwas näher als sonst bin, wenn ich nun schon einmal gezählte 297 Stufen in einem vertikalen Backofen hinaufgestiegen bin, sag mir bitte, warum es dann so schwierig ist, drei oder vier Wörter in die richtige Reihenfolge zu bringen? Luft zu holen und die Wörter mit derselben Luft herauszuhauchen, beiläufig, inbrünstig oder brüllend, ganz wie es beliebt? Wo es doch weder ein grammatisches noch sonst ein sprachliches Problem gibt. Da hat er – sogar und besonders aus dem Stegreif – schon kompliziertere Gespinste geschaffen. Ist mit seinen luftigen Wortgebilden durch sämtliche mündlichen Prüfungen gesegelt. Fängt nach wie vor bedenkenlos Sätze an, im Vertrauen darauf, schon das richtige Ende herauszufinden, in den millionenfachen möglichen Wortkombinationen.

Beat hat den Buckel abgeschüttelt, nachdem er noch ein wenig mit dem Siegelring der Imbodens, den er am Mittelfinger der linken Hand trägt, auf den Glocken gespielt hat. Jetzt lehnt er an einem Pfeiler und sieht ihn an, mit dieser leicht hochgezogenen linken Augenbraue. Vielleicht ist das nur eine Asymmetrie in seinem Gesicht, so wie bei manchen Leuten ein Augenlid hängt, oder die Mundwinkel, und man denkt, sie seien missmutig, dabei sind sie die lustigsten Menschen weit und breit. – Wie auch immer: Einladend, glaubt er. Offen, verständnisvoll. Fast als hätte er es bereits gesagt. Also sagt er:

»Siehst du, dort am Horizont? Der kleine, leuchtende Punkt? Das ist Castel del Monte, noch nicht ganz in die Schatten abgetaucht. Es beherrscht das Land von diesem lächerlich kleinen Hügel. Man kann es von überall her sehen, rundherum, dreihundertundsechzig Grad. Acht Seiten, für jede der Haupthimmelsrichtungen eine, Nord, Nordwest, Nordost, Süd, Südwest…«

Beat stupft ihn am Ellbogen.

»Du, dein Land befindet sich seit heute Nachmittag im Kriegszustand.«

»Ach«, sagt er, »sie haben ja noch nicht einmal gesagt, mit wem überhaupt. Das ist doch alles nur Kulisse. Drohgebärden. Kriegszustand, nicht Krieg.«

»Wach auf, Jacob!«, sagt Beat. »Gestern haben die Russen mobilgemacht. Und mit der Erklärung von heute übernimmt das Militär faktisch die Macht im Reich.«

»Ach was«, sagt er und lässt sich nicht abbringen. »Der Kaiser – Kaiser Friedrich – zeigt sich gerade mit diesem wunderbarsten, verwundbarsten aller seiner Schlösser, dieser friedlichsten aller Festungen, nicht nur als großer, unbeschränkt herrschender Monarch, sondern auch als freier Geist –«

»Du bist so trotzig.« Beat fährt ihm mit der gespreizten Hand durch die Haare und versetzt ihm im Loslassen einen flachen, leichten Schlag auf den Hinterkopf. »Du glaubst immer nur das, was du glauben willst, nicht?«

»Ich kann gar nicht anders.«

Er boxt zurück, trifft nicht. Sie beide könnten jetzt auch zwei flachsende Jungs sein, die sich heimlich auf den Kirchturm geschlichen haben, um zur Unzeit die Glocken zu läuten oder den Gläubigen, die zur Abendmesse eintreffen, auf die Köpfe zu spucken.

Der Schatten schluckt eben gerade Castel del Monte, und das glimmende Pünktchen ist genauso verschwunden wie das Verlangen, in drei oder vier Worten alles zu sagen. Stattdessen hat er mit vielen Worten nichts gesagt. So viel immerhin bekommt er heraus, einen Satz wie eine Handvoll Kirschen, ein paar davon gut, rot und drall, aber die meisten angestoßen und braun.

»Ich muss ehrlich sagen, ich kann dich eigentlich recht gut leiden, Beat Imboden aus Muri.«

»Ich dich auch, Jacob-mit-c-Tolmeyn aus Berlin.«

Glasbruch

Dieser Vormittag vergeht zäh. Beat ist seit acht Uhr morgens unterwegs nach Bari, um Trockenplatten für die Photoapparate zu kaufen, die in Andria nicht aufzutreiben sind. Tolmeyn sortiert Notizen und Skizzen, die Sandsäckchen, sichtet die Dokumente, die der Mann aus dem Staatsarchiv Neapel in immer größeren Mengen schickt – der hat sich offensichtlich warmgearbeitet. Er will heute noch an Stammschröer schreiben; eine Art zusammenfassenden Zwischenbericht vor dem – vorläufigen? – Höhepunkt der Forschungsreise, so eine Art Synthese, für die er sich immer wieder in die Person und Lage Friedrichs versetzen möchte, auf der Spur seiner Reisen während dreißig Jahren durch Apulien: als Herrscher im Märchenpalast von Foggia, als (trauernder?) Witwer in Andria, Sarazenenfürst von Lucera, als Falkner und Jäger in Castel del Monte, als Kreuzritter vor der Einschiffung in Brindisi (noch zu besuchen), als Sterbender in Castel Fiorentino. So, denkt er, muss man die Geschichte erzählen, um nicht nur Kaiser Wilhelm, sondern ein großes Publikum zu erreichen. Geschichten. Und den Rest in die Fußnoten. Falls Stammschröer ihm das durchgehen lässt.

Es mangelt ein wenig an Konzentration für die Aufgaben.

Diese Beschäftigung war auch nicht geplant gewesen. Die restlichen Trockenplatten sind am Vorabend bei einem gewissen Tumult in seinem Hotelzimmer draufgegangen: ein klirrender Ordnungsruf; so kann man das im Nachhinein sehen. Sie hatten nach dem Essen in der Trattoria (mit Sgarras und der Gesellschaft, wie immer reichlich, betäubend, erschöpfend) nebeneinander auf seinem Bett gesessen. Gerade so nah, dass man auch im Dunkeln spürt, nicht alleine dazusitzen; spürbar für diesen achten Sinn, der die Hülle regiert, die ein jeder wie eine zweite Haut um sich herum trägt. Dazu ein bisschen belangloses Zeug geredet. Über das Essen. Den folgenden Tag, wann sie aufbrechen sollten, Richtung Castel del Monte. Gegen zehn Uhr, in Ordnung?

Dann hatte er seine Hand auf Beats Bein etwas oberhalb des Knies gelegt, so wie man das manchmal macht, um einen Aufbruch zu signalisieren, ein Patsch mit flacher Hand, gar kein vorsichtiges Fühlen mit den Fingern; jedenfalls war das so beabsichtigt gewesen – glaubt er jetzt, aber Erinnerung verwittert noch viel schneller als der verdammte Sandstein, der Feind aller Kunsthistoriker. Beat war auch nicht sofort aufgestanden und keineswegs hastig. Er hatte gesagt: Warte, und Beat: Auf was?, oder umgekehrt. Ein bisschen mehr hatte er schon vorgehabt; hatte zumindest gedacht, dass es möglich sei, seinen Arm um die Schultern des andern zu legen, dann, vielleicht, sich hinüberzubeugen –

Aber das war alles ungetan und das Getane unerklärt geblieben, wegen des Zusammenstoßes mit dem Tisch und des dadurch ausgelösten Malheurs. Gemeinsam hatten sie am Boden gekniet und die einzeln verpackten Glasplatten befühlt: nicht eine war ganz geblieben. Dann war ein jeder in sein eigenes Bett gegangen, Beat untröstlich wegen des Glasbruchs und Tolmeyn, weil – weil er da in einem Land sitzt, im herrlichsten Sommer, in Freiheit, ohne vermaledeiten Paragraphen und ohne vermaledeites Café Achteck, und weil er keine Ahnung hat, was und wie er es tun soll. In seinem Berlin war alles voller Zeichen und bedeutsamer Orte gewesen – die bestimmten Lokale, die Läden und Passagen, die Turnhallen, Badeanstalten und Sportplätze, Parks und Promenaden, die photographischen Ateliers, die weiße Nelke im Knopfloch, die Stimmen, die Ausdrücke und die Wortwahl, die Kleider und ganz besonders und kaum erklärlich für jeden Nichteingeweihten *der Blick;* und auch die lächerlichen *agents provocateurs,* die die Berliner Kriminalpolizei immer wieder in Marsch setzte zur Niederkämpfung des Lasters und der Aufrechterhaltung der Sitten: Wo man so einen sah, da wusste man schon Bescheid. Allerdings, denen gelang der Blick nie – ihnen stand nur die Angst ins Gesicht geschrieben, dass sie tatsächlich einmal jemand mitnehmen würde, bevor sie noch ihre Polizeimarke gezückt hätten. – Aber alles nichts wert, hier in Apulien. Mit einem Schweizer aus Muri: einem Mann vom Mond, von einem anderen Stern, soweit es Tolmeyn betrifft. Immerhin, was er weiß, ist: Es gibt richtige und falsche Worte. Nur: Welche sind welche?

Am frühen Nachmittag ist Beat zurück aus Bari, mit vier ziegelsteingroßen Kartons Photoplatten. Sie packen ihre Sachen zusammen und räumen die Zimmer. Dann warten sie in der Trattoria auf den Fuhrmann. Eine Standuhr tickt sekündlich und bimmelt alle Viertelstunde; das geht ihm schon bald auf die Nerven. Er hält das Pendel an und merkt, dass er damit die Zeit nicht anhalten kann. Was ein Mann seiner

Bildung und Haltung natürlich weiß, was ein jeder weiß und was ein Kunsthistoriker auch gar nicht wollen kann – denn was bliebe ihm zum Erforschen, wenn nicht mit jeder einzelnen neuen Sekunde irgendetwas älter und rätselvoller würde?

Am späten Nachmittag ist alles bereit für die Abfahrt nach Castel del Monte. Der Fuhrmann – Wagen hoch aufgeladen: von den Feldbetten zu den Weinkisten – wartet auf die Kunsthistoriker, die Kunsthistoriker warten auf Sgarra, und Vito Sgarra lässt von seiner Schwägerin noch ein paar Köstlichkeiten zubereiten, damit der erste Abend vor und in den Mauern der Burg zumindest kulinarisch ein Erfolg wird. Darauf kann man gerne warten.

Es ist nicht Sgarra mit einem schweren Korb, sondern der Wirt des Albergo, der hereinkommt und Tolmeyn ein Blatt Papier im vertrauten Blassrosa entgegenhält. Er sieht es, und augenblicklich springt ihn die Angst an. Am liebsten würde er die Annahme verweigern. Er faltet das Papier auf, aber lieber würde er es ungelesen ins Feuer werfen.

»Ah, Telegramm«, sagt Beat. Er schnitzt mit seinem Klappmesser an seinem Wanderstock herum; allerlei Muster und Bandornamente nach altantiken Vorbildern, aber auch eine Zentimeterskala, die man zum Größenvergleich ins Bild halten kann: Ein Beat Imboden denkt stets praktisch; der hält die Zeit nicht an, dem ist sein präzise tickendes Uhrwerk aus Genf eine reine Lust, die bei jeder sich bietenden Gelegenheit auf jede auch nur halbwegs vertrauenerweckende Referenz abgeglichen wird, so wie er sich selbst auf neue Gegebenheiten abgleicht. »Von wem?«

»Stammschröer.«

»Und?«

»Nach Rom. Sofortissimo.«

Er ärgert sich über diesen albernen Ausdruck, zerknüllt das Telegramm in der Faust und wirft es auf den Boden, wo es sich leise und beharrlich knisternd aus der ihm aufgezwungenen Form befreien will.

»Fluch dem Kaiser, Fluch dem Zaren, den Engländern, den Serben, dem Kaiser Franz und den Franzosen. Verdammte Spieler allesamt, mit ihren elenden Ministern und schlachtengeilen Generälen. Vor allem aber Wilhelm: Erst schickt er mich auf diese Reise, dann verdirbt er alles mit einem saudummen Krieg. Was denkt der Mann? Was bildet er sich ein?«

Er tritt einen Stuhl um, nicht heftig, der Stuhl aber verliert sofort ein Bein, wie eine erschreckte Eidechse, die ihren Schwanz abwirft. Er holt aus, um eine Wasserflasche vom Tisch zu fegen. Beat fällt ihm in den Arm.

»Jacob, Jacob, eine abgebrochene Forschungsreise wird jetzt nicht das größte der Probleme sein.«

»Für mich schon, Beat«, schreit Tolmeyn, »für *mich* schon!«

Seine eigene Stimme ist ihm fremd: Dieses fast hysterische Quieken hat er in ihr noch nicht gehört; höchstens, als Niki über die Kante ging und er »Halt!« oder »Vorsicht!« geschrien hatte – oder irgendetwas anderes; denkt er jedenfalls jetzt, es wär doch nur normal gewesen. Aber Herrgott noch mal, schon wieder Niki, nein, nein, nein, bleib du nur am Grund der Spree, von moosigen Karpfen umschmeichelt, falls es die da gibt.

Beat holt sich das Telegramm, streicht es glatt und liest langsam und laut und deutlich; die Stimme der Vernunft.

»Krieg mit Russland. Ordne augenblickliche wiederhole augenblickliche Rückreise Rom an. Stammschröer.«

Beat schiebt das Klappmesser in die Hosentasche. Die sorgsam aufgestellten Dominosteine fallen. Wer nun wem den Krieg erklärt, ist egal, reine Formsache. Die Bündnismechaniken greifen. Frankreich wird dabei sein, England auch, ein paar Tage hin oder her. Italien ist, wie die Schweiz, neutral, aber nicht ohne Ambitionen, wie jeder weiß.

Tolmeyn möchte nur noch schreien und toben, da geht die Tür auf, und Vito Sgarra schiebt seine Schwägerin herein, die wiederum einen prallgefüllten Weidenkorb vor sich herschiebt; sie lächelt wie eine Kohlebogenlampe kurz vor dem Durchbrennen. Aus dem Korb duftet heraus, was Tolmeyn normalerweise als »betörend« bezeichnet hätte – jetzt dreht es ihm den Magen um, und er stürzt hinaus, die Faust auf den Mund gepresst.

»Was hat er«, fragt Sgarra, »was ist los?«

»Er ist«, sagt Beat, »mit etwas zusammengestoßen.«

»Mit was?«, fragt Sgarra.

»Mit der Wirklichkeit.«

»Ach so.« Sgarra wundert sich: Wie kann ein Zusammenstoß mit so einer luftigen Sache solche Folgen haben?

Treptows Manuskript (6):
Freundlinge

Es ist im Nachhinein schwierig zu beschreiben, was man den
Geist der Zeiten nennt. Der Krieg dauerte vier Jahre, und
diese vier Jahre haben uns derart weit von dem entrückt, was
vorher war, dass es genauso gut ein früheres Jahrhundert
hätte sein können. Das Fluidum, in dem man sich mit aller
Selbstverständlichkeit bewegt hat, ist verdunstet, geblieben ist
davon der Satz am Boden der entleerten Flasche. Alle Aromen,
früher so gegenwärtig, sind verraucht, und kaum erinnert
man sich der Farbigkeit und der Beweglichkeit des Lebens, das
man früher gelebt hat, und der Gefühle, die einen getrieben
und abgestoßen haben. Man ist sich selbst fremd geworden.
Mehr als einmal, seitdem ich dieses begonnen habe, habe ich
den Stift beiseitegelegt und mich gefragt: Wirklich? Ist das
meine Erinnerung oder nur das Fabrikat einer Erinnerung?
Ist jener ferne Treptow derjenige Treptow, der dies schreibt? –

Ich war jedenfalls enttäuscht, dass man mich nicht sofort
einzog in jenen ersten Tagen des August 1914. Wie selbstverständlich uns das alles erschien: Krieg? Nun, in Gottes
Namen, gehen wir mit, tun wir unsere Pflicht! *Fürs Vaterland, fürs Vaterland, raus aus dem Zivilgewand, in die Uniform hinein, es wird ja nicht für immer sein! Jeder Tritt ein
Brit', jeder Stoß ein Franzos', jeder Schuss ein Russ'!*

Heute schäme ich mich für solche Sprüche, damals führte sie ein jeder im Munde, sogar meine Hausbesorgerin, sonst ein liebenswürdiges Tantchen, das auf einmal von einem mordlustigen Grimm gegen alle unsere Feinde ergriffen war, dass es mich fast ein wenig erschreckte. Wir fürchteten uns vor den russischen Barbaren, die Belgier fürchteten sich vor den deutschen Barbaren. Es herrschte aber keineswegs allüberall Jubel über den Kriegsbeginn. Die Bilder, die Berichte, die wir heute sehen und lesen, täuschen. Je weiter man sich von den Zentren der großen Städte entfernte, desto geringer die Begeisterung. Aber was heißt schon »weit«: in den Arbeitervierteln östlich des Alexanderplatzes standen die Männer bedrückt vor den Plakaten, die die allgemeine Mobilmachung verkündeten. Sozialdemokraten und die damals ganz neuen Spartakisten, die sich jetzt Kommunisten nennen, dachte ich verächtlich: alles vaterlandlose Gesellen, wo bleibt die Begeisterung?

Ich also, der Reserveoffizier des Oelser Jägerbataillons, durfte im August nicht mit den Truppen ausrücken. Ich hatte mich freiwillig gemeldet und erfuhr eine Demütigung: Das Regiment nahm mich nicht. Der Polizeipräsident befürwortete meinen Abgang nicht. Mit achtundvierzig Jahren, hieß es, sei ich zu alt und man brauche mich im Präsidium. Alle meine fähigen Leute gingen zum Militär, mir blieben die Stubenhocker und Ärmelschonerträger.

In dieser meiner Lage, die ich als Kränkung (und, zugegeben, ein wenig auch als Auszeichnung) empfand, war ich noch immer im Dienst der Berliner Kriminalpolizei, als mir, im Frühsommer 1915, von einer jungen Nachwuchskraft jener Jacob Tolmeyn zugeführt wurde. Da saß auf einmal einer vor mir, über den jemand die schützende Hand gehalten hatte. Jemand ganz oben. Die Notiz, die mir der Diensthabende aus dem Kriegsministerium gebracht hatte, war nur ein formloses Schreiben, eingedruckter Briefkopf, zwei Sätze und eine Unterschrift, die auf die Hälfte aller Namen im Berliner Fernsprechteilnehmerverzeichnis gepasst hätte. *Doktor Jacob Tolmeyn, geboren den soundsovielten in Berlin, ist bis auf weiteres unabkömmlich gestellt.*

Er sah gesund aus, trug elegante, gutgeschnittene Kleidung, war in gutem körperlichem Zustand. Kein Wunder: Den ersten Hungerwinter hatte er in Rom verbracht, wo offensichtlich kein Mangel an Nahrungsmitteln geherrscht hatte. Ich empörte mich. Ich will, und man zieht mich nicht ein: Ungerechtigkeit! Der will nicht, und man zieht ihn nicht ein: Ungerechtigkeit! Und ich dachte mir: Vielleicht ist wirklich etwas an diesen Gerüchten, nach welchen unsere »Freundlinge« ein weitgespanntes, für uns unsichtbares Netz unterhalten, über das sie einander Vorteile und Begünstigungen zuschanzen – wie etwa eine Befreiung vom Kriegsdienst. Wenn schon die obere Armeeführung durchsetzt war von solchen Leuten, warum nicht auch die Ministerialbürokratie?

Vielleicht ist es – wegen solcher Gedanken – so weit gekommen, wie es dann eben kam. Ich meine, dass ich langsam von der regelgerechten Prozedur abwich und das Verhör in eigener Machtvollkommenheit fortführte und die Täuschung, die in jedem Verhör erlaubt ist, übertrieb. Jeder kleine Ganove hätte schon längst lauthals protestiert und seine Freilassung gefordert. Tolmeyn aber saß weiterhin, brav wie ein Lamm, auf dem knarzenden Stuhl und erzählte (wenngleich gegen Ende sein Ton eine verärgerte Färbung annahm), wie er bis fast nach Castel del Monte gekommen war und wie ihm der Kriegsausbruch einen Strich durch die Rechnung gemacht hatte: Das betrachtete er als persönliche – man muss schon sagen – Beleidigung, als Zumutung, als Schlag gegen die Kunstgeschichte.

Es schien ihm egal zu sein, ob ich zuhörte oder mehr oder weniger offen in den mir zugelieferten Akten blätterte: Es waren die etwa zwei Dutzend offenen Fälle und einige weitere, die nicht als offen, heißt: ungelöst, zu verstehen waren. Diese hatte ich mit einem oder mehreren Fragezeichen markiert, in der Hoffnung, irgendwann die losen Enden zuordnen zu können.

In einem dieser letzteren Akte fand ich einen Beweismittelumschlag und darin ein schwarzes Notizbuch und vier Streifen festeren Papiers – Stücke, die offensichtlich unter Nässe gelitten hatten. Sie gehörten zu dem Fall Nikolaus Schulze. Das Datum: 20. Juni 1914. Um diese Zeit hatte Tolmeyn Berlin – nein: nicht Berlin, angeblich nur Lichterfelde – besucht, um das photographische Handwerkszeug für seine spätere Reise zu erlernen. Am folgenden Tag hatte er Berlin Richtung Rom verlassen.

Da machte etwas Klick in meinem Kopf, und das war keine Kamera.

Papierstreifen

»Wo waren Sie am 19. und 20. Juni des vergangenen Jahres?«, fragt der Kommissar.

Das kommt so unvermittelt wie eine Notbremsung für Tolmeyns Gedankenzug, der sich in voller Fahrt befindet: Er hängt am Fenster des Abteils und krallt sich mit den Augen an allem fest, was da zu sehen ist, der Stadt Andria, die am Horizont immer kleiner wird, an den Olivenbäumen, den Trockenmauern, den kegelförmigen *trulli*, sogar an den Schafen und Ziegen, aber es reißt ihn unerbittlich fort, fort aus Apulien in die große Stadt, nach Rom, wo der Urkundenkeller wartet, oder noch Schlimmeres, nördlich des Brenners. Kann sein, dass sie ihn in eine Uniform stecken. Dass sie ihm ein Gewehr in die Hand drücken. Er schreit in den Fahrtwind. O mein Gott, mach, dass es eine Plünderungskommission gibt, oder wie man das nennt, wenn in fremden Ländern Kunstwerke gestoh– das heißt natürlich: requiriert werden, dazu brauchen sie doch Fachleute, oder? Aber lieber doch, o mein verehrter Professor Stammschröer, schließ mich in deinen Urkundenkeller ein, schütte mich zu mit Urkunden, so dass ich sie wie eine Mauer um mich aufbauen kann. Und ich bereue alles, was ich an Lästerlichem über die Diplomatik gesagt habe. Abbitte, ich leiste Abbitte!

Dieser Zug, der über die apulische Hochebene auf die Berge zubraust, der Zug also kommt hässlich kreischend in einem Berliner Kommissariat zum Stillstand.

Haltestelle 19. Juni 1914.

Jacob Tolmeyn ist im Kreis gefahren.

Er sieht zu, wie der Kommissar vier unterschiedlich schmale, rechteckige Streifen Papier vor ihm auf den Tisch legt. Die Streifen sind ein wenig gewellt, verzogen, verfärbt. Zwei haben je zwei abgerundete Ecken. Auf einem kann man die Buchstaben e und y erkennen, direkt aneinander. Und auf dem vierten liest man ein *c*.

Mit *c* und mit *y:* So hat er den Kommissar zu Beginn dieses Verhörs korrigiert. Was, wenn er *k* und *i* gesagt hätte?

»Ich denke«, sagt der Kommissar, »das sind Teile einer Visitenkarte.«

Er schiebt die Streifen in Position.

»Die beiden hier gehören an die Seiten, wie man an den abgerundeten Ecken erkennt. Habe ich recht, was meinen Sie?«

»Ja«, sagt Tolmeyn, »sieht so aus.«

Sieht außerdem so aus wie seine alten Visitenkarten, die Schrift kommt ihm vage bekannt vor. Es ist allerdings auch eine sehr gewöhnliche Schrift. Den Restbestand an Karten hatte er noch in Berlin im Küchenherd verbrannt. Übrigens das einzige Mal, dass er den Herd benutzte. Häuslichkeit kann man ihm nicht vorwerfen. Vieles, das nicht.

»Und jetzt«, sagt der Kommissar, »wenn ich die beiden anderen Streifen hier« – er platziert das *c* – »und hier« – mit etwas Abstand rechts vom *c* das *ey* – »diese beiden Buchstaben auslege, dann komme ich doch, wenn ich die übliche Breite einer Visitenkarte bedenke, auf eine gewisse Vermutung.«

Tolmeyn bewegt die Lippen, während er buchstabiert und imaginäre Lücken auffüllt. Er bemerkt, wie der Kommissar auf seinen Mund starrt, und buchstabiert unbewegt weiter.

»Baruch Meyer«, sagt er schließlich. Warum tut er das? Das muss er nicht. Lehn dich zurück und sieh zu, was aus diesen Buchstabenspielereien wird. Es ist das erste Mal in Stunden, dass der Kommissar sich aus seiner Deckung herausbegibt. Alles nur Nebelkerzen, bestimmt.

»Ja sicher«, sagt der Kommissar. »Oder Michael Beyer.«

»Das *c* kann von einem ›Dr. h. c.‹ stammen. Die Reihenfolge ist nicht zwingend. Das Ypsilon kann auch vorne stehen. Ich hatte einen Studienkollegen namens Meyer Lancsy. Ein ungarischer Jude.«

Was soll er dazu noch sagen? Das deutsche Alphabet hat dreißig Buchstaben einschließlich der eigentlich überflüssigen, aber lustig gepunkteten Umlaute (wie die Apulier immer grimassiert haben, wenn sie ein ö oder ä sahen) und des scharfen s.

»Wie wäre es mit ›Jacob Tolmeyn‹? Passt das oder passt das nicht, was würden Sie sagen, Herr Jacob Tolmeyn mit den doch etwas raren Buchstaben *c* und *y*?«

Tolmeyn schaut gleichmütig drein, versucht es jedenfalls. Der Kommissar hat ihm gezeigt, wie fein eingestellt seine Ohren und sein Gedächtnis sind. Keine Kleinigkeit entgeht ihm. Alles wird eingelagert und zur rechten Zeit hervorgeholt.

»Herr Kommissar«, versucht er es, »selbst wenn – ich habe Hunderte, wenn nicht Tausende Visitenkarten verteilt. Dazu hat man sie ja.«

»Zweifellos«, sagt der Kommissar, »was mich wieder auf die Frage bringt: Wo sind Sie am 19. und am 20. Juni 1914 gewesen?«

»In – Lichterfelde«, sagt Tolmeyn, »das wissen Sie doch bereits. Ich war Photographenschüler bei Professor Niethe, in seinem Atelier in Lichterfelde.«

»Richtig, und Lichterfelde haben Sie nie verlassen.«

»Nie.«

Ist das alles? Ein paar Papierstreifen? X-beliebige Buchstaben, x-beliebig kombinierbar? Tolmeyn spielt mit einem Anflug von Kühnheit. Aber nein, das ist nicht alles. Der Kommissar greift in den Umschlag, aus dem die Papierstreifen gekommen sind.

»Kennen Sie dieses Notizbuch?«

Aufgequollen, gewellt, fleckig von zerlaufener Tinte, die Seiten verklebt, der Einband, schwarzes Leinen, löst sich stellenweise ab. Tolmeyn schüttelt stumm den Kopf. Das Buch hat im Wasser gelegen. Dieses Buch hat sein Besitzer immer in der Innentasche seiner Jacke getragen. Darin hat der Besitzer sogar notiert, wann er wie viel Geld von Tolmeyn erhalten hat: *Damit ich es dir auf Heller und Pfennig zurückzahlen kann, Jacob.* Das da, das ist das Buch der Lügen. Hoffentlich hat das Wasser sie alle herausgewaschen. Und was sonst noch darin stand. Jetzt wird ihm bang.

»Diese Papierstreifen lagen in dem Notizbuch wie Lesezeichen«, sagt der Kommissar und, ganz beiläufig: »Wie Sie ja wissen.«

Wer nicht aufpasst, nickt zu solch einer Bemerkung oder sagt gedankenvoll *Ja, ja.* Aber der Trick verfängt nicht bei Tolmeyn. Der verweigert sich dem Buch, wie es da fünfzig Zentimeter vor ihm liegt, aber vor allem der Vorstellung, wie ein Kriminalbeamter es mit spitzen Fingern aus der Innentasche einer durchnässten Jacke zieht. Aber egal: Er muss sich vorbereiten auf das, was als Nächstes kommt, kommen muss.

»Wir haben das bei einem gewissen Nikolaus Schulze gefunden, den wir am 20. Juni 1914 um die Mitternacht unterhalb der Victoriabrücke aus dem Landwehrkanal fischten.«

Der Kommissar sieht ihn eindringlich an. Der Mann hat mehr Lügner vor sich gehabt als Tolmeyn Heiligenfiguren gesehen hat. Tolmeyn jagt einen Gedanken immer wieder durch seinen Schädel: *Ich kenne nur einen* Niki *Schulze, ich kenne nur einen* Niki *Schulze, ich kenne nur einen* Niki *Schulze* – so lange, bis er in aller Ruhe sagen kann, ohne dass seine Stimme bricht oder die Augenlider flattern:

»Ich habe den Namen Nikolaus Schulze nie gehört.«

In dem Satz liegt die allerleichteste Betonung auf »Nikolaus«, als Wahrheit ist er ausgesprochen, damit er als Lüge ankommt. Es stimmt ja auch: der… Verstorbene war für ihn nie ein anderer als »Niki«.

»Hmm«, macht der Kommissar und sagt:

»Schulze, Nikolaus, achtundzwanzig Jahre, im März 14 von den Alexander-Garde-Grenadieren in den Zivilstand verabschiedet. Halbwegs ehrenvoll, soweit ich sehe. Seine Kaserne lag auf Ihrem Weg, wenn Sie morgens und abends zu den Museen gingen und von dort zurückkehrten.«

»In Berlin kommt man an mehr Kasernen vorbei als an

Bedürfnisanstalten«, sagt Tolmeyn, »egal, welchen Weg man geht.«

Das ist ein bisschen frech, und er legt der Bemerkung ein vorsichtiges Grinsen bei. Vielleicht lässt sich dieses Gespräch in eine andere Richtung manövrieren. Ich – ein Mörder? Totschläger? Ich bitte doch sehr. Kommen wir besser wieder zur Sache, zu meiner Geschichte.

»Auch wahr.« Der Kommissar fingert in seinen Papieren herum, durchblättert eine maschinengeschriebene Liste: rosa durchscheinendes Papier, blasse, unscharfe Schrift, wohl ein Durchschlag. Es gibt sie wirklich, diese Liste, durchfährt es Tolmeyn.

»Besagter Schulze figuriert in unseren Unterlagen als auffällig in bestimmten Kreisen.«

Mein Gott, denkt Tolmeyn, wie kompliziert kann man es denn ausdrücken? Er sagt:

»Wie gesagt, ich kenne den Mann nicht, und ich war nicht in Berlin an diesem Tag.« Nach den »bestimmten Kreisen« getraut er sich nicht zu fragen. Ich – ein solcher? Ich bitte doch sehr.

»Mit diesem, mit der… mit Ihrer Wasserleiche habe ich nichts zu tun.«

»Oh, ja, natürlich«, sagt der Kommissar, »ich dachte nur, wegen dieser gewissen Übereinstimmungen. Sie verstehen mich doch?«

Er packt die Streifen der Visitenkarte und das Notizbuch wieder in den Umschlag. »Das meiste ist freilich unleserlich. Immerhin, sieht so aus, als hätte dieser Schulze vorgehabt, einen – nun, wie sagt man – ›Athletischen Club‹ aufzuziehen. Ich frage mich nur, woher er das Geld hatte.«

Was nicht stimmt: So, wie er Tolmeyn ansieht, fragt er Tolmeyn, nicht sich. Er, für sich, hat die Frage längst beantwortet. Dann rumort der Kommissar in den Akten, sortiert, dreht und wendet und schichtet um; die emsige Tätigkeit erscheint Tolmeyn reichlich sinn- und planlos, aber sie gibt ihm zwei Minuten zur Besinnung, die er dringend braucht. Eingetreten ist also die Variante zu c), so wie er sich das vorgestellt hat für den schlimmsten Fall, vor einem Jahr, in seinem römischen Keller, kurz nach der Rückkehr aus Berlin. C) hatte gelautet:

Niki war gefunden worden, und man vermutete ein Verbrechen. Und die Variante: Zwischen ihm und Niki wurde eine Verbindung hergestellt.

Eine Verbindung in Gestalt einer zerrissenen Visitenkarte und eines aufgelösten Notizbuches wurde hergestellt. Sicher, von außen betrachtet kaum mehr als ein Spinnfaden, mal sieht man ihn, mal nicht, ein nahezu unstoffliches Nichts, das sie beide verbindet – aber eben nur nahezu nichts. So beginnt das: Wenn der erste Faden zwischen zwei Punkten belastbar ist, zieht die Spinne die weiteren, bis das Netz perfekt ist. So wird das auch der Kommissar tun, da hat Tolmeyn nach allem, was er gesehen hat, keinen Zweifel. Auch wenn er jetzt so tut, als sei er zufrieden mit dem Ergebnis. Niemals. Er wird mehr Akten lesen, er wird Personen finden, die uns, Niki und mich, gekannt haben. Er wird unsere Lokale finden und den Mann, der Niki die Räume für seinen Athletenclub vermieten wollte. Und den Verkäufer von Sportgeräten, Hanteln, Ringglocke, Trikots. Die Leute werden sich natürlich erinnern. Tolmeyn?, wird die Müllerin sagen, der war hier, ja, ja, auf einmal weg und dann ganz plötzlich wieder da und dann wieder weg. Tolmeyn?, wird die Kurfürstin sagen, der war im Weihenstephan den Abend und wollte nicht gesehen werden, der Narr, unser Fritzi eben, aber seine neue Frisur hat mir sehr gefallen, sehr italienisch, nicht?

Warum haben Sie gelogen?, wird der Kommissar fragen.

Er hat Sie erpresst, wird der Kommissar sagen und, Mitgefühl heuchelnd, seufzen: Das alte Lied.

Ein Kopfhaar hat sich in Tolmeyns Wimpern gefangen, und er fängt an zu blinzeln, schließlich wischt er es weg. Das ist der erste Spinnfaden, denkt er, der um mich gesponnen wird.

Der Kommissar hat seine Papiere zu einem ordentlichen Haufen zusammengeschoben. Er schaut auf seine Uhr und fragt dann:

»Eines möchte ich noch wissen: Wieso stehen Sie nicht im Felde?«

Familientradition

Rom, Königlich Preußisches Historisches Institut,
Mitte / Ende August 1914

Zwischen den beiden Kellerräumen entspinnt sich endlich
wieder eine Unterhaltung. Ein Zuruf von links nach rechts,
dann eine Pause, und eine Antwort von der anderen Seite.
Dazwischen die vertrauten Geräusche: Rascheln und Schleifen von papiernen und pergamentenen Urkunden.

»Ich gehe nach Hause. Bald überrennen die preußischen
Horden die Schweiz.«

»Die Schweiz ist doch neutral.«

»Das war Belgien auch. Und die preußischen Horden
sind – *schnurstracks, zackzack* – durchmarschiert.«

»Schau mal auf die Landkarte: Die Schweiz liegt nicht
auf dem Weg nach Paris oder London oder Sankt Peters-
burg.«

»Trotzdem.«

»Beat, komm zur Vernunft. Die Preußen – wie du das
immer sagst! – brauchen eure intakten Banken, und die Diplomaten den neutralen Boden, um irgendwann Friedens-
verhandlungen anzufangen.«

»Wer soll euch noch trauen?«

»Was heißt hier ›euch‹?« Tolmeyn lässt einen Band Urkunden fallen. »Ich bin der Letzte, der diesen Krieg will. Das weißt du.«

Pause.

»Jedenfalls gehe ich Ende der Woche.«

»Aber warum denn? Was willst du dort? Willst du, dass sie dich einziehen? Selbst wenn du keinen einzigen Schuss abfeuerst und dir monatelang die Füße an der Grenze plattstehst. Das ist nur verschwendete Zeit.«

Noch längere Pause.

»Wer sagt denn, dass ich keinen Schuss abgebe?«

»Du bist doch total verrückt.«

Lange Pause – Ende der Unterhaltung.

Seit Tagen geht das so, seit der Rückkunft nach Rom eigentlich. Der Schweizer benimmt sich wie ein Fremder. Er liest sämtliche Zeitungen, auch die französischen, und wenn er mit Tolmeyn spricht, dann macht er ihm Vorhaltungen, von Raum zu Raum, als sei er, Tolmeyn, im Generalstab. Stammschröer hat ihn bereits ermahnen müssen, weil sein Urkundendurchsatz mangelhaft geworden ist. Offenbar sitzt er immer wieder einfach nur da; und lange sitzt er da (Tolmeyn wundert sich oft über die Stille von nebenan): Offenbar brütet er über etwas. Aber er sagt nicht, was. Dem Tolmeyn schon gar nicht.

Kann es sein, dass die beiden vor wenigen Tagen noch im Sand herumgekaspert haben? Und verzückt in Sonnenuntergänge gestarrt haben? Dass Beat ihm mit geröteten Wangen (oder war das Tolmeyns Einbildung?) Papiertütchen mit Sand überreicht hat, als wären das unschickliche Anträge? Da waren sie noch Kameraden in einer Verschwörung gegen den Rest der Welt.

Jetzt nimmt ihn Stammschröer beiseite und fragt besorgt,

was denn mit dem Imboden los sei. Der Professor ist jetzt der gute Kamerad, der – väterliche – Freund. Die ehemals so abwehrend gleißende Hemdbrust lädt nun eher zum Anlehnen an: Vielleicht lässt sie der Professor nicht mehr so bretthart stärken, nun, wo alle Welt in Rüstung geht. Er ist doch ein – ganz erstaunlicher Mensch, und Tolmeyn fragt sich, wie er das bislang hatte übersehen können.

Dies ist der Plan des Professors: abwarten.

Ohren anlegen und abwarten. Das Institut brennt auf Sparflamme. Wichtige Mitarbeiter sind bereits Richtung Norden abgezogen, mehr oder weniger begeistert. Keine Träne des Professors für die Kriegsbegeisterten: Die können hier nur schaden, hinweg mit ihnen! Stammschröer will einfach weitermachen wie bisher. Soweit es ihn, die Urkunden und das geliebte Italien betrifft: welcher Krieg? Er redet fast wie ein Pazifist. In Berlin könnte er sich das nicht erlauben. Er will gut Freund mit den anderen europäischen Wissenschaftlern bleiben. Das Wettrennen gegen Bertaux, die Franzosen im Allgemeinen, den geheimnisvollen Engländer, der zur selben Zeit wie Imboden und Tolmeyn durch Apulien zog und angeblich ein Stauferschloss an der Themse nachbauen will: Kinderkram. Ihnen allen reicht Stammschröer seine Hände. In der Nation der Wissenschaft geht alles seinen alten Gang. Fürs Erste wird er den steten Fluss der Urkunden aufrechterhalten; deshalb wurden die beiden Apulien-Heimkehrer wieder in den Keller geschickt. Die Aufarbeitung der Reise kann warten; vielleicht geht es ja auch in Kürze weiter. Dazu muss er aber sein Personal behalten.

Noch am Tag ihrer Heimkehr klopft er den Tolmeyn ab. Patriot? Reservist?

Nichts davon. Wenn überhaupt, ein Gefolgsmann Friedrichs.

Das hör ich gern, sagt Stammschröer und telegraphiert also nach Berlin, an seinen Bekannten im Kriegsministerium an der Leipziger Straße: Nimm mir den Tolmeyn, Jacob, mit c und y, von den Listen, der Mann ist im Auftrag des Kaisers unterwegs. Wird nicht für lange sein, und auf den einen mehr oder weniger wird es auch nicht ankommen. Wofür er natürlich andere Worte gebraucht; die Militärzensur hat sich schon eingerichtet, und wer weiß, welche Briefe sie inspiziert und welche nicht.

Tolmeyn erklärt er: »Momentan ist eine Zäsur eingetreten, aber bald wird sich die Lage gefestigt haben, und man wird mehr über die Haltung Italiens wissen. Entweder sie schlagen sich jetzt, noch im Sommer, auf die eine oder andere Seite, oder es wird ein ruhiger Herbst und Winter. Niemand beginnt im Winter Krieg.«

Um den Imboden muss er sich keine Gedanken machen – hat er gedacht. Unbeteiligt, neutral, Schweizer eben. Der Krieg geht den gar nichts an. Wird in Rom bleiben. Eine Beförderung auf einen Sekretärsposten ist drin, jetzt, wo die anderen abgezogen sind. Aber der Schweizer ziert sich.

»Was ist los mit ihm?«, fragt der Professor Tolmeyn, doch der kann nur die Schultern heben. Oh, wie gerne er das wüsste – wie gerne, da hat Stammschröer ja gar keine Ahnung.

Nach wenigen Tagen kommt Nachricht aus Berlin, verklausuliert, aber diesen Inhalts: Eingedenk alter Freundschaft, dein Tolmeyn mit c und y ist *uk-gestellt,* unabkömmlich. Stammschröer steigt hinab in den Keller und ist beseelt, so beseelt, wie man eben ist, wenn man ein Menschenleben gerettet hat (und einen Fachmann für alles Staufische in Apulien), um es dem Tolmeyn zu sagen. Der streicht zärtlich über eine Urkunde, als er es hört. Pergament, wie es der Zufall will: Haut, die sich einst über einem warmen Körper spannte, den Eingeweiden eine Hülle bot und weiches, warmes Fell sprießen ließ. Dieser Keller ist ihm eine Burg, sein Castel del Monte. Zum vollkommenen Glück fehlt nur eins. Beat. Aber das ist keine Zeit für Romanzen.

Wie früher geht nach Dienstschluss ein jeder seiner Wege – leider. Wenn es nach ihm gegangen wäre, hätten sie ihre apulische Existenz nahtlos fortgeführt. *Aperitivo, stuzzichini*, Essen, Wein. Die Ausbeute des Tages besprochen. Ein kleiner Vortrag von ihm, für seinen einen geduldigen Zuhörer. Aber der hatte auch immer wieder seine Meinung gesagt und versucht, ihn von den allergewagtesten Theorien abzubringen.

Drei Tage nach der Rückkehr war Stammschröer in den Keller gekommen, mit einem Brief für Beat. Danach hatte er den Kopf in Tolmeyns Raum gesteckt, etwas gezögert, sich vielleicht gefragt, wie weit er seinen Dritten Sekretär in dieser Sache ins Vertrauen ziehen konnte. Dann hatte er gesagt: »Von seinem Vater, dem Brigadier. Wussten Sie, dass er aus einer Militärfamilie stammt?«

O ja.

Stammschröer hatte ein besorgtes Gesicht gemacht. Das musste weh tun, so wie er das Monokel in der Augenhöhle festklemmte und die Stirn zerfaltete.

»Nicht dass er ihn an der Ehre packt. Meinen Sie, das verfängt bei dem Imboden? Ich meine, eine Art innerfamiliäre Mobilmachung?«

Am Ende der Woche ist er tatsächlich weg. Der Abschied ist kurz und kühl. Der ganze Mann scheint Tolmeyn zusammengeschnurrt, wie ein zu heiß gewaschener Pullover, das Gesicht hart und gespannt, die Augen andauernd zugekniffen, als müsste er in die Sonne schauen. Es ist, als umarmte er eine Holzpuppe.

»Ich melde mich«, sagt Beat.

»Kommst du zurück, wenn es weitergeht?«, fragt er.

Beat hebt nur die Schultern.

Durch Beats Augen

Mitte September versiegt der Zufluss der Urkunden. Die Archivleiter machen brieflich aufgebrauchte Bestände geltend; aber Stammschröer fühlt sich diskriminiert. Seine alarmierten Besuche in Mailand, Bologna, in Neapel und in Turin verlaufen kühl und bleiben ergebnislos.

»Soll ich hier verdorren?«, ruft er und läuft in Tolmeyns Kellerzimmer hin und her: Das sind gerade mal ein paar Schritte in jede Richtung. Der Professor kommt in letzter Zeit öfters hier herunter und klagt über die Dinge, die ihn bedrücken. Oben ist es wohl einsam geworden.

»Ach», sagt Stammschröer und hält inne. »Ach.«

Sein Monokel fällt, und diesmal reißt der Faden. Das Glas springt mit einen Knistern. Klingt ähnlich wie früher, an Ostern, denkt Tolmeyn, beim Eierditschen.

»Auch das noch. Ist wohl auch nicht mehr die Zeit für derartige altväterliche optische Instrumente«, sagt der Professor. Er sieht sich um, als wäre er zum ersten Mal hier. »Hören Sie, Tolmeyn: Wollen Sie nicht in den ersten Stock ziehen? Ans Licht und an die Luft?«

Tolmeyn sieht ihn an, und sein erster Gedanke ist: Nein.

Niemals. Das ist schon in Ordnung, ich habe mich daran gewöhnt.

Der Professor spürt Widerstand und versucht einen anderen Zugang.

»Wie ist das mit dem Sand?«

Mit dem Sand ist das so: Er hat Stammschröer die Säckchen gezeigt und von seinen Überlegungen erzählt; wie man vielleicht den Sand in der kunsthistorischen Forschung gebrauchen könnte. Zur Herstellung von Herkunftsnachweisen vielleicht, aber das sei alles noch sehr vage und bedürfe einiger Untersuchungen.

»Ich weiß«, sagt Stammschröer, »ich war ein wenig skeptisch. Aber bitte sehr, man muss mit den Zeiten gehen. Obwohl es manchmal besser wäre, vor ihnen zu fliehen.«

Erst das Versprechen Stammschröers, auf Institutskosten ein hochwertiges Mikroskop anzuschaffen, überzeugt ihn.

Das ihm zugewiesene Eckzimmer in der ersten Etage hat zwei Fenster. Das ist nicht nur für das Arbeiten mit dem Mikroskop von Vorteil, sondern auch für die Sichtung der Negative, die Tag für Tag eintreffen. Anfangs hat er sich noch gerne danebengestellt, wenn der Laborant des Atelier Ranzi die Glasplatten durch die chemischen Bäder zog. Aber dann begann er zu fürchten, ihr Geruch – scharf, beißend, säuerlich – werde sich auf Dauer mit den Bildern verbinden und die apulischen Dufterinnerungen – trockener Staub, Olivenöl, Blüten, Maultier- (oder Muli-)mist, Gewürze, Meer, gefangener oder gebratener Fisch, Schweiß, Haut… – verdrängen.

Er prüft sein visuelles Erinnerungsvermögen, indem er

die einzeln in halbtransparentes, glattes Papier gewickelten Platten gegen das Licht hält und aus verschwommenen Konturen auf das Motiv schließt. Meistens stellt sich mit der ersten Ahnung ein scharfes, kontrastreiches inneres Bild ein, und er sagt dann, zum Beispiel: *Trani, Domportal, Detail unten links,* und oft fügt er noch an: *Aufnahme: Beat Imboden,* bevor er die Karteikarte komplettiert. Und langsam stellt sich unwiderleglich heraus, was er ohnehin schon angenommen hat: Imboden ist der bessere Photograph, selbst wenn der größere Teil des Ausschusses – die über- oder unterbelichteten, die unscharfen und verwackelten Motive – von ihm stammt. Er hat das Auge. Oder so gesagt: Tolmeyn photographiert ab, solide zwar, aber Beat richtet an. Seine Bilder sehen so aus, als sei es ihm gegeben, Türme, Berge, Kathedralen, Säulen, Bäume nach Belieben zusammenzuschieben. Sogar die Wolken lässt er immer richtig heran- und herumschweben. Wenn Stammschröer gelegentlich zum Inspizieren kommt, sind es die Photographien von Beat, bei denen ihm ein »sehr schön« entfährt. Meistens. Tolmeyn enthüllt ihm natürlich den Urheber des Werks, nie würde er sich mit fremden Federn schmücken, höchstens darauf hinweisen, dass er es war, der Imboden so weit gebracht habe: *Meine Schule.* Und Stammschröer sagt immer wieder: »Sehen Sie, Tolmeyn, und Sie haben sich so gesträubt, ihn mitzunehmen.« Und oft auch: »Haben Sie etwas von ihm gehört?«

Beat meldet sich, anders als versprochen, nicht. Manchmal, wenn er die Photos sichtet, denkt Tolmeyn: Warum gehe ich nicht einfach hinüber zu Stammschröer und frage nach Beats Adresse? Nur einfach eine fröhliche Postkarte aus Rom schicken, irgendein typisches Bild. Wachwechsel bei der Schweizergarde vielleicht. Nein, vielleicht doch nicht so lustig. Dann denkt er: Nur nicht drängen. Und schon gar nicht aufdrängen. Das fällt ihm schwer, schwerer als alles andere.

Der Winter in Rom kann schön sein

Der Winter in Rom kann schön sein.

Die Temperaturen gehen niemals unter null. Lange noch spürt man die Nähe des Meeres, das wärmere Luft in die Stadt leitet. Im Spätherbst kommen die Winde aus den Abruzzen herunter, aber das feine Netz der Gassen fängt sie ein und mildert ihre Schärfe; die Plätze der Stadt sind wie rechteckige Tröge, in denen die Sonne die Fassaden bespielt und die Luft erwärmt und die Menschen sich drängen, wann immer sie die Zeit haben, um dort zu verweilen. Wer die Kunst liebt, der liebt auch das flache Licht des Winters; Tolmeyn ganz bestimmt, wenn er durch die Stadt wandert und immer wieder neue Modellierungen derselben altbekannten Skulpturen und Ornamente betrachtet. Die Tage werden kürzer und dennoch immer länger.

Der Winter in Rom kann auch furchtbar sein, wenn man auf Nachricht wartet, wenn ringsum die Welt in tausend Scherben fällt. Er nimmt nur die Schlagzeilen wahr, aber der Professor kommt manchmal herüber zu ihm und referiert die Lage. Anfangs wechselten die Ortsnamen in rascher Folge, jetzt sind es immer die gleichen, im Osten wie im Westen.

»Die Stimmen der italienischen Nationalisten werden immer lauter und rauher« sagt der Professor, »von den ›natürlichen Grenzen‹ einer Nation haben sie immer schon geredet.«

Wenn man an die lange italienische Meeresküste denke, möge das wohl noch angehen: *Hier,* das müsse wohl jeder Nationalist an seinen nassen Füßen erkennen, *endet mein Land.* Im Nordwesten, Norden und Nordosten aber liege wie ein gewölbter Topfdeckel der Alpenhauptkamm über der italienischen Halbinsel: Dieses betrachteten die national Gesinnten als die »natürliche Grenze«.

»Unglücklicherweise leben südlich der Kammlinie eine Menge Österreicher – in Bozen, Trient, Triest, Istrien –, und das schon seit Jahrhunderten«, sagt Stammschröer, »deswegen machen mir die *interventisti* so viel Sorgen: Friedlich werden sie die Grenze niemals verschieben können, deswegen wollen sie in den Krieg eintreten.«

Arbeit ist reichlich vorhanden. Die Photographien, die Skizzen und die Abschriften der Bauurkunden, die der Mann aus Neapel in großer Zahl geliefert hat, sind zu sichten, auszuwerten und zu ordnen. Notierte Inschriften von Bauwerken sind zu übersetzen und abzugleichen; die vielen Zeitungsausschnitte, die er mitgebracht hat, sind abzuheften, ebenso die Bildpostkarten; mit Zaccagnino und anderen Gewährsleuten ist zu korrespondieren; die Institutsbibliothek muss um einige wichtige Titel ergänzt werden; Schriften und Bücher sind durchzuarbeiten, um Lücken schließen zu können; für die Korrekturen zu dem Werk von Bertaux hat der Professor ein eigenes Heft angelegt; und schließlich muss er, Tolmeyn, seine eigene Publikation vorbereiten. Das soll ein großes, mehrbändiges, schön illustriertes Werk werden: *Die Bauten der Hohenstaufen in Unteritalien.*

»Und damit sind alle gemeint«, sagt Stammschröer, »nach wie vor alle.« Dabei schaut er grimmig entschlossen drein; von einem Krieg lässt er sich die Sache nicht verderben. Vermutlich ist er schon die ganze Zeit daran, einen neuen Plan auszuarbeiten.

Übrigens hat er Wort gehalten: Auf Tolmeyns Nebenschreibtisch steht ein neues Leitz-Labormikroskop. Sogar eine hochfokussierende elektrische Lampe hat der Professor dazugetan, damit Tolmeyn in diesen dunklen Tagen Licht auf den Spiegel des Apparats lenken kann. Nach der Tagesarbeit und einem leichten Mahl kehrt er meist noch mit einer Flasche Wein zurück in den Palazzo Giustiniani, um sich dem Sand zu widmen.

Die neuen, besseren Optiken erschließen ihm ein neues, noch farbigeres und plastischeres Bild. Tatsächlich sind die verschiedenen Proben in höchstem Maße unterschiedlich, selbst wenn sie auf den ersten Blick genauso gelb oder grau oder fein oder grob erscheinen. Er beginnt, die Körner zu klassifizieren, nach Form, Größe, Farbe, Oberfläche, die Sandmischungen nach Zusammensetzung oder Sortierung und Größenstreuung. Manche lassen sich zu hohen, steilen Kegeln aufschütten, manche bilden flache, leicht zerfließende Hügel. Von dem groben Sand, den er im Kastell von Trani gefunden hat, gehen vielleicht dreißig einzelne Körner auf eine Fläche so groß wie der Nagel seines Zeigefingers. Bei dem feineren aus Lucera hört er auf, als er die fünftausend erreicht und noch lange nicht alle Körnchen unter dem Rasterfeld des Mikroskops gezählt hat. Rührt er den Sand – irgendeinen aus der Sammlung – in Wasser auf, setzen sich die größten Körnchen zuerst am Boden des Gefäßes ab, die anderen bis zu den feinsten in zählbaren Schichten darüber. Aber rüttelt er trockenen Sand in einer Pfanne, schwimmen die großen Körner obenauf. Bläst er sanft über den ausgestreuten Sand, dann fliegen nicht die kleinsten Körner als Erste auf, sondern die größeren und schwereren rollen davon. Das ist alles so rätselhaft und seltsam – aber so höchst vergnüglich, dass er ganz in diesen Forschungen aufgeht.

Stammschröer findet ihn manchmal des Morgens auf der Chaiselongue schlafend vor. Dann räumt er still die Weinflasche fort und lässt den Institutskustos ein Brioche und eine Kanne Kaffee holen.

Tolmeyn vermag aus all seinen Erkenntnissen keine umfassende Theorie zu formen, er weiß ja noch nicht einmal, welches die Mineralien und Substanzen sind, die er unter dem Objektiv hat. Muss er auch nicht wissen. Eine flüchtige Recherche erbringt: Er ist nicht der Erste, der Sand unter dem Mikroskop betrachtet. Antonius von Leeuwenhoek, ein alter Holländer, hat es getan und im Sandkorn so allerlei gesehen. Winzige Figuren vor einem Altar, zum Beispiel, oder einen winterschlafenden Bären in seiner Höhle. Leeuwenhoek hat dies und anderes in skurrilen Miniaturen skizziert, phantastische Dinge, die Tolmeyn selbst nach eineinhalb Flaschen Wein nicht erkennen kann. Es ist das verdammte technische, rationale Zeitalter, das solche Interpretationen für lächerlich hält und verbietet, aber geradezu in einen Krieg geführt hat. Für das, was draußen auf den Schlachtfeldern passiert, hat die verkümmerte Vorstellungskraft nicht gereicht, denkt er, und mit nur noch mehr Technik suchen sie Lösung und Ausweg.

Leeuwenhoek hatte in Wort und Bild sogar an die Royal Society zu London berichtet, ohne Angst, sich zu blamieren, und recht gewiss behauptet, kein Körnchen Sand gleiche dem anderen: Wodurch Tolmeyn sich bestätigt fühlt. Er glaubt, dass er – vielleicht, vielleicht – einer großen Sache auf der Spur ist. Und dass er, auf der nächsten Reise, wann immer sie beginnen mag, wieder Sandproben einsammeln wird, dass er Bausteine und steinerne Kunstwerke (an geeigneter Stelle natürlich) anschleifen wird, um an ihre rieselnde Seele zu kommen. Was wäre das für ein gewaltiger Fortschritt, wenn man bestimmte Bildhauerwerkstätten mit bestimmten Steinen verbinden könnte! Und die Jahreszahlen aus Urkunden mit den Werkstätten! Orte und Zeiten und Menschen würden um so vieles näher zusammenrücken auf der immer neu zu zeichnenden Karte der Forschung.

Fürs Erste aber lässt er sich einen flachen, hölzernen Kasten mit vielen Unterteilungen machen. In jedes Fach kommt ein Teelöffelchen Sand; verschlossen wird es mit einem passgenauen Deckelchen, das eine Nummer trägt, die mit einer Eintragung in Tolmeyns Sandprobenbuch korrespondiert.

Der Winter in Rom aber ist am schwärzesten, wenn die ersehnte Post plötzlich eintrifft. Eine Postkarte. *Eine Feldpostkarte.*

Er starrt auf die Anschriftseite der Karte. Sein Name, die Institutsadresse, vertraute Hand. In der linken oberen Ecke steht *2/1 RMLE* und darunter eingedruckt:

2e régiment de marche du 1er étranger; Légion Étrangère.

Treptows Manuskript (7):
Verdrängtes

Es war mittlerweile schon recht spät geworden, ich war müde, und Tolmeyn auch. Zuletzt hatte er mir auch nichts Interessantes mehr erzählt. Nach der Rückkehr nach Rom und dem Abgang seines Reisegefährten mit unbekanntem Ziel habe eben die wissenschaftliche Aufarbeitung begonnen. »Dienst fürs Vaterland«, wollte er mir weismachen, er sei im Auftrag des Kaisers ausgezogen und der Auftrag schließe auch die Nachbereitung ein. Dabei sei einiges geklärt worden, etwa für eine Burg in Lucera, wo ein gewisser französischer Forscher eine Ringmauer dem Friedrich II. zuschrieb, die aber ein König Karl I. gebaut haben soll, weil er (Tolmeyn) in irgendeiner Urkunde vom Hofe des Karl I. gelesen haben will, dass er (jener Karl) siebzehn Türme für die Ringmauer bestellt habe.

Ich muss schon sagen, da packte mich eine große Unlust, weiterhin den Ausführungen des Herrn Tolmeyn zuzuhören; egal, was ich vorher zu dem Thema gesagt habe. Die Jugend Europas gibt ihr Blut auf den Schlachtfeldern hin, und im sicheren, warmen und trockenen Rom sitzt einer und zählt Türme einer Festung, die noch dazu, wenn ich das richtig verstanden habe, damals in französischer Hand war. Das konnte und kann doch nicht in Ordnung sein. Da musste ich etwas tun; und das verstärkte meine langsam reifende Einstellung zu diesem Fall und zur Person Jacob Tolmeyn nur noch mehr.

Zum Beispiel musste ich mir jetzt ernsthaft überlegen, was ich mit ihm machen sollte. Ja – ich hätte ihn freilassen sollen. Aber das wollte er nicht. Nein, gesagt hat er das nicht, nicht so. Er wäre wohl aus der Tür spaziert, wenn ich sie geöffnet und ihm ein Zeichen gegeben hätte.

Nachdem der Name Nikolaus Schulze gefallen war, war Tolmeyn nicht mehr derselbe. Danach schien er bedrückt, als sei ihm etwas lange »Verdrängtes« bewusst geworden (ich sagte ja bereits, dass ich des Öfteren Vorträge besuchte, um mich weiterzubilden: Die neuesten Erkenntnisse der Seelenforscher gehörten auch dazu). Wenn es ihn nicht nach Hause zog – wer wusste damals, welche Erinnerungen ihn dort bedrängten –, sah ich auch kein Problem, ihm eine Nacht in der Zelle anzubieten. Um über alles nachzudenken, um sein Gewissen zu erleichtern; ich sagte das natürlich im Ton einer Anordnung. Er machte keinerlei Schwierigkeiten, als die beiden Wachbeamten ihn abholten. Ich saß dann noch eine Weile und dachte nach.

Ein erfahrener Ermittler wie ich wird die Reichsstrafprozessordnung nicht aushebeln, weder durch die Anwendung von Gewalt noch durch andere Tricksereien. Das schadet der Karriere, und es ist unelegant. Paragraph 128 besagt, dass der vorläufig Festgenommene (und das war Tolmeyn) entweder freigesetzt oder einem Amtsrichter des Bezirks vorgeführt werden muss, und zwar »unverzüglich«. Aber die Amtsrichter erwarten auch, dass man ihnen etwas erzählen kann, und das kann man nur nach sorgfältiger Vernehmung, die eben ihre Zeit braucht – dann natürlich »unverzüglich«. Nun – im vorliegenden Fall war noch allerhand offen. Auf die Schulze-Spur wollte ich einen Kollegen vom Nachtdienst ansetzen, der sollte mir die Akten noch einmal in allen Einzelheiten durchgehen und sehen, was er an Querverbindungen auftun könnte.

Natürlich war auch die Geschichte Tolmeyns noch nicht zu Ende. Eine dritte Reise ins südliche Italien hatte er angedeutet. Und ich hatte mich daran zu erinnern, warum wir ihn ursprünglich festgenommen hatten: diese Sache mit dem Sand, den er ausgestreut hatte. Bedeutend oder unbedeutend: Es musste noch geklärt werden.

So oder so – am folgenden Tag, spätestens gegen Mittag, würde Jacob Tolmeyn die Rote Burg wieder verlassen. So oder so – bis zu diesem Zeitpunkt hätte auch ich meinen Plan in allen Einzelheiten gefasst und wäre bereit, ihn auszurollen. So hatte ich mir das gedacht, und ich war nicht unzufrieden mit mir, damals.

Nachts in der Zelle

*Berlin, 6. Juni 1915, Untersuchungszelle im ersten
Kellergeschoss der Roten Burg, 21.10 Uhr*

Zwei Wachtmeister bugsieren ihn durch Gänge und über
Treppen, bringen ihn in eine Zelle, und er fühlt sich seltsam
daheim. Da ist das Fenster weit oben in der Wand, da sind
die gedämpften Laute von der Außenwelt. Zuvor hat ihm
der Kommissar irgendeinen rechtlichen Vortrag gehalten; er
hat kaum zugehört. Hätte er nach einem Anwalt verlangen
dürfen? Keine Ahnung. Und die ganze Geschichte noch einmal erzählen? Fürs Erste tut Schweigen ganz gut, er hat sich
leer erzählt. Alleinsein tut gut.

Eine Klappe in der Tür geht auf, ein Teller und ein Krug
werden hereingeschoben. Das längliche Brötchen ist grau
und trocken, der Krug enthält Leitungswasser. *Knüppl* und
Drehhahnbräu, sagt der Berliner zu so etwas. Als ob er das
nicht wüsste; dennoch ist er vor ein paar Tagen in diese Stadt
gekommen wie ein Tourist, mit einem aufgesetzten Gefühl
der Fremdheit. Aber unter allen denkbaren Orten ist diese
Stadt die vertrauteste.

Nach einer Zeit geht das Licht aus; pechschwarz die Zelle.
Er wünschte, er hätte seine Uhr mit den Leuchtziffern, aber
die haben sie ihm abgenommen; wie die Krawatte, wie die

Schnürsenkel, aber seltsamerweise den Gürtel des Mantels nicht. Soll das heißen: Wenn du dich am Fenstergitter aufhängen willst, dann mach es richtig?

Damals, als die Feldpostkarte von Beat kam, hätte er das tun können, so elend war ihm zumute gewesen. Übergeben musste er sich, nachdem er den Text gelesen hatte.

Mein lieber Jacob,

Grüße aus – – – (Du weißt, dass wir das nicht schreiben dürfen). Ich bin heute direkt vom Ausbildungslager in T. zu meinem ersten Einsatzort in der Gegend von R. gekommen. Noch sind wir in Reservestellung. Gegenüber liegen Bayern und Preußen, die (glaube ich) viel lieber aufeinander schössen als auf uns. Ich selber habe mich noch nicht entschieden, auf wen ich lieber schieße. – Was mir am meisten fehlt, ist die Stille.

Brief folgt.

An den Rand hatte er ein – Punkt-Punkt-Strich-Bogen – grinsendes Gesicht gezeichnet. Das und der gewollt scherzhafte Ton hatten bei Tolmeyn die akute Übelkeit ausgelöst. Er hatte geschrien: Du Narr, du Idiot, du dummer Junge, wenn du Soldat spielen wolltest, dann hätte es die vatikanische Garde auch getan, aber doch nicht die Fremdenlegion!

Für den Rest der Woche meldete er sich ab und blieb zu Hause. Einmal lief er stundenlang ums Kolosseum herum, in auf- und abwallenden Schüben von Wut, Angst und Sorge, die ihn immer wieder ankamen, besonders, wenn er die als römische Legionäre kostümierten Gestalten sah, die gegen einen Obolus mit Touristen posieren.

Beat, es gibt so viele Möglichkeiten, Uniform zu tragen, sagte er mehr als einmal in seiner imaginierten Philippika an den Freund, als Postbote, als Photomotiv für Rompilger, bei der vatikanischen Garde, ja Herrgott noch mal, ich würde bei meinem Schneider Uniformen für dich und mich machen lassen mit allem Gold und Glitter, du könntest Oberhauptkunsthistoriker sein, ich würde dir Photographie- und *Pour-le-Mérite*-Orden in Mengen anheften, fürs Lebensretten, fürs Sandsammeln, fürs schiere Dasein. Aber nein, der Beat Imboden muss sich für die Armee mit dem weißen *képi* entscheiden. Ist dir wohl das Söldnerblut in den Adern aufgekocht? Haben es dir die Ahnen geflüstert, wenn du durch die Eingangshalle in eurem Ansitz gingst? Und landen musstest du ausgerechnet bei jener Truppe, die noch gewissenloser verheizt wird als die anderen. Ihr seid ja keine Söhne Frankreichs. Wer hat euch gerufen, was sind das für Stimmen, die ihr hört, du und die bebrillten, schmächtigen Intellektuellen aus allen Ländern der Welt, die Anfang August in Paris fahnenschwingend über die Champs-Élysées gelaufen sind? Wohl nicht die des schlauen alten Feldwebels, der euch auf dem Kasernenhof schinden und dann in die Schlacht treiben wird und der es als Einziger überleben wird. Der Sold kann es wohl auch nicht sein, in der Legion ist noch keiner reich geworden. Da hat sich einiges geändert, lieber Beat, seit dein Urururgroßvater mit einem Sack Goldmünzen von seinen Feldzügen nach Hause kam.

Solches Zeug murmelte er, mal lauter und mal leiser, vor sich hin. Die römischen Kostümlegionäre, mürrisch auf ihre Lanzen gestützt, beäugten ihn immer misstrauischer: Der Kerl vertrieb ja noch den letzten Touristen.

Zu Hause drehte er die Karte endlos in den Händen, bis sie fast schon speckig glänzte. Dann erst legte er sie in seine Brieftasche. Das Stück konnte ein letztes Lebenszeichen gewesen sein, eigentlich müsste man sie hinter Glas tun. Oder als Reliquie einschreinen.

Die Arbeit litt nicht, im Gegenteil. Der Professor kam öfter nach den Sitzungen der Deutschen Gesellschaft spätabends noch im Palazzo Giustiniani vorbei, wo er unweigerlich seinen Mitarbeiter über Photographien, Büchern oder dem Mikroskop vorfand, bevor er ihn mit ein paar mahnenden Worten nach Hause schickte. Am folgenden Morgen war Tolmeyn der erste im Institut; lieber schlief er zwischendrin für ein paar Stunden über den Bildern, die Beat gemacht hatte. Was ist denn eine Photographie anderes als der konservierte Blick eines Menschen? Eins fehlte aber, und deswegen beschimpfte er sich immer wieder selbst: Was für eine kolossale Dummheit. Hunderte Photographien aufgenommen, doch nicht ein Bild von Beat. Kein richtiges, kein Porträt, nur ein paar Motive, in die er Beat hineingestellt hat: Er kehrt dem Betrachter den Rücken zu oder schaut mit todernster Miene: ist schließlich dienstlich. Beat Imboden, ein Meter fünfundsiebzig plus Hut, gibt den zyklopischen Quadern eines zerfallenden Turms in Canosa di Puglia das menschliche Maß.

Irgendwann beginnt er, an dem Brötchen herumzubeißen; aber das wird mehr eine gedankenverlorene Schnitzarbeit als eine Mahlzeit. Sieh es einmal so, sagt er sich, seitdem du, Jacob Tolmeyn, den Niki Schulze über die Kante hast gehen lassen, lebst du von geborgter Zeit, in geliehener Freiheit. Und der Kredit wird jetzt aufgekündigt, deine Realitäten werden eingezogen und liquidiert, dagegen kannst du nichts machen, dazu bist du zu klein, da hilft auch kein Professor mehr. Sogar Kaiser Friedrich II. wurde zweimal vom Papst exkommuniziert. Dennoch, kurz nach der zweiten Exkommunikation gab der Kaiser den Befehl zum Bau von Castel del Monte. So sollte man das geheimnisvolle Bauwerk einmal betrachten, denkt Tolmeyn: Der Friedrich hat sich – frisch, frei, fröhlich und höchst unfromm – damit einfach eine neue Kaiserkrone aufgesetzt. Also, Federico secondo, den sie *stupor mundi* nannten, das Staunen der Welt, hilf du mir jetzt aus der Patsche. Aber der Kaiser winkt ab: Werter Tolmeyn, bei all deinen Verdiensten um meine Hinterlassenschaften, mit den deutschen Herrschern und Fürsten hatte ich nichts als Verdruss und Ärger; sogar mit jenem König, der mein eigener Sohn war. Was glaubst du, warum ich Apulien so liebte?

Der versprochene Brief kam nicht. Wochenlang wartete er, dann schlug seine Haltung um, und jeder Tag, an dem keine Nachricht von Beat eintraf, war ihm ein Tag, an dem Beat noch lebte. Stammschröer teilte seine Haltung: Keine Nachricht ist eine gute Nachricht. »Verlieren Sie die Hoffnung nicht«, sagte der Professor, »dieser Imboden ist flink und zäh, der wird schon durchkommen.«

Alle paar Tage blätterte Tolmeyn im Lesesaal der französischen Botschaft unter argwöhnischen Blicken die Pariser Zeitungen durch. Aber die Fremdenlegion druckte keine Verlustlisten ab. »Das ist eine Geisterarmee«, pflegte der Professor zu sagen, »niemand weiß, wer kommt, wer geht.«

Später in der Nacht hört er das Klirren von Flaschen und die Eisen schwerer Pferde auf Pflaster. Ah, denkt er, dann bin ich wohl im Südtrakt der Roten Burg, an der Magazinstraße. Dort gibt es eine Brauerei, die Frühschicht füllt die Räusche ab, denen sich die Spätschicht hingeben wird.

Noch später döst er ein.

Dann reißt jemand die Tür auf.

Operation Achteck

Und diesmal in Farbe

Rom, Königlich Preußisches Historisches Institut,
30. April 1915

»Können Sie umgehend reisefertig sein, Tolmeyn?«

Professor Stammschröer steht im Türrahmen, seine Hemdbrust strahlt, aber nicht so hell wie sein Lächeln – ach was, ein breites, selbstzufriedenes Grinsen. Weil er nun schon zum dritten Mal mit dieser Frage in das Zimmer von Tolmeyn platzen kann. Der Professor hat lange geheimnisvoll getan – »noch zu früh für Bestimmtes«, »Gespräche verlaufen insgesamt günstig«, »ich will mal sehen, ob ich das Ruder noch herumreißen kann«, etc. p.p. –, aber so, dass Tolmeyn mindestens genauso lange klar war: Es läuft etwas.

»Der Minister hat alle Signale auf freie Fahrt gestellt«, sagt Stammschröer, »trotz oder gerade wegen der Umstände, aber das soll uns nicht kümmern.«

Er trägt neuerdings eine kreisrunde Schildpattbrille, die Zeiten von Monokel und Zwicker sind vorüber. Die neue Brille macht ihn nahbarer, findet Tolmeyn, weicher.

Es ist der neunte Kriegsmonat. An den Fronten tut sich schon seit langer Zeit nichts mehr, soll bedeuten, es geht nichts vorwärts und nichts zurück, und doch kostet es aberwitzige Mengen von Material und Leben. Bei allen Beteiligten hat sich

Ernüchterung, wenn nicht gar eine Art Verkaterung eingestellt. Im Reich werden Brotmarken ausgegeben, und »Kriegskochbücher« erklären, wie man mit rationierten und gestreckten Lebensmitteln noch passable Mahlzeiten auf den Tisch stellt. Schlimm, schrecklich, ein Unglück biblischen Ausmaßes – aber es scheint doch auch einen Profiteur (neben Krupp und den anderen Munitions- und Kanonenbaronen) zu geben: das Königlich Preußische Historische Institut zu Rom.

Stammschröer setzt seinem Dritten Sekretär flugs auseinander, was die monatelange Strippenzieherei erbracht hat – unter dem Siegel absoluter Verschwiegenheit.

Anfangs habe er, Stammschröer, noch auf Granit gebissen. Dann aber, mit zunehmender Verschlechterung im Felde, habe der Wind gedreht. Wo er zuvor noch »sind Sie noch bei Trost, Professor?« gehört habe, hieß es irgendwann »vielleicht kein schlechter Ansatz«. Der Kaiser sei nach seinen beiden aufrüttelnden Balkonreden an die Nation Ende Juli, Anfang August '14 (»Man drückt uns das Schwert in die Hand« und »Ich kenne keine Parteien; wir sind heute alle deutsche Brüder«) in den Hintergrund gedrängt worden, selbst wenn er alle Tage im Großen Hauptquartier ein und aus gehe. Was ihm, der sein ganzes Leben schon Uniform trage, ganz und gar nicht gefalle, wozu nenne man ihn denn »Obersten Kriegsherrn«? Tatsächlich aber machten die Generäle der Heeresleitung alles unter sich aus, und Wilhelm dürfe nur gelegentlich an den Kartentisch treten und abnicken, was ihm präsentiert werde. Nach alter Übung halte man schlechte Nachrichten von ihm fern, das sei seiner nervlichen Disposition zuträglich.

Militärischerseits sei im Moment ohnehin nicht viel Ruhm zu ernten, aber am Ansehen der deutschen Kulturnation könne man durchaus etwas reparieren. Nach der Zerstörung der Bibliothek von Löwen und der Beschießung der Kathedrale von Reims, nebst anderen Übergriffen, halte alle Welt die Deutschen für Barbaren: Als diese Erkenntnis auch im engeren Beraterkreis des Kaisers gereift sei, da sei Stammschröers Idee endlich auf fruchtbaren Boden gefallen. Politischerseits sehe man solch eine kleine Forschungsexpedition als subtiles Zeichen des Wohlwollens an die Italiener (was in Wien ebenfalls gut aufgenommen werde; eine neue Front an der Südflanke kann gegenwärtig niemand gebrauchen). Für den Kaiser sei es eher eine persönliche Genugtuung, und seine Stimmung helle sich stets auf, wenn die Rede auf Unteritalien, Friedrich II. und Castel del Monte komme.

»Es sind finstere Zeiten«, sagt der Professor, »und Friedrich II. ist eine Lichtgestalt, der Krieg macht keine guten Schlagzeilen, hier ist es kalt, und im Süden ist es warm. So einfach ist das.«

»So einfach«, echot Tolmeyn.

Muss er sich wundern, wie Stammschröer das alles hinbekommt? Wer sind die Freunde des Professors? Und wer die Freunde der Freunde? Etwa die Freunde des Kaisers? Gott, was man so alles redete, damals, während dieser unsäglichen Eulenburg-Prozesse. Ein paar unaussprechliche Gedanken kreuzen auf und verschwinden so rasch wie Sternschnuppen. Nein. Oder? Nein. Aber diese Brille verändert ihn *doch*.

»Und, Sie werden es nicht glauben, Tolmeyn, die Herren

im Kultusministerium nennen unsere Angelegenheit *Operation Achteck.*« Stammschröer lacht laut. »Kriegspsychose! Ich weigere mich allerdings, diesen Tarnnamen zu verwenden. Wir sind und bleiben Wissenschaftler, und deswegen werden Sie auch nicht ausschließlich Castel del Monte untersuchen, sondern sich von Süden her darauf hinarbeiten.«

Das bedeutet, in der Basilikata zu beginnen. Matera, Lagopesole, Melfi, Gravina in Puglia und Gioia del Colle zählt Stammschröer auf. Tolmeyn vernimmt diese Namen wie festliches Glockenläuten: besonders Gioia del Colle, ah! – dieser Name allein ersetzt einen ganzen Glockenturm und fünf weihrauchtrunkene Ministranten, die an den Seilen hängen.

»Und noch etwas«, sagt Stammschröer, »dass sie uns einen Mann aus dem Kriegspresseamt mitschicken, konnte ich gerade noch verhindern.«

Eine Welle von Dankbarkeit flutet Tolmeyn. Jeder Gedanke an einen anderen Reisegenossen als Beat ist ihm widerwärtig. Statt seiner irgendein Propagandabeamter? Wie grauenhaft.

»Dachte ich mir«, sagt Stammschröer, der ihn beobachtet hat, »aber auf eines legt Seine Majestät doch Wert: Es sollen diesmal Farbphotographien sein.«

»Oh«, sagt er.

Farbe, das heißt komplizierte Prozesse und komplizierte photographische Apparate. Der römische Photograph, bei dem sie entwickeln lassen, experimentiert, zu seinem eigenen Vergnügen zumeist, mit Farbverfahren. Alle paar Wochen zeigt er Tolmeyn stolz seine neueste Aufnahme: Wäre er Maler, man würde ihn für farbenblind halten, oder für modern. Farbphotographie, bestenfalls bedeutet das: mehr Gepäck, wahrscheinlich: neue Belichtungstabellen und langwieriges Herumgefummel, schlimmstenfalls: vermurkste Aufnahmen.

»Nicht alle, aber die wichtigen Motive«, sagt Stammschröer, »scheint, dass Wilhelm sehr beindruckt gewesen ist von den Farbaufnahmen, die Niethe vor vier Jahren in Spitzbergen gemacht hat, als er mit dem Grafen Zeppelin und dem jüngeren Bruder Wilhelms dort war.«

»Meinten Sie mit reisefertig – für Berlin? Niethe?«, fragt er und denkt: Das nicht auch noch. Als der Professor vorher hereingeplatzt ist, hätte er am liebsten gesagt: Nein, eigentlich habe ich es mir hier gut eingerichtet, zwischen Büchern und Photographien; es gibt noch genügend Arbeit zu erledigen, warum also schon wieder neue heranschaffen? Überhaupt, Berlin. Den mehrfach angebotenen Heimaturlaub hat er mehrfach abgelehnt. Berlin ist fürs Erste gestorben.

»Nein. Das traue ich Ihnen ohne weiteres zu. Die Apparate hat Niethe bereits auf den Weg nach Rom gebracht.«

Er atmet sichtbar auf. *Gioia del Colle*, läutet es in seinem Kopf, *Gioia del Colle*. Reisefertig? Ja. Ja!

Stammschröer ist noch nicht fertig.

»Was ich allerdings nicht verhindern konnte, Tolmeyn, ist, dass uns die Italiener ein Kindermädchen aufs Auge drücken.«

Hätte der Professor noch sein Monokel, jetzt hätte er es fallen gelassen, denn traurig und schlaff werden seine Gesichtszüge. Er sagt:

»Ein Zugeständnis, das wir an die politische Lage machen mussten. Irgendeiner vom Kulturministerium, aber nicht aus Rom, sondern aus einer der norditalienischen Städte. Bologna, glaube ich.«

Zu früh gefreut, denkt er. Besser zwar als ein Deutscher Schäferhund, aber lästig allemal. Seine Reisefertigkeit sinkt bereits. Noch eine solche Mitteilung, und er wird den Professor bitten, dass er die Aufgaben einem anderen überträgt. Aber natürlich gibt es niemanden außer ihm. Er verfällt in ein minutenlanges Schweigen.

»Wollen Sie gar nicht wissen, wer Ihnen als Assistent zugeteilt werden wird?«, fragt Stammschröer.

Richtig. Dieser Posten ist ja auch noch zu besetzen. *Gioia del Colle* bimmelt inzwischen nach Art eines Totenglöckleins. Sagen Sie ruhig, Herr Professor. Es ist der Postverteiler des Instituts. Der Mann, der Ihre Hemden stärkt, der Kellner in meiner –

»Beat Imboden kommt zurück.«

Bang und Überschwang

Rom, Königlich Preußisches Historisches Institut,
Anfang Mai 1915

Niethe hat seine eigene Konstruktion geschickt, maßgefertigt bei der *Camera-Tischlerei W. Bermpohl*, Berlin. Chemische Substanzen liegen der Kiste nicht bei, nur eine Notiz im ätzenden Ton des Lichtbildprofessors:

> *In Schwarzweiß haben Sie sich, wie ich höre, seit dem*
> *›Fliegenden Radfahrer‹ ja gemacht. Hier die neuen*
> *Aufgaben: Photographieren Sie mir einen Sonnenunter-*
> *gang (wahlweise -aufgang), der nicht kitschig wirkt, einen*
> *Apfel, in den man gerne beißt, und ein junges Mädchen,*
> *dessen Wangen nicht rosig sind.*
> > *Weiterhin gute Entwicklung wünscht Ihr alter Lehrer*
> > > *Niethe*

»Trink Schwefelsäure«, sagt Tolmeyn, als er die Kamera aus der Kiste holt, »aber das tust du wahrscheinlich schon seit Jahr und Tag, morgens ein Becherchen, abends ein Becherchen.«

Was für ein unhandliches Ding: nach vorne hin eigentlich ein normaler Apparat, wie er ihn bereits verwendet, aber auf der Rückseite ist ein fast halbmeterlanges schmales Brett angebracht; das muss der Wechselschlitten für die drei Farbauszüge sein.

»Die Welt ist grau, grau, grau«, sagt er, »Farbe ist eine persönliche Zutat. Oder warum schreibt Homer in der *Ilias* vom *weinfarbenen Meer*?« Niemand antwortet aus der Kiste. »Na, bitte schön«, sagt er und legt das sperrige Ungetüm weg. »*Niemand, Niemand* bringt mich um! *Niemand* tut es mit Arglist!«

Er ist in einer Stimmung zwischen bang und Überschwang, seitdem Stammschröer die Rückkehr Beats angekündigt hat; mit Anfällen von Albernheit.

»Machen Sie ruhig den Mund zu, und kommen Sie mit, Tolmeyn«, hatte der Professor gesagt und ihn in sein Büro gebeten. »Sein Vater«, hatte der Professor gesagt, »der alte Eisenbeißer, hat mir diesen ungewöhnlich milden Brief geschrieben – offenbar war sogar er erschrocken über das, was sie ihm da als seinen Sohn zurückgeschickt haben.«

Und er las aus dem Brief:

Beat kehrte im vergangenen Sommer so lebendig und so voller Tatendrang aus Apulien zurück, dass ich ihn kaum wiedererkannte. Meine Freude wich jedoch jäh, als ich merkte, wohin es ihn nun zog. Leider war ich nach all den Jahren, in denen ich ihn zur militärischen Laufbahn gedrängt hatte, nunmehr der Falsche, um ihn davon abzubringen. Er nahm meine Einwände nicht ernst oder kehrte jeden einzelnen gegen mich. Ich verdamme mich, dass ich je die unglückseligen Worte von der »Schule der Männ-

lichkeit« sprach. »Und ausgerechnet Du, Vater«, fragte Beat.
»Du willst mich nun abhalten, in ebendiese Schule ein-
zutreten? Mit welchem Recht?«, fragte er. »Ich hatte die
Uniform schon einmal angezogen, bei der Schweizer-
garde bloß, aber immerhin, und nun nehme ich die Waffe
auf, mit der Absicht, sie auch einzusetzen –

»Mein Gott«, hatte Tolmeyn gesagt, »ich habe mich immer
lustig gemacht über seine Zeit als Schweizergardist.«

– in einer guten Sache noch dazu, nämlich um dem ar-
men Belgien beizustehen und dem bedrängten Frankreich.
Wie oft haben meine Vorfahren für Frankreich gekämpft,
Vater?«, sagte er, und ich sagte nur leise: »Unzählige, aber
gut bezahlte Male.« – So verlor ich meinen Jüngsten an
die Legion.

»Ich überspringe den Mittelteil«, hatte Stammschröer gesagt, »allzu viel allzu wohlfeiles Selbstmitleid, wozu faseln
sie denn immer von Mannestum, als ob die kleinen Buben
nicht mit derselben rosigen weichen Haut geboren würden
wie die Mädchen, aber doch nicht schon in Rüstung und
mit Schwert in der Hand … Hier geht es weiter:

Ich setze nunmehr allergrößte Hoffnung darin, dass Sie,
hochverehrter Herr Professor, meinem Buben die zeit-
weise Wendung gegen Ihre Nation nicht übelnehmen und,
gegebene Umstände vorausgesetzt, über seine erneute Ver-
wendung positiv entscheiden wollen.

»Und«, hatte Stammschröer gefragt, »haben wir eine ›Verwendung‹? Nehmen *Sie* ihn zurück?«

»Natürlich«, hatte Tolmeyn gesagt, »eigentlich war er nie weg.«

»Erzählen Sie ihm bloß nie, dass ich Ihnen aus diesem Brief vorgelesen habe«, sagte Stammschröer.

Dann ist er da, an einem Apriltag. Tolmeyn hört ihn nicht, weil der Teekessel grell pfeift, und als er schnell in die Teeküche laufen will, um den Teekessel vom Feuer zu nehmen, steht er da in der Tür und presst die Hände auf die Ohren und kneift die Augen zu.

»Beat«, sagt Tolmeyn, »das ist nur der Teekessel.«

Der Teekessel spotzt, springt und spuckt das Pfeifchen aus und bläst nur noch heiser vor sich hin. Beat nimmt die Hände herunter.

»Wenn es geht, ich möchte nicht mehr im Keller arbeiten«, sagt Beat, »sonst ist mir alles recht.«

»Natürlich, natürlich«, sagt Tolmeyn. »Und weißt du schon, wir fahren wieder nach Süden, in die Basilikata, nach Apulien, Castel del Monte, machen das, was wir letztes Mal nicht zu Ende bringen konnten.«

»Gut«, sagt Beat, »das ist gut.«

Er ist eine Frau

Wartesaal der Stazione Cervaro, zehn Kilometer südlich von Foggia, 5. Mai 1915

Sie warten schon seit zwei Stunden. In *Cervaro Stazione,* das ist ein Gleisdreieck, zwei Häuser und eine Bretterbude, die sich Bahnhof nennt. Hier treffen die Linie von Neapel nach Foggia und die Nord-Süd-Verbindung zum Golf von Tarent zusammen.

»Wie heißt der Mann, den sie uns senden?«, fragt Beat. Er hat sich auf einer Holzbank langgestreckt.

Tolmeyn sieht in den Papieren nach, die Stammschröer ihm mitgegeben hat. »Langer Name. Trivulzio di Belgioioso.«

»Was ist denn das für ein Vorname? Das klingt wie eine Pilzsorte.«

Das sagt er mit einem Lächeln; Tolmeyn nimmt es erfreut zur Kenntnis, weil es zuletzt nur selten der Fall gewesen ist, das Lächeln. Eine Abwechslung von dieser neuen Ernsthaftigkeit.

Belgioioso. Das ist, als hätte man eine große, weiche, reife Pflaume im Mund. Irgendwie süß, aber für die deutsche Zunge schwierig. Zu viel Vokal, zu wenig Konsonant.

Im Wartesaal ist man verabredet, hier soll man auf diesen Trivulzio treffen. Trivulzio, den Aufpasser, der mit der

Adriabahn von irgendwo oben aus der Po-Ebene anreisen soll. Er hasst ihn jetzt schon. Nicht persönlich und nicht einmal wegen seiner Funktion. Er hasst ihn, weil er der Dritte ist, den niemand braucht. Tolmeyn blickt herum. Er kann sich kaum vorstellen, dass diese Symphonie von einem Namen auf eine der Figuren, die da auf den Bänken sitzen und dösen, passen könnte: Das sind Bauern und Getreidehändler, Beamte, Militärs, eine einzelne Frau, ein Pfarrer und zwei Polizisten. Wie auch immer: Hoffentlich kann dieser Trivulzio auch schleppen. Mit der Farbkamera ist noch ein Stück nebst einigem Zubehör im umfangreichen Gepäck. Aber wahrscheinlich wird der Mann nur Notizen in sein Büchlein schreiben und untätig herumstehen.

Langsam wird er nervös. In ein paar Minuten wird der Anschluss Richtung Bari hereinrollen. Der nächste wird erst drei Stunden später kommen. Vielleicht sollte man einfach weiterfahren, vielleicht eine Nachricht beim Stationsvorsteher hinterlassen. Ist ja eigentlich egal, wo man sich trifft. Kann Spinazzola sein oder von ihm aus auch Matera.

Da steht die Dame von der Holzbank auf und bewegt sich schnell auf die beiden zu. Sie ist gekleidet wie eine Dame aus der Großstadt, aber sie bewegt sich wie ein Kerl – denkt jedenfalls Tolmeyn; jedenfalls wie ein Kerl, dem Tolmeyn nachsehen würde, ginge er an ihm vorbei. Sie schiebt sich energisch vorwärts über die Hüfte, anstatt die geschnürten Stiefelchen zierlich voreinander zu setzen, und ihr Sonnenschirm, der über dem Arm hängt, schleift mit der metallenen Spitze am Steinboden nach.

»Die Herren Tolmeyn und Imboden, nehme ich an«, sagt

die Dame, »Sie hätten mich ruhig ansprechen können. Ich sitze hier bereits ein Weilchen.«

Sie kommt so nahe an ihn heran, dass er ein Hohlkreuz macht; einen halben oder Viertelschritt zurückzuweichen wäre unhöflich.

»Wir – wir hatten –«, stottert Tolmeyn, der sonst niemals stottert –

»Einen Mann erwartet? *Natürlich*«, sagt die Dame, rollt die Augen und stößt die Metallspitze des Schirms auf dem Boden auf. Wenn ihn nicht alles täuscht, dann springt da ein Funke weg; kann aber auch Einbildung sein, denn er bekommt seinen Blick nicht von der Frau los. Wie kann sie denn wegen dieser paar Minuten Wartezeit so wütend sein? – Ist sie aber nicht, stellt er nach wenigen Sekunden fest: Sie hat immer und allzeit diesen zornigen Blick auf die ganze Welt, weil – weil die Welt einem festen Willen und einer gereiften Vorstellung wenig entgegenzusetzen hat und durchsichtig, weich und biegsam wird, so dass man glauben könnte (für eine Weile hat auch Tolmeyn das geglaubt), man könne sie nach Belieben und mit zähem Beharren ändern. So eine Person hat er vor sich, sie – wer auch immer im Kulturministerium sich das ausgedacht hat –, sie haben die Kavallerie geschickt, keinen still grabenden Mineur.

»Letizia Trivulzio di Belgioioso«, sagt sie, jetzt durchaus charmant lächelnd (Tolmeyn linst nach unten, ob sich da eine Hand zum Handkuss emporstreckt – nein), »Trivulzio ist meine Familie, Belgioioso der Verflossene. Bleiben wir doch bei Letizia.«

»Jacob Tolmeyn, Jacob«, sagt er, korrekt mit Verbeugung, und: »Beat Imboden, er ist aus der Schweiz und kein Preuße.«

Obwohl der sich selbst vorstellen könnte, ganz schnell ist er in die Senkrechte gekommen. Tolmeyn hat sich im Übrigen vorgenommen, ihn nicht mehr als seinen Assistenten zu bezeichnen; aber einen passenden Titel hat er noch nicht gefunden. Und dann – eine Pause, eine lange Pause.

Ei verdammt. Trivulzio ist eine Frau.

Darauf muss man sich erst einmal einstellen. Freundlicherweise dampft der Zug heran, die sich entfaltende Geschäftigkeit gibt Raum für Gedanken und Beobachtungen. Der gigantische Überseekoffer, der im Wartesaal stand, gehört – einem der Militärs. Die reisen wie die Diven, denkt er, Ausgehuniform, Paradeuniform, Arbeitsanzug, Schuhe und Mützen und Hüte und Kappen für alle Gelegenheiten … Triv-, nein: *Letizia* steht nicht damenhaft herum und dreht ihren Sonnenschirm, sie packt an, als sie das Gepäck in den Gepäckwagen wuchten. Sie wartet nicht auf die Hand, die ihr ins Abteil hilft, sie steigt als erste ein. Im Abteil gibt es sechs Plätze, und eine Weile schieben sie sich aneinander vorbei und zurück, bis sich eine Sitzordnung ergibt: Letizia auf der einen Seite, Blick in Fahrtrichtung (darauf haben die Herren bestanden, weil es doch bekömmlicher sei; sie hat bei so viel *Courtoisie* mit den Augen gerollt), mittlerer Platz, links und rechts neben sich zwei Taschen, und die Herren schräg vis-à-vis, Tolmeyn am Fenster, Beat am anderen, so dass es immer etwas zu schauen gibt und alle sich über uneingeschränkte Beinfreiheit freuen können. Gleichzeitig die Verteilung, denkt Tolmeyn, bei der ein jeder den größtmöglichen Abstand wahrt.

Und dann haben sie sechs Stunden, um sich aneinander zu gewöhnen.

Zunächst kommt eines dieser selbstlaufenden Gespräche in Gang. Wetter, Anreise, das Schaukeln des Wagens. Gebrauchsfertige Worte auf dem Fließband, ohne Überlegung zu Allerweltsvehikeln der Verständigung zusammensetzbar. Man plaudert, lässt sich Zeit. Er und Beat hatten noch keine Gelegenheit, wenigstens einen bedeutungsvollen Blick auszutauschen, geschweige denn die Zeit, sich zu besprechen. Aber wozu auch? Die Situation muss genommen werden, wie sie eben ist, denkt Tolmeyn, aber bei Letizia, die zwei Gesichter zu lesen vor sich hat, kommt diese Haltung wohl nicht an.

»Du lieber Gott«, sagt Letizia nach dem ersten Stopp, »wie lange wollen Sie brauchen, um darüber hinwegzukommen, dass ich nicht Signor Trivulzio bin, sondern Signora Letizia?«

Nun ist Tolmeyn, als offizieller Expeditionsleiter, zu einer Stellungnahme aufgerufen – das sagt schon der Seitenblick Beats.

»Nun«, sagt er, »Signora Letizia« –

»Jacob, lassen Sie doch bitte die Signora«, sagt sie, »Letizia genügt.«

»Wie Sie wünschen.«

Er will ihr auseinandersetzen, dass dies eine strapaziöse Reise werden wird, ins gebirgige Hinterland. Die Unterkünfte werden einfach sein, die Tage lang. Dass Maultier oder Muli (sie kennt den Unterschied) ihr Transportmittel sein wird, sobald sie in Matera die Bahn hinter sich lassen, kann eine Letizia nicht schrecken. Sie zeigt die Sohlen ihrer aufs genauere Hinsehen doch derben Stiefeletten: fein genagelt.

»Ich bin zwar eine Frau, aber keine, die regelmäßig in Ohnmacht fällt«, sagt sie.

Stimmt, und eine schöne noch dazu. Im Spiegelbild des Abteilfensters kann er mehr von ihr erkennen als in der direkten Ansprache; da wird er sich hüten, den Blick schweifen zu lassen. Aber Tolmeyn könnte die schönste Frau der Welt betrachten, im prasselnden Funkenflug ihrer Schönheit wie unter einer Wunderkerze stehen und dennoch unversengt bleiben. Das ist die längst anerkannte Erfahrung eines Andersseins; mit vierzehn, fünfzehn, sechzehn wurden seine Mitschüler kirre, sobald sie einen Rock oder einen Zopf sahen, nur Tolmeyn nicht, der verwundert feststellte, dass ihm ein Oberlippenflaum viel interessanter erschien als sich rundende Brüste. – Zu gern würde er sich in die Betrachtung Beats versenken und sehen, wie dieser den Sonnensturm vom Mittelsitz gegenüber erträgt; aber die Konversation muss weitergehen.

»Das macht mir nichts«, sagt er, »ich hatte nur ein paar Bedenken, aber die haben Sie nun zerstreut. Wir werden jedenfalls versuchen, Ihnen diese Reise so angenehm wie möglich zu machen.«

Das »macht mir nichts« spricht sie stumm nach; als wolle sie seine Mehrdeutigkeit abschmecken: Egal, *weil* ich eine Frau bin? Egal, *obwohl* ich eine Frau bin? Egal, weil er sowieso ein rücksichtsloser Rüpel ist? Egal, weil er – *was* ist?

»Vielen Dank, aber ich habe mir das sehr bewusst ausgesucht«, sagt sie, »selbst wenn ich mit den Herren im Ministerium kaum konkurrieren musste. Die haben, mit Verlaub, allesamt gekniffen.«

»Haben sie?«

Beat fragt. Das ist das erste Wort, das er an Letizia richtet. Sie spielt es vor:

»Was? Apulien, Basilikata? Ins *Eozän* der Erdgeschichte? Zu den *Wilden*? Ist das noch Italien oder schon *Afrika*? Welche Sprache sprechen die dort? *Sprechen die überhaupt?* Mit zwei Preußen? Nur unter Geleitschutz!«

»Ich stamme aus Muri in der Schweiz«, sagt Beat, »ich habe gegen die Preußen gekämpft.«

Oh, er ist wirklich ernst geworden, dieser Beat. Letizia sieht ihn verwundert an, dann Tolmeyn.

»Ich kann nicht behaupten, dass mich Ihr Kaiser Federico sonderlich interessiert. Offen gesagt: Machen Sie, was Sie wollen. Ich werde nicht den Aufseher aus Rom herauskehren.«

»Das freut mich«, sagt er. »Überlassen Sie den Friedrich getrost mir und Herrn Imboden.«

Das erste Abtasten scheint erfolgreich abgeschlossen, gewisse Grenzen sind abgesteckt. Letizia wirkt umgänglich: Lass ihr ihre Freiheiten, dann lässt sie dir die deinen, denkt er. »Möchten Sie uns erzählen, wie Ihnen dieses – Schicksal zuteil wurde?«

Später findet er: Jede Geschichte erzählt sich besser, wenn sie im Takt des Schienenstoßes erzählt wird. Das andauernde *taktak–taktak* gibt der Erzählung eine eigene Zeit, und draußen vor dem Abteilfenster verwischen alle örtlichen Eindrücke; nur gelegentlich gibt es einen Haltepunkt, der mit irgendeiner Erinnerung verknüpft ist – etwa Ascoli Satriano: Hier siegte König Pyrrhus über die Römer (solche Siege produzieren sie an den Fronten jetzt Dutzende im Monat, denkt er); oder Lavello: Hier starb Friedrichs Sohn

Konrad, vermutlich an Gift; oder Venosa: Hier wurde der Dichter Horaz geboren. Oder Spinazzola: Herrliche, mit Käse gewürzte Hackfleischbällchen, die in kleinen Papiertütchen noch heiß durchs Abteilfenster hereingereicht werden.

Letizia, das hat er bald gemerkt, ist eine Frau mit einer Mission.

»Ja, natürlich benutze ich euch. Als allein reisende Frau käme ich doch nicht in diese Gegenden.«

Sie macht ihre Mitreisenden zu Verbündeten, indem sie ihnen keine Einzelheit erspart, keine; und das Abteil ist zu eng, um einander nicht doch näher zu kommen. Dem Trivulzio, alter lombardischer Adel wie sie, nur viel, viel älter, wurde sie mit siebzehn Jahren vermählt: nichts anderes als eine Besitzabrundung aller beteiligten Parteien – außer natürlich für Letizia, welche aber dem Trivulzio alsbald abhandenkam – sie ging einfach und nahm ihre Tochter mit.

»Seinen Namen habe ich weiter benutzt, der hat mir schon geholfen, als ich mich an der Universität von Bologna einschrieb, aber mein Gott, wie schwierig blieb das immer noch. Man wollte mich nicht in der Pathologie zulassen, damit ich keine nackten Männer sähe – ich kann euch sagen: Ein Toter auf dem Seziertisch unterschied sich nicht sehr vom lebenden Trivulzio im Ehebett –, und die Bürokraten quälten mich mit unmöglichen Anforderungen und verweigerten mir die Nachweise. Trotzdem oder gerade deswegen habe ich mich auf Geburtshilfe und Frauenleiden spezialisiert – gibt es eigentlich Männerleiden, im Deutschen wenigstens?«

Nichts, was kurierbar wäre, denkt er und sagt: »Nein.«

Eine Ärztin, na schön. Er sieht zu Beat hinüber, das nächste Mal, wenn ich abstürze, muss ich mich von einer

Frau pflegen lassen, eigentlich schade, aber vom fachlichen Gesichtspunkt wohl besser. Letizia packt jetzt alles auf den Tisch; am Ende wird sie ohne Zweifel den Tisch an einer Kante anheben und alles hinunterrutschen lassen: *tabula rasa*. Und fragen: So, nun wisst ihr alles über mich – wie ist es mit euch? Tolmeyn beginnt schon damit, sich etwas für den Fall zurechtzulegen.

»Vier Semester studierte ich in Neapel; aus der Zeit kenne ich den Süden, auch dort, wo die Sonne nicht hinleuchtet; die Ursachen des Kindbettfiebers erforschte ich in meiner Doktordissertation an reichlich Fällen: Und ratet einmal, wie viele Frauen in meinem Fach in meinem Jahr promovierten?«

»Nur Sie«, sagt Beat lächelnd. Als wäre das nicht klar gewesen, denkt Tolmeyn. Städtenamen fliegen (rauf und runter durch Italien: Rom, Padua, Turin, Mailand für Praktika, Laboratorien, Kliniken…), Letizia landete schließlich in Mailand und eröffnete eine Praxis.

»Moment, was ist eigentlich mit dem Kind?«, fragt er.

»Im Kinderheim«, sagt sie, »ich nahm sie zu mir, sobald ich in Mailand etabliert war. Ich weiß schon, was Sie denken. Aber meine Schwester hatte immer ein Auge auf sie. Es geht ihr gut. Besser so als das unstete Leben mit mir.«

»Es gibt auch Rabenväter«, sagt er, »die werfen einen aus dem Nest, so schnell kannst du gar nicht schauen.«

»Ach«, sagt sie und legt den Kopf für einen Moment schief, dann fährt sie im noch leicht gesteigerten Tempo fort:

»Für die Lage der Frauen, der arbeitenden Frauen, habe ich mich immer interessiert, und meine drei Jahre, die ich in den Mailänder Arbeitervierteln treppauf-treppab bei Hausbesuchen und in meiner Praxis verbrachte, haben mich gelehrt: Es ist nicht die Arbeit, die degradiert – was Damen aus meinen Kreisen denken –, es sind die Bedingungen, unter denen sie geleistet wird …«

Die Frauenfrage also treibt sie um. Tolmeyn muss feststellen, dass er sich diese Frage nie gestellt hat, so oder so. Dabei muss er lächeln; sie aber hält das für maliziös oder zumindest unpassend und sagt, in einer Schärfe, die wiederum er, angesichts der Kürze ihrer Bekanntschaft, für unangemessen hält:

»Da gibt es nichts zu grinsen, Jacob, und darf ich bei der Gelegenheit fragen, ob Sie verheiratet sind? Oder Sie, Beat?«

Zweimal Kopfschütteln, keine Nachfragen, eine rare Pause in Letizias Selbstbericht. Auf einmal stehen Möglichkeiten im Raum. Die Enge des Abteils wird spürbar. Hier sitzen schließlich drei junge Körper, ansehnlich, proper, fähig und von allerhand Bedürfnissen geplagt, oder gesegnet, wie man will, denkt er, losgelassen, nicht gebunden, unterwegs in die Wildnis. Auf die Körper hat ein jeder von ihnen freie Sicht; Kleidung ist kein Hindernis für die Vorstellungskraft, sie sind ja auch keine fünfzehn Jahre mehr. Aber in die Köpfe der beiden anderen kann keiner von ihnen drei schauen, da hilft auch der zwischen Tolmeyn und Beat pendelnde, dringliche Blick Letizias nicht. Sie scheint das jetzt zu realisieren und vertagt das Thema in einem kaum merklichen Anheben der Schultern. Er hat das Gefühl, dass sich seine Nackenhaare aufstellen, ein kühles Gefühl von Gefahr, er tastet in diese Richtung, spürt aber nichts unter den Fingerkuppen, nur ein Kitzeln, das sich abschütteln lässt.

Bis zur übernächsten Haltestelle – sie sind wieder in den

Bergen, rechts erkennt man den Gipfel des erloschenen Vulkans Vulture wie eine ramponierte Zackenkrone – hat er erfahren, dass Letizia vor ein paar Jahren einen Vortrag in Mailand gehalten hat, *Das Monopol des Mannes,* welcher Aufsehen erregte. Seitdem kuriert sie nicht nur Frauenleiden (die ärztliche Praxis hat sie in der Tat fast gänzlich aufgegeben), sondern alle möglichen anderen Symptome einer Gesellschaft, in der Männer die Vorherrschaft haben und die Frauen sich unterordnen müssen. Arbeiten dürften sie, aber ihre Lohntüten nähmen ihre Ehemänner in Empfang. Sie dürften nicht wählen, nicht einmal ihren eigenen Wohnsitz, und sie dürften nicht die Vormünder ihrer eigenen Kinder sein; alles von Gesetzes wegen.

Noch einen Bahnhof weiter, und er weiß, dass Letizia Trivulzio di Belgioioso, die sich über die von ihr aufgezählten Einschränkungen der Frauenrechte mit der Selbstverständlichkeit einer Dame von Adel hinweggesetzt hat, die Autorin eines Aufrufs mit dem Titel *Brot und Polenta* gewesen ist, der zum Schlachtruf wurde während der tumultuösen roten Tage, damals in Mailand: *Pane e libertà! Pane e istruzione!* Weißbrot statt Maismehl, Freiheit und Bildung für die Arbeiter.

»Fast hat man mich verhaftet«, sagt sie und: »Was war das für ein großer Berg, der da vorhin zu sehen war? Nicht doch der Monte Vulture?«

»Doch«, sagt er, »das muss er wohl gewesen sein.«

Nun klärt sich, wie es dazu kommt, dass sie mit einer ausgewiesenen Feministin und womöglich Sozialistin in einem Eisenbahnabteil sitzen, die als Repräsentantin des italienischen Staats abbeordert ist, zwei Kunsthistoriker auf einer

Forschungsreise durch Unteritalien zu beaufsichtigen. Denn am Fuße des Monte Vulture, eines erloschenen Vulkans, befindet sich das Städtchen Rionero, Familiensitz des Senators Giustino Fortunato, des großen Fürsprechers des Südens in Rom und, wie sich herausstellt, Mentor Letizias. Man muss schon Marchese und Senator in Rom sein, die großen Ohren, langen Arme und geschickten Finger haben, um ausgerechnet solch eine Frau ausgerechnet für eine solche Exkursion auszusuchen. Tolmey hat den Namen Fortunato schon einmal gehört; mag sein, dass Stammschröer ihn erwähnt hat.

Sie soll, sie will sich also ein Bild machen von den Zuständen im Süden, denkt er, wir sind nur das Vehikel, sie hat die Protektion und den Auftrag von Fortunato, wie auch immer das im Einzelnen sich verhält. Geht mich auch nichts an. Der Fehler ist zu glauben, dass Menschen, die viel erzählen, alles erzählen: Das ist genauso wenig wahr wie die Annahme, dass Menschen, die wenig sagen, viel verschweigen.

Beat ist still, die ganze Zeit schon. Falls er nicht zuhören sollte, dann kaschiert er das gut. Aus dem Fenster sieht er nicht, er sieht sie an, wenn sie spricht, also die meiste Zeit. Das ist höflich und nicht zu beanstanden, und doch wünschte Tolmeyn, der andere schaute mehr auf die Landschaft. Es ist keineswegs unangenehm, ihr zuzuhören, und noch weniger, sie anzusehen, aber sie hat ein Programm, das für eine längere Bahnfahrt als die zwischen Foggia und Altamura reichen würde:

»So ist das mit dem Fortschritt. Wir haben für Krankenhäuser gekämpft, dann für bessere Krankenhäuser, wir haben saubere Brunnen gebaut und die Ärzte aufs Land geschickt. Was ist passiert? Weniger Kinder sind gestorben, und die kann das Land jetzt nicht mehr ernähren. Ich meine, natürlich könnte es! Aber dazu müsste es sich entwickeln, wir müssten das System ändern, die Gutsherren enteignen, das Land verteilen, wir müssten Fabriken ansiedeln…«

Letizia hat die Zahlen im Kopf, genauso, wie sie vorher über die Zahl der Lehrerinnen in den Provinzen und ihre Besoldung gesprochen hat, so wie sie auch die Zulassungsquoten der Frauen an den Universitäten memoriert hat.

»Fünfhundertsechzigtausend Auswanderer im Jahr 1913, noch nie waren es mehr, und die allermeisten zieht es nach Amerika. Wie verzweifelt muss man sein, um dieses herrliche Land zu verlassen?«

Ihr Zeigefinger sticht Richtung Fenster. Viel erkennt man nicht mehr: Dämmerungsblau in Erwartung von Nachtschwarz. Altamura ist nicht weit; Umsteigeort für die Lokalbahn nach Matera. Falls sie es heute noch schaffen.

»Nur hungrig«, sagt er.

Kurz vor Ankunft, er und die beiden anderen sind dabei, ihre Sachen zusammenzusuchen, bremst der Zug heftig, und sie fallen übereinander und ins Durcheinander stürzender und fliegender Taschen und Beutel. Er kommt für einen Moment auf ihr zu liegen und Beat auf ihm. Nach ein oder zwei erstarrten Sekunden lachen sie alle, sechs Arme und sechs Beine ver- und entwickeln sich strampelnd und haltsuchend an unverdächtigen Stellen, bis ein jeder wieder auf eigenen Füßen steht. Noch ein wenig peinlich berührtes Kichern und Nachfragen: Haben Sie sich weh getan? Sie etwa? Aber nein!

Und im Aussteigen sagt sie: »Nun, da sind wir uns doch schon viel näher gekommen als gedacht, nicht?«

Na schön, Trivulzio ist eine Frau. Aber was bedeutet das? Nicht viel mehr, als dass sie jetzt zu dritt sind. Das ist das eigentliche Problem. Einer ist zu viel, und zumindest für Tolmeyn ist auch klar, wer.

Steine, Licht und Wasser

5. Mai 1915, spätabends

Matera (401 m; Gasthaus: Albergo dei Viaggiatori, passabel) ist eine alte malerische Bergstadt von 17 081 Einwohnern.

»Herrgott noch mal«, sagt er, »wenn es der verdammte Baedeker doch wenigstens einmal richtig hinbekäme. *Malerisch?* Nur wenn einer wie Hieronymus Bosch malt.«

Auf dem Platz vor dem Dom balanciert er auf einem Mäuerchen. Es ist fast stockdunkel, und unter ihm gähnt der Höllenschlund. Fahle, vergraute, gekalkte Mauern, schwarze Löcher im Fels und viele kleine, glühende Punkte. Die Stimmen und Geräusche eines unterirdischen Lebens wehen warm herauf, leise Rufe, Topfklappern, Holzhacken, Schritte, und alle die Gerüche dazu; süß und milchsauer stoßen sie auf, im Gemisch mit Rauch, Fäkalaromen von Mensch, Geflügel und Huftieren. Irgendein Gewässer gurgelt wie aus einer gewürgten Kehle. Der ganze Abgrund röchelt und schnarcht, erschöpft nach einem harten Arbeitstag.

Er setzt sich vorsichtig nieder und starrt in diesen dunklen, weit aufgerissenen Rachen. Vielleicht ist ihm deshalb so morbide zumute, weil er gerade an der *chiesa del purgatorio* vorbeigegangen ist, mit ihrem Rundumschmuck an grinsenden Totenschädeln und sensenschwingenden Knochenmännern: großes katholisches Theater, wie er es liebt, obwohl er sich als luftgetrockneter norddeutscher Lutheraner erst einmal daran gewöhnen musste. Und über dem Portal las er: *Miseremini mei, miseremini mei, saltem vos, amici mei* – habt Mitleid mit mir, habt Mitleid mit mir, wenigstens ihr, die ihr meine Freunde seid.

Also: Letizia ist eine gewinnende Person, die man gern um sich hat; sie wird ihnen nicht zu nah auf die Pelle rücken, sie verfolgt ihren eigenen Plan. Aber wenn statt ihrer irgendein Beamter aus dem Ministerium aufgetaucht wäre – so ein Kerl mit Kneifer, Aktentasche und Notizblock –, der wäre besser einzuschätzen als diese Frau und ihre Wirkung auf… *miseremini mei, miseremini mei, murmel, murmel…* Die katholische ist die Religion des Gemurmels, denkt er, man höre sich rosenkranzbetende alte Weiber an.

Die beiden anderen sind nach dem Essen im Albergo geblieben, das sich »Albergo der Reisenden« nennt. Und richtig so; lange möchte dort niemand verweilen. Auch er hatte sich schon niedergelegt, aber die Matratze spiegelte den durchgebogenen Rücken des dürren Gauls wider, mit dessen Haar sie spärlich ausgepolstert worden war. Er zog sich erneut an und tappte hinaus auf die Gasse, immer mit einer Hand an der Wand, denn er wusste wohl, dass er am Abgrund wandelte.

Ein paarmal muss er sich nach der großen Rosette in der Domfassade umdrehen, um sich zu vergewissern: Links und rechts, auf neun und drei Uhr, drehen zwei Figuren an der Rosette. Sie drehen das Rad des Lebens, sie drehen das Glücksrad. Jetzt dreht mal für mich, sagt er.

Die Anreise hatte er sich anders vorgestellt. Den ganzen

langen Weg von Rom bis hierher, nicht nur die letzte Etappe. Er kriegt ihn einfach nicht zu fassen. Schon seit Tagen nicht, seit seiner – Beats – Rückkehr nach Rom.

Es hatte noch viel vorzubereiten gegeben. Tolmeyn hatte Unterlagen vervollständigt, mit der Farbphotographie herumprobiert. Beat war viel unterwegs gewesen, »Erledigungen« im Auftrag Stammschröers, hatte es geheißen, wenn Tolmeyn nach ihm fragte. Aber es stand zu vermuten, dass der Professor Beat immer wieder einmal nach Hause geschickt hatte, halbe Tage lang, wenn er ihm zu schwach oder unkonzentriert erschien. Für kaum mehr als eine Stunde hier und da hatten sie sich gesehen, und dann war meistens irgendetwas wegen der Reise zu besprechen gewesen, technische, praktische, wissenschaftliche Dinge.

Der Express zwischen Rom und Neapel war so voll gewesen, dass sie in verschiedenen Abteilen reisen mussten. Im Nachtzug zwischen Neapel und Cervaro schlief Beat die meiste Zeit, und Tolmeyn hatte lange Gelegenheit, den Reisegefährten zu beobachten. So empfindlich Beat auf Geräusche reagierte, solange er wach war (alles war geeignet, ihn zu erschrecken: das Bellen eines Hundes genauso wie das Ploppen eines Korkens), so undurchdringlich und fest war sein Schlaf. Nur die Signalpfeifen des Bahnpersonals konnten diese Hülle durchstoßen, und jedes Mal sprang er auf und langte nach seiner Umhängetasche, bereit, aus der Tür zu stürzen. Tolmeyn fing ihn ab, beruhigte ihn: nur ein Abfertigungspfiff, alles gut. Sekunden danach fiel Beat wieder in Schlaf. In seinem Gesicht stand wenig zu lesen. Keine tiefen Furchen. Er war auch nicht grau geworden. Kein nervöser Tick, kein Zittern, kein Zwinkern, nichts. Derselbe

Mensch, aber um Erfahrungen reicher, die der Zivilist Tolmeyn sich nicht einmal vorstellen konnte.

Dann war Letizia gekommen und hatte die Bahnfahrt mit ihren Geschichten beansprucht; ohnehin hätte er in ihrer Gegenwart nicht über das reden können, was er erfahren wollte. Scheinbar verstand sie ein wenig Deutsch; also hätte selbst das Ausweichen auf diese Sprache nichts gebracht. Abgesehen von der Unhöflichkeit.

Andererseits war er froh. Wie sollte man es beginnen?

»Na, wie war's im Krieg?«

Oder:

»An wie vielen Schlachten hast du teilgenommen?«

Oder:

»Weißt du inzwischen, auf wen du lieber schießt? Preußen oder Bayern?«

Stammschröer, vorsichtig befragt, hatte es auch nicht gewusst. Im Brief von Beats Vater habe er keine Hinweise gefunden, warum die Legion Beat hatte gehen lassen. Keiner von ihnen war Experte in diesen Dingen. Man sagte: Die Legion verlasse einer entweder tot oder wenn die Dienstzeit vorüber war, für die einer sich verpflichtet hatte. Oder einer wurde unehrenhaft entlassen – nein, undenkbar. Ein Imboden doch nicht.

Tolmeyn gleitet von der Mauer herunter. Für einen Moment muss er sich besinnen: Matera – wozu? Ah ja. Das Kastell. Es liegt etwas oberhalb, außerhalb der alten Stadt. Nach allem, was vorab zu recherchieren war, kaum staufisch, falls doch, nur noch kümmerliche Reste. Aber sicher eine gute Gelegenheit, um anzuknüpfen an den letzten Sommer. Er, Beat und die Kameras.

»O Gott«, sagt Letizia, »das glaube ich nicht.«

Es regnet Bindfäden, der Himmel ist dunkelgrau, die Wolken kann man fast berühren. Für so eine Düsternis hat Scott's *Tabelle der reciproken Werte der chemischen Helligkeit zu verschiedenen Tagen und Stunden des Jahres* keine Spalte und keine Zeile. Aus dem Photographieren wird erst einmal nichts; farbig schon gar nicht.

Er, Beat und Letizia stehen an derselben Stelle, von der er in der Nacht zuvor in die tiefe Schlucht geblickt hat. Ein elegant gekleidetes Paar spaziert vorüber, erkennt die Fremden, bleibt kurz stehen; der Herr sagt: »Dort gehen Sie besser nicht hinunter.«

»Und wie ich da hinuntergehen werde«, sagt Letizia kampflustig. »Warum sollte ich denn dort nicht hinuntergehen?«

Und die Dame sagt, über die Schulter: »Weil es gefährlich ist, bei den wilden Tieren, deshalb.«

»Wer kommt mit mir?«, fragt Letizia. Dem Ton nach sagt sie: Ich gehe sowieso. Beat sieht Tolmeyn kurz an.

»Ich.«

Er denkt: Ich habe dir nicht freigegeben. Selbst wenn kein Photographierwetter ist, gibt es genug zu tun. Wir könnten den Stadtarchivar aufsuchen, den Kastellan, mit der Voruntersuchung beginnen. Du bist mein Assistent – nicht ihrer. Sie kommt zurecht.

Nur sagen könnte er das nie, nicht mehr. Letizia läuft schon auf die Treppe zu, Beat hinterher. Ihm fällt auf: Der Schweizer geht einen anderen Schritt als früher. Mir runderem Rücken und tiefer in den Knien. Geschmeidiger, gleitend. Früher ist er fester aufgetreten. Aber das sind schmierige, rutschige

Steinplatten und Stufen, die hinabführen in den Sasso Barisano, so wird es wohl nichts weiter bedeuten.

»Wartet. Ich komme auch mit«, sagt er. Niemand wartet auf ihn.

Sie sei wie elektrisiert gewesen, als sie gehört habe, dass auch Matera auf der Reiseroute sei, hatte Letizia beim Frühstück gesagt. Matera, die Höhlenstadt, geteilt in Oberwelt und Unterwelt, ein Symbol für den Zustand des Landes. Tolmeyn kam es, inspiriert von den Eindrücken seines nächtlichen Ausfluges, eher vor wie Kopf und Magen. Der Dom steht auf einer Art Aussichtsplattform, die sich weit in die Windung einer über hundert Meter tiefen Schlucht erstreckt. Unten, in den Sassi, wohnen Höhlenmenschen, seit Tausenden von Jahren in denselben Hohlräumen, die sie aus dem Kalk- und Sandstein gekratzt haben. Sie lassen den Magen arbeiten und brodeln, während die Menschen der modernen Stadt sich die frischen Winde der Hochebene um die Nase wehen lassen. Oben stehen die Palazzi, gibt es Kanalisation, Elektrizität und Telephonleitungen, gibt es breite Straßen, die sogar für Automobile geeignet sein dürften.

Drei Treppenlängen, zwei Ecken, ein paar Gassen und Terrassen, und er weiß nicht mehr, wo er ist. Beat und Letizia – nicht zu sehen, nicht zu hören. Überhaupt niemand. Vor Fremden laufen sie hier erst einmal weg, nur die Hühner nicht. Ein Hund trabt immer einen Schritt hinter ihm her; sucht er Anschluss, passt er auf? Ein zweiteiliger Vorhang vor dem Eingang zu einer Behausung wird in Brusthöhe fest zusammengerafft, unter fransigem Saum lugen schmutzige Zehen heraus, oben glänzt, aus schmalem Faltenschlitz, ein dunkles Auge. Kinderfüße, Kinderaugen. Er bemüht sich zu lächeln, während er ziellos weitergeht. Die Erwachsenen werden in den Gärten und auf den Feldern sein und die Alten wohl drinnen, in den Höhlen. Über manchen Türen sieht er einen lächelnden Mund, einen geschwungenen Schlitz im Mauerwerk: könnte auch ein gezwirbelter Schnurrbart sein. Einige der Münder rauchen; es geht gegen Mittag, man kocht. Essensgerüche vermischen sich mit den Abfalldünsten, die aus irgendwelchen Ritzen ziehen.

An einer vor dem Sprühregen geschützten Stelle findet er eine Mauer aus Sandsteinblöcken, aus denen Wind und Wasser bizarre, fließende Formen getrieben haben. Er reibt mit den Fingerkuppen über den Stein. Fein schmirgelnder Staub löst sich. Ach, ja, der Sand, sagt er. Er kramt eine Münze aus dem Hosensack und kratzt mit untergehaltenem Handteller an der Mauer. Jemand kichert. Zwei Kinder stehen da. Als er sich umdreht, flitzen sie in die nächste Höhlentür.

Er wickelt den Sand in ein Taschentuch und überlegt, ob er nicht umkehren und nach oben gehen soll, wo er doch offensichtlich den Anschluss verpasst hat. Wozu den beiden nachlaufen –

– wenn Letizia ihm doch eilig entgegenkommt?

»Jacob, wo bist du denn gewesen?«, ruft sie, packt seine Hand und will ihn in eins der Felslöcher ziehen. Er sträubt sich – und per du sind wir auch noch nicht, wir zwei jedenfalls nicht, was Sie und Beat angeht, klären Sie mich gerne auf –

»Pass auf, Letizia«, sagt Beat. Er steht in der Öffnung und zieht den Vorhang, einen aufgeschnittenen Jutesack, zur Seite. »Vorsicht auf die Stufe.«

Ach so, denkt Tolmeyn, aber Achtung, leichtfüßig auftreten, in nichts hineinstolpern. Nichts unterstellen.

»Jacob«, sagt sie und findet zur Form zurück, »das wird Sie interessieren. Diese guten Leute sind so freundlich, uns ihre Behausung zu zeigen.«

Was sollen zwei Materaner Höhlenmenschen auch sagen, wenn eine Letizia Trivulzio di Belgioioso wie ein hellgoldener Kugelblitz in ihre Wohnstatt einschlägt? Sie werden wohl Schlimmeres überstanden haben, auch die Tatsache, dass die Norditalienerin in Begleitung kommt. *Krupp, Krupp,* sagt der Herr des Hauses, der sich auf eine Krücke stützt, heftig nickend, *bumm-bumm Berta.*

Tolmeyn hat das Gefühl, in einen Hühnerstall einzutreten. Nein, Pferdestall. Ziege muss wohl auch dabei sein. Das Auge ist so langsam, die Nase so viel schneller. Geradeaus steht ein mächtiges Bett auf hohen Beinen. Die Hühner gehen unten durch, fünf, sechs, sieben Kinder sitzen obenauf. Gleich links neben dem Eingang ein gemauerter Kubus in Sitzhöhe, mittig ein runder Holzdeckel mit Griff. Letizia hebt den Deckel auf –

»Muss das denn sein«, sagt er und tritt zurück. So etwas direkt neben der Tür.

»Das ist eine Zisterne«, sagt sie, »jede dieser Wohnungen hat eine eigene.«

Links geht eine kleine Kammer ab: die Küche, sie gehört zu dem schmalen, vorgemauerten Teil. Die eigentliche Höhle liegt vor ihnen, am Ende des ersten Raums eine Stufe, ein anschließender tieferer Gang und eine Aufweitung des Raums lassen sich erahnen. Rechts in einer Nische steht das Pferd hinter einem Verschlag. Eine Ziege meckert, aber er kann sie nicht sehen. Milch und Eier sind gesichert, das Pferd verdingt sich mit dem Mann bei einem Menschen aus der Oberwelt für Fron- und Spanndienste. Es heizt den Raum, und die Hühner picken in seinem Mist, den der Mann dann verkauft, als Dünger, oder getrocknet im Ofen verbrennt.

Einen Winter in diesem Loch will er sich gar nicht vorstellen. Auch keinen Sommer. Beat, der sich kaum von der Türschwelle wegbewegt hat, tritt einen Schritt näher. Etwas schüttelt ihn. »Ich muss hier raus.« Tolmeyn folgt. Beat zündet eine Zigarette an. Er raucht jetzt auch mehr als früher, aber lange nicht so ruhig. Jede, als wäre sie die letzte.

»Du solltest mich fragen, bevor du mit ihr auf Tour gehst«, sagt er. Möglichst beiläufig soll das klingen.

»Ich hatte vergessen, dass du hier das Kommando führst«, sagt Beat.

»So war das nicht gemeint«, sagt Tolmeyn und wartet.

Beat will gar nicht wissen, wie es gemeint war. Er zündet eine neue Zigarette an und stellt sich ein paar Schritte weiter unter einen Felsüberhang. Platz ist für zwei, doch Tolmeyn wartet vergeblich auf eine Einladung; also bleibt er im Regen stehen und rätselt darüber, wie es tatsächlich gemeint war. Was sich alles geändert hat.

Letizia kommt einige Minuten später.

»Ist das nicht furchtbar?«, fragt sie. »Der Mann hat sich am Knie verletzt, als er beim Pflügen war. Wenn er nicht arbeitet, verdient er kein Geld. Wenn er kein Geld hat, kann er seine Familie nicht ernähren.«

Die Männer nicken. Jeder, der genau hinsähe, könnte sehen, dass diese beiden gerade alles Mögliche furchtbar finden, nur nicht das Schicksal des Mannes aus der Höhlenwohnung.

»Die licht- und luftlosen Elendsbehausungen«, sagt Letizia, eine Spur agitierter, »so eine Schande. Seit achttausend Jahren sind diese Höhlen bewohnt.«

»Sie kennen die Berliner Mietskasernen nicht, Letizia.«

Tolmeyn allerdings auch nicht. Oder nur vom Hörensagen. Aber jeder weiß, dass sie da zu zehnt in winzigen Löchern hausen. Und durch die Hinterhöfe der Mietskasernen zieht weniger der Geruch von Pferdemist als der von *Knorr's Erbswurst,* Arbeiters Gemüse und Fleisch zugleich, auf dem Spirituskocher zubereitet; wer, der unter dem Diktat der Dampfpfeife und der Stechuhr arbeitet, hat schon das Geld und die Zeit, um einzukaufen und lang zu kochen?

Letizia sieht ihn verständnislos an.

»Was hat das denn bitte mit Matera zu tun?«, fragt sie. »In Berlin gibt es, soviel ich weiß, Wasserklosetts. Und Elektrizität. Und verputzte Wände. Und verglaste Fenster. Und –«

»Wenn sie sich hier schon seit – neuntausend, achttausend? – Jahren halten, dann können sie nicht alles falsch machen«, sagt er und schiebt nach, »meine ich. Oder nicht?«

Sie würdigt das keiner Antwort. Beats Zigarette verzischt in einer Pfütze.

»Gehen wir?«, fragt er.

Ja – und zwar ein jeder seiner eigenen Wege: Letizia will einen Parteifreund Fortunatos treffen, Beat soll beim Stadtarchivar nach Urkunden das Kastell betreffend forschen, und er geht dem Bürgermeister seine Aufwartung machen.

»Willkommen«, sagt der, »willkommen in der Stadt des Steins, des Wassers und des Lichts.«

Stein und Wasser: genug davon, denkt er. Mehr Licht, bitte.

Unmut

Am Vormittag des folgenden Tages – wie der vorherige düster, neblig und immer wieder von heftigen Regenschauern unterbrochen – sitzt Tolmeyn im Zug, mit der Absicht, das Kastell von Gioia del Colle zu erkunden. Das war zwar eigentlich zurückgestellt worden – bereits in Rom –, denn von dem Bauwerk war bekannt, dass umfangreiche Grabungs- und Wiederherstellungsarbeiten im Gange seien. Stammschröer und er waren sich einig gewesen, dies zunächst abzuwarten. Aber vielleicht muss man ja notfallmäßig eingreifen. Wie damals in Andria. Schlimmeres verhüten. Deswegen ist ein – möglichst frühzeitiger – Auftritt in Gioia del Colle angeraten.

Unsinn.

In Wahrheit läuft er wieder einmal davon. Die Lage in Matera ist ihm nicht geheuer. Gut möglich, dass er etwas Falsches sagen könnte. Beat ist gereizt; der legt jetzt jedes Wort auf die Goldwaage. Sie – die Aufpasserin – hält ihn, Tolmeyn, wohl sowieso für einen Kerl, der antike Säulen umarmt. Sie ist Gegenwart, er Vergangenheit. Sie würde jedes Kastell, jeden Torbogen, jede Kapelle und jeden Dom abreißen, um Arbeiterwohnungen mit Etagen-WC, elektri-

318

schem Licht und verglasten Fenstern zu bauen. Er rubbelt den Sand aus den Steinen.

Die beiden anderen können gut miteinander. Das sieht sogar Tolmeyn. Gut, weil sie einen haben, nämlich ihn, Tolmeyn, auf den sie ihre Seitenblicke lenken können, bevor sie sich zuzwinkern, mehr oder weniger heimlich. Die Drei ist doch eine vermaledeite Zahl, denkt er, vor allem die Zwei in der Drei, die die einsame Eins macht.

Aber jetzt hat er ihnen einen Strich durch die Rechnung gemacht. Indem er sich entzieht, so einfach.

Der Zug rattert hinunter nach Altamura an Steinbrüchen vorbei. Lot- und waagrecht schneiden sie die Blöcke aus dem Fels, nach einem festen Raster, fast so wie man Würfelzucker aus der Schachtel nimmt. Er macht sich eine mentale Notiz: *Diese Orte aufsuchen und vergleichende Sandstudien treiben.* Interessant, denkt er, eigentlich gibt es ja nur zwei Methoden zu wohnen: Entweder man zerschneidet den Fels in Mauersteine und erzeugt damit Raum. Oder man treibt, mindestens genauso mühsam, Hohlräume in den Fels. Das sind so Gedanken, um den Hohlraum Schädel auszustopfen, egal wie, mit irgendwas. Gedankenpuffreis.

Beat hat einen kleinen Auftrag bekommen: Außenaufnahmen vom Kastell in Matera und ein paar grundlegende Vermessungsarbeiten. Vielleicht hält sie ihm das Maßband. Aber beim Abendessen hat sie schon verkündet, dass sie Gespräche mit den Bewohnern der Höhlenstadt zu führen gedenke.

So wie sie durch die Lande ziehen, werden sie Arbeiteraufstände hinterlassen, denkt er, »Rote Tage« allerorten.

Die Stadt, Gioia del Colle, ist dem Kastell auf die Pelle gerückt. Zwischen seine Mauern und die Mauern der nächsten Häuser können sich vielleicht drei Männer mit ausgestreckten Armen, Fingerspitzen an Fingerspitzen, stellen. Als er später auf dem Turm steht, denkt er: Früher hat sie die Stadt beschützt, und jetzt scharen sich die Häuslein um die bröckelnde Burg wie ein Haufen Landsknechte um ihren sterbenden Hauptmann.

Ob der zu retten ist, und mit den Mitteln, die ihm der Orazio de Luca Resta, Marchese di Noci, einflößen will: Tolmeyn plagen arge Zweifel. Der ganze Innenhof ist eine Baustelle. Ein Trupp Arbeiter bricht ein zugemauertes Biforienfenster auf halber Höhe des Westtrakts auf. Ihre Spitzhacken kommen den erhalten gebliebenen seitlichen Gewänden so nahe, dass er ein Ziehen in der Magengrube spürt. Sofort alles einstellen!, würde er gerne rufen. Aber der Marchese und sein Architekt namens Angelo Pantaleo erklären ihm gerade, wie sie die »Restaurierung« des alten Stauferschlosses in Angriff nehmen wollen.

»Freitreppe, welche Freitreppe, warum denn eine Freitreppe?«, fragt er mit einem eingefrorenen Lächeln.

Da ist ja alles viel schlimmer als gedacht. Pantaleo hat einen schönen Plan gezeichnet, und der Marchese sieht sich schon über die Freitreppe zum Thronsaal hinauf- und hinabwandeln. Fensterchen hier und da. Eine Loggia mit Spitzbogenarkaden vor dem Eingang zum Thronsaal.

»Und dort werden wir den Thron aufstellen«, sagt Pantaleo, nachdem sie über eine Leiter in den langgestreckten Saal im ersten Geschoss geklettert sind. Die Einzelteile des Throns liegen bereit, Stücke, die man während der Abrissarbeiten zusammengetragen hat. Ein Relief achtstrahliger Sterne, das einmal die Rückenlehne des Throns schmücken soll, und ein schönes Fries sind darunter: ein Bandornament schnäbelnder Falkenpärchen, die ihn an die Schwärme von Falken über Matera erinnern.

Das ist keine Restaurierung – denn wo sind die Quellenerkenntnisse, die all das veranlassen? –, sondern ein Akt phantasievoller Dekoration. Rom bezahlt die Arbeiten, und das offenbar großzügig. Marchese und Architekt haben freie Hand. In Tolmeyns weit aufgerissenen Augen sehen sie so aus, als würden sie sogar Dynamit benutzen, wenn das ihre Pläne voranbrächte. Das ist der Moment, da er sich wünscht, er hätte wirklich einen Aufpasser vom Ministerium mitbekommen, einen Bären mit Polizeigewalten, den er – was auch immer es gekostet hätte – zum Eingreifen überredet hätte.

Die beiden führen, schieben ihn mehr zum Turm der Kaiserin, wo sie mit Vergnügen eine schauderhafte Legende über Bianca Lancia, die Geliebte Friedrichs II., auftischen, die hier eingekerkert worden sei, obwohl sie schwanger war. Oder weil. Friedrich hatte eben Zweifel gehabt, ob auch wirklich von ihm. »Ah, die Frauen«, sagt der Architekt heftig augenzwinkernd, »das frage ich mich auch immer, aber wenn ich sie einsperre, wer kocht dann?«

Das ist freilich sehr lustig, Pantaleo, aber nicht mein Problem, denkt Tolmeyn, nie gewesen und wird es nie sein. Er lächelt weiter höflich und schweigt beharrlich, spaziert beifällig nickend, vorsichtig wie ein Storch, zwischen den Skulpturentrümmern herum. Ein falsches Wort, und Italien tritt noch früher in den Krieg ein, als das ohnehin alle erwarten. *Neunmalkluger preußischer Kunsthistoriker eröffnet dritte*

Front im erbitterten Ringen der europäischen Nationen. Stammschröer hatte ihm äußerste Zurückhaltung eingeschärft.

Eine Einladung zum Mittagessen lehnt er mit der Ausrede ab, dringend in Matera gebraucht zu werden, und verlässt die Baustelle. So hastig, dass er über eine herumliegende Schaufel stolpert. Im Aufrappeln nimmt er eine Faust voll Sand und stopft sie in Tasche.

Die Zeit bis zur Abfahrt des Zuges sitzt er in der Trattoria Federico Secondo ab, weil man von dort einen guten Blick auf den Turm der Kaiserin hat. Bis etwa Mannshöhe haben die Baumeister hellere Buckelquader als weiter oben gesetzt; so scheint der Turm über der staubweißen Straße zu schweben, so wie ein steinerner Turm eben schweben kann. An vielen Stellen ist ergänzt und ausgebessert; aber die verwendeten Blöcke verwittern schnell, das Neuere und das Ältere sind schwer auseinanderzuhalten. Es wäre interessant, weitere Sandproben zu nehmen und mit Steinbrüchen der Gegend zu vergleichen: die »Herkunftsbestimmung nach Methode Tolmeyn« – vielleicht später einmal.

Er lässt den Wirt auftischen, was die Küche an diesem Tag hervorbringt, und isst widerspruchslos. Nur als der Mann mit zwei schwarzen Halbkugeln daherkommt, obenauf je eine kandierte Kirsche, fragt er nach.

»Das sind *Tette di Bianca Lancia*«, sagt der Wirt, »ein Sandkuchen, mit allerfeinster Schokolade überzogen. Spezialität unseres Hauses.«

»Nein, danke«, sagt Tolmeyn und schiebt den Teller weg. *Die Brüste der Bianca Lancia;* das dürfte wohl jenseits des guten Geschmacks sein, mit oder ohne Schokoladenüberzug.

Erkennungsdienst

Berlin, Kommissariat, 7. Juni 1915, 10.10 Uhr

Tolmeyn kaut noch immer langsam an dem Brötchen. Kauen beruhigt. Kaffee auch; zu dünn, um anzuregen. Für den Moment sind ihm die Worte ausgegangen. Wenn ihn der Kommissar nach seinem Namen fragte, er müsste nachdenken. Fragt aber nicht, ordnet Akten. Dicke Akten. Emsig, macht den Finger mit Spucke nass, wenn er blättert. Eklige Angewohnheit. Man sollte die Papiere vergiften.

Zwei Wachtmeister hatten ihn frühmorgens zum Erkennungsdienst gebracht: *Freundchen, es jeht weita, und jetz ma bitte recht freundlich.* Sie setzten ihn auf einen drehbaren Hocker, und ein dritter, im weißen Kittel, machte die Photos. Frontal, Profil links, Profil rechts. Nicht in Farbe, aber das Objektiv, das ihn gefräßig anstarrte, war ohne Zweifel ein Protar. Treuloser Protar, du verdingst dich an alle? In einem anderen Raum nahmen sie die Fingerabdrücke ab. Dann lieferten sie ihn im selben Verhörraum wie am Vortag ab, wo er eine unbestimmte Zeit wartete. Irgendwann brachte einer eine Brötchentüte und eine Kanne Kaffee; mit Grüßen vom Kommissar, es werde ein wenig später.

Der Kommissar erschien dennoch kurz darauf. Ein Wachtmeister schob das schwer beladene Aktenwägelchen herein.

Er sieht nach, ob seine Fingerspitzen schwarze Flecken auf das Brötchen gestempelt haben. Das Händewaschen hat überhaupt nichts genützt. Falls er jetzt gehen darf, dann muss er die Hände in den Hosentaschen behalten. Sonst sieht ein jeder, woher er kommt.

»Ja«, sagt der Kommissar, »wir verursachen alle Spuren, und meistens wissen wir es gar nicht.«

Da versteht Tolmeyn: Er wird nicht freigelassen werden. Noch immer liegen die Sandsäckchen auf dem Tisch, auf einen Haufen zusammengeschoben. Der Sand ist ausgeleert, und der Zauber hat nichts bewirkt. Das Reden hat nichts geholfen. Reden hat überhaupt nie geholfen. Tun hilft. Machen hilft. Lügen hilft.

Und als er erwartet, endlich zu hören: Jacob Tolmeyn, ich verhafte Sie wegen des Mordes an Nikolaus Schulze, sagt der Kommissar:

»Nur ruhig. Ich habe da eine Idee. Ich werde sie Ihnen darlegen, nachdem Sie mir von Ihrer dritten Reise erzählt haben, einverstanden?«

Tolmeyn greift nach dem Säckchen, an dem das mit *Gioia del Colle* beschriftete Fähnchen hängt.

Das mit dem Sand konnte sie anfangs gar nicht verstehen. Er, am Esstisch der Trattoria im Albergo dei Viaggiatori eingetroffen, hatte seine Rocktasche umgekehrt und war dabei gewesen, den Sand in die Holzkassette umzufüllen. »Jacob, du bist der seltsamste Kerl, der mir je untergekommen ist«, hatte sie gesagt.

Das hätte er leicht hingenommen, auch das Du, das wiedergekehrte. Was ihn störte, nur auf die allerleichteste Art, war die Weise, wie sie ihn dabei anschaute. Wahrscheinlich hatte er deswegen begonnen, die Geschichte der Bianca Lancia auszubreiten.

Aber die würde er dem Kommissar niemals erzählen. Und ein paar andere Dinge auch nicht. Und so eröffnet er würdevoll, langsam:

»Für die dritte Reise – wiederum auf allerhöchsten Befehl – hatte das italienische Kulturministerium mir und meinem Schweizer Mitarbeiter eine Verbindungsperson zur Verfügung gestellt, die wir leider nicht ablehnen konnten.«

Treptows Manuskript (8):
Der Plan

Am zweiten Tag begann ich die Vernehmung spät, es mag um zehn Uhr vormittags gewesen sein. Ich hatte zuvor noch einige Akten und Vermerke zu lesen gehabt und mit zwei Kollegen konferiert, die mir über ihre Nachforschungen im Fall Schulze berichteten. Außerdem telefonierte ich mit einem Bekannten im Kriegsministerium, der mir einige Dinge, die ich vermutet hatte, bestätigte.

Dem Tolmeyn brachte ich ein richtiges Frühstück mit – echten Bohnenkaffee und weiße Brötchen mit Marmelade, das war damals bereits teuer und selten. Er sah immer noch müde aus, hatte wohl kaum geschlafen, war natürlich nicht rasiert. Er dankte mir höflich für das Frühstück, das er allerdings kaum anrührte, und saß dann schweigend und abwartend auf demselben Stuhl wie am Vortag. Auf dem Tisch lagen noch immer die Sandsäckchen, die er eins nach dem anderen ins Auge fasste. Dabei bewegten sich seine Lippen leise. Ich hatte das Gefühl, er erzählte sich selbst Geschichten, für jeden dieser Orte eine.

Mein Plan, mein unglückseliger, stand zu diesem Zeitpunkt so gut wie fest. Die eine oder andere Einzelheit vielleicht nicht, aber ich war mir sicher, in der Situation, im Moment richtig entscheiden zu können. Links und rechts und vor mir hatte ich Akten gestapelt. Der Akt »Nikolaus Schulze« lag obenauf, ausgepolstert sogar mit Dokumenten, die ich wahllos in meinem Büro zusammengesucht hatte, nur damit er dicker und überzeugender aussah. Sieh her, wollte ich damit sagen, so viel habe ich gegen dich in der Hand.

Ich forderte Tolmeyn auf, mir von der dritten Reise zu erzählen. Und das tat er; zwar nicht mehr in der freien, gelösten Art wie am späteren Nachmittag des Vortages. Da war er noch der Dreh- und Angelpunkt seiner eigenen Erzählung gewesen. Jetzt referierte er mehr, er sagte »ich«, aber es schien so, als erzählte er über einen weder nahen noch entfernten Bekannten namens Jacob Tolmeyn.

Er hatte also den ganzen ersten Kriegswinter gemütlich und sicher in Rom zugebracht. Sich seiner Sandsammlung gewidmet, Photographien geordnet. Dieser Professor Stammschröer musste ungewöhnlich gute Verbindungen gehabt haben, um den Tolmeyn so lange erfolgreich protegieren zu können. Dass der Schweizer wieder auftauchen würde, hatte ich schon geahnt. Über den Trivulzio (was für ein Name!) musste ich allerdings ein paarmal herzlich lachen: Er schilderte mir diesen Abgesandten aus einem italienischen Ministerium, den man ihnen auf der Reise als Aufsichtsperson vorgesetzt hatte, als peniblen Hanswurst, den sie ihrerseits recht an der Nase herumgeführt hätten. Etwa als er Trivulzio, der ein dicker alter Mann war, im Treppauf-Treppab einer labyrinthischen Stadt mit vielen Höhlenwohnungen (deren Name ich vergessen habe) sozusagen aussetzte und sich so einen freien Nachmittag verschaffte. Trotzdem muss es ihm gelegentlich zugesetzt haben, nicht mehr in trauter

Zweisamkeit unterwegs gewesen zu sein. Das sagte er nicht, das hörte ich so heraus.

Der Auftrag war derselbe wie bei der ersten Reise. Als hätten wir, als Nation, damals nicht andere, dringlichere Aufgaben gehabt. Aber, wie schon früher gesagt, unser Kaiser hat sich nie gegen die Einflüsterer, die ihn umgaben, wehren können. Vielleicht glaubte er wirklich, sich mit diesem alten Stauferkaiser schmücken zu können. Unsere Reputation hatte zweifellos gelitten. Belgien, da hatte es ein paar Übergriffe gegeben. Nur, wie dieser ganze Ruinenzauber die Propaganda der Entente hätte beeinflussen sollen –?

Ich hörte ihm nicht immer mit der gebotenen Aufmerksamkeit zu, weil ich nebenher meine Papiere durchging und hier und da Notizen machte. Und mehr als einmal dachte ich: Sie werden mir noch einmal dankbar sein, Herr Tolmeyn. Es ist für Ihresgleichen eine oftmals dankbar ergriffene Chance gewesen, ihre – sagen wir ruhig – Männlichkeit vor aller Welt beweisen zu können. Tausende sind in den vergangenen Monaten diesen Weg gegangen, freudig und beseelt. Ich öffne Ihnen die Tür, Sie gehen hindurch. Wir alle sind zufrieden. Sie können dem Kaiser auf viele Arten und Weisen dienen und, wer weiß, wenn alles vorbei ist, wieder Ihre Burgen abklappern. Von einem Trümmerfeld zum anderen.

Die Brüste der Bianca Lancia

Matera, Albergo dei Viaggiatori, 7. Mai 1915, abends

»Sie hat sich die Brüste abgeschnitten?«

Tolmeyn nickt. »Das ist eine Legende.«

»Und dem Kaiser geschickt zum Beweis, dass er der Einzige gewesen ist, der je seine Hände darauf gelegt hat?«

So leid es ihm inzwischen tut, mit der Geschichte angefangen zu haben – er muss noch mal nicken. »Auch Legende, natürlich.«

Da schlägt Letizia mit der Faust auf den Tisch, dass es aus Tolmeyns Gioia-del-Colle-Sandsäckchen staubt. Beat fährt zusammen.

»Natürlich ist es eine Legende! Aber so etwas kann nur Männern einfallen! Wer opfert sich? Die Frau!«

Mit dem Ausdruck »funkelnde Augen« hat er bisher wenig anfangen können: Hier sieht er es passieren.

Er war am frühen Nachmittag auf dem Weg zurück eine Station früher ausgestiegen, um die Steinbrüche vor Matera zu erkunden, und dann zu Fuß und im Regen in die Stadt gegangen. Durchnässt und unterkühlt traf er im Albergo ein, fand dort aber keinen seiner Reisebegleiter. Insgeheim froh darüber, beschwatzte er den Wirt einigermaßen mühevoll, ihm ein heißes Bad zu richten. Nach Genuss desselben staubte er sich reichlich mit Talkumpuder ein und fühlte sich endlich wieder wohlig, warm und trocken. Etwas später hatte er sich an einem Tisch in dem Wirtshaus niedergelassen, das zum Albergo gehörte, und begonnen, neben anderen Dingen, den ersten Bericht an Stammschröer zu schreiben.

Gestern trafen wir in Matera ein. Es gibt keine Stadt in Unteritalien, die größeren Eindruck auf mich gemacht hat.

Was Gioia del Colle betrifft: Die soeben begonnene Restaurierung ist eine Katastrophe. Ich floh von dem Ort und kann nur hoffen, dass eine spätere Generation die sich ankündigenden Verhunzungen am Kastell, dessen staufischer Kern im Übrigen gut erhalten ist, wiedergutmacht.

Ach ja, und: Die Verbindungsperson, die uns das Ministerium geschickt hat – ist eine Frau, nicht einmal eine vom Fach, aber das wird sich wohl kaum nachteilig bemerkbar machen. Wir sind noch dabei, einen Modus operandi zu finden. Sie ist dem Giustino Fortunato freundschaftlich verbunden. Ich hoffe, er kann uns hier unten ähnlich dienlich sein wie Zaccagnino in der Capitanata. – Kollege Imboden scheint mir diesmal eine etwas längere Zeit zur Akklimatisierung zu benötigen.

Dann war Beat eingetroffen und, fast zur gleichen Zeit, Letizia. Beide berichteten kurz und wortarm (Beat vom Castello Tramontano oberhalb von Matera, Letizia von ihrer Expedition in die Höhlenstadt), beide müde und auch nicht gebadet. So übernahm er das Reden, und weil seine Neuigkeiten vom Kastell in Gioia del Colle offenbar keinen besonderen Eindruck machten, fiel ihm nichts besseres ein, als die Spezialität der Trattoria Federico Secondo zu servieren.

Und deswegen funkeln jetzt die Augen der Letizia Trivulzio di Belgioioso. Wenn er nicht selbst betroffen wäre, er könnte es direkt genießen.

»Wie viele Nebenfrauen hat sich denn dein guter Friedrich gegönnt?«, fragt sie. Als ob er, Tolmeyn, sie ihm zugeführt hätte.

»Einige. Bianca war eine von ihnen. Sie ist nicht verblutet, wie die Legende behauptet. In Wirklichkeit hat er sie auf dem Totenbett geheiratet.«

»Auf seinem?«

»Ihrem.«

»Davon hatte sie aber sehr viel.«

»Immerhin waren dadurch ihre gemeinsamen Nachkommen legitimiert.«

»Ah! Um die Töchter ging es sicher nicht.«

»Nein, um ihren Sohn, Manfred«, sagt er, »der wurde König von Sizilien, kurz zumindest. Und die Töchter machten bessere Partien. So war das im Mittelalter, Letizia.«

»Als ob sich etwas geändert hätte. Ihr Männer streut wie abgesägte Schrotflinten –«

»Letizia«, sagt Beat, »unser Jacob ist ganz sicher der falsche Adressat für solche Vorhaltungen.«

Hat er richtig gehört? Beat schlägt sich auf seine Seite? Aber warum sagt er »unser Jacob«? Und meint er Tolmeyn, den Gentleman, oder Tolmeyn, den –

»– Entschuldigung«, sagt sie. Jetzt schlägt bei ihr ein

freundschaftlicherer Ton durch. »Aber ich habe doch recht. Ihr Männer –«

»Ich mag solche Verallgemeinerungen nicht«, sagt Tolmeyn.

»Bist du ein Mann oder nicht?«, fragt sie.

Da sind, für den Moment, ein wenig zu viele Fragen zu beantworten. »Ich bin ein Mann«, sagt er, »oder nicht?«, steht auf und verlässt den Raum, in dem jetzt noch eine weitere Frage hängt.

Nacht in Miglionico

Unterwegs nach Ferrandina, im Tal des Basento,
9. Mai 1915

Matera ist abgehakt; so hat er, Tolmeyn, das beschlossen und beim Frühstück verkündet. Letizia hätte gerne noch ein oder zwei Tage in den Sassi verbracht, für »statistische Erhebungen«, sagt sie, aber der Leiter der Königlich Preußischen Forschungsreise zur Erkundung und Erfassung hohenstaufischer Bauzeugnisse in Unteritalien verhandelt nicht, sondern führt. »Bitte«, sagt er, »du kannst bleiben und nachkommen.« Aber das möchte sie doch nicht. Er ist froh, diesen vernebelten und düsteren Ort zu verlassen; Beat wohl auch, denn er geht sofort packen.

Der *Baedeker* kennt eine Bahnlinie von Matera nach Ferrandina, wo man Anschluss an die Strecke Metaponto–Potenza habe, und weiß damit mehr als die Italienischen Staatsbahnen. »Nicht in hundert Jahren«, sagt ein Bediensteter am Bahnhof, »entweder Sie fahren die ganze große Schleife Altamura–Gioia del Colle–Taranto–Metaponto, zweihundertzwanzig Kilometer, oder Sie heuern einen Fuhrmann, der Sie hinunter nach Ferrandina bringt: dreißig Kilometer.«

Nicht so einfach mit dem Fuhrmann; zwei Stunden lang

versuchen sie, einen aufzutreiben. Dann hat er, Tolmeyn, die Idee, den Mann aus der Höhlenwohnung und sein Pferd anzustellen, das Gefährt dazu wird sich finden. Warten sie noch länger, können sie gleich eine weitere Nacht in Matera verbringen. »Großartig«, sagt Letizia, »das wird ihm und seiner Familie helfen.« Sie strahlt Tolmeyn an, und der ist nicht sicher, ob er das nur für die gute Tat verdient hat oder als – kann man sagen: Wiedergutmachung für die hitzige Diskussion vom Vorabend?

Nur dass sich bald, aber bereits auf der Strecke, herausstellt, dass nicht nur der Mann lahmt, auch sein Pferd bedarf der Schonung. Sogar schwerer beladene Karren überholen. Kleinkinder und alte Leute fahren mit, Gruppen junger Leute laufen hinterher. Jetzt wird ihm klar, warum kein Fuhrwerk zu bekommen war.

»Wohin?«, ruft Letizia, wenn wieder eines passiert.

»Amerika« oder »Argentinien«, sagen die Menschen. Ihr Ziel ist der Hafen von Tarent; dort liegen die Auswandererschiffe. Wer weiß, falls der Krieg sich weiter ausbreite, ob es dann noch Schiffe gebe. Vielleicht blockierten die Deutschen die Straße von Gibraltar. Die Türken, die mit den Deutschen verbündet sind, marschierten auf den Suezkanal. Dann seien die Mauslöcher zu. Es sei die letzte Gelegenheit. In den Dörfern und Städten herrsche Aufbruchsstimmung. Um nicht zu sagen: Flucht. In manchen Siedlungen lebten nur noch ein paar Alte mit ihren Katzen; und dem Pfarrer, wenn sie Glück hätten.

»Seht ihr«, sagt sie zu ihren Reisegefährten.

»Willst du dich nicht auf den Karren setzen?«, fragt Beat, nicht zum ersten Mal. Der Besitzer des Pferdes sitzt schon dort; es ist ihm immens peinlich, aber wenn er auf eigenen Beinen gehen würde, dann halbierte sich ihr Tempo.

»Ich will keine Sonderbehandlung, nur weil ich eine Frau bin«, sagt sie. »Ich kann gut gehen.«

»Setz dich ruhig«, sagt Beat, »so ein Fliegengewicht, das packt das Pferd. Wenn es steil geht, helfen wir nach.«

Immer wieder müssen die Männer in die Speichen der mannshohen Räder des Karrens greifen und mitdrehen. Das ist mühsam, und Tolmeyn hat sich schon die Schulter gezerrt. Was spielt der Schweizer da noch den Kavalier und erhöht die Last? Fliegengewicht? Sehr charmant. Von wegen. Wenn sie gehen will, soll sie gehen. Obwohl, wenn er genauer hinschaut, dann kann er schon erkennen, dass sie mit dem linken Fuß etwas vorsichtiger auftritt. Es mögen genagelte Sohlen unter ihren Stiefeln sein, aber das heißt ja nicht, dass sie nicht scheuern.

»Nein, nein, es geht schon«, sagt sie und sieht zu Tolmeyn hin. »Wirklich.«

Der Nachdruck in ihrer Stimme lässt ihn umschwenken. Sobald sie nicht mehr laufen kann, muss sie ohnehin aufsteigen. Fußkranke sind nicht zu gebrauchen, sie bremsen das Vorankommen.

»Also dann spring auf«, sagt er. Ersparen wir ihr die Blase, falls nicht schon zu spät.

»Na gut«, sagt sie, »aber unter Protest.«

»Notiert«, sagt er. Sie lacht.

»Ich habe es dir lange angeboten«, sagt Beat. Er lacht nicht, und Tolmeyn hört auf zu lachen, als er das bemerkt.

Im Schneckentempo geht es weiter. Allmählich fürchtet er den Fluch der guten Tat. Noch steht der steilste und längste

Anstieg der Strecke bevor. Die Sonne ist schon hinter dem Hügelkamm untergegangen. Man darf bezweifeln, dass das Pferd den Ausflug überlebt. Sein Besitzer jedenfalls schaut höchst besorgt drein. Sollte es den Geist aufgeben, wie käme er nach Hause? Von anderen Schwierigkeiten ganz abgesehen. Bei der nächsten Häuseransammlung gibt Tolmeyn auf. Neuer Plan: Abwarten und einen der von Taranto zurückkehrenden Fuhrmänner für die Weiterreise engagieren. Der Höhlenmann wird am kommenden Morgen nach Matera zurückgeschickt. Einwände? Keine.

»Wie heißt dieses Dorf?«, fragt er. »Damit es uns unvergesslich bleibt.«

Auch die Schenke hat keinen Namen, genauso wenig wie das, was der Wirt zur Übernachtung anbietet. Es sieht aus wie der eiligst evakuierte Schlafraum seiner eigenen Familie. Spielzeug liegt herum, und ein begonnenes Strickwerk, von dessen Nadeln langsam die Maschen gleiten.

»Und für die Dame?«

Die Alternative ist der Stall; dort sind das Pferd und sein Besitzer bereits eingezogen. Also steht für die Teilnehmer der Forschungsreise ein egalitäres Lager bereit, eine Art Holzpodest über dem gestampften Boden, mit einer Art von Unterlage und Art von Zudecken. Sie sehen einander an: Letizia wirkt gefasst, Kriegsveteran Beat ist gefasst, und Tolmeyn ringt noch um Fassung.

»Platz ist ja genügend«, sagt er. Nicht der fehlende Komfort stört ihn. Eine Flasche Wein, und er kann überall schlafen; jedenfalls einschlafen. Aber in den zivilisierten Ebenen Apuliens fand sich in den Gasthäusern immer je ein Zimmer für ihn und für Beat. Nun fällt das schon einmal flach –

und das Lager ist mit einer Frau zu teilen. Selbst wenn er Wülste aus Kleidern und Decken zusammenschiebt – das ist... so nah. Auf den Pferdestall hat er allerdings noch weniger Lust. Aber wer wird wo? Mit zweien ist alles so einfach. Mit dreien, da gibt es viele Möglichkeiten. Zwei hoch drei? Drei hoch zwei? Ist da überhaupt ein Unterschied? Zahlen, mit Ausnahme von Jahresdaten, sind nicht seine Stärke.

Die Frau des Schankwirts gewährt Aufschub zur Beantwortung solcher Fragen, indem sie Gemüsesuppe austeilt, die in einem großen Kessel über dem Kaminfeuer geschwenkt wird. Sie greifen alle kräftig zu, verlangen und erhalten Nachschlag, mit Ausnahme des Höhlenmannes, der mit der ersten Schüssel wieder in den Stall abzieht, um seinem Pferd aufmunternde Worte einzuflüstern.

»Wären wir doch mit dem Zug gefahren«, sagt Beat.

»Wären wir auch noch nicht angekommen«, sagt er.

»Wären, wären«, sagt sie. »Wir sind hier und machen das Beste daraus, meine Herren, nicht wahr?«

»Und das – wäre?«, fragt er.

Es ist ein verflixter Krug, den der Wirt auf den Tisch stellt: Er wird einfach nicht leer, obwohl er ständig Becher füllt. Folgender Plan wird aufgestellt und mit kichernder Mehrheit beschlossen: Signora Trivulzio di Belgioioso geht mit der Kerze voran, kleidet sich um und legt sich nieder, löscht das Licht. Die Herren folgen fünfzehn Minuten später in der Dunkelheit nach. Am Morgen sollen die Herren sich zuerst entfernen und der Dame Gelegenheit zur ungestörten Morgentoilette geben.

»So ein Theater«, sagt sie, »aber bitte, meinetwegen.«

Sie liegt in der Mitte, wo die Matratze noch am besten gepolstert ist. Mein Gott, denkt er, die Frau hat wirklich einen ausgeprägten Gerechtigkeitssinn.

»Links, rechts?«, fragt er leise.

»Sag so etwas nicht.« Auch Beat flüstert.

»Was?« Dann fällt es ihm ein: Links – rechts, links – rechts. Natürlich weckt das Erinnerungen bei dem ehemaligen Soldaten. Er tastet sich auf das Lager zu. Alles ist still. Sie schläft. Alles schläft. Außer ihnen beiden.

Anfang Mai 1915: Jacob Tolmeyn liegt zum ersten Mal in seinem Erwachsenenleben neben einer Frau. Für die Biographen: rechts, aber das dürfte keinen Unterschied machen.

Es fallen ihm keine Haare aus, und er bekommt auch keinen Ausschlag. Nichts juckt. Wenn er es nicht wüsste, er erriete es nicht: Da ist nur ein warmer Körper, der atmet und dessen Bauch leise Geräusche macht. Atmen und Verdauen kennen kein Geschlecht. Er muss an die Graböffnung von Andria denken und beginnt zu schnüffeln. Ganz leicht. Sie duftet. Ja, sie duftet – ganz im Gegensatz zu den trocken rottenden Kaiserinnen – sehr angenehm. Wie? Wie *Belgioioso;* hier findet die Hülle dieses Namens ihren Inhalt, ihre Fülle: *duften wie Belgioioso.* Er lacht leise. Hat wohl auch mit dem Krug zu tun, der nicht zu leeren war.

»Was ist?«, fragt Beat von der anderen Seite der Duftschranke.

»Alles bestens«, flüstert er und horcht auf Letizia. Die ruhigen und regelmäßigen Atemzüge einer Schlafenden, immer noch. War ja auch eine strapaziöse Reise, für eine Frau.

»Weißt du, warum ich zurückgekehrt bin?«

Das kommt ein bisschen plötzlich. Beat will reden, jetzt,

ausgerechnet jetzt. Tolmeyn flüstert: »Wegen mir?«, und hofft für diese nicht ganz ernst intonierte Erwiderung auf einen kleinen Aufschub, zwecks Vorbereitung auf das Bevorstehende. Den gibt es aber nicht.

»Wir haben immer gesagt: *Horizont saufen.* Erinnerst du dich?«

»Ja.«

O ja: Er, Tolmeyn, in dem schwankenden Krähennest am Torre Montecorvino, da gab es Horizont fast zum Absaufen, die Adria vom Monte Sacro aus gesehen, zum Aussaufen, die baumlosen Weiden und endlosen Steinmauern der Ebene.

»Hier unten konnte ich immer in die Weite sehen. Das habe ich am meisten geliebt. In der Schweiz stieß mein Blick an die Berge. An der Front auf die Grabenwand.«

»Ah«, sagt er, und er fühlt: Etwas mehr sollte mir schon dazu einfallen.

»Mein Vater wollte mich zur Erholung in die Innerschweiz schicken. Aber Felswände und Schluchten und hochgetürmte Gipfel hätte ich nicht ausgehalten.«

»Dann tut es mir leid, dass wir hier in der gebirgigen Basilikata ansetzen«, sagt er, »und, mein Gott, Matera war wohl auch nicht das Richtige für dich.«

»Sehen ist wie Gehen. Es kann durch Gegenstände gehindert werden. Man kann anstoßen, sogar zusammenstoßen mit Dingen, an die man nicht einmal heranreicht.«

»Das tut weh. Aber bald sind wir wieder draußen in der Ebene.«

Letizia bewegt sich, etwas auf die eine, etwas auf die andere Seite, wieder in die Mitte. Die beiden verstummen. Tolmeyn auch deshalb, weil er überlegt, was er tun würde, wenn sie sich näher zu ihm drehen, rollen oder wälzen sollte. Irgendwie sanft wegschieben wohl. Oder was Beat tun würde. In einer Darstellung des Amerikanischen Bürgerkriegs hat er gelesen, dass die Soldaten auf dem Schlachtfeld, um nicht zu erfrieren, eng aneinandergedrängt geschlafen haben, so wie die Suppenlöffel in der Besteckschublade liegen. Alle halbe Stunde gab einer das Kommando zum Umdrehen, damit die an den Enden der Reihe auch einmal ihre Bäuche oder Rücken wärmen konnten. Militär, seltsame Welt von Grausamkeit und Fürsorge. Er fragt:

»Warum bist du nur zur Legion gegangen?«

»Oh, bitte«, sagt Beat. »Weil ich an die Front wollte.«

Tolmeyn erinnert sich jetzt an die Postkarte, die er im Winter in Rom erhalten hat, und an den Brief, der nie gekommen ist. Er verkneift sich alle Vorwürfe.

»Wenn du mir gegenüberlägest, ich würde nicht auf dich schießen.«

»Ach Jacob, du dummer Bursche, du würdest mich gar nicht erkennen.« Das klingt wie ein Seufzer in Worten.

»Dich würde ich überall erkennen.« Das klingt wie ein preußischer promovierter Kunsthistoriker, der alles einsortieren kann.

»Nicht so laut. Niemanden erkennst du. Du liegst im Dreck vor einem Haufen Niemands, die auch niemanden mehr kennen.«

Pause. So lange, dass man, nach solch einem Tag, einschlafen könnte. In letzter Sekunde:

»Und, ja, ich bin auch wegen dir zurückgekommen.«

»Wie bitte?« Dabei hat er ganz genau verstanden; er will

nur noch ein zweites Löffelchen davon verabreicht bekommen. Aber dieser Beat dosiert sparsam wie eh und je.

»Miglionico.«

»Was?«

»Miglionico heißt dieser Ort.«

Miglionico. Hier gibt es nichts auch nur entfernt Staufisches, aber morgen früh wird er sich eine Handvoll Sand mitnehmen, denn der Sand saugt alles Mögliche auf, was er – vielleicht, nähere Studien werden es zeigen – später wieder abgibt.

Zeitparallaxe

Lagopesole, 12. Mai 1915

Mit einem von Friedrich II. nach 1240 in romanisch-gotischen Formen errichteten, wohlerhaltenen Kastell, das weithin sichtbar auf der
Höhe (829 m) liegt.

Aber ohne ein Albergo. Immerhin: eine Locanda, die der
Baedeker – diesmal völlig zu Recht – nicht erwähnt, mit
zwei Räumen, so dass die kleine Reisegesellschaft wenigstens nicht als *ménage à trois* ein Lager teilen muss.

Als sie aus dem Zug gestiegen waren (nur ein hastiger
Stopp; kaum dass es gelang, das gesamte Gepäck aus dem
Gepäckwagen zu holen), rückten sie instinktiv enger zusammen; drei ausgesetzte Schafe, die von irgendwoher den Wolf
fürchten. Aber wo sollte der sich schon verstecken, in dieser kahlen Gegend. Kein Maultiertreiber mit Karren tauchte
auf, obwohl der Lokomotivführer vor dem Halt ausgiebig
auf der Dampfpfeife georgelt hatte. Der Zug zog schnaufend
ab und hinterließ eine kraftvolle Stille; von der Sorte, die von
einem kraftvollen Wort durchbrochen werden muss. Als
Expeditionsleiter hatte Tolmeyn sich dafür endlich zustän-
dig gefühlt – und, nach etwa fünf Minuten des schweigen-
den Ausharrens und Einnehmens der Landschaft, gesagt:
»Lagopesole.«

Korrekt und gewichtig auf dem *pe* betont. Das sollte kein

verspäteter Ausruf der Haltestelle sein. Lagopesole, das Kastell, lastete wie ein Klotz auf einem Hügel, den es mit seiner Masse geradezu plattzudrücken schien. »Und wie hoch ist der Berg ohne Burg?«, hatte Beat, der dasselbe wie Tolmeyn fühlte, gesagt. Es gab und gibt hier nicht viel zu verteidigen, höchstens den Weg von der ionischen Küste über die Täler der Basilikata ins Apulische; entlang dieses Weges, den er oft ging, hat der Kaiser kleinere und, wie hier, größere Duftmarken gesetzt.

Jetzt befinden sie sich in einem der Häuschen, die unterhalb des Kastells wie dienstbereit buckelnde Lakaien kauern und darauf lauern, was von oben herabfällt. Es ist ein dreckiges Dorf, in dem die Schweine frei herumlaufen und Fremde aus kleinen Äuglein misstrauisch anstarren. Was für Zustände: Die Herrschaft ist lax geworden, der Kaiser, denkt Tolmeyn, wäre nie durch eine Schweineherde hier hinaufgeritten, es sei denn, sie drehten bereits auf Spießen. Ihre Verpflegung an diesem ersten Abend in Lagopesole ist vegetarisch; nicht einmal ein Huhn wird zu ihren Ehren geschlachtet. Aber auch gut.

Das Kastell wirft seinen Schatten auf das Dorf, als sie vor der Locanda essen. Aber einen Tolmeyn kann das nicht einschüchtern. Er kann es kaum erwarten, wieder die Fingerspitzen auf den Stein zu legen und nach Mustern in den Mauern auszuschauen. Der Fürst Doria, ein Freund von Federico secondo und jetziger Eigentümer der Burg, wird Arbeiter schicken, das ist schon von Rom aus vereinbart worden: So kann Tolmeyn über ein Dutzend Schaufeln verfügen und das Kastell nach Herzenslust umgraben, sogar

Wände einreißen lassen, wenn der Forscherdrang das ratsam erscheinen lässt. Er kommt jetzt erst auf Betriebstemperatur. Matera, Gioia, Ferrandina, Potenza, alles nur Kleinigkeiten, Spielzeugburgen (wenn überhaupt) am Wegesrand. In Kästen wie dem hier waltet der Geist des Kaisers, das Brutale so gut wie das Zarte. Von Lagopesole über Melfi führt der Weg nach Castel del Monte, und den Ritt dorthin samt triumphalem Einzug wird sich Tolmeyn der Erste von nichts in der Welt vermasseln lassen.

»Jacob?«

Letizia ist es, die ihn anspricht; und nur langsam kommt er aus seinen Gedanken heraus. Seit der Nacht von Miglionico ist ihr Umgang um einiges geschmeidiger geworden. Er zeigt Interesse für die *questione meridionale*, die Probleme des Südens, und sie neckt ihn nicht mehr wegen der Sandsäckchen. Sie hört zu, wenn er von Friedrich erzählt. Dass der alte Kaiser in Unteritalien nicht schlecht im Kurs steht, ist ihr nicht verborgen geblieben: In ihren Augen erhöht dies nur die Schande derer in Rom. Er, seinerseits, erkennt: Über Armut hat er nie viel nachgedacht. Sie hinterlässt keine Spuren, bleibt bloße Kehrseite der Machtentfaltung, die er studiert und abphotographiert. Aber wo ein Herr ist, sind auch viele Knechte. Armut ist Holz und Holz verrottet, nur der Stein besteht; mehr oder minder. Gelegentlich betrachtet er Letizia sogar mit einem gewissen Neid. Für ihre Sache kämpft sie offen; selbst wenn sie sich Feinde macht, verächtliches Getuschel und Herablassung in Kauf nehmen muss. Er dagegen, einer aus der Armee der Unsichtbaren, darf sich nicht einmal offenbaren, geschweige denn irgendetwas fordern.

In Potenza war Letizia direkt zum Bürgermeister marschiert (vorsichtshalber mit Beat zur Rückendeckung, der aber nur schweigend als Aktentaschenträger neben ihr stand). Wie er, Tolmeyn, hat sie ein Schlüsselwort: ihres ist »Fortunato«; das hilft weiter. Sie fragte nach den Armenhäusern und Schulen, den Arbeitern, den ledigen Frauen und Kindern, den Ärzten, den jüngsten Epidemien, den Auswanderern, den Brunnen. Und dann wollte sie auch alles sehen. Falls der Eindruck entstehen sollte, sie sei auf offizieller Mission: umso besser. Einmal, schläfrig in der Eisenbahn, hat er versucht, sich Letizia als Mann vorzustellen. Weit kam er nicht: Natürlich, sie würde nach Rom gehen, ins Parlament und in die politischen Zirkel, Reden halten und Gesetze formulieren; mit der Faust auf den Tisch hauen und ihre Gegner vernichten. Aber selbst dann sah er sie vor sich, wie sie eben war: sichtbar Frau. Die *Nacht von Miglionico* – alle drei sprechen sie scherzend von dem gemeinsamen Lager, beschuldigen sich gegenseitig des Schnarchens – hatte in der Hinsicht auch keine weiterführenden Erkenntnisse gebracht.

»Respekt«, sagt er.

»Wie bitte?«

»Nichts«, sagt er, »ich war nur in Gedanken.«

»Respekt verlangt er, er ist wieder Kaiser«, sagt Beat, »jede anständige Stauferburg hat diese Wirkung auf ihn. Vollmond für den Werwolf.«

Kleine Neckereien nur, aber immer wieder. Allemal besser als Nichtbeachtung. Letizia schüttelt den Kopf und sagt:

»*Ksss…*, Beat sagte, du hättest eine Photokamera für farbige Aufnahmen dabei?«

Die *Bermpohl Dreifarben-Kamera nach System Niethe* ist bisher nicht zum Einsatz gekommen. Entweder war das Wetter zu schlecht oder das Motiv unwürdig. Lust hat er auch keine gehabt. So viel Aufwand, wozu? Farbe verstellt nur den Blick auf Formen und Proportionen.

»Ja«, sagt er, »und?«

Und bedeutet: Am folgenden Tag sind er, Letizia und die Dreifarben-Kamera im Hof des Kastells zugange. Das Wetter ist bestens, das Motiv würdig, denn das Motiv ist Letizia. Von wegen Farbe verstellt den Blick auf Formen und Proportionen, denkt er, und ob das ein echt männlicher Gedanke ist.

Wie sie es geschafft hat, ist ihm heute ein Rätsel. Sicher, Probeaufnahmen sind nötig. Den Apparat, den er gerade aufbaut, kennt er nur aus der Niethe'schen Anleitung und ein paar Probeläufen in Rom. Ein wenig Handfertigkeit im Umgang mit Platten, Farbfiltern, Wechselschlitten und pneumatischem Auslöser zu erwerben – bevor es an die wirklich wichtigen Motive geht – wird nicht schaden.

»Die photographischen Platten bezahle ich aus meinem Reiseetat«, hat sie gesagt.

»Kommt gar nicht in Frage«, hat er gesagt, »erst recht nicht, wenn es Aufnahmen für deine Tochter sind.«

Sie trägt bunt, und weil das nicht reicht, hat sie sich auch noch eine Blume in die Haare gesteckt, die Wangen bestäubt und die Lippen bemalt. Ihm kommt es ein bisschen viel vor, ein bisschen zu sehr *Berlin,* doch wer weiß schon, wie das später herauskommt. Obwohl das System Niethe »natürliche Farben« verspricht. Die Arbeiter stehen auf ihre

Schaufeln gestützt im Schatten und sehen zu, wie er Letizia unter das Portal der Kapelle dirigiert. Um den Rundbogen verläuft ein doppeltes Zickzackband, das dürfte einen schönen Kontrast zu der süßbunten Lieblichkeit ergeben.

»Ich möchte aber nicht sitzen«, sagt sie, »sondern stehen. Vielleicht angelehnt, aber nicht sitzen.«

Er hantiert mit Niethes Spezialtabelle.

»Ich muss dreimal belichten, für jeden Farbauszug eine Platte: eineinhalb Sekunden für Blau, eine dreiviertel Sekunde für Grün und eindreiviertel Sekunden für Rot. Macht vier Sekunden stillhalten. Dazu die Filterwechsel.«

»Oh«, sagt sie. »Sag einfach etwas, was mich erstarren lässt.«

»So etwas gibt es nicht, fürchte ich.«

»Sehr charmant, Herr Tolmeyn, wie Sie mit Damen umgehen.«

Sie setzt sich auf die groben Stufen, mit dem Rücken an das halb geöffnete Tor.

»Charmant ist es, Damen nicht so anzureden, dass sie erstarren, meine ich.«

»Sofern die Dame es erlaubt, ist es geradezu ein Gebot«, sagt sie.

So? Wenn du es hören willst, deine Sprache hat ja reichlich einschlägige Ausdrücke:

Ich bin ein *frocio*, ein *feminiolo*, ein *orecchione*, ein *invertito*, ein *checca*, ein *finocchio* oder, unter uns Gebildeten, ein *omosessuale* – reicht das für vier Sekunden Starre?

Bei ihm jedenfalls. Bis sie fragt: »Jacob?«

Perfekt wird die Aufnahme sowieso nicht werden. Der Wind spielt mit ihren Rocksäumen, und eine Haarsträhne wischt immer wieder über ihre Stirn. Gut, schalten wir auf wissenschaftlich. Besser als gefühlig.

»Zudem haben wir es bei der Farbphotographie nach diesem System mit einer Zeitparallaxe zu tun.«

»Soll heißen, Professor?«

Da sind sie sich ähnlich: Keiner von beiden mag es, in Unwissenheit ertappt zu werden.

»Du wirst aus drei Momenten in der Zeit wieder zusammengesetzt, wenn der Abzug gefertigt wird. Jede Grundfarbe eine Zeit. Also: nicht atmen, nicht blinzeln, nicht mit den Augen rollen.«

Er schiebt den Wechselschlitten mit Filtern und Trockenplatten in die obere Stellung. Fertig zur Aufnahme. In der Hand das Gummibällchen, das über eine pneumatische Vorrichtung den Wechselschlitten nach unten gleiten lässt.

Er deutet noch auf die Linse, aber Letizia hat sich entschlossen, ihr blendendes Lächeln direkt auf ihn zu richten, als wollte sie ihn belichten. Er drückt das Bällchen.

»Letizia Trivulzio di Belgioioso in Blau.« Das zu sagen dauert deutlich länger als die eineinhalb Sekunden für die Belichtung.

Kleine Zeitkorrektur und neuer Druck aufs Bällchen. Der Wechselschlitten rutscht auf die nächste Position, der Verschluss surrt und klickt.

»Und Grün für Herrn Imboden.«

Wieder ein kleiner Handgriff an den Verschluss. Pfff macht die Pneumatik.

»Und Rot für Herrn Tolmeyn – das war's.«

Letizia kehrt in ihre Hülle zurück. »Und, machen wir noch eines?«

»Möchte doch gerne wissen, was sie so hat erstarren lassen«, flüstert Beat ihm ins Ohr. Der hat in der Zwischenzeit den Schaufeln etwas zu tun gegeben. Von einem der Ecktürme hört man sie rumoren.

»Sie hat an mich gedacht«, sagt Tolmeyn, »noch nie etwas von dem Ausdruck *in Verzückung erstarrt* gehört?«

Was sie allerdings nicht daran hindert, ihr Lächeln bei der nächsten Aufnahme auf Beat zu richten. Und der, im Gegensatz zu Tolmeyn, strahlt mindestens vier Sekunden lang zurück.

»An die Arbeit«, sagt Tolmeyn. »Zurück zu Schwarzweiß.«

Von Stammschröer ist vorläufig keine Nachricht zu erwarten; in Lagopesole gibt es keine Post, nicht einmal einen Briefkasten. Briefe sind nach Melfi bestellt. Das Kastell bietet einen reichen Schatz an Entdeckungen. Da gibt es seltsame Konsolen hoch in der Wand der Burgkapelle. Tolmeyn vermutet eine kaiserliche Loge. Und richtig: Er findet den Zugang in einem Wandschrank versteckt, als er die umliegenden Räume erforscht. Unter dem Eckturm legen sie den Anfang eines Geheimganges frei. Im Donjon, dem Burgfried der Anlage, befinden sich eine Zisterne und eine komplizierte Wasserversorgung. Der Donjon ist eine Art Starenkasten mit meterdicken Steinmauern, die letzte Zuflucht; er hat nur einen Zugang, in vier Meter Höhe. Links und rechts daneben in der Wand zwei Skulpturen – *wohl die beiden schönsten Köpfe des dreizehnten Jahrhunderts in Unteritalien. Vielleicht, weil die, die hineingingen, nie wussten, ob sie noch einmal herauskämen,* schreibt er an Stammschröer. Lagopesole war die vorletzte Burg, die Friedrich ii. bauen ließ. Vielleicht verlor der Kaiser die Lust an dem groben, um nicht zu sagen primitiven Kasten, als er mit dem Achteck von Castel del Monte zu spielen begann, und Lagopesole blieb unvollendet. Der Verwalter der Burg zeigt ihm den Grundriss, den Bertaux hat machen lassen (ja, der Franzose hat auch dieses Kastell untersucht). *Sieht prächtig aus, der Grundriss. Hat nur einen Fehler: Es ist alles falsch.* Tja: Hier geben wir's ihnen, den Franzosen; wie es an der Westfront steht – keine Ahnung. Der Krieg ist weit.

Letizia erkundet mit dem Einspänner des Kastellverwalters die Gegend. Manchmal hilft sie beim Photographieren oder notiert die Messergebnisse, die er ihr von der Leiter oder aus einem unterirdischen Loch zuruft. Das Mindeste, was man von ihr sagen kann: Sie ist nützlich und keineswegs hinderlich.

Solche und andere Beobachtungen schreibt er an den Abenden der langen Tage in die Berichte an Stammschröer; zwei bis drei Stunden nach dem Abendessen.

In der Locanda teilt er ein Zimmer mit Beat, aber ihre Betten stehen an entfernten Wänden. Sie flüstern hin und her, denn Letizia schläft auf der anderen Seite des dünnen Mäuerchens. Meistens geht es um den Tag im Kastell. Er leitet die Grabungen und die Vermessung, Beat photographiert wieder, auch die Farbkamera benutzt er gelegentlich. Fünf, zehn, fünfzehn Minuten geht das, der Gesprächsfaden wird dünner, bis er lautlos reißt.

Er, Tolmeyn, schläft nicht unzufrieden ein: Wenn es das ist, dann ist es das eben, für den Moment. Beat arbeitet dieser Tage ruhig und konzentriert, es bringt ihn nicht mehr jedes Geräusch aus der Fassung. Nur als der Fürst Doria samt Jagdgesellschaft jüngst knallend und pulverdampfumwölkt um die Burgmauern gebraust kam, riss es ihn weg vom Photostativ, hinter eine der gefallenen Säulen der Freitreppe. Unter dem herzlosen Gelächter der Arbeiter, das Tolmeyn mit einem scharfen Wort zum Verstummen brachte. Beat, sagt er sich, ist auf einer viel längeren Reise als du. Kommt von weit her und hat noch viel vor sich.

Trotzdem, einmal – das ist die vorletzte Nacht von Lagopesole – muss er es doch fragen. Im Flüsterton, wie üblich, und bei dieser Frage besonders leise:

»Sag, wie findest du nun unsere Signora Letizia?«

Flüsternd fällt es ihm leichter, die Frage zu stellen. Da schwingt nichts mit, keine Intonation der Stimme, nur der klare Umriss der Wörter, nur die sachliche Einholung einer Auskunft.

»Letizia? Was für eine Frau! Solche gibt es bei uns nicht.«

Jetzt wünscht sich Tolmeyn doch den Vollklang der Stimme dazu. Beat klingt immer schläfriger. Vielleicht spricht er schon im Halbschlaf.

»Großartig. Ich sollte sie heimführen. Sogar mein Vater würde vor ihr die Waffen strecken.«

»Heimführen? Nach Muri? Ist das ein Scherz?«

»Nein, im Ernst.«

Ende der Unterhaltung.

Es gibt eine Farbaufnahme von den dreien, vor der Südostmauer des Kastells. Der Verwalter hat mit Vergnügen das Gummibällchen an der eingerichteten Kamera gedrückt. Wie (und ob) sie etwas geworden ist, weiß er nicht; dazu müsste man erst die drei Farbauszüge zusammensetzen: Letizia im

Blau, Beat im Grün und er im Rot, und jeder von ihnen in seiner oder ihrer eigenen Zeit und die beiden anderen ihm immer um etwas voraus.

Die Hexe von Barile

In der Gegend von Melfi, 17. Mai 1915

(630 m, Gasthaus: Savino-Bellapanella, Via S. Lucia, empfohlen), Stadt von 13993 Einwohnern, Mittelpunkt eines ausgedehnten Wein- und Ölhandels, auf einem halbzerstörten Seitenkrater des Monte Vulture gelegen. 6 km südlich von Melfi entfernt Barile, Albanesenkolonie. Viel Weinbau.

Dieses Wort – *heimführen* – ist zu einer fixen Idee für Tolmeyn geworden, und wenn er daran denkt, dann sieht er sie, Letizia, mit einem Kranz im Haar, und ihn, Beat, der Hut und Tracht trägt, in einer festlich geschmückten Kutsche aufs Imboden'sche Gut rauschen. Der Vater, der Abkömmling alter Haudegen, steht neben dem Tor, barhäuptig und gealtert, bereit, alles zu übergeben, nun da der Jüngste die Dynastie weiterführen wird: auf dem Schlachtfeld ist er zum Mann gereift, und in fernen Ländern hat er eine Braut erobert. Keine Einheimische, aber das geht in Ordnung, die Sippe denkt pragmatisch und weltoffen. Eine italienische Adlige mit allerhand Besitz? *Merci vilmol.*

Wann immer er die beiden zusammen sieht oder, schlimmer, wenn er keinen von beiden sieht, dann erscheint ihm dieses Bild. Und zwischendurch. Ja, es ist lächerlich, aber deswegen nicht weniger wirksam. Mal ganz abgesehen davon, dass eine Letizia Trivulzio di Belgioioso sich kaum heimführen ließe (sondern das eher selbst täte, und zwar einen Mann ihrer Wahl, falls es den passenden gibt). So oder so: Es ist ihm auch egal. Oder nein: Ihr wünscht er alles Gute. Soll sie glücklich werden, mit wem auch immer. Außer einem.

Der zweite Tag in Melfi fällt auf einen Sonntag, und der gemeinsame Ausflug nach Rionero zum Landsitz des Senators Fortunato ist ihre Idee. Das Transportmittel, ein Zweispänner, stammt vom Fürsten Doria, dessen Familie seit ein paar hundert Jahren das Kastell von Melfi besitzt. Also jene Sippe, die den normannisch-staufischen Kern des Kastells so gründlich verbaut, erweitert und umgestaltet hat, dass Tolmeyn den Missmut, der ihn beim ersten Rundgang ergreift, nur schwer unterdrücken kann. Wenn Lagopesole ein klobiger, aber übersichtlicher Quader ist, dann ist Melfi eine verzwickte Verschachtelung und Schichtung von Formen und Flächen. Mit viel Wohlwollen: das Werk eines romantischen, aber verwirrten Genies. Gerade ein Turm noch spricht staufische Formensprache.

Das wird viel Arbeit werden, und nachdem Lagopesole schon viel Arbeit gewesen ist, freuen sich alle drei auf den freien Sonntag und die Fahrt nach Rionero. Vielleicht, hofft er, findet sich eine Badestelle. Besser zwei Badestellen und ein Hügel dazwischen, denn bei aller freundschaftlichen Nähe und trotz Miglionico: Mit ihr ins Wasser springen, so wie er das damals an der Adria mit Beat getan hat, das geht nicht. Wenn das ruchbar würde, weder Doria noch Fortunato, noch irgendwer in der Gegend würde sie noch respektieren.

Beat ist ins Studium des *Baedeker* vertieft, Tolmeyn trägt einen seiner hellen Leinenanzüge und den Strohhut aus Rom,

Letizia ein weißes Sommerkleid mit einer roten Schärpe und ein farblich fein abgestimmtes Tuch ums Haar, im Korb klimpern Weinflaschen, und der Duft des luftgetrockneten Schinkens hält sich hartnäckig im Fahrtwind: Goldene Jugend unterwegs zu einer ihrer Zerstreuungen, muss denken, wer sie so sieht, leichthin und unbeschwert, Fürstenkinder, die den Arbeitern im Weinberg zuwinken, deren Wein sie später trinken werden. Drei Geschwister könnten sie sein oder ein Paar mit dem noch unter die Haube zu bringenden kleinen Bruder.

»Hier in der Gegend gibt es eine Albanesenkolonie«, sagt Beat, aus der *Baedeker*-Lektüre auftauchend, »also aufgepasst und stets anständig benehmen, diese wilden Leute üben Blutrache, sogar in diesen modernen Zeiten.«

»Unsinn«, sagt Tolmeyn.

»Da ist einer mit Fes!«, ruft Letizia. Sieht aus, als hätte sie für den Tag eine Auszeit von Agitation aller Art genommen. Man hört Dinge wie »Ich will Blumen pflücken« und »Ist das nicht eine herrliche Gegend?«, obwohl die Gestalten am Wegesrand genauso abgerissen aussehen und die Esel genauso mager sind wie am Tag zuvor. Vielleicht sieht man die Dinge aus dem Schatten eines zierlichen Sonnenschirms anders.

»Die albanesischen Frauen nehmen an Kriegszügen teil, und Bräute werden entweder gekauft oder geraubt«, berichtet Beat weiter aus dem Reiseführer, »je nach Lage der häuslichen Finanzen.« Sie sagt:

»Heute kannst du mich mit so etwas nicht reizen.«

Tolmeyn aber doch, denn – ei verdammt –, damit ist er schon wieder ans *Heimführen* erinnert.

Nach wenigen Minuten erreichen sie ein Dorf. Weitere Hinweise auf den Fes sind überflüssig: Fast alle Männer tragen die rote Filzkappe.

»Ist das Barile?«, fragt Letizia den Kutscher, und als der bejaht, springt sie auf und greift ihm in die Zügel.

»Ragazzi, wir müssen anhalten«, sagt sie.

»Nein, wieso, lass uns weiterfahren, wir suchen einen schönen Platz für ein Picknick.«

»Wenn Letizia hier anhalten will«, sagt Beat, »dann können wir doch eine Pause einlegen.«

Tolmeyn will widersprechen, schon aus Prinzip, vor allem aber weil ihm missfällt, wie Beat jeder Laune der Madame sofort nachgibt. Es gab schließlich einen Plan: entspannte Fahrt, Picknick, womöglich Baden, Spaziergang, Eintreffen bei Fortunato, Unterhaltung, Essen … ach, was soll's: Letizia ist schon abgesprungen und spricht mit einem Festräger. Dann kommt sie zurück – aufgeregt:

»Die Hexe von Barile«, sagt sie, als sei das ein Ehrentitel.

»Na schön, und was ist mit ihr?«, fragt Tolmeyn, als ob es in jedem Dorf eine gäbe.

»Wir besuchen sie.«

Die Hexe lebt am Dorfrand, wo der Weinberg beginnt. Sie lassen die Kutsche zurück. Eine rote Filzkappe führt an, Letizia und Beat folgen, er mit einigem Abstand. So viel bekommt er mit: Von der Hexe habe man ihr schon einiges erzählt, auf ihren Exkursionen von Lagopesole aus. Sie habe allerlei Zauber parat, gegen das *malocchio* natürlich, den bösen Blick, sie beherrsche Fruchtbarkeitszauber, sie könne von Besessenheit befreien und, apropos, unglückliche Liebe lindern, wenn schon nicht heilen, denn dagegen sei kein Kraut gewachsen –

»Hört, hört«, ruft Tolmeyn dazwischen.

– sowie Flüche auferlegen und die anderer Hexen widerrufen, versuchsweise zumindest.

Die Hexe kann auch Pasta; sie walzt Teig, als die Besucher in ihre Steinhütte eintreten, und ist mit Mehl bestäubt. Sie reicht Tolmeyn ein Messer, macht zwei, drei Schnitte vor und fordert: *maltagliati.*

Kein Problem, denkt er und schneidet unregelmäßige Flecken aus dem blassgelben Teigblatt, natürlich erarbeite ich die Konsultationsgebühr, war ja auch meine großartige Idee. Dann eben kein Picknick.

Die »Hexe« – eine rundliche, freundliche alte Frau – spricht mit Letizia, schnell und kaum verständlich. Während der Unterhaltung sieht die Alte von ihr zu ihm, zu Beat, immer rundherum, als ginge sie einen Abzählreim durch. Irgendwann ist sie damit fertig; aber er bekommt nicht mit, auf wem sie geendet hat, weil er gelegentlich doch auf seine Finger sehen muss, um sich nicht zu schneiden. Letizia sagt:

»Sie – Signora Savelli – wird nun feststellen, ob unter uns jemand den bösen Blick hat – das bedeutet nicht: böse schauen, Jacob. Wir fahren ja in ein paar Minuten weiter.«

Die Signora holt einen Teller hervor, füllt ihn mit Wasser und träufelt vorsichtig drei Tropfen Olivenöl ein. Soweit sieht das nach einer sehr, sehr dünnen Bouillon aus. Die drei Fettaugen treiben langsam über die Oberfläche, voneinander weg.

»Und?«, sagt Beat.

»Schhh«, sagt Letizia, »wenn eines oder mehrere ihre Form verlieren und sich im Wasser auflösen, dann ist das der Beweis.«

Fünf Minuten starren sie in den Teller. Tolmeyn bläst ganz

leicht und leise in Richtung Wasserspiegel und driftende ölige Linsen, aber wer weiß, ob der Luftzug dort ankommt. Endlich platzt eine, zerfließt wie ein angestochenes Eigelb in alle Richtungen, zerfällt in kleine Kügelchen, die untergehen. Man hält den Atem an.

»Ja, und wer?«, sagt Beat.

Alle sehen auf die Hexe. Signora Savelli hebt die Schultern. »Jemand ist unter euch, auf den großes Unglück wartet.«

Dann schiebt sie die von ihm ausgeschnittenen Teigstücke vorsichtig mit der Handkante zusammen und stellt sich mit verschränkten Armen hin: So viel *malocchio* für so viel *maltagliati*.

Vor der Hütte fasst die Signora Tolmeyn ums Handgelenk. »Tun Sie so«, sie schöpft eine Handvoll Sand, Staub und Erde vom Boden, geht ein paar Schritte und lässt etwas von dem Sand ausrieseln. Er trottet ihr nach. Letizia und Beat sind schon voraus, hinunter ins Dorf, kichernd. Sie sagt etwas, aber er versteht nicht, was. Murmelnd und Sand ausrieselnd umkreisen sie das Haus der Hexe – von Signora Savelli, es gibt keine Hexen, die Pasta machen, denkt Tolmeyn. Wenn, dann backen sie Lebkuchen und bepflastern damit ihre Hütten. Wieder vor dem Hauseingang angekommen, fragt er:

»Warum?«

Signora Savelli hebt wieder die Schultern und sagt:

»Hilft.«

»Für? Oder gegen?«

»Hat immer geholfen. Hält das Böse drin, oder draußen.«

»Das ist natürlich alles Unsinn, das weiß ich doch auch«, sagt Letizia, kurz bevor sie bei Fortunato eintreffen. »Mit Aberglauben und Beschwörungen bewältigen wir die *questione meridionale* wohl kaum. Aber mit der Alphabetisierung die alten Zaubersprüche auslöschen, das möchte ich auch nicht. Du siehst, wenn eine Frau hier Respekt genießen will, dann muss sie eine ›Hexe‹ sein. Sagen wir überhaupt lieber: weise Frau.«

»Gut, dass man sie nicht mehr verbrennt«, sagt Beat.

Von dem Sandkreis erzählt Tolmeyn nicht.

Es hat nach dem Besuch der weisen Frau kein Picknick gegeben und keinen Badeplatz. Rionero heißt der Ort, aber es gibt keinen *rio*. Das Haus des Marchese Fortunato ist schön, aber bescheiden. Der Park geht unmerklich über in die Eichenwälder an den Abhängen des Monte Vulture. Der Marchese ist ein feiner, stiller Mensch – und ein Freund des Federico secondo, wieder einer. Der Mann spricht sanft, erwägt auch die andere Seite, aber Tolmeyn sieht ihm an, dass er gerne einmal mit dem Schwert dazwischenhauen würde, wenn er könnte.

Tolmeyn ist nicht immer bei der Sache. Gerne hört er die Versicherungen Fortunatos, er wolle die Unternehmungen des Preußischen Historischen Instituts unterstützen. Er, Fortunato, hoffe, man sei ihm nicht böse wegen der von ihm vermittelten Aufsichtsperson; aber er grinst breit, als er es sagt, und noch breiter, als Beat eilig versichert: keinesfalls, *ganz im Gegenteil* – während er, Tolmeyn, sich noch eine angemessene amtliche Antwort zurechtlegt. Er ist jedes Mal wieder erstaunt, wie alert der zugeknöpfte, zurückgezogene

Schweizer sein kann. Das hat er wohl im Krieg gelernt: in die Bresche springen, wo sich eine bietet.

Senator Fortunato hat wenige Tage alte Nachrichten aus Rom. Keine guten: Er hat Wind bekommen von Verhandlungen, die italienische Emissäre unter strengster Geheimhaltung in London geführt haben. Franzosen und Russen sollen auch dabei gewesen sein.

»Das kann man sich denken, was die von uns erwarten, nicht?«, sagt Fortunato.

Spätestens jetzt beginnt Tolmeyn, unruhig zu werden. Die Zeit läuft aus. Seine Sanduhr lässt sich nicht mehr umdrehen; nachfüllen schon gar nicht. Nicht schon wieder, denkt er, nein, diesmal nicht, nicht so kurz vor dem Ziel.

Obwohl das auch nichts nützt: Er drängt, ohne auch nur ein Wort zu sagen, zum Aufbruch, obwohl es noch lange nicht dunkel sein wird. Letizia flüstert ihm von der Seite zu: »Warum so nervös?« Beat sagt: »Halt doch die Füße still.«

Und auch Fortunato spürt es. Er steht auf, sagt: »Ah, dann werde ich einmal in der Küche nachsehen, wie weit man ist.«

Seine beiden Reisegefährten sehen ihn streng an. Ein Abendessen bei Giustino Fortunato lässt man ungern fahren; die Köchin ist berühmt – und treu: selbst Fürst Doria hat sie nicht abwerben können.

»Wir machen es kurz in Melfi«, sagt Tolmeyn mit der Stimme des Expeditionsleiters. »Übermorgen brechen wir vorläufig ab und ziehen weiter nach Castel del Monte.«

Niemand widerspricht. Er will aber eine Reaktion, von beiden.

»Ihr habt es gehört, vom Senator. So wie ich das verstehe, fallen die Italiener um.«

»Und was kommt nach Castel del Monte?«, fragt Letizia. Es scheint ihm, sie sieht ihn sorgenvoll an. Nur welche Sorge das ist: keine Ahnung.

»So weit denke ich heute noch nicht. Ich will nur nicht noch einmal mit leeren Händen nach Rom zurückkehren. Und du, Beat, bist du einverstanden?«

Beat zieht einen Hut, den er nicht aufhat: »Solange ich mit euch sein kann – heißt: euch beiden –, zu Diensten.«

Der Senator kehrt in den Salon zurück.

»Es ist angerichtet«, sagt er, »Reisende soll man nicht aufhalten, aber sie mit leerem Magen ziehenzulassen, wäre sträflich und mit dem Gastrecht der Basilikata nicht vereinbar.«

Auf der Rückfahrt schläft Letizia ein. Irgendwann rückt sie näher, legt ihren Kopf auf seine Schulter. Nicht unangenehm, besonders, wenn er die Augen schließt und sich der Vorstellung hingibt, es sei Beat. Wenn nur diese eine lange Haarsträhne nicht immer wieder um seine Nase wehte. Nach wiederholten Angriffen gelingt es ihr, ein Niesen herauszukitzeln.

Da öffnen drei plötzlich die Augen, und ein jeder sieht zwei andere an, als träfe man sich hier, in einer Kutsche zwischen Rionero und Melfi, zum ersten Mal im Leben.

Das Achteck

Gut, dass es keine näher gelegene Bahnstation als die Stazione di Acquatetta gibt. Der Krone Apuliens soll man sich nach Art einer Prozession annähern. Langsam, leidend und lästerlich fluchend (dies Letztere tun vor allem die beiden Treiber). Der schmale Pfad, dem sie folgen, ist ein trockenes Flussbett. Aufsitzen, auf Karren oder Maultier: zwecklos, rührt nur den Magen auf. Die Augen fest auf den goldenen Punkt am Horizont gerichtet, stolpern die drei dahin. Sie haben die Sonne im Rücken und Staub im Gesicht. Die Gegend ist steinig und kahl, kein Gewächs reicht höher als eine Schafsschnauze. Falken stehen flügelschlagend in der Luft und stoßen hin und wieder herab, um eine Maus zu krallen.

Er fürchtet um die Ausrüstung, um das Sandmikroskop und die photographischen Apparate, die links und rechts in Packtaschen auf die knochigen Rippen der Mulis schlagen. Das fehlte noch: ankommen und das Gerät kaputt. Er lässt anhalten, prüft alles und macht bei der Gelegenheit eine Fernaufnahme von Castel del Monte. Die anderen sind für die Pause dankbar, nicht aber, als sie erfahren, dass sie von nun ab Photoapparate und Mikroskop in den Händen tragen sollen; nur die Dame ist ausgenommen und verzichtet für dieses Mal auf Einspruch.

Er selbst nimmt die schwere Bermpohl-Farbkamera vor die Brust wie eine Monstranz und geht voran, der Pfad ist so klar wie das Ziel, das mit sinkender Sonne immer goldener von seinem Hügel leuchtet. Die Pilgerfahrt nähert sich ihrem Höhepunkt. Das beständige Murmeln seiner getreuen Katholiken, die er hinter sich herzieht, ist ein Murren, doch so genau darf man nicht hinhören.

Aber je näher er kommt, desto verzagter wird er. Das Kastell hat gelitten durch Jahrhunderte, und er leidet in diesen Minuten mit: Die Fassade ist schrundig, die einst klaren Kanten zittrig, die Mittelsäulen der Biforienfenster fehlen, und es steht in seinem eigenen Geröll, wie verwachsen mit dem steinigen Kegel. Aber – niemand hat je etwas hinzugebaut oder geglaubt, es verbessern zu müssen. Es ist, was es war. So wie es der Kaiser gewollt hat. Ein Kristall! Ein mathematisch-symmetrisches Kunstwerk! Und: ein Unikat, denn solch ein Schloss gibt es nirgends auf der Welt, nur hier.

Jetzt ist er begeistert, und er dreht sich um zu seinen Reisegefährten, platzt heraus:

»Weil man sich doch immer Gedanken gemacht hat, welchem Zweck dieses Bauwerk dienen sollte – also, weil es doch als Festung nicht taugt – und ob es nur ein Jagdschloss gewesen ist mit ein paar Falkenkäfigen – ich glaube: Es verteidigt sich selbst. Seht es doch an, es steht da wie vor … sechshundertfünfundsechzig Jahren. Gealtert ja, aber ein stolz verwitterter Recke. Nicht?«

Für kunsthistorische Erörterungen scheint der Zeitpunkt nicht geeignet.

»Mein Gott, wir sind ja wirklich in der Mitte von nirgendwo«, sagt Letizia nach einem langen Rundblick. »Wo ist das Albergo oder wenigstens die Locanda?«

»Hotel Federico secondo«, sagt Tolmeyn, »die Rezeption befindet sich gleich hier. Bitte mir zu folgen.«

Wenn alles geklappt hat, dann haben die Sgarras von Andria und ihre Leute das Material herbeigeschafft, so wie von Tolmeyn unter Benutzung der Liste aus dem vorigen Jahr voraustelegraphiert. Wenn nicht – dann stehen sie da – mit nichts. Ins Schlossportal hineingezimmert ist eine klappernde Holztür, aus der im Moment der Kustos tritt und Geräusche des Willkommens produziert. Erleichterung: Die Sgarras haben geliefert, der Kustos zeigt ihm die Kisten und Säcke. Und die drei Feldbetten.

»Nicht dein Ernst«, sagt Letizia. »Was sagst du, Beat?«

Der sagt: »Ich habe Schlimmeres gesehen.«

Sie sagt: »Wenn du bitte nicht immer einen Krieg zum Vergleich heranziehen würdest.«

Den Boden des Innenhofs (ebenfalls achteckig) polstert dunkelgrünes, weiches Moos. Jeder Schritt dröhnt dumpf: unter den Steinen der Hohlraum einer Zisterne. Es ist düster und beklemmend still. Über sich haben sie ein Achteck ausgestanzten dunkelblauen Himmels, vor dem die Fledermäuse stumm schreiend kreuzen. Irgendwo fällt, mit der Gleichmäßigkeit einer Pendeluhr, ein Tropfen nach dem anderen.

»Im ersten Geschoss ist es sicher trockener«, sagt er und dann, aufmunternd: »Schlafen wie der Kaiser, das ist doch etwas.«

»Ich dachte, er war nie hier«, sagt Beat und, hinüber zu Letizia: »Urkundlich nicht verbürgt.«

»Da oben steht er«, sagt Tolmeyn und zeigt auf ein Fenster zum Hof. Die beiden anderen sehen sogar hinauf.

»Schon weg«, sagt er und lacht.

Acht Säle gibt es, jeder nimmt ein Achtel des – achteckigen – Rings zwischen Innenhof und Außenmauer ein. Tolmeyn hat sein Feldbett in dem Saal aufgeschlagen, den man den Thronsaal nennt; der einzige, der nur einen Zugang hat – vom benachbarten Saal VIII, in dem Letizia schläft. Beat hat sich im Saal neben Letizia einquartiert. So geräumig logiert haben sie noch nie.

In der Nacht geht der kräftige warme Wind in Sturm über. Es heult in den Ritzen, Löchern und Scharten, Staub und Sand wirbelt auf. Tolmeyn liegt genau unter dem Schlussstein, der den Punkt bedeckt, an dem die Gewölberippen sich kreuzen. Der Stein ist ein grimmiges Männergesicht, von Haar und Bart mähnenhaft umwallt. Irgendwann wird ihm der Anblick zu streng, und er rückt das Feldbett unter das Fenster. Als Kerker, Schafstall, Zuflucht für Vaganten, Briganten und Vagabunden hat das Schloss gedient. Es gehörte dem Gonzalo de Córdoba, der die Franzosen aus Apulien jagte, und den Herren Carafa aus Ruvo di Puglia, die es Ende des achtzehnten Jahrhunderts aufgaben. Das weiß man alles. Nur ob der Kaiser einmal hier war, da hat Kollege Imboden recht, weiß man nicht. Aber so wahr wie Jacob Tolmeyn seinen Kopf auf ein Kissen von zusammengerollter Kleidung bettet – so sehr will er glauben, dass unter den vielen Stimmen, die er im Sturm hört, auch die Friedrichs ist: *He da, holt mein Pferd und meinen Lieblingsfalken Saxo – ich will jagen.*

Kunsthistoriker Tolmeyn befindet sich im achten Himmel. Oder Achteck-Himmel. Auf Zehenspitzen ist er vom Thronsaal durch Saal VIII getappt, an der schlafenden Letizia vorbei, und die Wendeltreppe in Achteckturm Nummer VII hinabgestiegen, durch die Tür in Saal VII (Untergeschoss), hinaus auf den Innenhof, schräg gegenüber in Saal II hinein und rechts in den Saal I und durch das Portal hinaus ins Freie: das ist der direkteste Weg. Seit einer Stunde zieht er Kreise um das Schloss und sieht zu, wie die steigende Sonne neue Schattenlinien auf die zerklüftete Fassade zeichnet. Der Kustos hat Kaffee gekocht und ein kleines Frühstück hingestellt, von dem er sich im Vorbeigehen bedient.

Welche Geheimnisse auch immer hier verborgen sind, ich werde sie knacken, sagt er sich. Was soll das mit dem Achteck? Das Brückentor von Capua: hat es nicht einen achteckigen Sockel? Lucera: der Innenhof des staufischen Kastells: achteckig. Der staufische Wohnturm im sizilianischen Enna: auch achteckig. Ist das hier auf mathematisch-geometrischer Basis, wie die Gelehrten vermuten, also alles in bestimmten Verhältnissen geplant und errichtet worden, oder auf Sicht und nach Gefühl? Die Klarheit der Form, die Idee der Form schreit es heraus. Aber welche Idee ist das? Kann man sich, wenn man vor den Pyramiden von Gizeh steht, auch fragen. Nach der soundsovielten Runde pausiert er auf der Seite, die die Sonne noch nicht erreicht hat. Es könnte losgehen. Fehlt nur noch die wissenschaftliche Hilfskraft.

Beat sieht schläfrig, aber zufrieden aus, als er endlich erscheint, und trägt in Erwartung eines weiteren heißen Tages nur ein ärmelloses Unterhemd über der Hose. Wie ein Bauarbeiter. Hübsch, denkt er.

»Womit fangen wir an?«, fragt Beat.

»Vermessen.«

Er will so schnell wie möglich einen verlässlichen Grundriss, weil er den alten Plänen der Franzosen nicht traut. Natürlich, wieder einmal Bertaux, der zuerst hier war. Wie kann man auch messen, wenn man immer ein Glas Rotwein in der Hand hält? Schon die ersten Messungen offenbaren erhebliche Abweichungen.

»Kann ich euch helfen?«, fragt sie.

»Ja«, sagt Beat.

»Nein«, sagt Tolmeyn, »nicht nötig, wir zwei schaffen das. Geh du nur in den Schatten.«

»Ich kann Beat doch ablösen«, sagt sie und stemmt die Hände in die Hüften. »Maßbandhalten kann nicht so schwierig sein.«

»Es gehört viel mehr dazu«, sagt Tolmeyn.

»Was?«

»Viel mehr eben. Wir beide kommen zurecht.«

Wenn sie beide zusammenarbeiten, ist alles in Ordnung. Sie verstehen sich wortlos, sie verstehen sich auf kurzen Zuruf. Gerade noch waren sie im schönsten Gespräch –

An die Kante, Kopfhöhe, deine, nicht meine, genau, wusstest du, dass jede ungerade Zahl größer eins, ins Quadrat erhoben, ein Vielfaches von acht ergibt, plus eins? – Zehneinundfünfzig, nein, wusste ich nicht – Also zum Beispiel fünf hoch zwei ist fünf mal fünf ist fünfundzwanzig, nicht? – Ja, hier messe ich dreidreiundzwanzig in Kopfhöhe und drei-vierundzwanzig am Boden – Danke, notiert, und fünfund-zwanzig ist eben drei mal acht plus eins – Das heißt? Jetzt diese Sockelhöhe messen? – Das heißt: Ich weiß es nicht, die Acht ist eben eine besondere Zahl –

Und dann muss diese Letizia erscheinen. Als er erklären will, dass es im Islam zwar sieben Höllen, aber acht Para-diese gibt; dass der Felsendom in Jerusalem auf einem okto-gonalen Grundriss beruht; dass es acht Engel sind, die den Gottesthron tragen; dass Friedrich die islamische Kultur geschätzt hat – siehe Sarazenen –

»Wie du willst«, sagt sie.

Beat wirft ihr einen sehnsüchtigen Blick hinterher, Tol-meyn einen eifersüchtigen. Jetzt wird Beat wieder in Schweig-samkeit verfallen; mindestens eine Stunde, wie schon oft.

»Für mich ist es etwas langweilig hier«, sagt sie am Abend.

Der Kustos kümmert sich gegen ein paar Münzen um die Mahlzeiten; Letizia hat die Aufgabe erwartungsgemäß ab-gelehnt, aber sie sieht dem Alten auf die (dann auch gewa-schenen) Finger, wenn er Brot, Wurst und Gemüse schnei-det. Jetzt klappert der Kustos bei der Regenwassertonne mit den Tellern.

»Das tut mir leid für dich. Wir kommen auch wieder in dichter besiedelte Gegenden«, sagt Tolmeyn.

Wenigstens eine Woche noch will er in Castel del Monte bleiben, dann vielleicht ein paar Tage Etappe am Meer und wieder zurück. Ein scharfes Klirren von der Regenwasser-tonne. Notiz: Geschirr wird man beschaffen müssen, der gute Mann zerschlägt pro Abwasch wenigstens ein Teil.

Der Essplatz vor den Außenmauern, unter freiem Himmel, besteht aus einem Tisch und drei Stühlen; einer ist nicht mehr besetzt; Beat bereitet im Schloss eine provisorische Dunkelkammer vor. Tolmeyn macht nun ebenfalls Anstalten, den Tisch zu verlassen.

»Bleib doch ein paar Minuten, dann können wir noch reden«, sagt sie.

Gut, denkt er, eine Verdauungspause kann nicht schaden. Reden: Über Friedrich und die Falken vielleicht? Der Kaiser war kein Amateur, er schrieb ein Buch über die Beizjagd, aus eigener Erfahrung, mit wissenschaftlicher Genauigkeit, für damalige Verhältnisse. Sogar über die Rundung der Vogelkrallen hatte er Gescheites zu sagen, und dass Ringelgänse nicht auf Bäumen wachsen (was man allgemein glaubte), auch davon überzeugte er sich. Das ist doch ein interessantes und lustiges Thema, denkt Tolmeyn, und setzt an:

»*De arte venandi cum avibus,* die Kunst, mit Vögeln zu jagen –«

»Nein«, sagt sie, »das ein andermal.«

Er stutzt. »Was dann?«

»Berlin … du, in Berlin, vor Rom …, von dir …«

Eine Letizia, die fast stottert; das ist neu. Das Thema auch: Musste die Langeweile von Castel del Monte sie darauf bringen? Er und Beat wissen alles (das meiste, scheint es) von ihr – aber sie von ihm? War sie zu beschäftigt in den vergangenen Tagen? Oder weil es das erste Mal seit langem ist, dass sie zu zweit sind, nur sie beide? Er ahnt, dass das Folgende nicht die Antwort ist, die sie erhofft:

»Ich hatte einen Posten im Kaiser-Friedrich-Museum, Abteilung für Holzskulpturen, bis ich nach Rom kam. Dort beschäftigte ich mich mit mittelalterlichen Urkunden, bis mich der Professor auf diese Reisen schickte.«

»Nicht von der Arbeit, Jacob«, sagt sie.

»Nun, was dann?«

Etwa die Geschichte von Fritzi und Niki, die so tragisch endete? Er kennt Leute, die ausgesprochen glaubwürdig erzählen konnten, wie sie ihre geliebte Olivia, Johanna oder Franziska kennengelernt hatten. Obwohl sie Oliver, Hans und Franz hießen.

Sie zieht die Augenbrauen hoch und wartet, während er irgendeinen Ausweg sucht.

Beat kommt zurück. »Die Dunkelkammer wäre dann so weit.«

Ein Gefühl der Dankbarkeit durchflutet Tolmeyn. Er faltet die Serviette sorgfältig zusammen und steht auf. »Für diese alten Geschichten haben wir sicher noch Zeit.«

Castel del Monte, Tag zwei, 22. Mai 1915

»Und heute?«, fragt Beat, als er wiederum verspätet antritt.

»Wo warst du denn«, fragt er, »ich habe dich in allen Räumen gesucht.«

»Ich habe ihr Milch geholt. Für den Kaffee, Schafsmilch, was anderes gibt's ja nicht.«

»Was?«

»Selbst gemolken. Die Herde unten beim zerfallenen Hof.«

Vergangenes Jahr hätte er noch gelacht. *Großartig, was du alles kannst. Auch buttern und käsen?*

»Vermessen, das erste Obergeschoss«, sagt er, einigermaßen fassungslos, »und dann photographieren, heute ist ein schönes Licht.«

Am späten Nachmittag kommt Vito Sgarra von Andria herauf. Er bringt Lebensmittel und ein Fass frisches Wasser. Tolmeyn ist mit der Bermpohl-Kamera auf der Westseite, in etwas Abstand vom Schloss, und wartet darauf, dass das Licht weicher und runder wird. Er will das gelbgoldene, bernsteinfarbene Schloss, das die Abendsonne aus den weißlich-hellbraunen Kalksteinquadern holt.

»Sind Sie ganz allein hier?«, fragt Sgarra nach der Begrüßung.

Letizia sah man bis vor kurzem unter einer Pinie mit einem Buch, vermutlich *Das Kapital*. Beat sollte mit Detailaufnahmen der skulpturellen Ausschmückung des Innenhofs beschäftigt sein; was davon geblieben ist.

»Ich habe meinen Mitarbeiter Imboden, den Sie bereits kennen, bei mir und, von Ihrem Kulturministerium zu unserer Unterstützung entsandt, Signora Letizia Trivulzio di Belgioioso.«

Sgarra staunt. »Eine Frau. Vom Ministerium. Alt?«

»Jung.«

»Ah.«

Er denkt: Oh, Vito Sgarra: Auch du einer von den Augenzwinkerern? Aber natürlich: Er ist ein Mann und, wie er zweifellos annimmt, ein *richtiger*. Tolmeyn wechselt das Thema.

»Sie sollten unbedingt darauf hinwirken, dass die Dampftrambahn von Barletta über Andria bis hierher verlängert wird.«

»Haben Sie schon einmal mit den Leuten von den *ferrovie dello stato* zu tun gehabt? Die fressen das Eisen der Gleise, anstatt es zu verlegen. – Kommen Sie, stellen Sie mir die Dame vom Ministerium einmal vor«, sagt Sgarra, »wir wollen nämlich die Kaiserinnengräber großzügig elektrisch beleuchten.«

Den Abend verbringt er über den Maßtabellen. Der Tisch steht draußen, vor den Mauern. Warmer Wind weht von der Adria her; er muss die Papiere, auf denen er herumrechnet, mit Steinchen beschweren.

»Ich glaube, das hier angewendete Grundraster basiert auf dem römischen Fuß«, verkündet er.

»Wie groß ist ein Römerfuß?«, fragt Letizia. Sie freut sich auf ein einfaches Thema: nach eineinhalb Stunden Vito Sgarra, der glaubte, durch sie direkt an die Kassen des Ministeriums zu kommen.

»Dreißig Zentimeter«, sagt Beat.

»Neunundzwanzigkommafünfsieben«, korrigiert Tolmeyn, »um genau zu sein.«

»Ach, du Preuße«, sagt Beat, »Millimeterfetischist.« Aber der Tonfall ist entspannt. Mit ein bisschen Einbildung geradezu liebevoll.

»Ogottogott, hast du denn nicht millimetergenau gemessen? Dann müssen wir noch mal von vorne anfangen«, sagt er.

»Bloß nicht. Hab schon letzte Nacht nur von Maßzahlen geträumt.«

Letizia gähnt. »Meine Träume sind so öde und leer wie diese Gegend. – Woher kommen eigentlich die Blumen hier auf dem Tisch?«

»Die habe ich gepflückt«, sagt Beat, »für dich.«

Nur ein Sandkorn

Tolmeyn ist allein in Castel del Monte zurückgeblieben. Am Morgen ist Beat nach Corato gegangen, um dort bei einem Schreiner den Maßholzrahmen anfertigen zu lassen, den Tolmeyn entworfen hat. Das Gerät soll Winkel- und Größenmessungen erleichtern. Letizia hat kurz danach den Karren genommen, um, mit dem Kustos als Chauffeur, Masserien der Umgebung aufzusuchen, wo sie mit Gutsbesitzern über die Lage der Landarbeiter reden will. Und mit Landarbeitern über die Besitzenden. Nach drei Tagen auf dem Schloss ist sie glücklich, sich wieder einmal den Dingen widmen zu können, die ihr liegen. Er hat so seine Zweifel: Die Gutsherren werden kaum froh sein über diesen unangekündigten Besuch, und Fortunatos Name ist hier draußen in der Ebene keine große Hilfe. Aber wer hält eine entschlossene Trivulzio di Belgioioso auf?

»Sieh mal, Jacob«, hat sie zum Abschied gesagt, »mich getrauen sie sich nicht vom Hof zu prügeln. Endlich mal ein Vorteil für eine Frau hier unten.«

Stundenlang wandert er durch die Säle. Wenn schon sonst nichts, der Kaiser hatte in Castel del Monte immer einen Raum, in den die Sonne schien. Er entdeckt Achtecke in den

Säulenbasen und in den Kapitellen, im Gewölbe des vierten Turms, aber Sechsecke im Rest eines Bodenmosaiks. Kühl und schön muss es gewirkt haben: alle Wände in hellgrauer Marmorverkleidung, von der nur handtuchgroße Stücke geblieben sind, aus Marmor auch die schlanken dreiteiligen Säulenbündel, die jetzt orangerot verfärbt sind. Eine Weile sitzt er in der Fensternische von Saal III und sieht auf den Kirchturm von Andria, die dem Kaiser treu ergebene Stadt.

Am Nachmittag sollten, wollten sie zurück sein.

Er arbeitet unter einem Sonnensegel, das der Kustos zwischen der Mauer und zwei Holzstangen neben dem Portal aufgespannt hat. Er isst Brot und Käse, trinkt verdünnten Rotwein und wartet.

Sie kommen nicht; wer kommt, und zwar zu Fuß, das ist der empörte Kustos. Sie habe ihn bei dem Olivenhain vom alten Massafra ausgesetzt, sagt er, dabei habe er ihr nur erklären wollen, dass er es – mit Verlaub, Dottor Tolmeyn, keine Unterstellung natürlich – unschicklich fände, wie sie hier mit zwei Männern im Schloss hause, und dass sie kein Kopftuch trage, nicht einmal jetzt, wo sie die Gutsherren aufsuchen wolle. Die seien alle kleine Könige, die würden sie schon an den ihr gebührenden Platz verweisen.

»Kann sie denn den Karren lenken?«, fragt er.

»Man muss dem Esel nur den Namen der Ortschaft sagen, dann geht er von alleine dorthin; viele Ortschaften gibt es ohnehin nicht«, sagt der Kustos und klopft sich den Staub aus der Jacke, »und zurück findet er auch. – Frauen! Signora Letizia kann sogar lesen und schreiben, aber das scheint ihr nicht gutgetan zu haben.«

Zwei weitere Stunden vergehen. Er sitzt über seinen Plan-skizzen und zeichnet Symmetrieachsen ein, mit wechselnder Konzentration. Von Achteckturm zu Achteckturm, durch das Zentrum. Das Schloss nimmt die Gestalt einer Blume an, einer mathematischen Blume.

Und dann, zwischendrin, stellt er sich Beat und Letizia vor, in Andria. Albergo Vittorio, laut *Baedeker: ganz gut.* Für? Den hinteren Eingang beobachtet jedenfalls niemand.

Er zeichnet ein rechtwinkliges Dreieck und daraus ein Quadrat. Satz des Pythagoras, wie einfach, sagt er, als wollte er es einem unsichtbaren Zuhörer erklären, das haben die alten Baumeister mit einer Schnur gemacht, in die, in regelmäßigen Abständen, Knoten eingeknüpft sind.

Vom Tisch aus hat er die Landstraße nach Andria im Blick. Beat betritt das Albergo natürlich vom Domplatz her; der Wirt kennt ihn vom vergangenen Jahr.

Er zeichnet weiter: ins Quadrat die beiden Diagonalen, die Quadratdurchmesser, zirkelt einen Kreis genau hinein. Und in diesen Kreis einen Achtstern, wie einen Drudenfuß, ohne den Bleistift abzusetzen.

Ein graues Tuch über Haar und Schultern, und selbst eine Contessa di Belgioioso geht, ohne aufzufallen, durch die Gasse, um rasch in eine Hintertüre zu schlüpfen.

Er starrt auf den Achtstern. Man sieht es nicht sofort, aber in den Linien, die da wie ein ordentliches Mikado übereinanderliegen, sind zwei sich kreuzende Quadrate enthalten. Er fährt deren innenliegende Linien mit dem Finger nach: Das ist der Innenhof von Castel del Monte. Ein mittelalterlicher Baumeister bringt das mit Knotenschnur, Holzpflöcken, Messlatte und Bodenzirkel mühelos auf einen planierten, gesandeten Boden.

Was für ein Unsinn. Beat ist in Corato beim Schreiner, Letizia strapaziert die Geduld irgendeines Gutsherrn.

Der Plan sieht immer komplizierter aus, dabei ist es ganz einfach: Das erste Achteck lässt sich mit etwas geometrischer Phantasie leicht erweitern. Und die Mittelpunkte der Achtecktürme sitzen genau auf den acht Spitzen des Achtsterns, ihre Seiten parallel zu denen des großen Achtecks.

Perfekt.

Wo bleiben sie nur?

Er sieht und hört sie gar nicht ankommen; ist eingeschlafen über dem Plan.

»Wo wart ihr?«

Sie sagt: »Auf dem flachen Land.«

Beat sagt: »In Corato, wo sonst?«

Er entledigt sich seiner Stiefel und Socken und taucht die Füße in eine flache Blechwanne, die ihm der Kustos befüllt.

»Warum hat das so lange gedauert?«

Sie sagt: »Mit dem einen Gutsherrn konnte ich erst sprechen, nachdem er seinen Nachmittagsschlaf gehalten hatte.«

Beat sagt: »Die Anfertigung dauerte eben länger als gedacht. Am Anfang hatte er nicht die richtigen Leisten, dann musste er den Rahmen wieder auseinandernehmen, weil er die Seitenteile verkehrt herum verzapft hatte. Und dann musste der Holzleim trocknen. Sonst wäre das Gestell doch beim Transport zusammengeklappt.«

Sie sagt: »Und der Esel hat nicht funktioniert.«

Jetzt mischt sich auch noch der Kustos ein: »Signora, beschuldigen Sie meinen Esel nicht, das ist ein treues Tier.«

Fehlt nur noch die Meinung des Esels selbst, denkt Tolmeyn, diese Unterhaltung scheint ins Surreale abzudriften.

»Nicht immer jedenfalls«, sagt Letizia beschwichtigend.

Beat zeigt auf den Holzrahmen: »Aber schön ist er geworden, nicht?«

Schön, ja, nur fragt sich Tolmeyn, wie blöde man sein muss, um diese vier Latten falsch herum zusammenzusetzen. Etwas stimmt nicht. Die erzählen mir doch irgendetwas.

»Und warum kommt ihr nun gleichzeitig zurück?«

Sie sagt: »Wir haben uns zufällig auf der Landstraße getroffen.«

Beat sagt: »So ist es. Was ist eigentlich los, Jacob? Was sollen die Fragen?«

Tolmeyn stellt sich die Straßenkarte vor. Wo trifft der Weg nach Corato auf die Landstraße zwischen Andria und Castel del Monte? Zwei Kilometer südlich von Andria. Andria, denkt er, natürlich, sie waren in Andria. *Felix in Andria.*

»Wie hieß doch gleich der Gutsherr, der am Nachmittag schlief?«, fragt er.

»*Fff…* Finochiaro. Masseria Paglialunga.«

Vor drei Tagen sind sie dort vorbei, das Gut liegt am Weg, zwischen Bahnstation Acquatetta und Castel del Monte.

»Kennt dein Esel die Masseria Paglialunga?« Der Kustos schüttelt den Kopf. »Zu weit im Westen.«

»Ich glaube, ihr wart in Andria«, sagt er.

Die beiden anderen sehen einander zweifelnd und zunehmend entnervt an. »Nein, wir waren nicht in Andria. Es ist spät, wir wollen essen. Hör auf mit dem Unsinn.«

Er denkt nicht daran.

»Wisst ihr was? Ihr lacht doch gerne über mich und meine Sandproben«, sagt er, »jetzt zeige ich euch etwas, und dann lache ich über euch.«

Das Mikroskop ist schnell herausgezerrt, dazu der flache Kasten des römischen Kunstschreiners, der die gesamte Sandkollektion enthält. Er holt sich einen der Stiefel Beats und stochert mit der Präpariernadel an der Sohle herum, in den Rissen des Leders, um die Nägel. Sandkörnchen und Staub rieseln auf den Grundriss. Vorsichtig hebt er einen Teil davon auf einen gläsernen Objektträger; platziert rechts daneben ein winziges Häufchen des Andrieser Sandes, seiner allerersten Probe.

Letizia und Beat schauen stumm zu, wie er den Objektträger unter das Objektiv schiebt. Lange muss er nicht durch das Objektiv starren. Es ist eindeutig. Der Sand von Andria enthält dunkelgelbe, transluzente, weich abgeschliffene, rundlich-ovale Körner, in gleichmäßiger Größenstreuung. Im Sand vom Stiefel finden sich unter einer Menge fremden dieselben Körnchen. Nicht viele. Eigentlich nur eines, das in allen Merkmalen übereinstimmt. Kann es sein...? Er wirft einen Blick auf die Stiefel: Das sind nicht diejenigen, die Beat im vergangenen Jahr trug.

»Wollt ihr es sehen?«, fragt Tolmeyn.

Jetzt ist er plötzlich müde. Die wissenschaftliche Methode ist – irgendwie entweiht. Für eine schnöde, gefühlsgetriebene Aktion missbraucht.

Letizia kommt näher und legt ihre Hand auf seine Schulter. »Dann waren wir eben in Andria. Ist das so schlimm?«

Er rückt ab. »Und warum? Und was habt ihr dort gemacht?«

Beat nimmt die Füße aus der Blechwanne, trocknet sie ab, nimmt den einen Stiefel, zeigt auf den anderen und fragt: »Darf ich den jetzt wiederhaben, Herr Kommissar?«

Tolmeyn nickt. Aus seiner Tasche holt Beat einen in Papier eingewickelten Gegenstand. Er legt das Paket neben das Mikroskop.

»Wir wollten dir das schenken.«

»Was? Warum schenken?«

»Morgen ist dein Geburtstag«, sagt Letizia.

Mein Geburtstag? – Das stimmt: 24. Mai. Nur daran gedacht hat er nicht. Gefeiert hat er das auch nie. Höchstens Namenstag, das war üblich bei ihnen zu Hause, und keine Freude, weil Mutter stets die Geschichte der Namensfindung – *Jacob mit c* – zum Besten gab. Alle Jahre wieder. Das war peinlich, aber nicht annähernd so peinlich wie diese Situation.

Er entfernt vorsichtig das Papier. Zum Vorschein kommt ein Hohlspiegel. Tolmeyn sieht plötzlich auf sein eigenes dummes, verzerrtes Gesicht.

»Der war für dein Mikroskop gedacht, damit du mehr Licht auf die Untersuchungsobjekte lenken kannst«, sagt Letizia. »Der größte Rasierspiegel, den wir in Andria finden konnten.«

»Aber es geht wohl auch ohne, wie wir gesehen haben«, sagt Beat.

Am liebsten möchte er als ein einzelnes Körnchen in einem riesigen Haufen Sand verschwinden; oder mit seiner jämmerlichen Figur im Treibsand untergehen.

»Tut mir leid«, sagt er, »ich weiß nicht…«

Beat aber ist angriffslustig.

»Und wenn? Und wenn wir beide« – er zeigt auf Letizia –, »was kannst du uns denn verbieten, *Herr Expeditionsleiter?* Das hat nichts mit Friedrich und seinen Ruinen zu tun. Nicht wahr, Letizia?«

»Beat, langsam«, sagt sie. »Wenn überhaupt, dann würde ich« – sie zeigt auf Tolmeyn – »eher mit ihm.«

»Was?«

Das ist das letzte Wort für wenigstens zwei Minuten. Tolmeyn legt das Mikroskop zurück in die Kiste. Beat schnürt seine Stiefel fertig, und Letizia dreht jede einzelne ihrer lockigen Strähnen nach.

»Du weißt aber schon, dass er« – Beat zeigt auf Tolmeyn – »dass er – ach zum Teufel.«

Donnerschlag

»Was ist das?«

Ein Gewitter nicht: Der Himmel wölbt sich schon den vierten Tag wie eine endlose mattblau emaillierte Suppenschüssel über Castel del Monte, das Zentrum der Welt, jedenfalls der Welt Jacob Tolmeyns.

Vielleicht ein Pulvermagazin, das in die Luft geflogen ist? Und beide sehen Beat an, weil der sich mit Kanonen und solchen Dingen auskennt. Sagen muss er nichts, er hat beide Arme vor der Brust gekreuzt, als würde er sich selbst umarmen, steht da, etwas vorgebeugt, den Kopf schief und so tief eingezogen, wie es geht.

Drei Pakete von Detonationen sind noch zu hören, und jedes Mal kommt der Schall aus der Richtung von Barletta angerollt, zieht durch und wird viele Sekunden später von den Bergen im Westen zurückgeliefert, dumpf und leise.

»Schiffsartillerie«, sagt Beat, »und wahrscheinlich die Kanonen der Festung von Barletta.«

»Sicher eine Übung, Manöver der italienischen Kriegsmarine«, sagt Letizia.

»Das glaube ich nicht. Das sind richtige Einschläge gewesen, Sprenggranaten«, sagt Beat. »Weißt du noch, Jacob: die Gemüsegärten am Fuß der Bastion.«

Ein schwaches Nicken. Mehr bringt er nicht zustande. Aber er ist dankbar für die Erinnerung.

Diese Nacht hat jeder in seinem eigenen Saal verbracht, wie die Nächte zuvor. Kurz vor Sonnenaufgang ist er auf einen der Achtecktürme gestiegen; bald darauf sind die beiden anderen auf anderen Türmen erschienen, eingehüllt in Decken gegen die morgendliche Kälte. So hockten sie, still und unbeweglich. Letizia sah hinüber zu Tolmeyn, Tolmeyn zu Beat und Beat zu Letizia. Da wurde Tolmeyn so einiges klar. Zwei mal zwei mal zwei ist acht; zwei hoch drei ist acht: So hängt die Zwei mit der Drei zusammen.

»Dann ist es jetzt zu Ende, nicht?«, fragt Letizia.

Sie steht noch immer in die Decke eingewickelt da, obwohl die Sonne schon kräftig wärmt. Der Kustode dengelt mit der blechernen Kaffeekanne herum, er schlägt den verbackenen Satz heraus. Die Detonationen haben ihn nicht gestört. Er ist alt und arm. Viel älter wird er nicht werden, ärmer geht auch kaum. Er wird dem Kastell beim Verwittern zusehen, solange er kann, und dann wird der italienische Staat den nächsten Kustos einstellen.

Tolmeyn setzt sich auf den Boden und zieht die Finger durch den Sand. Der Sand ist noch kühl.

»Jetzt ist es zu Ende.«

»Alles Gute zum Geburtstag, trotzdem«, sagt Beat.

Sie sammeln ihre Sachen zusammen. Tolmeyn verphotographiert die restlichen Farbplatten: Castel del Monte aus allen möglichen Blickwinkeln. Er steigt auf das Dach und photographiert in die acht Himmelsrichtungen, die das Achteck vorgibt. Nord, Nordost, Ost, Südost, Süd, Südwest, West, Nordwest. Dabei kommt ihm immer wieder eine pathetische Zeile aus der Zeitung in den Sinn, wie ein musikalischer Ohrwurm:

Hier oben stand im April 1914 Kaiser Wilhelm II. und ließ die Erinnerungen der glanzvollen Stauferzeit an sich vorüberziehen.

Danke Wilhelm, denkt Tolmeyn beim Demontieren der Kamera, an deine glanzvolle Regierungszeit wird sich keiner gerne erinnern, wenn der Krieg erst vorbei ist. Dein Denkmal wird die Pickelhaube.

Am frühen Nachmittag kommt der Bürgermeister von Andria, Vito Sgarra, mit einer geräumigen Kutsche herangefahren.

»Es tut mir so unendlich leid«, sagt er und überreicht das unvermeidliche Telegramm Stammschröers. »Sie sind doch der Mann, der uns die Kaiserinnen zurückgab.«

»Erinnern Sie mich nicht daran. Oder rieche ich hier schon wieder Rosenwasser und Harz?«

»Wohin jetzt?«, fragt der Bürgermeister.

»Nach Hause«, sagt er.

»Wo ist das, Rom oder Berlin?«

»Wird sich zeigen.«

Trennungen

Rom, Königlich Preußisches Historisches Institut,
25. Mai 1915, spätabends

»Gehen Sie erst gar nicht nach Hause«, sagt Professor Stamm-schröer, »falls dort nicht etwas ganz besonders Wertvolles liegt.«

Aus einer Zeitung liest er vor: »Bruch Deutschlands mit Italien. – Abberufung des deutschen Botschafters aus Rom. – Kleinere Kämpfe an der Tiroler Grenze.« Dann wirft er die Zeitung auf den Boden und sagt: »Es sollte einfach nicht sein.«

Auch der Professor ist am Packen; aber ein ganzes Institut aufzulösen ist nicht einfach, das geht nicht so schnell. Die offizielle Vertretung wird in die Hände des Schweizer Gesandten Alfred von Planta gelegt; auf das Mobiliar achtet der getreue Hausmeister Ferruccio Serafini. Das Problem ist: die Akten, die Forschungsergebnisse zu transferieren.

»Reisen Sie ab, Tolmeyn«, sagt der Professor. Und: »Ich werde mich dafür einsetzen, dass Sie weiterhin nicht eingezogen werden. Leider ist mein Freund im Kriegsministerium versetzt worden. Ich komme nach, in ein oder zwei Wochen, wenn hier alles geregelt ist. Bis dahin verhalten Sie sich am besten unauffällig. Gehen Sie nicht zu Bode, bevor ich persönlich mit ihm gesprochen habe. Haben Sie Ihre Wohnung in Berlin noch? Nein? Ich schreibe Ihnen eine Adresse auf, ein gutes und einfaches Hotel nicht weit vom Tiergarten.«

Der Weg über den Brenner ist unmöglich; bei Trient ist das Etschtal abgeriegelt.

»Ich habe euch – Ihnen und Imboden – ein Abteil reservieren lassen, über Mailand und den Gotthard nach Zürich. – Was ziehen Sie für ein Gesicht, Tolmeyn? Ich weiß, es ist ein langer Weg, aber es geht nur noch über die Schweiz. Oder wollen Sie hier interniert werden? Mich alten Mann lässt man hier noch eine Weile herumkramen, aber Sie?«

Ja. Warum denn nicht. Es wird ja irgendwann vorbei sein und Castel del Monte wird immer noch stehen. Vielleicht wird der alte Kustos noch leben, seine Haut bis dahin so gelb und rissig sein wie die Mauern des Schlosses.

Der Sonderzug voller Diplomaten und Geschäftsleute verlässt Rom am frühen Morgen. Beat wartet am Bahnsteig, und, zu Tolmeyns Überraschung, Letizia.

»Nur bis Pisa«, sagt sie, »in Ordnung?«

»Natürlich«, sagt er. Wieder wird ihm schmerzlich klar, wer sich hier so peinlich blamiert hat: er selbst.

Manchmal kommt eine Plauderei zustande. Die harmlosen Sachen. Von der Sorte »Weißt du noch?«, vom Besuch bei der Hexe, vom kranken Pferd des Höhlenmannes. Dann folgen lange, lange Pausen.

In Pisa hilft er ihr beim Aussteigen; der Anschluss nach Bologna wartet auf dem Nachbargleis.

»Am Süden interessiert die römische Politik jetzt nur noch, wie viele Soldaten er hervorbringen kann«, sagt sie. »Vielleicht melde ich mich für ein Lazarett. Als Schwester, weil sie weibliche Ärzte im Militär ja nicht ertragen.«

Er will eine längere Ansprache halten, sagt aber nur: »Mach's gut. Nicht dass ich Zweifel hätte.«

»Danke. Ich habe längst verstanden, was mit dir los ist«, sagt sie. »Aber ich weiß nicht, ob ich dir das verzeihen kann.«

»Was?« Er ist verwirrt.

»Du weißt schon«, sagt sie und lacht. »Die besten Männer sind –«

Sie packt ihre beiden Koffer und springt in den Zug.

Bis Bellinzona verhindert ein ungebeten hinzugestiegener Passagier im Abteil jede ernste Unterhaltung. Erst als der Zug in den Gotthardtunnel einfährt, kann er aussprechen, was er sich lange zurechtgelegt hat.

»Du wirst nicht noch einmal in den Krieg ziehen, Beat?«

»Nein«, sagt der, »wohl nicht.«

»Das ist mir keine sichere Antwort«, sagt er, »aber damit du bestimmt zu Hause bleibst, werde ich mich melden.«

Als er das sagt, weiß er nicht, ob es ehrlich gemeint ist oder nicht. Hauptsache, es klingt wie eine Drohung, Hauptsache, es zeigt Wirkung.

»Tu das nicht«, sagt Beat, »bitte.«

»Du weißt doch, was du mir versprochen hast: Du würdest nie auf mich schießen.«

»Habe ich das? Aber nein, natürlich nicht.«

»Aber du kannst nie wissen, wer das da gegenüber ist.«

»Kann man nicht genau wissen, nein.«

»Das könnte ich sein.«

»Hör auf damit, Jacob«, sagt Beat, »du bist unabkömmlich gestellt. Geh nach Berlin, Skulpturen abstauben. Da bist
du sicher.«

Hauptbahnhof Zürich. Er ist am Fenster, Beat auf dem Bahnsteig.

»Ich bin dir noch eine Antwort schuldig«, sagt Beat und
schaut sich um.

»Antwort auf welche Frage?«

Am anderen Ende des Zuges koppeln sie gerade eine neue
Lokomotive an, der Stoß durchläuft die ganze Wagenreihe,
bis er bei ihm ankommt und seinen Kopf ins Wackeln bringt.
Tolmeyn ist müde, es graut ihm vor der Weiterreise nach
Norden, und er hasst es, so aus dem Abteilfenster auf Beat
hinunterzuschauen.

»Antwort auf deine Frage, warum ich die Schweizergarde
verlassen habe.«

Ah – da zieht ein blasses Bild auf: der Monte Gargano,
die Ruinen von Monte Sacro, die Eskorte, die Mulis – oder
Maulesel? –, ein steiler Abstieg, Beats ganze Söldnerfamilien-
sache. Tolmeyn hebt die Schultern. Egal. Was soll das jetzt
an diesem Ort und an diesem Punkt ihrer Freundschaft noch
für einen Unterschied machen? Er versucht einen Spaß:

»Ach das. Du hast in die Stiefel deines Hauptmanns ge-
pinkelt.«

Der Lärm draußen nimmt zu. Beat legt die Hände an den
Mund und spricht wie durch eine Flüstertüte. Eigentlich ist
es mehr an seinen Lippen abzulesen.

»Ich hab mit ihm geschlafen.«

Die Lokomotive pfeift grell, Beat zuckt zusammen und presst die Hände auf die Ohren; er hört nicht, was Tolmeyn zurückschreit, und der will es am liebsten gleich wieder vergessen, so unfassbar grob ist es und trotzdem noch immer nicht im mindesten genug, den plötzlichen Schmerz zu betäuben.

Der Zug fährt an. Beat ruft etwas, aber da ist jetzt zu viel Lärm, und außerdem hat er, Tolmeyn, das Abteilfenster mit einem Ruck hochgerissen und sich auf einen Sessel geworfen. Ein paar Sekunden sieht man noch den Abdruck seiner feuchten Handflächen auf der Scheibe.

Das Angebot des Kommissars

»Hm«, sagt der Kommissar, »ach ja. So war das also. Da hatten Sie aber Pech.« Wirklich mitfühlend klingt das nicht.

Tolmeyn hängt auf seinem Stuhl, als hätte man ihm die Wirbelsäule aus dem Rücken gezogen. Das Detail mit dem Sandkorn hat er verschwiegen. Der Kommissar glaubt, Trivulzio, der Aufpasser, habe die Reise abgebrochen, an dem Tag, als Italien den Krieg erklärte. Er glaubt, dass Beat, der Schweizer, zur vatikanischen Garde zurückgekehrt ist. Falls man wissen kann, was der Kommissar glaubt.

»Sehen Sie«, sagt der Kommissar. Er klopft mit der flachen Hand auf einen der Aktenstapel. »Das alles nachzuweisen wird schwierig, das ist mir schon klar. Keineswegs unmöglich allerdings. Aber.«

Tolmeyn reagiert nicht.

»Aber ein Gerichtsverfahren wird es geben. Dann wird alles zur Sprache kommen. Ihr Verhältnis zu diesem Schulze. Die *Art* dieses Verhältnisses. Ihre *Neigung*. Es werden ja Zeugen gehört werden müssen. Direkte Zeugen, darunter jener, der Sie mit Schulze am alten Hafen sah. Und natürlich Charakterzeugen. Wissen Sie, was Charakterzeugen sind?«

Er hebt die Schultern, denkt träge: Was, da war einer am Hafenbecken? Hatte sich irgendwo jemand verborgen gehalten?

»Leute aus dem Milieu. Die Kurfürstin, die Georgette, die Landgräfin, die Polenkönigin, die Excellenzfrau, die Lausepaula und wie sie heißen. Ich kenne sie alle. Viele anständige Männer darunter. Aber für das Publikum, das sich noch gerne an die Eulenburg-Prozesse erinnert, wäre das eine schöne und willkommene Abwechslung von all den trüben Frontnachrichten. Und natürlich für die Presse.«

Dann zieht der Kommissar den Zettel hervor, den er aus dem Kriegsministerium erhalten hat.

»Die Protektion, die Sie genossen haben – das kommt dieser Tage nicht gut an. Die Reporter werden einen wohlgenährten, gesunden jungen Mann im Gerichtssaal sehen. Und sie werden die Frage stellen: Warum ist der unabkömmlich gestellt, warum steht der nicht im Felde?«

Der Kommissar steckt das Papier wieder weg und sagt:

»Und das frage ich mich auch.«

»Ich glaube, ich kann Ihnen nicht folgen, Herr Kommissar«, sagt Tolmeyn, aber das ist gelogen. Alles ist ihm klar. Der Kommissar hat ihn eingesponnen.

»Selbst wenn das Verfahren – was ich nicht annehme – für Sie glimpflich enden sollte: Ich glaube kaum, dass Museumsdirektor Bode Sie wieder aufnähme.«

Natürlich nicht. Kein Museumsdirektor im Reich. Auch nicht Stammschröer. Vielleicht, ganz vielleicht, irgendein Privatsammler. Da dürfte er dann auch noch die Stiefel putzen.

Der Kommissar nötigt sich ein Lächeln ab. Wölfisch, denkt Tolmeyn.

»Was ich Ihnen anbieten kann, ist Folgendes: Der Fall Schulze wird endgültig geschlossen. Dafür genügt ein Federstrich von mir. Niemand wird das je wieder aufrollen. Wir haben nicht genügend Staatsanwälte. Kein öffentliches Interesse. Schulzes Angehörige haben längst abgeschlossen.«

Jetzt beugt sich der Kommissar sogar vor und streckt die Hand aus, als wollte er sie Tolmeyn auf die Schulter legen; das lässt er denn doch.

»Machen Sie sich kein Gewissen. Jedenfalls kein allzu schlechtes. Schulze war ein mieses Stück. Glauben Sie mir, ich habe viele solcher Typen gesehen. Weiß Gott, wie der es ins Garderegiment geschafft hat. Na, groß genug ist er ja gewesen.«

»Was muss ich dafür tun?«, fragt Tolmeyn.

Der Kommissar sagt es ihm.

Berlin Alexanderplatz

Mit den Händen tief in die Manteltaschen vergraben geht Tolmeyn über den Alexanderplatz. Er hat alles zurückerhalten, was man ihm genommen hatte. Auch die leeren Sandsäckchen, um die er jetzt seine Fäuste ballt, an denen er die Fingerspitzen reibt in der Hoffnung, die Stempelfarbe möge zu entfernen sein. Es sollte ihm alles rundherum vertraut sein, aber das ist es nicht. Er bleibt mitten auf dem Platz stehen und sieht hinauf zu dem Hausdach, auf dem die Glühbirnen der Total-Manoli-Reklame blinken; oder nicht blinken, das ist im Mittagslicht schwer zu erkennen. Weil er der einzige Mensch auf dem Platz ist, der stillsteht, bilden sich um ihn herum Wirbel und Knoten im Strom. Er wird gerempelt und beschimpft. Ach, Berlin, was hast du mir gefehlt. Deine Grobheit, deine Lautheit, dass ich so einfach in dir aufgehen konnte.

Tagelang, bevor er – erst gestern? – den Sand ausgeleert hat, ist er in seinem Hotelzimmer bei halbgezogenen Jalousien gesessen und hat die Sandsäckchen auf dem Tisch herumgeschoben. Der Holzkasten, die Photographien, Negative und Abzüge sind in Rom bei Stammschröer geblieben. Ebenso das Mikroskop, die Photoapparate. Mitgenommen hat er nur drei Farbplatten: Letizia im Blau, Beat im Grün und er im Rot. Aber zu einem Photoatelier, um sie entwickeln zu lassen, hat er es nicht geschafft. Er ging gar nicht aus. Ein Hoteldiener brachte das Essen unter großen vernickelten Hauben, und wenn das Zimmermädchen aufräumte, stand er auf dem Balkon und rauchte. Der Portier kam mit Zigaretten und Zeitungen herauf. Wer will, wer muss da schon hinausgehen?

Er raucht wieder: Manoli Gibson Girl, was sonst. Das Mädchen auf der Blechschachtel sieht ein bisschen wie Letizia aus. Mitten auf dem Alexanderplatz zündet er sich eine an. Vielleicht schwemmt der Strom ihn fort, irgendwohin. Dann wäre ihm eine Entscheidung abgenommen. Aber egal; bald werden ihm alle Entscheidungen abgenommen.

Das mit dem Sand hatte dann eben eine nicht kalkulierte Folge. Warum sollte er denn nicht die »Hexe« von Barile auf die Probe stellen? Einen Kreis um seine Unterkunft ziehen, damit das gefährliche Berlin, diese ganze böse Welt, draußen bleibt. Er war bereit gewesen, daran zu glauben. Die Gaffer mit ihren offenen Mündern: Bei denen hatte der Zauber schon gewirkt, da kam er sich für ein paar Momente vor wie der leibhaftige *stupor mundi*. Bis der dämliche Schutzpolizist einschritt und ihn ins Polizeipräsidium verschleppte. Dann Treptow: Natürlich kannte er ihn. Jeder aus der Familie kannte Treptow. Treptow den Unbesiegbaren konnte man nur in seiner Eitelkeit treffen. Indem man vorgab, ihn nicht zu kennen.

Er tritt die Kippe aus und verlässt den Platz. Kaiser-Wilhelm-/ Ecke Spandauer findet er das Amt. Ein verblichenes, verschlissenes Plakat hängt über dem Eingang.

Außer ihm und zwei Beamten ist niemand da. Die Kriegslust scheint doch stark nachgelassen zu haben. Einer der Beamten winkt ihn zu sich.

»Was ist denn mit Ihren Fingern?«, fragt der Beamte und wartet nicht auf Antwort.

»Na egal. Wir sind nicht mehr so wählerisch. Name, Vorname?«

»Jacob Tolmeyn«, sagt er und, nach einer Pause: »Mit c und mit y.«

Der Beamte blickt ihn vorwurfsvoll an.

»Mist, jetzt kann ich ein neues Formular anfangen.«

Tolmeyn lächelt. Man muss dem Staat eins auswischen, wo es nur geht.

Treptows Manuskript (9):
Ende

Wir saßen eine Weile still am Tisch. Nicht einmal Tolmeyns
Stuhl knarzte mehr. Tolmeyn war wohl völlig erstarrt. Aber
dann sagte ich mir, kein Grund, sich von einer traurigen
Geschichte einlullen zu lassen.

Wegen der Sandangelegenheit, sagte ich noch, seien die
Ermittlungen nun abgeschlossen. Er habe damit in der Tat
kein Gesetz übertreten, aber in diesen übernervösen Zeiten
müsse er wohl einsehen, dass jedes öffentliche seltsame Verhalten genauestens untersucht werde. Es seien (und hier log
ich schon) viele amtliche Stellen, zivile wie auch militärische,
eingeschaltet gewesen, daher unter anderem die lange Zeit,
die wir ihn im Gewahrsam behalten mussten. Wir seien nun
einmal in Berlin und nicht in Süditalien, wer sich so benehme
wie Tolmeyn, den halte man eben für nicht ganz bei Verstand.
Aber für solche Leute sei die Großstadt ja geradezu gemacht.
Dann ließ ich ihn gehen.

Das war die Geschichte dieses Falles.

Ich habe mich in meinen Aufzeichnungen der größten
Wahrheit befleißigt und meine Erlebnisse möglichst schlicht
und natürlich geschildert und mich im Zweifel auch durch
Beziehung alter Akten, sofern sie noch vorhanden waren,
vergewissert, dass Fakten und Umstände korrekt geschildert

sind. Bitte, werden nun manche Leser sagen, was soll falsch daran sein, wenn ein Drückeberger auf diesem – sicher ungewöhnlichen – Wege dem Militärdienst zugeführt wird? In den damaligen Zeiten?

Nun ja, eines gibt es noch zu sagen. Selbst wenn ich damit in Kauf nehme, als ein Schurke dazustehen.

Es ist nun einmal so: Nikolaus Schulze lebt.

Er lebte, als wir ihn aus dem Landwehrkanal fischten, unterhalb des alten Hafenbassins unweit der Gleise der Westbahn. Eigentlich war er gerade ans Ufer gekrabbelt und einer Streife in die Arme gelaufen. Die Polizeibeamten stellten ihn natürlich zuerst einmal zur Rede, denn es ist schon verdächtig, wenn ein zerschrammter Mann aus dem Kanal steigt. Sie nahmen ihn zur genaueren Untersuchung und Befragung mit auf die Wache. Schulze protestierte, aber es half nichts. Ein oberer Schneidezahn war frisch ausgeschlagen, der andere oben angebrochen. Die Oberlippe war aufgeplatzt, eine weitere Platzwunde hatte er an der Stirn. Sein gesamter Oberkörper, besonders der Brustkasten, war grün und blau, ebenso zeigten sich Prellungen der Ober- und Unterschenkel, besonders der Schienbeine.

'n unbescholtener Bürger wird wohl auch nachts mal schwimmen dürfen, hatte er ausweislich des Protokolls gesagt und: Er sei ordentliches Mitglied in einem Schwimmverein. Als ob das erklärte, warum einer in voller Montur im Landwehrkanal baden ging. Und von wegen unbescholten: Schulze hatte eine ganze Latte an Vorstrafen, die noch aus seiner Zeit vor dem Militär stammten, und, wie eine Nachfrage beim Regiment ergab, auch dort etliche kleinere Disziplinarstrafen verbüßt. Die von vor dem Militär: klei-

nere Diebstähle und Hehlereien. Schleierhaft, wie er dennoch in diesem Eliteregiment dienen konnte; vielleicht hatte seine Körpergröße den Ausschlag gegeben. Vielleicht hatte er seinen Rekrutierungsoffizier zuerst betört und dann erpresst. Werden wir nie erfahren; will ich auch nicht wissen, tut nichts mehr zur Sache. Unsere Streifen hatten Schulze mehrfach in Kneipen aufgegabelt, die für Militärpersonal streng verboten waren, und zwei-, dreimal im Dunstkreis eines sogenannten Café Achteck. Deshalb fand ich seinen Namen später auch auf der Liste, aber ohne weiterführende Hinweise.

Angesichts seiner nicht unwesentlichen Verletzungen fragte man, wer sie ihm zugefügt habe. Die Beamten vermuteten eine Schlägerei, und zu einer Schlägerei gehören mindestens zwei. Schulze aber behauptete, getrunken zu haben und infolgedessen, bei seinem schwankenden Gang, zu nah ans alte Hafenbecken geraten, gestolpert und auf einen der dort liegenden Kähne aufgeschlagen zu sein. Von Alkoholkonsum sei, sagten die Beamten, allerdings gar nichts zu merken gewesen. Wir hatten damals auch nicht die medizinischen Möglichkeiten, das festzustellen. Wir mussten ihn gehen lassen. Sie wollten ihm das Notizbuch zurückgeben, aber nachdem er gesehen hatte, dass die Tinte zerlaufen war, sagte er zu den Beamten: »Das könn' Se behalten, wat soll ich noch damit.«

Nach wie vor bin ich überzeugt davon, dass dieser Mann unseren Jacob Tolmeyn erpresst hat. Warum sollte er sonst die Postadresse des Kaiser-Friedrich-Museums und dabei den Namen des Direktors notiert haben? Alles war nämlich nicht unleserlich geworden. Sicher nicht, weil er ein Freund der Künste ist: Er unternahm nur deswegen keine weiteren Erpressungsversuche, weil Tolmeyn nach dem Vorfall nach Rom zurückkehrte und Schulze im August 1914 eingezogen wurde. Anzeige zu erstatten kam ihm nicht in den Sinn; seinesgleichen »regelt so was selbst«.

Als Soldat brachte er es immerhin zum Oberfeldwebel. Er ist verheiratet, hat drei Kinder und lebt als Schleusenwärtergehilfe in einem Dorf östlich von Berlin. Die örtliche Polizei hat oft mit ihm zu tun, wegen Wirtshausschlägereien und Hehlerei. Er ist immer noch ein ausgemachter Dreckskerl, aber nicht ohne Charme, berichten die Kollegen. Sonst wäre ein feiner, gebildeter Mensch wie Tolmeyn kaum auf ihn hereingefallen.

Nach meiner gesundheitsbedingten Pensionierung Ende 1919 habe ich mich, soweit mir das möglich war, für die Abschaffung des Paragraphen 175 eingesetzt. Ich hielt Vorträge vor Polizeibeamten und Politikern und suchte die Nähe zu Organisationen der Homosexuellenbewegung, etwa dem »Bund für Menschenrecht«. Auch meine Verbindung zu Magnus Hirschfeld, die seit dem Ende der Eulenburg-Prozesse unterbrochen gewesen war, belebte ich. In den *Blättern für Menschenrecht* erklärte ich: »In späteren Zeiten werden wir uns vielleicht ebenso darüber wundern, dass man Homosexuelle mit Strafen verfolgt hat, wie wir uns heute darüber wundern und entrüsten, dass man im Mittelalter Hexenprozesse angestrengt hat.«

Die für diesen Aufsatz verbrauchte Tinte war kaum getrocknet, als mir klarwurde, dass ich ein anderes Kapitel meiner Geschichte endlich niederzuschreiben hatte. Das meiste davon haben Sie bereits gelesen. Hier folgt der letzte Teil. Und der ist mir weiß Gott schwergefallen.

Jacob Tolmeyn lebt nicht mehr.

Es geschah auf einem dieser Schlachtfelder, die ich, ungeachtet all meiner Bemühungen um eine Verwendung im Felde, nie gesehen habe. Mir liegt ein Bericht vor; von Tolmeyns damaligem Kompaniechef (meinem Cousin zweiten Grades, daher bekam ich Einblick), geschrieben etwa ein Jahr nachdem ich Tolmeyn vernommen hatte.

Was in der Zwischenzeit passierte: Davon weiß ich wenig. Natürlich hielt ich anfangs ein Auge auf ihn, beziehungsweise, ich ließ das meine Untergebenen tun, denen ich das unter irgendeinem Vorwand anordnete. Ich musste ja sehen, ob er sich an unsere Abmachung hielt. In der Tat meldete er sich nach dem ersten Besuch im Rekrutierungsbüro ausgerechnet beim Luftschiffer-Bataillon in der Jungfernheide nördlich von Berlin. Dort konnte man ihn aber nicht gebrauchen und schickte ihn weiter zu einem Infanterieregiment, zur Ausbildung. Damit war er in die Maschinerie eingegliedert, und mein Interesse an seinen weiteren Stationen ließ nach. Im Grunde war er mir damit egal geworden. Ja selbst wenn er sich nicht freiwillig gemeldet hätte, ich glaube, ich hätte nichts unternommen. Wie auch. Ich hatte ja nichts in der Hand, außer dem, was er sich selbst vorzuwerfen hatte.

Bald folgte der Transport an die Front, denn man brauchte überall Ersatz. Immerhin machte er es fast ein Jahr lang mit, was ich von seinesgleichen nicht erwartet hatte. Obwohl man auch davon gehört hat, dass der Krieg das Männliche in ihnen gestärkt habe, welches nur verschüttet lag. Er soll auch eine kleinere Tapferkeitsmedaille erhalten haben. Nun gut, falls ich dazu beigetragen habe, bin ich etwas versöhnt mit meinem Handeln.

Der Kompaniechef also berichtete, es habe zuvor tagelang geregnet und das ohnehin an Tücken reiche und endlos umgepflügte Schlachtfeld sei total verschlammt und stellenweise von tückischen Tümpeln – nicht Wasser, nicht Sand, nicht fest, nicht flüssig – durchsetzt gewesen. In solch einen Pfuhl sei Tolmeyn hineingeraten, der Kompanieführer sah es durch den Feldstecher mit an.

Man habe ihm wegen starken Artilleriefeuers nicht zur Hilfe eilen können. Seltsamerweise sei von der anderen Seite her ein feindlicher Soldat auf Tolmeyn zugekrochen, langsam und beharrlich, trotz der großen Gefahr, von seiner eigenen Artillerie erwischt zu werden. Der Kompaniechef habe diesen Mann jedoch vorsichtshalber von einem Scharfschützen erledigen lassen, denn den Truppen der französischen Fremdenlegion, die drüben lagen, habe er nic getraut, das seien ja alles Kriminelle, Neger oder Fahnenflüchtige.

Tolmeyn sei die ganze Zeit über ganz ruhig gewesen, habe es auch geschafft, sich von Teilen seiner Ausrüstung zu befreien und diese auf festen Boden zu werfen.

Aber nach ein paar Minuten sei er einfach untergegangen.

Tückisch, wie gesagt.

Niemand auf der Welt, habe ich mir sagen lassen, ist je dem Treibsand entronnen.

Notiz zur Geschichte der Geschichte

Arthur Haseloff und Martin Wackernagel heißen die beiden Kunsthistoriker, die zwischen 1904 und 1908 die unteritalienischen Provinzen Kampanien, Kalabrien und Sizilien, vor allem aber Apulien und die Basilikata durchstreiften. Ihr Auftrag: eine möglichst lückenlose Bestandsaufnahme der Bauten aus der Zeit Friedrichs II. (1194–1250), jenes römisch-deutschen Kaisers, Enkel Friedrich Barbarossas, der in Palermo aufwuchs und sein Reich nördlich und südlich der Alpen vornehmlich von Süditalien aus regierte. Der Auftraggeber: der letzte deutsche Kaiser, Wilhelm II. Dessen Begeisterung für den mittelalterlichen Herrscher aus dem Geschlecht der Hohenstaufen nutzte der Leiter des Königlich Preußischen Historischen Instituts in Rom, Paul Fridolin Kehr, um die Forschungsreisen und die darauffolgende jahrelange Auswertung zu verwirklichen. Der Ausbruch des Ersten Weltkriegs vereitelte die Vollendung der Forschungsarbeit und der geplanten Publikationen.

Tolmeyn, Imboden und Stammschröer sind mehr oder weniger reine Kunstfiguren, die mit den Personen Haseloff, Wackernagel und Kehr keinerlei Charaktereigenschaften teilen – soweit mir dies bekannt ist. Der Kriminalkommissar Franz von Treptow hat sein Vorbild in Hans von Trescko, der in den finalen Jahren des deutschen Kaiserreichs das Erpresserdezernat im Berliner Polizeipräsidium leitete. Dort sah er das Unheil, das der Paragraph 175 anrichtete, aus nächster Nähe. Am Ende seiner Laufbahn plädierte er vorsichtig für die Abschaffung des 175ers. Aus seinen Lebenserinnerungen *Von Fürsten und anderen Sterblichen* (1922) wird gelegentlich zitiert.

Der wissenschaftliche Nachlass Arthur Haseloffs wird im Kunsthistorischen Institut der Christian-Albrechts-Universität zu Kiel aufbewahrt und erschlossen. Dort befinden sich auch die 3500 Fotografien von Haseloff und Wackernagel. Ich danke Professor Uwe Albrecht für die Beratung, die Unterstützung bei der Recherche und für die Einsicht in das Fotoarchiv und Thekla Hansen für das Besorgen der Zeitungsausschnitte, die Haseloff in Italien sammelte. Ein Teil der Fotos ist auf der Homepage der *Arthur-Haseloff-Gesellschaft* zu sehen (www.arthur-haseloff.uni-kiel.de), ein Teil in dem Buch *Arthur Haseloff und Martin Wackernagel: Mit Maultier und Kamera durch Unteritalien.*

Bitte beachten Sie
auch die folgenden Seiten

Christoph Poschenrieder
im Diogenes Verlag

Die Welt ist im Kopf
Roman

Eine monatelange Reise führt den jungen Schopenhauer von Dresden nach Venedig, von Goethe zu Lord Byron, über schroffes Gebirge und weite Täler ins Labyrinth der Kanäle – in den Strudel der Wirklichkeit.

Christoph Poschenrieders Schopenhauer ist anders, als man ihn sich gemeinhin vorstellt: Wohl sieht er die Welt durch die Brille seiner Philosophie, doch die ist, genau wie er selbst, überraschend sinnlich und lebendig.

»Ein perlendes Lesevergnügen, das mit seinen historischen und philosophischen Anspielungen, seiner Detailfreude und seiner stringenten Komposition den Intellekt wie mit Federn kitzelt.«
Klaus Bachhuber/Süddeutsche Zeitung, München

»Mit einem feinen Gespür für den Ton der Zeit gelingt Christoph Poschenrieder nicht nur das etwas andere Porträt eines Schopenhauer in love, sondern darüber hinaus auch ein lebendiges Panorama einer Epoche zwischen Restauration und Freiheitsdrang.«
Eveline Petraschka/in München

»Christoph Poschenrieder beschreibt rasant und witzig, mit ironischen Brechungen und in einer unerhört kunstvollen Sprache: ein enormes Debüt.«
Rhein-Neckar-Zeitung, Heidelberg

Der Spiegelkasten
Roman

Wie erging es einem jüdischen Offizier, der für Deutschland an der Front stand? Ein junger Mann ver-

tieft sich in die Kriegs-Fotoalben seines Großonkels aus dem Ersten Weltkrieg. Und je mehr er sich fragt, wie dieser der Hölle unversehrt entkommen konnte, umso tiefer gerät er selbst hinein.
Ein bewegender Roman über die Macht der Erinnerung und die Kraft der Vorstellung.

»Auch in seinem zweiten Roman überzeugt Christoph Poschenrieder als begnadeter Stilist. Er beweist, dass er sein Handwerk glänzend versteht und eine packende Geschichte leichtfüßig, stilistisch brillant und höchst lesenswert erzählen kann.«
Eckart Baier / Buchjournal, Frankfurt am Main

»Christoph Poschenrieders Spiel mit Zeiten, Figuren und Räumen ist virtuos und sprachlich glänzend gestaltet.«
Christian Schärf / Frankfurter Allgemeine Zeitung

»Sowohl die Aufbereitung einer verschatteten Epoche als auch die satirischen Szenen der modernen Informationsbranche sind spannend und angenehm nüchtern geschrieben.«
Ralf Stiftel / Westfälischer Anzeiger, Hamm

»Ein großer Wurf. Sprachlich absolut grandios erzählt.« *Rolf Lappert*

Italo Svevo
im Diogenes Verlag

Italo Svevo, ›der italienische Schwabe‹, ist das Pseudonym des 1861 in Triest geborenen Ettore Schmitz. Er gilt als Wegbereiter der Moderne. In seinen Romanen nahm er Freud vorweg – und wurde daher zunächst verkannt. James Joyce, damals selbst noch unbekannt, ermutigte ihn auf seinem Weg.
Sein Werk beinhaltet drei Romane, die jeweils aus der Sicht eines Mannes geschrieben sind. In unterschiedlichen Lebensaltern suchen seine Helden nach Erfolg und Liebesglück.

»Drei Lebensromane, die Romane, auf die sich Italo Svevos Ruhm gründet.« *Neue Zürcher Zeitung*

»Nach *Zenos Gewissen* und *Senilità* hat die Übersetzerin Barbara Kleiner *Ein Leben* großartig neu übersetzt und erschließt uns den ›italienischen Schwaben‹ in neuem Gewand.«
Maike Albath / Deutschlandradio, Köln

Ein Leben
Roman. Aus dem Italienischen von Barbara Kleiner
Mit einem Nachwort von Edgar Sallager

Zenos Gewissen
Roman. Deutsch von Barbara Kleiner
Mit einem Essay von Wilhelm Genazino

Senilità
Roman. Deutsch von Barbara Kleiner
Mit einem Nachwort von Ute Stempel

Joseph Roth
im Diogenes Verlag

Das Spinnennetz
Roman

Der junge Leutnant Lohse, enttäuscht aus dem Ersten Weltkrieg nach Berlin zurückgekehrt, gerät in eine rechtsradikale Geheimorganisation und damit mitten in die politischen Wirren der Weimarer Republik. Als Spion und zwielichtiger Mittelsmann zwischen Nationalsozialisten und Kommunisten, zwischen Bürgertum, Adel und Proletariat ist der ehrgeizige Lohse auf mörderische Weise in seinem Element. Doch auch er ist gefangen in dem Netz aus Intrige, Ambition und Verrat, das er selbst mitgesponnen hat.
1923, drei Tage vor Hitlers Putschversuch in München erschienen, zeichnet *Das Spinnennetz* das Porträt einer Gesellschaft von Mitläufern, die der Katastrophe entgegeneilt.

»*Das Spinnennetz* handelt fast hellseherisch von der moralischen und geistigen Bedrohung durch den Faschismus.« *J. M. Coetzee*

Auch als Diogenes Hörbuch erschienen,
gelesen von Ulrich Matthes

Hotel Savoy
Roman

Das Hotel Savoy mit seiner prunkvollen Fassade scheint den Ersten Weltkrieg unbeschadet überstanden zu haben. Doch wer am livrierten Portier vorbei durch seine Eingangstür tritt, trifft im Inneren auf die bunten Existenzen einer durcheinandergeratenen Zeit: Soldaten, Millionäre, Bankrotteure, Varieté-Tänzerinnen und Devisenschieber. Gabriel Dan, nach fünf Jahren Krieg und Gefangenschaft zurückgekehrt und einquartiert im 6. Stock des Hotels, gerät auch im Frieden zwischen die Fronten.

»In *Hotel Savoy* sehen wir Joseph Roth als den jugendlich leichten Meister des Erzählens, schon heimgesucht von altersweiser Trauer, hören ihn als den Sänger klarer, melodisch sich ineinanderfügender Sätze.«
Die Zeit, Hamburg

Auch als Diogenes Hörbuch erschienen,
gelesen von Hans Korte

Die Flucht ohne Ende
Ein Bericht. Roman

»Ich habe nichts erfunden, nichts komponiert. Es handelt sich nicht mehr darum, zu ›dichten‹. Das Wichtigste ist das Beobachtete.«
So eröffnet Joseph Roth seinen Bericht über die Odyssee des Franz Tunda, eines österreichischen Offiziers im Ersten Weltkrieg, der aus der russischen Kriegsgefangenschaft flieht. Auf seiner abenteuerlichen Reise gerät er in die Wirren des russischen Bürgerkriegs, in die kommunistische Avantgarde und in die Arme einer schönen Georgierin. Doch nirgends kommt Tunda an. Baku, Moskau, Wien, Paris – jeder Ort erweist sich bloß als weitere Etappe seiner Flucht.

Auch als Diogenes Hörbuch erschienen,
gelesen von Martin Wuttke

Hiob
Roman eines einfachen Mannes

Mendel Singer ist »fromm, gottesfürchtig und gewöhnlich, ein ganz alltäglicher Jude«. Doch wie einst den biblischen Hiob gefällt es Gott, ihn zu versuchen. Ein Sohn wird zum Militär eingezogen, der zweite flieht nach Amerika. Die Tochter lässt sich mit Kosaken ein, und der jüngste Sohn ist schwer krank. Und das ist erst der Anfang von Mendel Singers Leiden. Gläubig und ergeben nimmt er Prüfung um Prüfung hin. Doch auch die Demut dieses großen Dulders ist irgendwann erschöpft.

»Wer sich von dem Buche rühren lässt, darf das mit gutem Gewissen tun; was ihn gepackt hat, war die legitime Wirkung reiner, großer Kunst.«
Lion Feuchtwanger

Radetzkymarsch
Roman

Sein Großvater hat dem Kaiser in der Schlacht bei Solferino das Leben gerettet. Sein Vater ist ein pflichtbewusster Beamter der k. u. k. Monarchie. Doch Carl Joseph von Trotta, Enkel des ›Helden von Solferino‹ und Offizier wider Willen, ist sensibel und zartbesaitet. Während die alten Gewissheiten zerbröckeln, sucht er Ablenkung von seiner Schwäche im Spiel, im Alkohol, bei den Frauen. Anhand von drei Generationen der Familie von Trotta schildert Joseph Roth Glanz und Verfall des Habsburgerreichs – mit diesem Roman über sein Lebensthema schuf Joseph Roth sein Meisterwerk.

»Es ist das schönste Buch der Welt. Das traurigste, sentimentalste, wundersamste. Es ist ein Wunder.«
Volker Weidermann / Frankfurter Allgemeine Zeitung

Tarabas
Ein Gast auf dieser Erde. Roman

»Sie sind sehr unglücklich, Herr!«, prophezeit eine Zigeunerin dem jungen russischen Revolutionär Tarabas.

»Ich lese in Ihrer Hand, dass Sie ein Mörder sind und ein Heiliger. Ein unglücklicheres Schicksal gibt es nicht auf dieser Welt.« Von Russland nach New York und wieder zurück in die Wirren des Ersten Weltkrieges und der Revolution führt der Weg des Sünders und Büßers Nikolaus Tarabas. Die bittere Legende eines in die Irre gehenden und wieder heimkehrenden Sohnes.

»Joseph Roth hatte die Lust des geborenen Erzählers an Menschen und Geschichten und das korrespondierende Talent des genialen Zuhörers.«
Hermann Kesten

Auch als Diogenes Hörbuch erschienen,
gelesen von Joseph Lorenz

Beichte eines Mörders, erzählt in einer Nacht
Roman

Im Restaurant Tari-Bari in Paris treffen sich in den dreißiger Jahren die russischen Emigranten. Einer von ihnen ist Semjon Golubtschik, illegitimer Sohn des Fürsten Krapotkin, ehemaliger Spitzel der zaristischen Geheimpolizei, Liebhaber des Mannequins Annette Leclaire. Eine lange, durchzechte Nacht hindurch erzählt er dem Wirt und den Gästen des Tari-Bari seine Lebensgeschichte – und wie er zum Mörder wurde.

»Joseph Roth – ein Mann, dessen Prosa die deutsche Sprache um einige tausend Seiten unvergleichlich bildhafter Präzision und Melodie bereichert hat.«
Gregor von Rezzori

Auch als Diogenes Hörbuch erschienen,
gelesen von Wolfram Berger

Das falsche Gewicht
Die Geschichte eines Eichmeisters. Roman

»Es war einmal im Bezirk Zlotogrod ein Eichmeister, der hieß Anselm Eibenschütz. Seine Aufgabe bestand darin, die Maße und die Gewichte der Kaufleute im ganzen Bezirk zu prüfen.« Der ehrliche Eibenschütz macht sich viele Feinde. Als er sich in die schöne Zigeunerin Euphemia verliebt, wird es – nicht nur bei den Gewichten – immer schwerer, zu erkennen, was richtig und was falsch ist.

»Joseph Roth gehört zu den wunderbarsten Erzählern der deutschsprachigen Literatur.«
Rosemarie Fendl / Hessischer Rundfunk, Frankfurt

Auch als Diogenes Hörbuch erschienen,
gelesen von Joseph Lorenz

Die Kapuzinergruft
Roman

Die Kapuzinergruft schließt unmittelbar an den *Radetzkymarsch* an: Franz-Ferdinand von Trotta gehört zur Wiener Jeunesse dorée, man pflegt die gelangweilte Dekadenz – »In dieser Atmosphäre hatten Gefühle kaum einen Platz, Leidenschaften gar waren verpönt« – bis zum Ausbruch des Ersten Weltkriegs. In den Kaffeehäusern des Wiens zwischen den Kriegen findet die Saga der von Trottas ihr Ende.

»Ein großes Buch, ein Buch voller Melancholie, Sentiment und Ratlosigkeit.«
Gert Ueding / Die Welt, Berlin

Auch als Diogenes Hörbuch erschienen,
gelesen von Peter Matić

Die Geschichte von der 1002. Nacht
Roman

Bei seinem Staatsbesuch in Wien äußert der Schah von Persien den dringenden Wunsch, eine Nacht mit der schönen, verheirateten Gräfin W. zu verbringen. Diplomatisch betrachtet eine heikle Situation. Da entsinnt sich Rittmeister Taittinger einer abgelegten Geliebten: Die kleine Mizzi Schinagl aus Sievering sieht der Gräfin sehr ähnlich. Für den Hof eine elegante Lösung, für Mizzi, die Taittinger noch immer liebt, eine ›1002. Nacht‹ mit weitreichenden Folgen. Ihr Lohn, ein wertvolles Perlenhalsband, wird ihr und Taittinger zum Verhängnis.

»Roth präsentiert eine frivole Welt verkommener Eleganz. Die erotische Komödie kippt in tödlichen Ernst. Grandioses Unsittengemälde, bitterbös und spitz, wie nur Roth es konnte!« *Bücher, Essen*

Auch als Diogenes Hörbuch erschienen,
gelesen von Michael Heltau

Die Legende vom heiligen Trinker
Erzählung

Andreas ist ein Clochard in Paris. Er schläft unter den Seine-Brücken, statt einer Decke halten ihn alte Zeitungen warm. Und er ist ein Trinker, geradezu ein Säufer. Die Begegnung mit einem Unbekannten, der ihm zweihundert Franc leiht, setzt eine Kette von kleinen Wundern in Gang: ein warmes Essen, eine gründliche Rasur, eine Begegnung mit einer verflossenen Liebe und mit einem alten Freund – und immer wieder der Alkohol. Ein unorthodoxer Heiliger, eine melancholische und versöhnliche Legende, die Joseph Roth als sein Testament bezeichnete.

»Eine der schönsten Legenden, die im 20. Jahrhundert gedichtet wurden.« *Marcel Reich-Ranicki*

»Eine wunderbare Geschichte. Ein melodiöser und romantischer Text.«
Stefan Maelck / Norddeutscher Rundfunk, Hamburg

Auch als Diogenes Hörbuch erschienen,
gelesen von Mario Adorf

Der Leviathan
und andere Meistererzählungen
Ausgewählt von Daniel Keel
Mit einem Nachwort von Stefan Zweig

Joseph Roth erzählt von Liebessehnsucht und schiefer Bahn, von einem einfachen Stationsvorsteher, der sich in eine russische Adlige verliebt, von einem kaisertreuen Grafen und einer sich aufopfernden Mutter, von einem Korallenhändler mit Sehnsucht nach dem Meer, vom Geschmack von Erdbeeren und der Milde des Aprils. Wie der Titel einer seiner Novellen ist Joseph Roths Erzählkunst selbst ein Triumph der Schönheit.

»Die Erzählung *Der Leviathan* ist eine Perle. Nein, eben nicht – eine tiefrote Koralle.« *Senta Berger*

Ausgewählte Meistererzählungen auch
als Diogenes Hörbuch erschienen:
Der Leviathan, gelesen von Senta Berger, sowie
Triumph der Schönheit, gelesen von Peter Simonischek

Ich zeichne das Gesicht der Zeit
Essays, Reportagen, Feuilletons. Herausgegeben
und kommentiert von Helmuth Nürnberger

Seine glänzend geschriebenen Reportagen, Essays und Feuilletons funkeln vor hellsichtiger Wahrnehmungskraft und leidenschaftlicher Subjektivität: »Alles wird bei mir persönlich«, sagte Joseph Roth über seine Arbeit für die Presse. In dieser Ausgabe, herausgegeben und kommentiert von Helmuth Nürnberger, sind Joseph Roths schönste und wichtigste journalistische Texte chronologisch zusammengestellt, erstmals in der Gestalt der Erstdrucke; Artikel, die über die Tagesaktualität hinausleuchten und bis heute nichts von ihrer Faszination verloren haben.

»*Ich zeichne das Gesicht der Zeit* sollte in den Kanon journalistischer Lehrbücher erhoben werden. Von Joseph Roths Fähigkeit zu verdichten kann man immer noch lernen.« *Paul Jandl/Die Welt, Berlin*

»Auch in der kleinen Form erweist sich Roth als unerreichter Seismograph seiner Epoche.«
NZZ *am Sonntag, Zürich*

Außerdem erschienen:

*Joseph Roth –
Leben und Werk*

Essays und Zeugnisse
Herausgegeben von Daniel Keel und Daniel Kampa

Joseph Roth war ein Fabulierer, der seine Leser in Erzählungen versinken ließ und auch sein eigenes Leben immer wieder neu erdichtete, so dass er schon zu Lebzeiten eine Legende war.
In diesem Band zeichnen Erinnerungen von Zeitgenossen und Freunden wie Ludwig Marcuse, Hermann Kesten, Soma Morgenstern, Géza von Cziffra oder Irmgard Keun ein lebendiges Bild des Menschen Joseph Roth. Daneben beleuchten Essays von deutschsprachigen und internationalen Autoren, zum Beispiel Nadine Gordimer oder J. M. Coetzee, Jörg Fauser oder André Heller, das Werk von Joseph Roth. Ein Materialienband sowohl für Kenner als auch für Einsteiger in das Universum eines der größten Schriftsteller des 20. Jahrhunderts, der noch immer unterschätzt wird.

Hartmut Lange
im Diogenes Verlag

»Ein erzählerisches Gesamtwerk, das sowohl mit seiner sprachlichen Qualität, mit seinen gedanklichen Perspektiven wie auch mit seiner humanen Behutsamkeit in der deutschen Gegenwartsliteratur seinesgleichen sucht.« *Die Welt, Berlin*

»Die mürbe Eleganz seines Stils sucht in der zeitgenössischen Literatur ihresgleichen.« *Frankfurter Allgemeine Zeitung*

Die Waldsteinsonate
Fünf Novellen

Die Selbstverbrennung
Roman

Das Konzert
Novelle
Auch als Diogenes Hörbuch erschienen, gelesen von Charles Brauer

Tagebuch eines Melancholikers
Aufzeichnungen der Monate Dezember 1981 bis November 1982

Die Ermüdung
Novelle

Vom Werden der Vernunft
und andere Stücke fürs Theater

Die Stechpalme
Novelle

Schnitzlers Würgeengel
Vier Novellen

Der Herr im Café
Drei Erzählungen

Eine andere Form des Glücks
Novelle

Das Streichquartett
Novelle

Irrtum als Erkenntnis
Meine Realitätserfahrung als Schriftsteller

Gesammelte Novellen
in zwei Bänden

Leptis Magna
Zwei Novellen

Der Wanderer
Novelle

Der Therapeut
Drei Novellen

Der Abgrund des Endlichen
Drei Novellen

Im Museum
Unheimliche Begebenheiten

Das Haus in der Dorotheenstraße
Novellen